福建思想文化大系

总主编 张帆

庐隐全集

卷五

王国栋 编

海峡出版发行集团
THE STRAITS PUBLISHING & DISTRIBUTING GROUP
福建教育出版社

图书在版编目（CIP）数据

庐隐全集．第5卷/王国栋编．—福州：福建教育出版社，2015.9
（福建思想文化大系/张帆总主编）
ISBN 978-7-5334-6774-6

Ⅰ．①庐…　Ⅱ．①王…　Ⅲ．①中国文学—现代文学—作品综合集　Ⅳ．①I216.2

中国版本图书馆CIP数据核字（2015）第048339号

策划编辑　苏碧铨　祝玲凤
责任编辑　祝玲凤　刘露梅
装帧设计　季凯闻

目　　录

1933 年

1933 年

吹牛的妙用

吹牛是一种夸大狂，在道德家看来，也许认为是缺点，可是在处世接物上却是一种刮刮叫的妙用。假使你这一生缺少了吹牛的本领，别说好饭碗找不到，便连黄包车夫也不放你在眼里的。

西洋人究竟近乎白痴，什么事都只讲究脚踏实地去作，这样费力气的勾当，我们聪明的中国人，简直连牙齿都要笑掉了。西洋人什么事都讲究按步就班的慢慢来，从来没有平地登天的捷径，而我们中国人专门走捷径，而走捷径的第一个法门，就是善吹牛。

吹牛是一件不可看轻的艺术，就如《修辞学》上不可缺少“张喻”一类的东西一样。像李太白什么“黄河之水天上来”，又是什么“白发三千丈”，这在修辞学上就叫作“张喻”，而在不懂修辞学的人看来，就觉得李太白在吹牛了。

而且实际上说来，吹牛对于一个人的确有极大的妙用。人类这个东西，就有这么奇怪，无论什么事，你若老老实实的把实话告诉他，不但不能激起他共鸣的情绪，而且还要轻蔑你冷笑你，假使你见了那摸不清你根底的人，你不管你家里早饭的米是当了被褥换来的，你只要大言不惭的说“某部长是我父亲的好朋友，某政客是我拜把子的叔公，我认得某某巨商，我的太太同某军阀的第五位太太是干姊妹”，吹起这一套法螺来，那摸不清你的人，便贴贴服服的向你合十顶礼，说不定碰得巧还恭而且敬的请你大吃一顿燕菜席呢！

吹牛有了如许的好处，于是无论那一类的人，都各尽其力的大吹其牛了。但是且慢！吹牛也要认清对手方面的。不然的话必难打动他或她的心弦，那么就失掉吹牛的功效了。比如说你见了一个仰慕文人的无名作家或学生时，而你自己要自充老前辈时，你不用说别的，只要说胡适是我极熟的朋友，郁达夫是我最好的知己，最妙你再转弯抹角的去探听一些关于胡适郁达夫琐碎的佚事，比如说胡适最喜听什么，郁达夫最讨厌什么，于是便可以亲亲切切的叫着“适之怎样怎样，达夫怎样怎样”，这样一来，你便也就成了胡适郁达夫同等的人物，而被人所尊敬了。

如果你遇见一个好虚荣的女子呢，你就可以说你周游过列国，到过土耳其南非洲！并且还是自费去的，这样一来就可以证明你不但学识阅历丰富，并且还是个资产阶级。于是乎你的恋爱便立刻成功了。

他如遇见商贾、官僚、政客、军阀，都不妨察言观色，投其所好，大吹而特吹之，总而言之，好色者以色吹之，好利者以利吹之，好名者以名吹之，好权势者以权势吹之，此所谓以毒攻毒之法，无往而不利。

或曰吹牛妙用虽大，但也要善吹，否则揭穿西洋镜，便没有戏可唱了。

这当然是实话，并且吹牛也要有相当的训练，第一要不红脸，你虽从来没有著过一本半本的书，但不妨咬紧牙根说：“我的著作等身，只可恨被一把野火烧掉了！”你家里因为要请几个漂亮的客人吃饭，现买了一副碗碟，你便可以说：“这些东西十年前就有了”，以表示你并不因为请客受窘。假如你荷包里只剩下一块大洋，朋友要邀你坐下来入圈，你就可以说：“我的钱都放在银行里，今天竟匀不出工夫去取！”假如那天你的太太感觉你没多大出息时，你就可以说张家大小姐说我的诗作的好，王家少奶奶说我脸子漂亮而有丈夫气，这样一来太太便立刻加倍的爱你了。

这一些吹牛经，说不胜说，但神而明之，存乎其人！

（本篇最初发表于 1933 年 1 月 7 日《申报·自由谈》，后收入《东京小品》集）

人生的梦的一幕

这几天紫云的态度分外的柔媚，一丝笑痕常印在丰润的双颊上。每天她坐在公事房里，一边机械式的在一叠学生的课卷上批改，但她的灵宫是萦绕了一缕甜蜜的柔情，火炉里燃着熊熊的煤炭火舌旋掩着，同时夹着一阵阵的毕剥声，房中的空气十分温暖，冬天的阳光，也似知趣般的漾着金蜿的光波，射在她充满春意的脸上。

“喂，紫云几时请我们吃喜酒呀?”一个手里正织着织线的荷芬含笑的问。

“我一个人都不请，……”紫云忸怩的说。

“那怎么可以呢? ……你就是不请，我们也是要来的!”荷芬仍是笑嘻嘻的说。

紫云听了这话，默静了一会，同时把手边的课卷往桌旁一推，娇柔的伸了个懒腰，手里一支半截的红色铅笔，仍然紧握着，在一张白纸上画了一些不规则的条纹，一面仰起头来对荷芬说："真的，你们以后可以常到我们那里去玩，我想把房子布置得干干净净的，非常艺术化！"她对于这一番话，似乎自己也感觉太喜形于色了，未免有些不好意思，于是立刻又转变了口气说道："咳！人生就是这么一回事，马马虎虎过掉算啦！"

"喂！你们听，紫云对于那位先生够多么亲热呵！"坐在犄角里正在出神的莹玉向她身旁的若兰说："现在就已经我们，我们了。"她说着哈哈的笑起来。

若兰斜睨了她一眼："你眼热吗？不妨也快些找一个好了！"

"我呀！没有那么容易，……假使我要想嫁，不怕你们笑话，儿女早就多大了。"

她俩在一旁悄悄的议论着，但紫云似乎并不曾注意，依然向荷芬说："你说是不是？一个人何必那么认真呢？"

"不错！"荷芬似乎很同情的说："'Life is but a dream'这话实在不错，不过梦有甜的、有苦的分别，我祝福你运气好，永远作甜梦！"

"是吗？……其实甜也罢苦也罢，总不过是一场梦罢了！"紫云斜转头向荷芬嫣然一笑，便袅娜的走到隔壁房里去了。

这是一间布置简单的办公室，紫云坐在一张有手靠的椅子上，手里握着铅笔，默默的敲着桌缘，这时其他的同事都出去了，她独自呆坐着，心头感觉着一种从来所未有的充实，谁说人生没有归宿呢？投在爱人的怀抱里，不就是最理想的归宿吗？……这几年来终日过着东飘西荡的生活，每逢看见别人享受着融融泄泄的家庭幸福[1]，立时便有一重沉默的悲哀，悄悄向灵宫袭击，虽然为了女儿的尊严，不敢向人前低诉，但夜半梦回枕上，常常找到孤独者的泪痕……现在哼！现在至少可以在那些没有归宿的人们面前昂起头来，傲然的向她们一笑了……。”

她沉思到这里，从心坎里漾出来的笑意，浮在两片薄薄的唇上。正在这时，若兰推门进来了。她把一叠书放在桌上很吃力的吁了一口长气，同时拖了一张椅子坐在炉旁，向紫云含笑道：“你紫云的新家庭布置得怎样了？”

“简直是乱七八糟，我真烦死了，又是看房子，又要买家具，并且还得上课，岂不忙死人吗？”

“这种忙是甜蜜的，有人还希望不到呢！”若兰天生一张忠厚的脸，使紫云不知不觉把心肝掏了出来说道：“现在我也两个姓了，每天办完公回去，也有人谈谈笑笑，有时倦了我弹弹吉他，他唱唱歌，你想不是很快乐的生活吗？”

“对了，一个人最难得到的是幸福家庭，你现在有了这样一个满意的家庭，无形中可增加你许多生活的力量，我们都很替你开心！”

“真的吗？……”紫云说了一句忽然站了起来，道：“我去打电话叫他就来同我去看看家具。”她匆匆的出门去了。

这小办公室里陆续的进来了几个同事，那个平素最有心计的莹玉低声向若兰说道：“紫云同你谈些什么？”

“谈她未来的美满的梦！”

“呵！人生真像作梦！”莹玉慨然的说：“在一个多月以前，

---

① 融融泄泄（róng róng yì yì），相处融洽和乐的样子。

谁能料到紫云会同金约翰结婚，而且是这么快，……她现在真高兴极了！”

“对了。一个期演摽梅的人[①]，本来有找个爱人的需要，这是 Nature[②]。”若兰很谅解似的说。

“不过我总觉得太快了，两方面情形都不会深切的了解……但愿他们一直好下去！”很有经验的杨冰说。

“大概不会怎样吧！”荷芬推测着说：“因为紫云是个多情人，她要同男人结了婚，一定会死心蹋地的对他好，所怕就是男人靠不住罢。”

“对了。女人变心的很少……不过这位金先生人也很忠厚，并且很固执，爱什么人就爱到底，……”若兰说。

“那么就没有问题了。”若蘅说。

“不过经济也是一个重要的问题，嫁一个男人，至少这个男人应有独力养家的能力……紫云初结婚时当然还可以来作事，将来生了儿女，又怎么办呢？”杨冰说。

“那又有什么要紧，只要他俩有爱情，穷苦些又有什么关系呢！”荷芬很超然的说。

“那到不尽然。”杨冰接言说：“从前我有一个朋友，她爱了一个青年学生，不顾家庭的反对，竟和他结了婚，起先还勉强过得去，后来生了小孩，便经济更拮据了，两个人东住住西吃吃，真不知道有多苦，最后还是分开了！”

杨冰举出事实的说明，这使超然的荷芬也没话说了。大家

---

① 摽（biào）梅，落梅。梅落知已晚，谓嫁当及时。

② Nature，自然造化。

都沉默着。

紫云打完电话回来了，笑眯眯的向若兰说道："你昨天说的有一家卖西式家具的在什么地方，请你开个地名给我！"

"好！就离这里不远，坐二路电车可以直到门口。"

"请你把地名写给我好吧？Mr. 金就来同我去看看。"紫云一面说着，一面把屉子打开，从那里面拿出一个小小的立镜来，支在办公桌上，同时又拿出一盒香粉和鲜红的胭脂来，先用一块干手巾把脸上的浮油揩干了，然后轻轻的扑了些香粉，又淡淡的在两颊抹了一些的胭脂！

"唷！真漂亮！"莹玉打趣的说："可是胭脂擦得太淡了！"

"不，你不知道 Mr. 金顶不欢喜人擦很厚的胭脂，他欢喜自然，不爱打扮得和妖精样的！"紫云得意的说。

"真是女为悦己者容呀！"从不会说笑话的若蘅也来了这么一句颇俏皮的话，这使得在座人们都笑了。

紫云收拾了一阵，站了起来把大衣穿上："你们看我美吗？"

"美极了！"大家不觉异口同声的叫了出来，紫云就在这些赞美声中，袅娜的出了办公室。

一阵橐橐的皮鞋声去得远了，大家脸上都不期然露出一种冷漠的表情。

——这真是人生的梦的一幕！

——可是作梦的人往往不觉得这是梦！

这一间小小的办公室里，这刹那间是充满着复杂的情绪。

（本篇最初发表于 1933 年 1 月 8 日《申江日报》副刊《海潮》第 17 号，后收入《东京小品》集）

好　丈　夫

在午饭后，一群人习惯的围坐在餐桌旁，悠闲的谈讲着。

“喂，你们知道静芬的丈夫吗？……那真是一个好丈夫！”雅英突然的叫着，于是在座的人都把目光投射在静芬身上。

“怎么样，你可以把其中的事实公开一些吗？”若愚钉住静芬问。

“其实也很平常，……他常帮助我看护小玲，有时我忙得不开交的时候，他也帮我做些家庭的零碎事，——偏偏昨天他在掸电灯上的灰尘的时候，雅英走了来，被她碰着，便当稀奇事说。”静芬含笑的分辩着。

“唉，你可不要觉得这事不稀奇；我们家里那一位先生，就长着一张嘴，叫这个喊那个，从来不见他动动手，并且有的时候仆人们答应慢了，他还要大发其脾气。”秀文感叹着说。

“男人们作惯了主人，动不动便想发他主人的脾气，其实这都是封建思想下的遗毒；他们男人聚在一起，总喜欢议论某人的太太怎么样，什么样的女人才算是好太太，这一些议论简直太不平，现在该轮到我们议论他们了。……你们觉得什么样的男人，才够得上好丈夫的资格?”若愚提议了。

“从前的男人，只要会赚钱养家便算是好丈夫，现在事情确不是那样简单了。比如说我们在座的这些人，都能经济独立，如果我们的丈夫只能每月给我们一些家用的钱，别的一概不问，我们能满意吗? ……所以我觉得现在的好丈夫，给予他妻子精神上的慰藉要多过物资……”静芬第一个发表了她的意见。

“不错!”若愚同情的说：“我可以引伸静芬的话，所谓精神上的慰藉，就是他要看重妻的人格，尊重妻应有的自由。许多男子把妻当作一件货物看待，就是爱到心头上供养，也只像是供养一朵鲜花，对于这鲜花只有爱怜，而没有尊敬。……那末这种据高临下所施与妻的恩惠，我是最恨的，我不结婚则已，不然这就是结婚的唯一的条件……”

“对，对，若愚的话真痛快，我假使嫁个丈夫，他要不尊重我，我立刻就和他离婚!”雅英把手敲着桌子说。

“这样吧！我们组织一个丈夫研究会，这实在是女权运动很有力的别动队呢!”若愚说。

“如果要组织丈夫研究会我一定举静芬作会长，把她好丈夫平日对她的一切，作为所有丈夫的模范。”雅英指手划脚的说。

“喂，静芬你怎么一声不响，好像失了神般的，莫非一颗小芳心又缠纠到好丈夫身上去了吗?”若愚戏谑着她。

静芬的两颊果然罩上一层红云，低头含羞的说道：“若愚小鬼，你真讨厌!”

“喂，你别讨厌她，……你就讨厌她又算什么呢！正有一个人拿她当神仙般供养呢！”雅英说。

“你这个思想又不对了，”静芬神气活现，带着教训的口吻说，“我们女人固然不愿作男人的奴隶，但同时也不希罕他们拿待超人的态度来待我们。干脆一句话，我们所要求的只是大家同等作个人，过着人与人中间应有的互助生活。”

“静芬你从那里得来这一番真理?”

“我吗，不瞒你说，在黑暗中挖掘出来的光明。真不容易呢！”

“那么你应当引导她们向这光明的路去了。”

“当然可以！”静芬语气沉着的说：“第一件事情太太们不要忘记自己是个独立的人，应当有解决生活及人生一切问题的基本知识。其次呢，对于家庭的处理应负相当的责任；最后就是有帮助丈夫解决困难和问题的见解……这一切都是太太们牢固自己地盘的要紧防线。那么丈夫处在这种局面中，他才觉得和他同居的妻是同他相等势力的一个独立的人，因之他对于妻不能没有尊重和互助的心，这就是好丈夫之所以养成，此外如爱情上的培养，志趣上的调协，也都可以神而明之存乎其人了！”

“佩服，佩服，真是闻君一夕话，胜读十年书……我希望你把这些意见作成一本书，使所有的太太都来如法炮制，岂不使好丈夫日多一日吗?”这是雅英的提议。

“你这些理论太干燥了，”若愚说，“还是请静芬姊说说她的家庭生活吧！”

“真是的，你叫我何处说起呢！”静芬含着娇羞的笑靥说。

“那么这样吧，我们想起什么就问你什么，可是你得诚实的告诉我们。”若愚说。

“当然，我骗你作什么！”静芬答应着，但是若愚瞪着一双眼睛向静芬脸上望了一阵，忽然叫着道，“呀！对了，我问你在你生病的时候，他出去办公吗？”

“那要看病得厉害不，假使厉害的话，自然在家里陪着我，要是一些伤风咳嗽自然要去办公的，不过他一定一完了公事就跑回来！

“喂，跑回来怎么样？”若愚急忙的问。

“回来了，自然要连忙跑到床前，亲亲热热的叫一声芬呀！好些吗？吃了什么东西呀！……”雅英不等静芬回复答，便先这样说了。

“你怎么那样清楚？”若愚截断雅英的话。

“自然啰，好丈夫尽有，难道静芬的先生就是绝无仅有的吗？”雅英傲然的说。

“好个不打自招，原来你也有着个好丈夫呀！那么算失敬了！”若愚嘻皮笑脸的说。

“算了呢，你这个滑头滑脑的小鬼头，难道你那位先生还不算好丈夫吗？上一次你生病，他那样温柔的坐在床前，愚呀吃点什么……叫张妈煮两个嫩鸡蛋好不好，……呸，这种甜蜜蜜的态度，这会子你却不说起，专门拿别人开心！”

“别造谣了，我几时拿你们开玩笑，……难道我所说的不是真话吗？”

静芬和若愚两人正纠缠不清，雅英慨然的叹了一口气说道：“其实你们两个人都很幸福，不但你们有好丈夫，同时你们也是两位好太太呢！不知你们是哪一辈子修来的？”

“你们难道不幸福吗?”若愚说:“我觉得你的丈夫也不坏!”

“当然像他这样的男子,说坏也太冤枉。不过他的个性太强了,并且对于女人容易爱,但不容易敬,……平常他和朋友谈起话来,总说些叫人生气的话……譬如说女人总是女人,无论怎么样聪明漂亮,但总不过是供男人的享受和刺激,……这些话他是随便说,而我却不能不生气,……”

“雅英!”若愚满脸义愤的叫道:“不怕你生气,像你先生这种思想的人,不管他有天大的学问,有绝顶的才干,都算不得是个好丈夫,……要是我吗?一天和他辩到晚。”

“是呀!我也曾这样对他说过,像你这样的男人,无论同什么样的人结了婚,也是弄不好的,幸而你是碰到我这么个木头木脑的太太,什么事都满不在乎。……他自己也承认这话。”

若愚听了雅英的话,心头仍燃烧着愤火,“这也怪你太好了,你平常太不计较,因此把他宠成这个样子。要是我……但是这也难说;归根到底还是你太爱他,女子就是太痴情;不辣,所以要吃亏一辈子。”

“就是这话了!”静芬插言说:“还是我的丈夫好,一半也是因为我平常对他的态度,使他不敢生一丝轻慢的心。”

“好了好了!议论太多了,我要改变方向,他平常对于你的交际上取什么态度呢!”若愚又想到新问题了。

“我们平常的交际多半是共同的,我们来往的书信,也是彼此公开,在我俩之间不容有一丝一毫的隔膜存在,就是有时为了环境不能不分开,单独进行,但也都互相信任。……”

“这就是你的胜利了!”雅英说:“一般的男人,最喜欢拈花惹柳的瞎闹,一个妻子永远不能满足他,因此便有许多秘密行动，……就像我的丈夫吧！他总喜欢捧别人的太太或小姐们，……而且他还大言不惭的说：‘文章是自己的好，老婆是别人家的好，’……可是对于自己的妻子的行动呢，不要说同别人出去玩玩他要不高兴；就是多同别的男人谈了两句，也要弄得他面热筋赤的不受用，……这就是不能彼此信任，我对于这件事是恨透了！”

这个好丈夫的问题她们足足谈论一点多钟，后来上课堂的铃声响了，这一群义气干云的女先锋们，这才一哄而散的，抱着她们的书本，拿着白粉条，向那一些女学生宣教去了。

（本篇最初发表于1933年1月15日《女声》杂志第1卷第7号）

一个情妇的日记

九月三日

早晨我在那间公事房里碰见他——唉，当时我用着极甜蜜的心情低声唤着仲谦——他的名字，当然他是不曾听见，并且所有的人都不曾听见，因为他们都若无其事的招呼我。

今天他身上穿了一件银灰色的夹衣，洁白而清秀的面庞发出奕奕的神采，静默的伏在案上写一些什么报告。他见我走了进去，抬头向我招呼了一下，那双深到世界上测数器也不能探到底的眼睛——那里面有神秘、有爱情、有生命——虽只轻轻的向我身上投来，但是我是被它所眩惑了。一股热烈的压迫的情绪从心底升上来，我几乎发昏，只好靠在一张椅背上，我才勉强支住我的身体。

我找到一份报纸，正想找些谈话的机会，但他们都像是忙得很，匆匆的写，忙忙的看。后来仲谦又被一个电话叫了去，我送他到了大门口，想同他谈两句，可是我的心，跳得太厉害，话竟不能即刻吐出，于是时间这残酷的东西，在它不停息的转动中那可爱的仲谦的身影已在电车上了。我只得叹口气，怨我的命运不济，闷闷回到寄宿舍去。

我是住在一所两楼两底的亭子间。这间屋子，前面对着一堵高楼，窗子朝北开，西风阵阵吹进来，由不得使我发生一种秋未到先飘零的叹息。——况且今天我心绪是这样颓唐，走进屋，我便倒在床上，我希望仲谦到我的梦里来，那一天我能睡在他的怀抱里，就是死也觉得甜蜜的。

傍晚时，我从床上被一阵乌鸦的啼声所惊醒。起来，揉着眼看见桌上放着一封信，连忙拆开来看，原来是瑞玲寄给我的，她邀我今晚到她那里谈谈。

昨天才从箱里拿出来的夹大衣，这时正好穿，我换了一件淡绿色的夹袍，披上大衣，在黄昏的光影中出了家门。在路上我看见一个男人，他的后影活像仲谦，我连忙加紧脚步，赶到面前，仔细一看，原来是个陌生人，这真叫我脸红，我连忙跳上一部电车躲起了。

在瑞玲那里吃过夜饭，她很恳切的问我道："你所爱的究竟是那一个？"

我说："你猜猜看。"

她猜了好几个……但都不是，因为这几个人里没有仲谦，瑞玲因为猜不着，她要想知道的心更切，她叫我暗示她一些，我的心正在跳，我恨不得就把那美丽的悦耳的仲谦两个字送到她耳壳里去，可是我终于怕羞只这样隐隐约约的说“……他是一个又漂亮又潇洒的男人，而且他的品格，好像苍翠的松柏、明朗的秋月。我爱他，深切的爱他。但是他已经结了婚，而且他同太太的感情又很好!”

“哦！我晓得了，”瑞玲这样叫着拍了我的肩膀一下，“美娟你的眼光果然不错，他可以算得是一个又温藉又有胆识的男子……”

“你别在故意的套我，究竟是那一个?”我这样逼着瑞玲问。她只笑嘻嘻的不作声，我到底不相信她真猜得对，便又说道：“我想你一定猜不着，不然你为什么不说出名字来。”

“你不要激我，就算我猜不着罢!”她假作生气的说。

我知道她的脾气是越激越僵，便连忙柔声下气的哀求道：“玲姊姊，别生气罢！你告诉我是那个，……我还有别的要紧话同你商量咧!”

“来，我告诉你罢，仲谦，是不是?”瑞玲含笑说。

唉，这是多么美丽的字眼呢，仲谦——我含着深醇的笑向她点头。

在灯影下我把我对仲谦热烈的爱慕，全向瑞玲表白了。瑞玲说：“仲谦恐怕还不知道呢!”这当然是对的，不过知道不知道，并不影响我的爱他，我是一个方在青春的少女，天赋给我热烈的情绪，而我向任何人身上倾注那是我的自由，他有没有反应那也是另外的问题……不过我同时也极希望他给我个热烈的反应。

九月七日

今天我下决心，要给仲谦写信，虽然我们天天都有见面的机会，不过却少谈话的机会。他太忙，件件事都须他的斟酌。唉，他是个多么多才多艺的人哟，——还不只他的样子可爱呢！

清晨起来，我就把昨夜买来的漂亮信纸，铺在桌上，——那是一张紫罗兰色的洋信笺。我拿了一杆自来水笔，斟酌了很久，我不知道怎样称呼他好，……我想写“先生”可是太客气了。写名字又太不客气了。我想我还是来个没头没脑罢。唉，一张纸一张纸的被我撕了团了，我还是不曾把信写好。想来我是太没有艺术天才了，所以我写不出我内心的热情。……可是天知道越写不出，我内心的燃烧越猛烈。我几次抛了笔要想去找仲谦，我不顾一切，将他紧紧的抱在怀里。我吻他无论什么地方，我要使密吻如雨点般的落在他的颈子上，脸上，口角上。唉，我发狂了。我放下纸笔，我跑到门外，我整个的心集注在这上面。

命运真会播弄人，偏偏仲谦又出去了。我坐在他的办公处整整等了三个钟头，他始终没有来，我只好丧气的回家了。我打算写一首爱情的歌赞颂他，想了一个下半天只有两句：“为了爱，我的灵魂永远成为你的罪囚；服贴的，幽静的跪在你的面前！”

我往屉子里抽出一小张浅红色的信笺，把这两句话写在上面，同时把一卷人家寄给仲谦的报纸，收在一起，预备明天早晨送给他去，一切布置妥贴了。我静静的倒在床上，这时天色已经暗下来了，小小的房间里已充满了黑暗，但我不愿拧亮电灯，只闭着眼，悄悄的在织起那美丽的幻梦：恍惚间仲谦已站在我的面前，我连忙起来，握紧他的手，“呀，仲谦!”我用力的扑了前去，忽然我的臂部感到痛疼，连忙定神，原来是一个梦！屋子里除了黑暗一无所有。难道仲谦是躲在这暗影里吗？有了这一念，我不能不跳起来开亮了电灯，一阵强烈的光，把所有的幻梦打破了。只见一间摆着一些简陋的家具的小屋子冷清、寒伧的环境，包围着一个怀人的少女。唉，真无聊呀!

九月八日

我已经把那张纸条送给了仲谦。不晓得他看了有什么感想？我希望他回我一封信。因此我一整天都不曾出去。我怕送信来时，没有人接收。但是一直等到傍晚，还是一无消息。这多么使我心焦！……我正披上大衣，预备到他住处去找他，忽然听见有人在敲我的房门。

“那一个？请进来!”我高声应着。果然眼看门打开了，原来是友愚，一个中年的男子，是我们的党同志。我不知道他来干什么，想来总是关于党工作的交涉吧？我拖了一把椅子请他坐下，他从怀里掏出一个香烟盒来，一面拿香烟，一面说道：“你这两天精神似乎不很好罢!”

“没有什么呀!”我有些脸红了，因为他同仲谦是好朋友，莫非他已知道我的秘密吗？我向他脸上一望时，更使我不安，他满脸踌躇的神色弄得我的心禁不住怦怦的跳动。

“你有什么事情吗?”我到底忍不住向他问了。

“不错，是有一点事情，不过我要预先声明，我对于你的为人一切都很谅解，我今天要来和你谈谈，也正因为我是谅解你才敢来；所以，一切的话都是很真诚的，也希望你不要拿我当外人。大家从常计议！”

他的这一套话，更使我不知所措了，我觉得我的喉咙有些发哽，我的声音有些发颤。我仅仅低低的应了一声“是！”

友愚燃着烟，又呻［沉］吟了半晌才说道：“今天我看见仲谦，他心里很感激你对他的情意。不过呢，他家里已经有太太，而且他们夫妇间的感情也很好。同时他又是我们的党领袖，当然他不愿意如一般人一样实行那变形的一妻一妾制。这不但是对你不起，也对于他的夫人不起。所以他的意思希望你另外找一个志同道合的爱人。”

“当然，这些事情我早就知道，不过我在这世界始终只爱他一个人。我并不希望他和太太离婚，也不希望他和我结婚。运命老早是这样排定了，难道我还不明白吗？但是，友愚，你要谅解我，也许这是孽缘。我自从见了他以后，我就是热烈的敬他爱他，到现在我自己已经把自己织在情网里。除非我离开这个世界，我是无法摆脱的。”

我这样真诚的说出了我的心，友愚似乎是未曾料到，他张着惊奇的眼望着我，停了很久他才沈着的说道：“自然人是有感情的动物，有时要被感情的权威所压服，也是很自然的。不过同时人也是有理智的动物。我总希望你能用冷静的理智，压下那热烈的感情，因为你也是很有识的女子，自然很明白事理……”

友愚的话，难道我不晓得是极冠冕堂皇吗？我当时说不出什么来，当他走后我便伏在床上痛哭了。唉，从今天起，我要由感情的囚牢里解放我自己。

九月十五日

算了，我在这世界上真受够了蹂躏：几大以来，我似乎被人从高山巅自［推］到深渊里去，那里自［没］有同伴，没有希望，没有生命，我要这躯壳何用?

不知什么时候，我是被几个朋友，从街心把我扶了回来，难道我真受了伤吗？我抬起两只手看过，没有一点伤的痕迹。两只腿，前胸后背头脸我都细细检察过。总而言之，全身肉还是一样的好，那末我怎么会睡在街心呢……？我想了很久似乎有点记得了，当我从仲谦的办公室出来时，我心里忽然一阵发迷，大约就是那样躺下了吧？我想到这里，始［抬］眼看见坐在我面前的瑞玲，她绉紧着眉头，露出非常不安的神色望着我："美娟，现在清醒了吧！唳，怎么会弄到这地步！"我握住美娟［瑞玲］的手，眼里禁不住滴下泪来，我哽咽着说："玲姊，我刚才怎么会睡在街心的呵！我自己一点都不清楚，不知我究竟……"

"唳！美娟你真太痴了，不知你心里怎样的受熬煎呢！大家从仲谦那里走出来时，原是好好的，忽然呼的一声响，回头见你昏蹶在地上，后来文天把你抬到车上时，你便大声的叫仲谦，这真把我吓坏了。"

瑞玲的话，使我又羞愧又悲伤，唉，我恨不得立刻死去，——我是这样一个热情的固执的女孩儿，我爱了他，我永远只爱他，在我这一生里，我只追求这一件事，一切的困苦羞辱！我愿服贴的爱，我只要能占有他，——心和身，我便粉身碎骨都情愿。

瑞玲陪着我，到夜晚她才回去，临走时她还劝我解脱。……但是天知道，在人间只有这一个至宝——热烈的甚至疯狂的爱，假使我能解脱它，就什么也都可解脱了，换句话说我的生命也可不要了。

九月二十日

我对于仲谦的苦恋，已成了公开的秘密了。许多人在讥笑我，在批评我，也有许多人巴巴的跪［跑］到我家里，苦苦的劝我——恶意好意我一概不能接受，除非仲谦死了，我不在这人间去追求他，不然什么话都是白说——一个孩子要想吃一块糖，他越得不到越希望得厉害，我正是一样的情形，人间所有伟大的事业，除了爱的培养永无成功的希望，——我将在仲谦爱的怀抱筑起人类幸福之塔，瑞玲骂我执迷不悟，我情愿忍受。上帝保佑我，并给我最大的勇气吧！

今晚我决定去找仲谦。

九月二十一日

昨夜我坐在仲谦的身傍，虽然他是那样矜持，但是当我将温软的身躯，投向他怀里时，我偷眼望他有一种不平常的眼波在漾溢着。他不曾像别的男人一样的鲁莽，然而他是静默的在忍受爱情的宰割。……

夜色已经很深了，他镇静的对我说："美娟，我的生命是另有所寄托，爱情是无法维系我的。我们永远是个好朋友吧！……而且我不愿因一时的冲动，不负责任的破坏一个处女的贞操。"

"呀！这真是奇迹！"我不等他说完，便这样叫起来！

"什么奇迹?"他莫明其妙的望着我。

"我告诉你吧！仲谦！在这世界上，你竟能碰到一个以爱情为生命的女儿，她情愿牺牲一切应有的权利，不要你对她负什么责任，她此生作你一个忠心的情妇……这难道不是奇迹吗?"

"话虽是这样说，但我仍希望你稍为冷静些，不要为一时情感所眩惑!"

"不，绝不是一时的情感，你知道你在我心头，整整供养了三年了，起初我是极力的克制着，缄默着，但是有什么益处呢?只把我的生趣消沈，一切的希望摧毁了，我想能救我的只有这一条路!"

唉，我多么骄傲呀！当我拥抱着仲谦时，我的心花怒放了，我的眼睛看见世界最美丽最调和的颜色；我的耳朵听出最神秘最和平的歌声。宇宙的一切，在这霎那间都变了颜色，正如春神来到人间时，那样的温和灿烂。

十月五日

我现在逃出苦闷的漩涡了，我快乐，我得意，我已占有了我所认人间至宝的仲谦。虽然我是失却了处女的尊严，和一个公开妻子的种种的权利，但这又算什么呢！只要我是追求到我深心所爱慕的东西，我便是人间最幸福的人了。

昨夜，我把一朵白玫瑰花放在枕边，因为那花是仲谦买给我的，同时它的颜色，它的清香，处处都可以象征我的情人的风度性格，所以我吻着温馨的花瓣，走进甜蜜的梦乡中了。

十月六日

我从醒来后，只是望着小玻璃窗外的天空出神——真的！我有时不相信多缺陷的人间，竟有这样使人如愿惬意的事情。因此我常怀疑这仅仅也是一个梦。于是我努力的揉着我惺松的睡眼，再细看看我温柔的手腕，那上面确然还留有仲谦颈上的香泽。呵，这明切的事实，使我狂喜。我悄悄的轻吻着那臂上的香泽，我的心是急切的搏动着呢。

从床上爬起来，一缕艳丽的阳光正射到我的脸上。秋天的晴空真是又明净又爽快，我从衣架上，拿下新做的淡绿色的夹衣着好，薄薄的施了一些脂粉，站在那面菱花镜前，我有些微醉了。——尤其是我想到仲谦那一双明隽的眼波时，我是痴软了，呆呆的倚在床栏旁。忽然一声呜呜的汽笛响，到门口就停住了。这是谁呢？我连忙跑到窗前去望，呵！我的心更跳得厉害了，我顾不得换拖鞋。连忙下楼去迎接我的情人——仲谦——同时我觉得他特特的坐了汽车来，有些忐忑不定的心情。他见我迎下楼来，似乎有些惊奇的“呵”了一声，“你不曾出去吗？”他低声的问。

“不曾，但是你若不来，我就要去看你了。”

我们一面说着话已经上了楼。当他坐下时，他忽然低下头沉默起来。我挨近他，坐在他的椅靠上。我的嘴唇不知不觉落在他的头发上，他似乎已经觉得了，抬起头来向我一笑道："你爱我吗?"

"你还不明白吗? 我简直不知道怎样说才好，这世界上的几个字几句话无论如何不能表示我对于你热烈的心情的!"

"我是明白的，不过我觉得我没有资格接受你这样纯挚的爱，……"

当然我知道仲谦他是深爱着他的妻的，现在仲谦不能以整个的身心属于我，那不是仲谦的错，也许在他的妻看来，我还是破坏他们美满家庭的罪人呢。但是这是理智告诉我的，我的感情呢，唉，我的心是感着酸哽，在这个世界上我是一个被上帝赋与感情的人，而我的感情又是专为仲谦而有的，什么道德法律，对于我又有什么关系!

仲谦见我痴呆的不说一句话，他伸手握住我说："美娟! 你想些什么?"

"不想什么。"

"不想什么，顶好，美娟，我接到家里信说母亲近来身体多病，要我回去看看，所以我今晚就乘船回去了!"

"哦! 你就要回去吗? ……什么时候来呢?"

"那就说不定了，不过至迟一年我仍要出来的，你知道我是把生命交付给国家和主义的，只要我母亲略略健旺我就回来的。"

唉，相思债未清，别离味又尝，这霎那间我的心是被万把利箭所戳伤，但是我又不能阻止他不去，我除了一双泪眼望着他离开我，我还有什么办法。

……

十月七日

仲谦昨夜果然走了，我曾亲自送他上船。当我看见黄浦滩的大自鸣钟指到十二点钟时，仲谦又再三催我回去，我俯在船栏上看那滚滚江流，我渺小的眼泪是连续的滴在那上面。这虽是渺小的离人的一滴泪，然而我痴心想着，它能伴我的情郎回到他的家乡，不久它又把他送到我的怀抱里来。

“再会罢！美娟！望你为党国努力，自己多多保重。”仲谦送我下扶梯，这时电车已经停止开驰，这热闹的黄浦滩虽然还是灯火明耀，但是已经没有多少行人了。我踽踽凉凉的穿过马路[①]，才雇了一辆黄包车回到家里来。这时我真如同作了一个梦，我不相信前夜睡在我怀抱里的仲谦今天已经在长江轮上，这时船大约已出了浦江罢！我的心一直是凄酸的，我不明白世界上怎么会有这样纠纷的局面，我为什么一定要爱他……我也想解脱，但这只是骗人的把戏，今天能解脱，当初就不至于作茧自缚了。爱情真是太神秘了。

十月八日

天公故意戏弄人，这两天阴雨连绵，一点点，一丝丝敲在心上，滴在心上，都仿佛是离人眼中的泪珠儿呢。我懒恹恹不想起床，也不想吃东西，早晨文天来找我去开会，我推病辞却

---

① 踽踽（jǔ jǔ）凉凉，孤独凄凉的样子。

了。唉，像我这种心情，什么事负担得起？一床薄罗被压在身上，都有些禁不起呢。

中午勉强起来，吃了一块面包，和一杯牛奶。我想给仲谦写信，摊开信笺更觉得心头乱如麻，但是我想除了写信给仲谦更无法消遣这苦闷的日子了。最后我的信是写好了，录如下：

亲爱的仲谦：

江头话别，回来时冷月照孤影，泪眼望江湖，这心情真是难写难描，但觉世界太荒凉，人生如浮鸥，这霎那间没有雄心壮志，只有病的身，负了伤的心，在人间苦挣扎罢了。

计程你现在已过了武汉，再有两天就可以到家了，遥想令尊堂倚门含笑欢迎你这远路归来的爱子，是如何的神圣而甜蜜呢！至于你的爱妻，……我想她一定是更热烈的欢迎你，为你整理甫卸的行装，问你客中的景况，唉，仲谦，这时节你也许要想到我，不过那只是如昙花的一现——一个情妇在你心头究竟是占有什么地位呢！……唉，仲谦，我很伤心，我太偏狭，你爱你的爱妻是应当的，我不应向你挑拨，而且她又是一个旧式女子，我更应当同情她。仲谦你诚心诚意的爱她吧，不要为了我在你俩之间稍有云翳。我祈祷上帝，给你们美满的生活，正如秋月照临的夜，又幽默，又清净！

你的美娟

我信是写完了，但是我心头依然是梗塞着，当然我是有不可告人的贪心！我不能想象我的爱人，是被抱在别一个女子的怀抱里，——那真是侮辱——不，简直是一种死刑——唉，最后我只有伏在枕上流泪了。

十月十五日

仲谦到家了，他今天有一封信来，他写着：

美娟：

一到家我就接到你的来信，我对于你只有惭愧，……但是我不愿骗你，我的妻的确太爱我，她那样真纯温柔的为我伏侍着堂上两老，爱抚膝下子女，而对于我连年在外面东飘西泊，也毫无怨言憾意，美娟，你想这样的女子，我怎忍离弃她——可是我不离弃她又觉对你不住，你是一个受过高等教育的女子，你有纯真的热情，伟大的前途，只为了我这微小的人，你牺牲了名誉地位和法律上的权利，我又怎对得住你，所以美娟，我希望在我离开你的这一年中，你能为事业而解脱，另外找一个知心的伴侣，共同过幸福的生活，这是我朝夕所祈祷的，美娟，你接受了我的忠悃之言吧！

仲谦实在是个好人，他不是自私自利、虚伪的男人，他劝我何尝不是好话，但是他那里晓得，他的忠诚坦白，更使我不能放下他，我爱他的风度，爱他的人格，爱他的忠实，总而言之除了世上还有一个仲谦，也许可以改变我的心，不然这一生，我无论受何苦难，也难从我的心坎中把仲谦赶掉。上帝啊！给我最大的勇气，在人间——浅薄的人间，辟一条光明的神奇的道路，人们只知在定见下讨日子过，我只尊重我的自我，完成我理想中的爱的伟大。

今天我的心情比较爽快，我把心坎中的纠纷，用一把至情的利箭斩断了，从此以后我只极力的为我理想的爱情作培养的功夫，人间毁誉与我何事？

十月二十日

唉，我自信不是一个俗人，我有浪漫诗人那种奔放的热情，我也有他们那种不合实际的幻想，我要冲破人间固执的藩篱，安置我的灵魂在另一个世界上。——这是我一向的自信，但是惭愧呵，……昨夜文天来，他坐在冷月的光影里，更显得他严肃面容的可怕，好像他是负了整个世界，整个人类的使命来向我劝告，他一双装满理智，带有残刻意味，深沉的眼，是那样不放松的盯着我，同时他的语调是那样沉重，他说，“美娟！你现在应当觉悟，你同仲谦的关系，不能再延长下去，这不但对于你不利，尤其是对于仲谦不利。许多平日和他意见不对的人，正纷纷讥弹着他同你的恋爱……”

他的话，像是一座冰山——满是尖峻的冰山，从半天空坠压在我的头上、心上，我除了咬紧牙关，不使那颤抖发出声来，而我的两手抽搐着，这样矜持了许久，我到底让深伏心底的愤怒，由我的言语里发泄出来了。——当然我不能哭，我把泪滴咽到肚子里去，我急促的说：“怎么，我连恋爱的自由都没有吗？……仲谦爱了我，便是不道德，卑贱吗？”

“美娟，不是这么说，并没有谁干涉你的恋爱，除了仲谦，你爱任何人都可以。”他还是那么固执的、冷刻的往下说。

“怎么，仲谦就不能爱吗？”我愤然的驳他。

“可是，美娟，你应当了解仲谦的地位，他是一党的领袖，他的一举一动，是被万人所注意的，这种浪漫的行为，只有文学家诗人作作，……在他就不能，不信，你只要打听打听那一些党员的论调，就知道并不是我凭空捏造黑白了。”文天的眼光慢慢投向暗陬里去。我自然了解他对我说的并不完全是恶意，可是我仍然不明白，同是一个人，为了地位便会生出这许多的区别来，我只得问他道：“照你的意思，我应当怎么办呢？”

“自然我也知道你很痛苦！不过你是有意志、有知识的女子，我望你能完成‘爱’的最高形式，为党国牺牲些，把爱仲谦的热情去爱国爱党。……”

我实在不能反对文天的话，而且我相信他是个忠于党忠于国的好同志。不幸就是他，有时不能稍替我想想。唉，人类之间的谅解，本来是有限的，我何能独责于他呢！当时我曾鼓起勇气，对他说道：“好吧！让我试试看！”

他听了这话，连忙站起来，握着我的手说道：“美娟！我愿尽我的全力帮助你！”他含着满意的微笑，闪出门外，我莫明其妙的跟着他的脚踪，直走到楼梯边，我才站住了。仰头看见澄澈的秋空，无云无雾，一道银河，横亘东西，如同一座白玉的桥梁，星点参差，围绕着那半弯新月，境清如水，益衬出我这如乱麻般的心情了。

我如鬼影般溜到屋里，向那张浴着月光的床上一倒，我忘了全世界！唉，在那霎那间我已失了知觉。

十月二十一日

夜深风劲，我被那作响的门窗惊醒了。举眼四望，但见青光照壁，万象苍凉，身上一阵阵寒战，连忙拖过棉被来盖上，极力闭上眼，但是有什么用呢？越想睡，睡魔越不光临。悄悄数着更筹，不久东方发白了。弄堂里已有倒便桶的呼声，卖油条的叫卖声，这些杂乱的声音，虽使我觉得不耐烦，但因此倒压下了我的愁思，竟有些昏然想睡了。

朦胧间，似乎有人在叫我，张开眼一看，原来是瑞玲来了，她坐在我的床边，怔怔的望着我，嗫嚅着说道："你的脸色，怎么这样红?"她一下伸手摸我的额角，不禁失声叫道："你发烧了!"

"发热有什么关系？假使就这样死了，倒免得活受罪呢!"我说着禁不住一股酸浪涌上心头，这一些咸涩的眼泪，再也咽不下去了。

瑞玲望着我只是叹气，她含了一同情泪低声劝我："看开些!"

我不能怪她不近人情，可是"看开些"这句话，在我实在觉得亦太不关痛痒了。一个人要是能看开些，还有生活的趣味吗？还有生活的力量吗？无论谁遇到难关时，都以"看开些"解之，那么这死沉沉的世界再不会有新局面发展了；就是革命家，也就是因为这一点"看不开"的心，才肯拼命，不惜以一切去奋斗呵。不过，我是明白瑞玲这时候的心情，她无力来解释我的愁结，除了劝我“看开些”，她还能更说什么呢？所以我也只能向她点头，表示承受她的好意了。

下午瑞玲带了一个医生来看我，说是受了凉，吃了一些发散剂就好了。瑞玲替我买了些药来，看我吃过，她才怏怏的回去，我对于她的热情，只有流泪哟！

十月二十五日

我感冒已经好了，今天试着起来，两只腿觉得无力，仍然不能到外面去，只倚在那张藤椅上，看了几页小说，心潮又陡然涌起，尤其渴念远别的仲谦。我从屉子里找出他的照片，唉，这真是一个绝大的诱惑，这样一个精神隽朗的人儿，他给我生命的力，给我宇宙最上的美丽。但这仅仅是昙花一般的遇合，这是谁支配的命运？我对于这命运，应当低头，还是应当反抗到底？……人们给我的嘴脸太难看，我是否有勇气承受下去？难道是我的错吗？为了爱情，而爱一个有地位、有妻子的男人，是罪恶呢，还是灾殃？唉，这是一些我到死也难解的谜哟！

仲谦今天有信来，他是那样轻描淡写的劝慰我，当然，我也不能怪他太薄情！原是我爱他，他并不曾起意爱我，就是有些爱也是太可怜。他不愿背着这艰辛的爱的担子自是人情，但我呢，既具绝大的决心爱他，我就当爱他到底，纵然爱能使我死，我也不当皱眉呵！最可恨的“爱”这个东西是这样复杂，灵魂不够，还要肉体，不然我就爱他一辈子！谁又能批评我呢！

这几天在我心里起了大屠杀！结果胜负属谁，连我自己也不敢推测咧！

十一月三日

文天今日带了一个同志来看我，他是从东北归来的。在他风尘仆仆的面容上，使我感到一些新的刺激。后来听他述说东北同胞在枪林弹雨中的苦挣扎，和敌人的残暴种种，愤怒悲慨的火焰差不多要烧毁我的灵宫。——同时我觉得有点惭愧，这一向我几乎忘记了国家，更忘记了东北。一天到晚集注全力在求个人心的解放。唉，这是多么自私呵！我禁不住滴下羞的泪来了。

文天他们走了，我独自思考了半晌，我决定转变我生活的方式了。我不但对于至上的爱要勇敢，我对于正义更应当勇敢。这时我觉得愁惨的灵魂已闪着微微的光芒了。听文天说，我们团体里要派一部份人到前线去工作，尤其需要一部份女同志作救护的事情。我应当去，这是我唯一的出路，也是仲谦所盼望的吧！

十一月五日

一切都已准备了，我已决定同他们一同去——去到那冰天雪地里，和残暴的敌人相周旋。我要完成至上的爱，不只爱仲谦，更应当爱我的祖国！

今夜是我在上海的最后一夜了。也许便是此生最后的一夜呢！唉！我留恋吗？不，决不，这里的街道固然这么整齐，建筑这么富丽，可是那里面含有绝大的耻辱！我不愿再看见它。——即使还有回来的日子，我也盼祷着，同胞们已用纯洁的热烈的鲜血，洗净了这耻辱。——我站在窗前，向着那半已凋残的秋树，祝它未来的新生！

街道上，车声人声渐渐寂静了。我坐下来，铺上一张雪白的云笺，拔出一管新开的羊毫，刺破了左手的无名指，使那鲜红、绮丽的血，全滴在一只白玉盏里，然后把预备好的纱布，包扎停当，于是濡毫伸纸写道：

仲谦——

我的信仰者。在冷漠阴沉的人间，你正如冬天的太阳，又如火海里的灯塔，你是深深诱惑了我！从那时起，我虔诚的作你的俘虏。这当然得不到一切人的谅解，可是我仍然什么都不顾忌，闯开了礼教的藩篱，打破人间的成见，来完成我所信仰的爱，这能不算是稀有的奇迹吗？

但是，仲谦，古人说得好，"好梦由来最易醒"，这一段美丽的幻梦，已成了生命史上的一页了！现在我才晓得我还不够伟大，为了个人的幸福而出血，未免太自私太卑陋。所以我不能再隐忍下去，我要找光明的路走，当然你想得出我将往何处去的。——好，仲谦，我们彼此被释放了，好自为国家努力吧！一切详情我到东北后再报告你！

美娟

这一页血迹淋漓的信写成时，我内心充满了伟大的喜悦。

（本篇最初发表于 1933 年 1 月 15 日至 2 月 16 日《申江日报》副刊《海潮》第 18 至 23 号）

一段春愁

梅丽揽着镜子仔细的扑着粉，又涂了胭脂和口红，一丝得意的微笑，从她的嘴角浮起，懒懒的扬起那一双充溢着热情的媚眼，向旁边站着的同伴问道："你们看我美吗？年轻吗？"

"又年轻又美丽，来让我吻一下吧！"一个正在改削学生英文卷子的幼芬，放下红铅笔，一面说一面笑嘻嘻的跑了过来。

"不，不，幼芬真丑死了，当着这许多人，要作这样的坏事。"梅丽用手挡住幼芬扑过来的脸，但是正在幼芬低下头去的时候，梅丽竟冷不防的在她额上死劲的吻了一下，就在那一阵清脆的吻声中，全屋里的人都哈哈的笑起来了。

下课铃响了，梅丽已经打扮得停当，她袅袅娜娜的走到挂衣服的架子旁，拿下那件新大衣，往身上一披，一手拉着门环，回过头来向同伴说了一声"bye bye"才姗姗的去了。

"喂！你们知道她到什么地方去吧？"爱玉在梅丽走出去时，

冷冷的向同伴们问。

“不晓得，”美铃［玲］说，“你也不知道吗?”

“我怎么就该知道呢?”爱玉的脸上罩了一层红潮。

“不是你该知道，是我以为你必知道。”美玲冷冷的说。

“算了，算了，你们这个也不知道，那个也不知道，只有我一个人知道。”阿憨突然接着说。

“你知道什么，快些滚开!”爱玉趁机解自己的围。

“这有什么希奇，她到静安寺一百八十号去看情人罢了，你们都不好意思说出来，就让我这个大炮手把这闷住的一炮放了吧!”

“你这个小鬼倒痛快!”幼芬说：“可是你的炮还有半截没完。”

“唉，我是君子忠厚待人，不然当面戳穿未免煞风景。”

同伴们不约而同的，都把视线集在爱玉的身上，哈哈的起着哄。

“奇怪，你们为什么都看着我笑?”爱玉红着脸说。

“那里，我们的眼睛东溜西转是没有一定的，怎么是一定在看你，大约你是神经过敏吧!”阿憨若无其事的发挥着。

“小鬼你不要促狭①，当心人家恨得咬掉你的肉。”幼芬笑着说。

“该死，该死，你们这些东西，真是狗嘴里吐不出象牙来!”爱玉一面拖住阿憨一面这样说。

“喂！爱玉我要问你一句话，你不许骗我。”阿憨笑嘻嘻

---

① 促狭，捉弄人，恶作剧。

的说。

“什么话?”

“很简单的一句话，就是你同梅丽是不是在搞一个甜心。”

“什么甜心，我不懂。”

“不懂吗?那么让我也权且摩登一下学说一句洋话，就是Sweet heart[①]。”

“没有，……我从来不爱任何男人，更不致同人家抢了……你听谁说的?”

“谁也不曾说，不过是我的直觉。”

“不相信，一定是你听到什么话来的。”

“不相信由你，只是我问你的话，你凭良心来答复我……不然我又要替你去宣传了。”

“那种怪话有什么可宣传的，我老实告诉你吧，那个密司特王我在一年前就认得他，假使我真要同梅丽〈抢〉也不见得攘不过她，不过我觉得一个女孩子同男子交际，不一定就要结婚，……而且听说密司特王已经有一个女子了。……但是我知道梅丽一定疑心我在和她暗斗，这真太可笑了。”

“其实也没有什么关系，这年头什么东西都是实行抢的主义，那么两个女人抢一个情人又算什么?而且又是近代最时髦的三角恋爱呀!”

“小鬼，你真是个小鬼，专门把人家拿来开心!”

“死罪死罪，小鬼从不敢有此异心，不过是阿憨的脾气心直口快而已，小姐多多原谅吧!”

---

① Sweet heart，甜心，爱人。

爱玉用劲的拧了阿憨一把，阿憨叫着逃到隔壁房里去了。

当阿憨同爱玉开心的时刻，梅丽已到了静安寺一百八十号了，她站在洋房的门口，从新的打开小粉盒，把脸上又扑了些香粉，然后把大衣往里一掩，这才举手揿动门上的电铃，在这个时候她努力装成电影明星的风骚姿势。

不久门开了，一个年轻而穿着得极漂亮的男人，含笑出现于门前的石阶上……这正合了梅丽的心愿，因此她不就走进去，故意的站在门口，慢慢转动着柔若柳枝的腰杆，使那种曲线分明妙曼的丰姿深深印入那男人的心目中。

那满面笑意的男人，敏捷的走了过来说道："欢迎，欢迎！"一面伸手接过梅丽的小提包。

"怎么样，好吗？密司特王！"梅丽含着深醇的微笑，柔声的说。

"谢谢，一切都照旧，你呢，小姐！"男人像一只鸟儿般的活泼的说。

"我吗？唉，不久就要到天国去了！"梅丽吃吃的笑着说。

"你真会说笑话，小姐青春正富，离到天国还远着呢！"男人说着把仆人送来的茶接过来，放在梅丽面前说："吃茶吧！"他依旧退到位子上去。

"青春！青春！"梅丽感触的叫道，"我那里还有什么青春，你简直是故意的取笑我！"

"没有的话！"男人脸上装出十三分的真诚说道："现在正是小姐的青春时代，真的，在你的脸上浮着青春的笑；在你的举动上，也是充满了青春的活泼精神……"

梅丽看着他微笑——深心里都欢喜得几乎涌出感激的眼泪来。

“喂！王，你的话我也相信是真的，我们学校里的同事，样子都比我老得多，前几天我遇见密司柳！他也称赞我年轻，并且还说我的眼睛和别人不同……王，你看出我的眼睛有什么不同吗？”

“对了，你的眼睛比无论什么人都美，而且含着一种深情……”王含笑说。

“真是的，你也这样说，……你欢喜我的眼睛吗？”梅丽含羞的望着他。

男人挨近她身旁，低声说道：“你应许我吻你的眼睛吗？”

梅丽整个的颊上，罩了一阵红潮。半推半就的接受了那又温又香的一吻，于是沉默而迷醉的气氛把一双男女包围了。

“铛啷啷”电话铃响了，男人连忙跑去取下电话机来。“喂……我是王新甫……怎么样……哦好，可以，但是要稍微迟些，……好，再会。”

“那个的电话，不是爱玉的吗？”梅丽娇痴痴的说。

“不是，不是，”王有些惊惶的说道：“是一个男朋友约我去谈谈，有一点事务上的交涉！”

“哦，那就真不巧了，我想今晚同你去吃饭，并且看《卡门》去。”

“真是讨厌，”男人皱着眉头说，“我要不是为了一些事务上必须接洽的事，我就辞掉他了……这样吧，我明天陪你去如何？”

“也好吧……那么我现在去了，省的耽搁你的正事！”

“何必那样说！”他说：“这更使我抱歉了！”

“算了吧，这又有什么歉可抱呢，只要你不忘记你还有我这么一个朋友就行了。”梅丽站了起来，王把大衣替她披上，一直送她到了电车站，他才又回转来，从新洗了脸，头上抹了一些香油，兴匆匆的出去了。

梅丽上了电车回到家里时，心里像是被寂寞所戳伤，简直坐也不是站也不是，她想找爱玉去看电影——同时她心里有些疑决不下的秘密，也想藉此探探虚实。她从新披上大衣，叫了一辆人力车，到了爱玉的家门口，只见她家的张妈站在门口，迎着笑道：“小姐才出去了。”

“哦，也出去了，你知道她到什么地方去吗?”

“那我不大清楚，是王少爷来接她去。”

“王少爷！那一个王少爷?”

“就是住在静安寺的。”

“哦……回头小姐来时，你不必多说什么，只说我来看她就是了。”

“晓得了，”张妈说着，不住的向梅丽懊丧的面色打量，梅丽无精打采的仍坐了原车回家去了。

次日绝早，梅丽独自个坐在办公室里，呆呆的出神，不久美玲推门进来了。

“喂，梅丽，你今天怎么来得这么早！”

“昨晚睡不着，所以老早就起来了。”

“为什么睡不着？莫非有什么心事吗？……你昨天一定有点

什么秘密，说真话，成时请我们吃喜酒。”

“你真是会说梦话，我这一生再不嫁人的，那来的喜酒请你吃呢？我告诉你吧，这个世上的男人都坏透了，嘴里甜蜜蜜的，心里可辣得很呢！”

“这是什么意思，你发这些牢骚？”

“那个又在发牢骚呀！”爱玉神采飞跃的跑了进来插言说道。

“你今天什么事这样高兴呀？”美玲回头向爱玉说。

“我天天都是这样，也没有高兴，也没有不高兴。”

“你到底是个深心人，喜怒哀乐不形于色！”阿憨又放起大炮来。

“哼，什么话到了你这小鬼嘴里就这样毫无遮拦！”梅丽笑着拧着阿憨的嘴巴子说，大家都不禁望着阿憨发笑。

第一课的钟声打过了，爱玉、梅丽都去上课，办公室里只剩下美玲、幼芬和阿憨。这时美玲望着她俩的影子去远了，便悄悄的笑道：“这两个都是傻瓜，王简直就是拿她们耍着玩，在梅丽面前，就说梅丽好，在爱玉面前就说爱玉好，背了她们俩和老伍他们就说：‘这些老处女，我可不敢领教，不过她们追得紧，不得不应付应付，’你说这种话叫梅丽和爱玉听见了要不要活活气死！”

“这些男人真不是好东西，我们叫梅丽她们不要睬他吧，免得他烂嚼舌根！”幼芬天真地说。

“那你简直比我老憨还憨，她俩可会相信你的话？没得惹她们两边都骂你！”阿憨很有经验似的说。

幼芬点头笑道：“你的话不错，我们不管他们三七廿一，冷眼看热闹好了。”

……

中午吃饭的时候，梅丽拿着一封信，满脸怒气的骂道："什么该死的东西，他竟骗了我好几个月，现在他的情人找得来，他倒也撇得清，竟替我介绍起别人来，谁希罕他，难道我家里就没有男人们，他们就没有朋友可介绍，一定要他这死不了的东西多管闲事！"

"喂！这算什么，那个又得罪了你呀！"阿憨找着碰钉子，梅丽睬都不睬她，便饭也不吃的走了。

爱玉却镇静得若无其事般的说道："美玲，密司特王要订婚了，你知道吗？他的爱人已经从美国回来了。"

"哦，这个我倒没有听说，……这就难怪梅丽刚才那么痛心了。"

"本来是自己傻瓜嘛，……所以我再也不上他的当。"爱玉装出得意的样子说。

阿憨向着幼芬微笑，她简直又要放大炮了，幸喜幼芬拦住她道："你不要又发神经病呀，"阿憨点点头，到底伏着她的耳朵说道："她是哑子吃黄连，有苦不能言罢了。"一阵格格的大笑后，阿憨便扬长而去。

梅丽这几天是意外的沉默，爱玉悄悄的议论道："你们看梅丽正害 Love sick，你们快替她想个法子吧。"

"夫子莫非自道吗？"阿憨又憨头憨脑的钉上这么一句，使爱玉笑不得哭不得，只听见不约而同几声"小鬼，小鬼"向着阿憨，阿憨依然笑嘻嘻的对付她们。

时间把一切的纠纷解决了，在王先生结婚后的两个月，梅丽和爱玉也都有了新前途，这一段春愁也就告了结束。

（本篇最初发表于 1933 年 2 月 1 日《时代画报》第 3 卷第 11 期）

女人的心

第一章　初　识

正是一个初夏的早晨，素璞为了她的朋友梨云结婚，她要去帮忙，所以绝早便起来了。当她走到栉沐室的时候，太阳刚刚晒到柳树巅，一群云雀纷纷飞向各处找吃食去。

素璞站在一面大菱花镜前，打开了头发，右手拿着一把淡黄色玳瑁的梳子，只放在头顶上，怔怔的出神，她想今天是梨云结婚的日子，而且是一个晴明爽丽的好天气，真可算是良辰美景了。据梨云说他俩已恋爱三年，只为了那位新郎海文已经结过婚，因此他俩在苦恋中挣扎了三年；直到最近海文才和他的妻子正式离了婚，现在他俩是有情人终成眷属。……一对苦恋的人，达到结婚的目的，梨云不知怎样快乐呢！唉，人人都有一个甜美的黄金时代，我自己呢?

素璞默默的沉思着，那拿梳子的手软瘫瘫的落了下来，她连忙把梳妆台下的春凳拖了出来，爽性对着镜子发起呆来，她一个苦闷的心正回味到四年前她的婚礼上去。

那时也是一个晴明的好天气，而且又当百花开得最灿烂的仲春时节，百灵雀和黄鹂早晚唱着婉妙的歌；那时候她仅仅十七岁——一个对人生毫无认识的少女，在中学三年级里读书，在学校年假大考结束后，她带着快乐闲散的心情，回到家里；看见她母亲整日整夜的忙着，定作家俱呀，买衣料呀，她莫明其妙的问母亲道："妈妈买这些东西作什么?"而妈妈总是含笑不言，有时或者说："自然有用处。"不久年假满了，她预备搬到学校去，妈妈连忙把她叫到跟前，摸着她的头发一面慈和的说："阿素这半年不必上学了。"

"为什么不上学，妈妈?"

妈妈沉吟了一下说道："贺士已经毕业了，一两日就从上海回来，六七月间要到外国去，这一去至少三四个年头，而你们的年龄也有这么大了；我想还是让你们结了婚他再走，我也放了心，不然一个青年男人在外国住上几年，难保不发生变卦，所以前些时候我已去信和贺亲家商议着，就在春天把你们的大事办了，你能和他同去更好，不然的话他也有个挂牵，就不致发生什么毛病了。"她听了母亲的一番话，心里说不出是欢喜还是忧惧，只觉得满心腔中充塞着一种异样的感觉，见了人不由得羞答答的不敢抬头，那些亲眷们又常常跑来和她开心什么"小姐大喜呀!"那位老姑妈更使她难为情，每次来了，总是把她通身上下端详个仔细，然后笑迷迷点头道："这孩子倒有些福气，听说姑爷人品长得不错，而且学问也好，今年刚刚二十多岁已经大学毕了业……”老姑妈唠唠叨叨说个不休，这给她一种很好的印象，于是她感觉得这位未来的夫婿，已占据了她整个的处女之心了。

她在家人忙乱的热闹空气中，匆匆的已过了两个多月，眼看吉期一天近似一天，她这时每日只躲在房里，绣一对鸳鸯嬉水的枕头；在那一针一线中织着她美丽的热情的幻梦。

最后她所理想的结婚生活，变成事实了。贺士果然是一个神隽的青年，在新婚的生活里，他俩都昏昏沉沉的过着，也许那就是所谓甜密吧！不过他俩兴趣上似乎总有些不相投，时时显露出互相间勉强应付的痕迹。

窃贼般的时光，悄悄的溜走，她结婚已经两个多月了。一天早晨她从床上起来，贺士还沈沈的睡着呢，她披了一件睡衣，推开玻璃窗，倚着窗栏，看见院子里的海棠花一朵都没有了，到是树荫深处已缀着豆粒般大的海棠果了。同时天气也一天一天闷热起来，贺士去国的日期将近，她对于离别的滋味，有点模糊的凄酸，不免掉过头去望着正在甜睡的贺士。这时贺士正打了一个转身，微微的睁了一下眼睛，便又睡去了。她觉得一个人怔在窗前没有意思，便悄悄的走出房门，墙阴的两株红玫瑰已经开得很茂盛了，她便摘了几朵，仍回房来；贺士这时已经醒来，他看见她云鬓蓬松还不曾梳洗的样子，便问道：“你这么早跑到园子里作什么？”

“我去摘几朵玫瑰花泡茶吃！”

“哦，玫瑰都已经开了吗？”

“是呀，光阴过得多么快！”她说了这话，心里有些发梗，并且叹息了一声道："再有十天你也就要走了。"

"不错，仅仅只有十天了；素璞，我走了以后，你一个人在家里也闷，不如和妈妈商议，还是继续去读书吧！"

"也好，不过我近来似乎有些毛病，常常头疼，而且心头作呕，月经已经两个月不来了。"

"那你怎么不早说，好找个医生看看。"贺士说着连忙爬了起来，要水洗过脸，就匆匆去找杨大夫来。

不久大夫到了，仔细的检查后，更含笑道："恭喜嫂夫人是喜病，没有什么关系，过了一定的时期，自然会好的。"

她自从听到自己要作母亲的消息，似乎害羞又似乎骄傲。同时她有点怀惧，因此她要求贺士再迟半年去国，贺士也答应了。从此她便安静的等待着。到了年底她很平安的产生了一个活泼可爱的小女儿。贺士在第二年的春天，就离开她到欧洲去了，现在已经是去了三年……素璞回味到这里，不禁叹了一口气；这时心里充满了无限春愁，她早要知道别离是这样的滋味，真不该让贺士单独出国了。她不禁滴下悲怨的泪滴。正在这时候，张妈拿了洗脸水进来说道："少奶奶洗脸吧！"

"放下好了！"她懒懒地回答着，站了起来；一面洗脸一面泪滴儿仍如泻珠般滚了下来，她这时不但想到异国的贺士，而且也想到家乡幼小的爱女，因为当她生产以后，贺士即出国，她便到北平进了大学，现在也整整离家三年了。

这一早晨素璞在哀愁与回忆的情绪中混过，而不待人的时间，早又中午了。海文和梨云的婚礼是三点钟，吃过饭就应当去，因此她忙忙的收拾了，换了一件衣服，坐车子到了中央公园。这时满园花草，都开得灿烂夺目，又加着两排苍松翠柏更引人留恋，果然是好天气，美景色，谁说老天无知呢，安派了这样的画境，为这一对幸福的人儿……

她一面走一面想，不知不觉已早到来今雨轩了，她刚想向茶房问梨云来了没有，只见梨云已笑嘻嘻站在户口向她招手，她连忙迎了上去道："怎么样？一切都准备好了吗？"

"也没有什么可预备的，只等时候到了行礼。"

"海文没来吗？"

"他去拿定的花球去了。"

"你家里的人呢？"

"他们都在后面的屋子里，我来替你介绍介绍，回头请你帮着她们招待来宾。"

梨云领着素璞绕过那草坪，便进来今雨轩的大厅，只见礼堂里满是花篮和松柏枝搭就的台子，十分富丽。在大厅的后面，有一间小屋子是预备新娘化妆的地方，梨云推开门，只见里面坐着两个男人，一个女人，梨云指着那位三十多岁倭胖的男子说道："这是家兄，"又指着那位团脸的女人道："这是家嫂。"这时另外一个年轻的男人也站了起来，梨云说："这是舍侄纯士，他在西郊大学读书，"回头又指着素璞说："这是我的同学素璞女士。"大家见过了，梨云的哥嫂，便向素璞含笑道："今天要劳女士的神，替我们招待招待客人！"

"那是当然帮忙的。"

她们应酬了几句话后，梨云便对纯士说道："你们外头坐着吧，恐怕客人也快来了，我让嫂嫂替我烫头发。"纯士应着便陪素璞到大厅上，参观了一阵礼堂。他便招呼素璞到廊子上的茶座上坐下，茶房泡了一壶香片茶，又摆了一桌子的糖果，他俩吃着茶等待客人，但是时候还早，除了一些游园的人们，从这里经过外，还不曾有人来；在这闲暇时间中，素璞忽然抬起头来，向坐在对面的纯士望了一望，她觉得纯士面孔上，有一种使人难忘的印象，她莫明其妙的把纯士的五官暗暗的品评着，最后她发现他的眼睛特别光亮。同时她感觉贺士虽然是一个美男子，可是赶不上纯士聪隽有精神。她正在呆呆的思量着，忽听纯士说道：

“素璞女士是研究教育的吗?”

“不，我是研究史地的。”

“快毕业了吧?”

“还有一年半。”

“贵校的史地用的是什么课本?”

“我们不用课本，完全是讲义，不过先生另外还写了几本英文的参考书。”

“女士也喜欢看西洋文学书吗?”

“偶尔也看一些，如迭更司的小说呀，大仲马父子的作品等，不过我的外国文程度太浅!”

“那是女士太客气了，我常听见梨云姑姑谈起女士对于中国文学很有根底，而且我也曾拜读过女士所填的《浪淘沙》，真是调高韵逸；几时女士也教教我填填词!”

“笑话，我那里会填什么词，不过一时高兴，胡乱写上一些罢了。”

他俩正谈得高兴时，忽见有几个客人已向这里走来。纯士招呼客人到大厅里坐着，素璞去看梨云，只见她已将一头的乌云，烫成水波纹式，脸上擦了脂粉，果然比较年轻美丽了。梨云对着镜子向素璞含笑道："你替我把纱披上试试看。"素璞便把那长方盒里的薄如蝉翼的白纱，轻轻的拿了出来替她齐额披好。衬着身上妃红色的礼服，果然光艳耀眼。素璞扶她坐在椅上，这时女客也来了不少，有几个亲眷走进来看新人，梨云默默含情的低着头，让她们品头评足，素璞本想陪着她，忽见她嫂嫂进来说过："素璞女士，外面来了几个梨云的同学，请你去招呼她们坐吧。"素璞听了这话，只得撇下梨云到外面去招呼了。

五点钟行过礼后，来宾们都纷纷坐上席了，正好素璞同纯士坐在一张桌子上，当喜宴将散的时候，纯士向素璞低声说道："梨云姑姑叫我请女士慢一步走。"

不久来宾都散尽了，梨云已把头纱取下来，换了一件玫瑰色的软缎绣花旗袍，满脸喜气的挽着海文走出公园，坐汽车回家，纯士另外雇了一辆车子送素璞回去。

在寂静的长安街上，路灯闪闪的发着青绿色的光，天上繁星如棋子般满布着，一钩新月才从云层里吐露出来，春天的和风，夹着花香拂吹着，这美丽的夜，当然是最适合新婚儿女的环境；便是这一对初识的青年男女，他们依［一］样的也被这轻软的春光所陶醉了。在这个时候无论那一个人，心弦上都颤动着活跃的音波，而憧憬着梦幻的美丽，虽然明知自己所想像的，是超越实际的热情，但是春便是浪漫整个的象征，因此这汽车中的纯士和素璞也竟不能逃避春的诱惑，在他俩的心田深处，已暗暗的洒上相思的种子了。

不久已到了素璞的家里，纯士看着素璞下车进去了，他才又折回城东去，在车上他似乎惊喜着自己发现了些甚么，但同时又像是失掉些东西似的。

第二章　接　近

天色才有些朦胧，素璞从梦中醒来，一只手撩起白色的蚊帐，只见嫩绿的柳条，在残月疏星的光影中，轻轻的荡动；东方的天空，尚自寂寂不见霞彩；从枕头底掏出手表一看，原来才四点钟，她转过身子去，打算再睡一觉。但是眼睛尽管闭着，睡魔总不肯光临，脑子里倒像开了电影，一幕一幕清楚的演映着往事。最奇怪的是纯士的面影不住在她的意识界里浮泛，同时不免联想到去国三年的贺士了，不知他在异国过些什么生活，也曾想到她空闺独处的凄凉没有？咳，光阴是过得这样快，青春是不常久的，而贺士总不想着回来，使这美妙的光阴，在离愁别恨的心情中销尽。素璞想到这里，由不得要羡慕新婚的梨云夫妇，同时也对自己的孤寂而伤感，这时心头一阵酸楚，由不得两行清泪沿颊而下。素璞哀思沉沉的躺着，窗外的云雀早被阳光惊醒，吱吱的叫着。邻家的黄狗，也断续的吠着，远远已听见街车隆隆鄰鄰的声音。她一翻身从床上起来，拭干了眼角的余泪，开了冷水管草草洗过了脸，从屉子里拿出贺士的一张四寸大小的照片，看了看，但是这影里情郎是这样木呆呆的望着她，再不谅解她心头的焦愁，而安慰她。她叹了一口气依旧放下照片，只坐着出神；忽然听见走廊上有人走路的声音，跟着杨妈托着一杯热气蒸腾的牛奶来，说道：“少奶奶今天起得这样早！”她“嗯”了一声，伸手接过牛奶来，有心无意的灌了下去。杨妈接了空杯子出去了。素璞站起来，对着镜台草草的梳了一下头发，从衣架上取下那件绸子的夹大衣，披在身上，走到庭院里，无“目的”的兜着圈子；只见杨妈手里拿着一封信，从外面走了来。

“少奶奶！这是梨云小姐那里送来的，说是要回信的。”

素璞接过信来，一面拆信，一面向杨妈道：“你叫他等一等吧！”

杨妈答应着去了。素璞只见一张浅红色的花笺上写道：

“素璞姊姊：

昨天多劳了，非常感谢！今午妹拟请几个朋友来家便饭，务望姊拨冗光临，毋任盼祷之至，匆匆顺祝

康乐！

妹梨云谨具”

素璞看完信，心里仍然闷闷的，本想辞掉了不去，又觉得在家里也没什么趣味，倒不如去混混吧。于是她拿了一张卡片写道：

“梨云姊姊：

蒙宠召甚感！届时定来，再谈！

素璞再拜”

素璞将片子写好，交来人带去，把笔往桌上一丢，站起身来，向书架上抽出一本小说来，看了几页，时钟早已敲了十二下，连忙打开粉盒，向脸上扑了一扑，换了一件莲灰色的夹旗

袍，拿着手皮包，走出门来。恰好有一辆人力车停在那里，她坐上去道："到东城无量大人胡同!"车夫一见这位不讲价的雇主，心想这是好买卖，于是欢天喜地提起车柄，如飞的向前跑去。

转了一条马路，无量大人胡同到了。就在路西的一家红漆大门口停住，素璞给了车钱，便向前敲门；跟着出来了一个看门的男人，请素璞里面坐，素璞正往里走时，早已看见梨云和海文一对儿，满面笑容的迎了出来，同时说道："客人都到了，就候你一个呢!"

"真的吗？那真对不起了!"素璞含笑说。

"等些多喝两杯酒就行了。"梨云说。

他们一面说一面已进了客厅，果然已经来了不少客人，大家见素璞走了进来，都站起来招呼，素璞已看见纯士也在那里，她不知不觉高兴起来，这时纯士也笑盈盈的走过来道："素璞女士，昨天真受累了!"

"纯士先生太客气了，到是那么夜深，还劳你送我回家，真使我不安呢!"素璞说。

"好了！好了!"梨云叫道："你们大家都不必客气了，归根到底都是为了我们，只有让我们向诸位道谢!"

他们正在互相谦谢时，仆人已来请吃饭，素璞随着大家来到饭厅里。看见那屋里，已整整齐齐摆着一桌席，在每一个座位前，放着一张小巧精致的画片，写着各人的名字，于是大家找到自己的名字坐下。素璞的右边恰好是纯士的位子，纯士连忙把椅子拖了出来请素璞坐，素璞含笑谢了坐下；仆人络续的上着菜。梨云向纯士道："纯士，你招呼素璞多吃两杯酒!"纯士果然把酒壶擎起，替素璞满满斟了一杯，同时自己也斟了，说道："素璞女士，我敬一杯!"素璞连忙欠身道："对不起，我的酒量太小，这一杯受不了，还是让我慢慢吃吧!"

"那是女士太不赏脸了，"纯士说："我听梨云姑姑说女士的酒量极好。本来一个有天才的人，没有不善于喝酒的，只是我面子小，所以女士不肯喝!"

"纯士先生太言重了，好罢！我喝一杯!"素璞果然把一杯酒干了。纯士连忙又替她斟上一杯，一面又替她布菜；素璞空着肚子，喝下这杯酒去，只觉一股热潮冲上脸来，头有些晕，心脉急切的跳着。纯士才知道她果然酒量不大，连忙吩咐仆人打热手巾，又亲自剥了一个蜜桔送在她面前。素璞吃着桔子，她的心灵早已飞越到另一个世界去了。只觉得全身瘫软无力，勉强的吃了一些菜，直挨到席散，她连忙找到一张沙发椅靠着。纯士偷眼见她两颊绯红，倦眼微饧，更比昨天好看了；心里也禁不住一动，但是再一想她已经是罗敷有夫的人，自己不应尚存什么非分之想，他这样自己责备自己，但他仍不能避免热情的袭击……不禁心里暗诵着古人的诗道："还君明珠双泪垂，恨不相逢未嫁时。"他感叹着，陡然又想起一件事来：——

前半年，梨云姑姑住在学校里，忽然患了胃病，父亲曾到学校的疗养室去看她，只见一个女子，正在替她煎药；态度十分温柔、诚挚，父亲看见心里非常赏识那个女子，回家他对妈妈说："梨云妹妹的那个女朋友，样子长得还不错，而且性情温柔，对梨云妹妹真是体贴入微，这样的女子，现在真不容易找到，不知道她已经定婚没有；如果能替纯士找这样一个妻子就好了。"后来父亲果然对梨云姑姑说起，梨云姑姑叹了一口气道："没缘法，人家已经是一个孩子的母亲了。"父亲听了这话，也就放下不提，不过弟弟们常拿这件事和他取笑，他呢，也只当是一件笑谈，在他心里，从来没有把这件事当真过，谁知昨天在来今雨轩一见，这一颗毫无挂碍的心，竟不期然的受了纠缠。……

纯士默默的沉思着，忽见梨云走过来道："纯士你来，我和你商量一件事。"

"什么事情呢?"纯士说。

"你现在功课忙不忙?"梨云问。

"不算忙……"纯士说。

"那就好，前几天素璞请我替她找一个人补习英文，我当时就想和你商量。因为事情忙，简直就忘了，适才她又和我提起，我想你要是不很忙，就不必另找别人，干脆请你帮帮忙罢!"

"就是她一个人补习吗?"

"是的，你的意思觉得怎么样?"

"当然没有什么不可以的，只是每个星期只能补习两次，因为学校离城太远，除非星期六和星期日，再没有工夫进城的。"

"其实两天也尽够了，你想什么时候开始好呢?"

"那都随便，不过既已答应了，就早些开始罢!"

"好，等我找素璞来，你们当面接洽!"

梨云送了客人们回来，便约了素璞到客厅来，纯士连忙站起让坐。

"素璞，我已经替你请好了先生啦，只是什么时候好，你同纯士去商量罢。我叫他们泡碗浓茶给你们吃。"梨云说着便到里头去了。

“素璞女士真是好学。可佩！可佩！”纯士微笑的说。

“什么好学，实在感觉得文字不够应用，只好格外巴结些了。”

“女士为什么总是这样客气?”纯士怅然的说。素璞听了这话不禁一笑道：“学生对先生当然应该客气些!”

“言重！言重！这么一来我到不敢答应替你补习了。”

“好了！我们不要尽开玩笑罢，到是定个什么时候好?”

“我星期六下午一点钟进城，星期日下午六点钟回学校，如果是补习两次的话，我想星期六下午两点到四点，星期日上午八点到十点。”

素璞听了这话，沉思了一下道：“很好，就这么定规了，只是用什么书呢?”

“那随女士的意思，喜欢补习什么都可以。”

“我想补习一本西洋近代史，其余再读一些文学作品。”

“好……今天是星期四，就从后天开始吧，我到女士家里去。”

他们商量定后，时候已将近黄昏，素璞便辞了梨云、海文回去。

素璞到家，吃过晚饭立刻把要补习的两本英文书找了出来，自己先预习了一遍，精神有些疲倦上来，便收拾睡下。这一夜她睡得很好，她的心似乎比较充实了。

转眼星期六到了，她一早起来，吩咐杨妈把屋子打扫干净，又预备了一些精致的糖果点心，把书房里的花瓶的残花都换了新鲜的，真是收拾得窗明几净；午饭后她本想稍微睡一下，但是躺在床上，心绪如潮，她自己也莫明其妙，为什么这样不安；

而且是有生以来，第一次感到心的眩惑，最后她不躺着了，从新洗了脸，淡淡的施些脂粉，便到书房里，对着书，支着颐，怔怔的出神。壁上的时钟铛铛的敲了两下，她的心更跳得利害了；只得深深的呼了一口气，勉强的镇静着；不久院子里，听见橐橐的皮鞋声响，杨妈领着纯士进来了。她连忙站了起来迎接。纯士含笑的问道："女士一个人住在这里吗？"

"不，还有几个亲戚，他们到西山玩去了。"

他们寒暄后，素璞把书拿出来；纯士细心的讲解了一遍，又出了几个问句；素璞很敏捷的回答了，两点钟的时间早已过去。

素璞收起书，吩咐杨妈把预备好的茶点拿了出来，纯士吃着茶，和素璞款款的谈着。早又满树斜阳，庭前老鸦刮刮的叫闹，纯士只得辞了出来。在归途上纯士的一颗心依然绕在素璞左右，他觉得素璞不但有女性的温柔，而且同时也有坚固的意志，和奋斗的精神；在我的生命史上这是第一次与女性接近，想不到就碰到这样一个不容易使人去心的女人。他觉得欢喜，但又感伤，当然他自己觉得有点脸红，为什么那样自私，占有欲那样强？这已是一朵有主的名花了……除了作一个好朋友，不能再有别的希望呢！……这是纯士的心事，不过上帝安派的命运究竟怎样，不但我们不能揣测，就是素璞与纯士他们也何尝算得定呢！他俩只是一对瞎子，闭着眼向前走，走到那里算到那里。

光阴一天一天过去，素璞同纯士的认识也一天一天深起来，他们每星期有两次的聚会，虽然在这一年春天过完时，他俩还能勉强保持淡然的友谊，不过在他俩的灵海里已涌起苦闷的恶浪。那一夜纯士从素璞家里教书回来后，素璞躲开亲戚们，独自坐在竹丛前，悄悄的流泪；而纯士呢，独自在天安门的石路上，徘徊沈思，使得天上那位多情的月姊，也不禁黯然，她终于不忍看这一对苦闷的人儿，而躲到浓云背后去了。

第三章　低　诉

纯士从素璞那里教完书出来，已经是日影横斜，晚鸦归巢的时候了。他捧着一颗紊乱的心，回到家里去，一走进门就听见梨云哈哈的笑声，便连忙上前去招呼，梨云向他笑嘻嘻的说道："神气哟！先生回来了。"

"姑妈专门说笑话……姑夫呢？"纯士问。

"他看朋友去了，回头会到这里吃晚饭的。"梨云说："喂，纯士，我问你，素璞的英文程度怎么样？"

"当然不算好，不过她极用功，而且细心！"

"你的观察不错，她平常就是一个细心而用功的人！"

纯士听了梨云在赞扬素璞，心头陡然又兴起一股奇异的情流，——那是一股非常不和谐的情流，一半儿欢喜，一半儿嫉恨，但在他想到素璞每次说起贺士，便表示一种不快的神情时，他的心不禁怦怦的跳动了。……这的确不见得完全绝望，纵使无缘和她发生什么形式上的关系，但是作个精神上的安慰者，也何尝不好呢！他沉思到这里，一天愁烦，都交付那阵晚风带走了。高高兴兴的跑到自己房里，找了一张淡绿色的雪笺，蘸了浅紫色的墨水，在上面写道：

“我所崇敬的素璞女士：

当然我们已不能算是初交，两个月以来，我们时时有见面谈话的机会，自然我应当满足……不过人类的心是异常神秘，而且是一个永远想着前进的东西，因此我对于女士也是希望我们间的友谊与流光俱进！女士请相信我，一只纯洁柔驯的小羊，还不曾离开母亲的怀抱，独自到社会作人的我，是极需要热情的培养与诚挚的指导，今后我希望女士时时策励我，鼓舞我。……”

纯士写到这里接不下去了，自然他第一次给一个爱慕的女友写信，连自己也把捉不定说些什么好，写得太亲昵了怕碰钉子；写得太轻松了，又不能尽意，他把这封信看了又看，觉得还过得去，因此把花笺摺了起来，装在一只浅紫色的信封里，外面写着“素璞女士惠展”。他郑重的把信放在大衣的袋子里，预备明天去教书时，乘便递给素璞。

夜里梨云和海文告辞回去，纯士回到房里看了两页书，便沈沈睡去了。这一夜他是在温馨的心情中陶醉着，天大亮了，才被绿窗前的一阵鸟噪所惊醒，连忙收拾了就奔向素璞家去。走到书房里，只见素璞身上穿了一件黑色印度绸的单衫，素面红唇，更觉妩媚，斜倚在那张近窗的沙发上，默默含情的望着窗前的海棠花，一见纯士走近，连忙站起来含笑招呼。纯士一面看手表，一面抱歉的说道：

“今天晚了，素璞女士一定等了很久吧！”

“并不很晚，”素璞含笑安慰般的说：“我也才到书房里来，这几天天气渐渐热了……”

素璞说了这句话，陡然停止，脸上绯红，连忙装作叫杨妈倒茶来；纯士见了这情形，虽然莫明其妙，不过眼里看了这酡颜粉面的少妇，也不知其然的红了脸，幸喜杨妈倒茶来，解了他们的围。

功课补习完了，杨妈又端出一杯汽水来，纯士接过来喝着，立刻觉得冷浸齿颊，气爽神清，便笑道："这汽水真好！又清香，又爽凉。"

"哦，那是我昨夜就冰上的。"

"这真多谢了。"

"又来了。"素璞微含怒意的斜睨着他。纯士只低着头暗诵："宜嗔宜喜春风面！"素璞看他一声不响，倒禁不住噗嗤一声笑了出来道："你怎么不说话了？"纯士也笑道："是呀，话太多不知从那一句说起，我这里有一封信，请你看看罢？"

"信？"素璞怀疑的望着他道："是给我的吗？"

"是的，"他说："我随便写了几句，请你不要见笑！"

素璞脸上又涌起一股红潮来。拿着信躲在沙发角里悄悄的看着，最后她微微一笑，把信摺起，夹在那本英文历史里，呆呆的望着窗外。这时她脸上的红潮渐渐退尽了，眼圈有些发红，后来她喟然长叹了一声道："天下的事情，为什么这样不凑巧！"

纯士听了这话，也正刺在他的心弦上，也不禁低头叹气，后来他忽然想起一件事来，就是贺士和素璞的感情究竟如何，他老早就想问，但今天却正是机会，因极力镇静道："贺士先生不久就要回来了吧……我想他回国后，你们的生活一定很美满了。"

"美满吗？我也是这么样希望，但是天下的事情，如人意的究竟太少！”

“女士为什么说这样的话，听见贺士先生学问人品都不可多得……”

“当然，这样一个男人，我们是指不出他有什么劣点，不过不见得是个个女人都喜欢他吧！”

“莫非说女士和贺士先生之间有过什么裂痕吗？”

素璞这时抬起眼皮来看了纯士一下，凄然一笑道：“纯士！”她这样亲昵的称呼，使纯士倒不知所措了，连忙喏喏连声道：“你能把你们之间的生活告诉我吗？……假使我能对你们有些益处，我一定帮忙！”

“你晓得我一向都沉在苦闷中吗？……说起贺士来，他有他的长处——一切男人没有他那么细腻；可是他也有他的短处，他的思想太固执了。他满脑子都是封建余毒，他不了解女人的心，而且他不承认女子的人格，他要他的妻子绝端的服从他，服侍他……这是我们根本不能合作的原因，……”素璞说到这里停了一停，又继续的说道：“而且他也是一个极端自私的人，我们结婚后一年多，他便到欧洲去，听说他在那里的生活很舒服，而他从来没有顾念过我和他女儿的生活，现在我到北平来读书，我的小女儿放在我娘家母亲那里，就是我每年的用度也都是我母亲供给……”

“当然无论什么人都有些短处的，只要你能谅解他，便什么都不成问题了。”

“这也是无可如何的想法罢了！”素璞懒懒的答应着。

“好在一个人的生活方面很多，就是家庭生活若略有欠缺，只要别的方面满意，也未尝不可得到安慰的。”纯士安慰她。

“这倒是实话，所以贺士走后，我才决心到北平来读书。”素璞说。

“其实事业的安慰，比其他更要紧，试想我们到世界上来了一趟，若果一无所得，未免太辜负此生了。我愿意将来我们能作个事业上的互助者，如果能蒙你不弃，把我当一个恭顺的弟弟看待，我真不知道怎样感激你呢！”

“也许你的年龄比我小，不过你的学识却在我之上，我怎敢作你的姊姊？”

“不，素璞姊！你实在还没有深切的了解我，我实在是一个不知事［世］故的小孩，我到今年活了二十三岁还不曾离开学校的生活，而你呢，我相信比我强多了，你好好的教导我帮助我吧。我有人心，绝不会忘记你的好处！”

素璞听了纯士天真纯挚的话，不禁含笑道：“让我们作一个纯洁的好朋友吧！”

纯士喜欢得跳了起来。正当这时候，忽听得一声震天动地的午炮声，才提醒他，连忙告辞回家。当素璞送他到屏风门那里，他低声说：“明天给我写回信呀，千万别忘记了，我盼望着呢！”

“是了，我不忘记，再会吧！”素璞答应着，直看他转过屏风门才怏怏的回转来。到上屋时，她的婶母问她道：“怎么今天上了这许久的课？”

素璞被她这么一问，连忙镇静着答道：“因为我请他替我开了两个外国信封，又起了一封信稿，所以耽误些时候。”婶母有意无意点着头进去了。她也跟到堂屋里，只见桌上饭已摆好。她坐下陪着婶母们吃完了饭，独自躲到房里，斜卧在沙发上。

这时天气真有点闷人，院子里金银藤的温香，一阵阵袭人，她感到陶醉和疲软，昏昏沉沉的闭着眼，恍惚间看见纯士由外面走了进来，她正想坐起来时，谁知纯士已经挨着自己身边坐下了；同时自己的右手，也被纯士紧紧的握住，她怕婶婶走进来，碰见不好，所以急着想把手拖回来，但是全身就像被浸在酒坛里，软瘫瘫动弹不得，正在这时候，忽听她婶婶的声音在喊她，她真吓得魂飞魄散，用力一挣，醒了。睁开眼一看，一缕艳阳映在玻璃窗间，梨树上的鸟影，淡淡的照在白色的窗帘上，四境寂寂，那里有人声，更那里去找纯士的影子呢！

素璞怅然的坐了起来，闷闷的回想梦里的情景，正在如醉如痴的时候，忽见杨妈手里拿着一封信进来递给她道："少奶奶，这是您的信！"

素璞接过来一看，正是贺士从外国寄来的，连忙拆开读道：

"素妹惠览：五月十七号的信已收到了。你现在打算多读些外国文我很赞成，将来有机会，或者也到外国看看，西方的物质文明，民族精神，都足以使我们景仰的。我在这里住惯了，对于将来回国真有点踌躇呢！前些日子我在柏林认识了一位米利安小姐；她是一个热心的女看护，前几个月我在医院养病时，认识她的。她极细心的看护我，有时还唱歌给我听；后来我病好了离开医院，她仍常来看我；这次我离开柏林时，她亲自送我上车，当车子蠕蠕前进时，她那蓝色神秘的眼里，满蓄着清泪，那样子正像一朵含露的蝴蝶兰，颤巍巍的招展于晚风里，唉，这时我心里真感到凄凉，回想起从前黄浦江头离妻别子的情形，也没有这样难过，你就知道我近日的心情了。不过我身体还照样康健，你可以放心。我们的女儿现在还在她外祖母那里吗？你几时回去看她呢？我想像她一定长得很高，如果有照片寄我一张也好！再谈吧，祝你快乐！

你的贺士”

素璞看完信，立刻觉得脑子里，深深的印上米利安小姐的影子，同时这影子又变成一支锋利的针，不住的在她心上刺；心头的血，变成一颗一颗的泪珠，陆陆续续的滚了下来，一件白色绸衫的大襟，沾湿了一大块。她哭了一顿，最后她突然毅然的站了起来，把这封信丢在屉子里，她觉得这是贺士先对不起她，——虽然认得纯士，事实上是在贺士这封信之前，不过自己一向是克制着情感，不敢有一些越礼的行为，现在贺士既然钟情于米利安小姐，那我就是有个把情人，也大家抵销得过呢。因此她决定给纯士写信，并约他到颐和园去清谈。她悄悄的来到书房里，把房门掩起，先对着一面镜子拢了拢头发，便拖过那张自由椅子来坐下，找了两张仿宋制的宣纸信笺，提起毛笔，只管在墨池里蘸来蘸去，一双眼怔怔的望着窗外的树影，过了约有三分钟，才向那张宣纸上写道：

“纯士：

我是一只笼里的云雀，在一种运命之下，我失掉了自由，从此我的生活是单调的，苦闷的，阳光不是没有，美丽的树林不是不多，悦耳的溪流不是不能陶醉人们的灵魂，只是恨我都没有份！

在我不曾认识你以前，我似乎已习惯了我束缚的生活，我不回忆什么，也不梦想什么，只是安静的让命运宰割，谁知见了你之后，你伟大的灵光，启迪了我的愚昧，你强有力的告诉我，命运是我们手中的泥，由我们自己创造什么便是什么，从此我对于我的生活，发觉了错误之点，我对于我的苦闷感到有解除的必要，我想在你面前低诉，呵，纯士，你希望我们的友谊与流光俱进，我更希望我们的友谊与天地同终，让我们永远是这世界上的好朋友罢！

近来天气热了，我想出城玩玩，这个星期上完课，我们同到颐和园去谈谈，好不好？再谈，祝你

康乐！

素璞上”

素璞封上信交给杨妈，精神上觉得爽快多了；到婶婶那里坐了坐，吃过晚饭，回到自己房里。月光正照在窗子上，她便不开电灯，换上睡衣，倒在床上，静望着如水月华，不知何时竟入梦乡了。

第四章　月　下

素璞自从决心变换自己的生活，她心里是一半激愤，一半悲怨，同时又掺着些莫明所以的陶醉，这种杂乱的心情，简直是大大的困恼了她。匆匆星期六到了，纯士照例来上课，并且答应她第二天同到颐和园去。当纯士走后，她回身坐在书房的沙发上，默默沉思，虽是窗外美丽的黄昏，闪烁着耀眼的彩霞，

她也毫不措意[1]。

夜幕渐渐垂下来了，书房里的光线更加昏暗，素璞走到窗边，向天空一望，只见那半圆的皎月，已拨开东方灰色的云层，向人间照耀了，陡然一个美丽的幻影，跃动于她的意识界里：

"在一带馥郁的花林中，闪动着如霰的月光，在那光波下，飞舞着初夏的花魂，那里是充满了温馨的神秘的空气，在那散乱的花影上，放着一张二人椅，一对青年人正燃烧着热情，低低的谈着。他们遗忘了整个的世界，只有那身傍的一丛荼蘼，了解他们陶醉的心情，在月光下微微的点头赞叹！呵，这样一夜一夜的过去，直到他们脱离这世界的时候。"

素璞幻想到这里，一颗沈闷的心，禁不住怦怦的跳动起来了。她一面盼望这幻想立刻实现，同是［时］她更预料到这幻想明晚就可实现，但是想到贺士时，她又觉得有点对他不起，后悔不应该约纯士了；明天还是托故辞了不去吧，她就想这样决定了，但是她立刻又感到内心的空虚，她斜在沙发上支着颐只管思量。这时屋子里已经暗得看不见人了。忽然见杨妈在窗外自言自语道："这可真怪，少奶奶到什么地方去了？书房里也是墨漆黑，难道在书房睡着了吗？"她一面说一面推门进来，摸着门边的电灯钮把灯开亮了。素璞怕被她看破自己的心事，因此真的装睡，闭了眼假打鼾。杨妈走到面前，轻轻叫了两声道："少奶奶，少奶奶！"素璞微微的睁开眼，看看杨妈道："唷，我怎么躺躺竟睡着了，现在几点钟了？"

"少奶奶，八点都敲过了，饭已摆好，请你去吃呢！"

---

① 措意，留意，注意。

“好，我就来了，你先去吧！”素璞说。

杨妈应着果然先进去了。素璞站起身来，整整衣裳，向天空呼了一口长气，装着一张欢喜脸到婶婶房里去吃饭。在饭桌上婶婶说道：“明天张家办喜事，我要到天津去一趟，早车是几点钟？素璞你记得吗？”

“普通快车是六点三刻，特别快车是九点，婶婶打算坐那一趟车去？”

“六点三刻太早了，且又不是特别快，我还是九点去吧！”

“也好，但不知在天津耽搁几天？”素璞问。

“至快也得两天才能回来。”

“叔叔去不去？”

“他不一定，……你明天在家不？”她婶婶说。

“也许要到城外去，因为梨云她们约着到颐和园去，不过我还不一定去不去。”

“你玩玩也好，反正家里有杨妈她们，你叔叔大约总不会去的。”

素璞见婶婶这样说，嘴里虽应着道“是”，但心里两念又激战起来了。回到房里，不知不觉又把贺士的信拿出来看看，读到“回想当年黄浦江头离妻别子，还没有那样难过”的一句，又不禁突起满腔愤妒的火焰来。想到自己真不值，在贺士的心上，连一个西洋看护妇的地位都赶不上，作这样傀儡似的妻子，还有人生的趣味吗？我应当干脆的和他断绝关系。素璞想到这里，立刻勇气百倍，她打算写封信责备贺士，同时提出离婚。忽然间她那娇小可爱的女儿的影子，浮上她的观念界来，唉！她是一个纯洁的小女儿，我不应当给她造一个不幸的环境；她应享受父亲母亲的爱抚。这一转念，素璞的心整个软了，她独自垂着泪，那时夜色已深，亮月清光，正照在她的脸上，她对着月儿轻轻的叹道："聪明的月姊啊，请你告诉我，女人的心为什么应是这样多纠纷。你看贺士他只知寻自己的快乐，再不置念妻儿的，我为什么这样怯弱，唉，从今以后，我也应为自己打算了，明天我还是同纯士去玩，我应当作个独立人格的女人，我并不属于任何人，除非对方也一样的属于我。"素璞想到这里，心胸觉得舒泰了。这时月影已移到窗前的梳妆台上；她转过身子，渐渐的睡去。

第二天七点多钟时，她一切都筹备好了，当她婶婶坐车到天津去时，她也同纯士坐汽车到城外去。在路上她是异常沈默，只望着沿途的田畴出神。忽然觉得纯士的手臂，轻轻的放在自己的肩上，她不禁回头向纯士一望，恰好纯士的目光也正注视自己呢，这霎那的接触，使他们彼此的颊上，都染上了一层薄红，一丝含羞的笑纹，漾于他们的嘴角。纯士柔和的说道："素璞，你觉得高兴吗？"

"你说呢！"素璞低着头含笑说。

"我觉得高兴，你也高兴不是吗？"纯士快活的说。

"也许是吧！"素璞故作犹疑的口吻说。

"你真顽皮，为什么说话总是这样不痛快！"纯士说时捏着素璞的手，素璞一声不响的低着头。

"你又在想什么？"纯士扳起他［她］的头来问。

"纯士，我们两人的遇合多神秘呵？"素璞怅然的说。

"对了，"纯士说："天下有许多事，是出人意料之外的。在三个月以前，我也想不到世界上有你这么个人，就是知道有你，也再想不到我们一见就那么倾心！”

“唉！”素璞叹息道：“只可惜不早几年遇见你！”

纯士听了素璞的话，抬头又看见素璞泪光盈盈，他也不禁黯然了，他们不能再继续谈下去，只让这沉默包围了他俩。

忽然车子停了，抬头看见已到了颐和园门口，他们下了车，给清车钱，纯上便去买了门票。他俩并肩进去，才走进门，就有一股浓郁的花香扑到脸上来，他们沿着那曲折回廊往里去，穿过一个石洞门，就看见滟滟波光的昆明湖了。这时太阳正将到中天，照着整个清澈的湖面，闪起万朵银花，千条金蛇，使人睁不开眼来，他们沿湖找到一座干净的石级，便坐下来。纯士伸手去摸那湖水，已被日光蒸得有些微温，但是水极清碧，可以一直看到底，里面的石子呵，水草呵，游鱼呵，都看得清清楚楚，同时把他俩的身影儿也清楚的照了出来。素璞在身傍的草地上，摸了一块小石子，向纯士道：“你看我来搅动这一湖静水。”她说着，便将石子抛到湖中去，果然激起一个漩涡来。纯士见了笑道：“你的力量太小了，看我！”纯士捡起一块瓦片，平面的向湖心撇去，一连撇起五六个浪花来，纯士得意的笑道：“你看如何？”

“你的力，果然比我大，你不但能激起这静湖的浪花，你还能鼓起心海的巨涛呢！”素璞说时，望着纯士一笑，纯士立刻明白她双关的意思，并且也知道素璞有爱自己的意思，于是勇气立刻壮了许多，伸手搂住素璞的腰说道：“我们吃饭去吧，吃完饭再到各处逛逛。”

素璞点头应允。他俩站起来，并肩前行，走到那饭馆子时，里面已坐着不少吃饭的人。他们选了一张比较僻静的座位，叫了两份大菜，茶房来问："喝酒不?"纯士不等素璞回答，便抢着说道："拿两杯葡萄酒来。"

"怎么你想喝酒吗?"素璞问他。

纯士微微的笑道："喝一点酒没有什么害处，是不是?"

"当然，"素璞慨然的说："人生难得是陶醉。"

"对了，对了!"纯士欢喜说："更难得是和知己一同陶醉，素璞，我但愿能在你面前醉一辈子。"

"我可没有那么大的魔力!"素璞说着惨然一笑。

"你何必那样说，只怕你不容许我陶醉罢了!"

"唉，不必说了罢，这些问题，说起来徒乱人心!"

正在这时候，茶房已将葡萄酒送来。纯上先端起来向素璞道："喝酒吧!"

"慢些，等吃点东西再说，不然又要像上次那样容易醉了。"

"好，好，"纯士连忙放下酒。茶房送上西红柿牛尾汤来，他们吃过，跟着就是一盘生菜虾，纯士最喜欢吃生菜，用叉子叉起来就要吃，素璞连忙叫道："喂，别吃，别吃，生菜里面，最容易寄生病菌，如果要吃，也要叫他们拿开水烫过才能吃呢!"

纯士听了这话，果然放下生菜不吃了，他望着素璞说道："到底你是细心人，我若能有一个像你这样的姊姊，常常的照应照应我就好了。"

"世界上细心的女人多着呢！这又有什么希奇!"素璞说。

"只是细心能算什么，最要紧的是她能对我细心，像你刚才对我一样。"纯士说。

"这种人当然也有，等我替你介绍一个好了。"

“罢，罢，你不用费心！”纯士有些不高兴似的说.

“你这人就真怪！”

素璞说着微微一笑，便不响了。纯士只望着酒杯出神，这时菜已完了，素璞说：“你不是要喝酒吗？好，我来陪你喝完，我们到别处去罢！”

纯士果然端起酒杯来，高举着对素璞说：“我祝福你的命运如此酒的鲜艳。”

“多谢，”素璞说：“我也祝福你前途像这酒一样甜美！”

他们含笑的撞着杯子，跟着把酒一气喝了下去。

他们出了饭馆，日色正毒，便躲在一架藤萝树荫下面，旁边有一座玲珑透剔的假山，山下有一座石洞，非常阴凉，他们〈想〉在石洞里的石头上坐下；素璞有些酒意，无力的走着［进］石洞，眼睛疲倦得睁不起来，身体软瘫瘫的似乎要睡去，纯士连忙靠近她坐下，把她的头放在自己的膝上，说道：“你静静的睡一歇吧！”

素璞闭着眼，把头点点，果真像已睡着，纯士低头望着她醉意沉醉的脸颊，和那润如玫瑰花瓣的唇，他想偷着吻一下，但是他不敢，如果素璞翻起脸来怎么办？……纯士想到这里，连忙把这念头压下去，连正眼也不敢向素璞望了。

不久素璞醒来，说道：“我真睡着了，压酸了你的腿吧？”

“没有，你睡得舒服吗？”纯士说。

“当然，”素璞说了这句，自己觉得太忘情了，不禁红着脸跑到石洞外面去停了一会，她才招手叫纯士道：“太阳已经斜西了，我们去到处看看吧！”

纯士同她慢步的绕着回廊走了一圈，又到石船上看了些时湖上的夕照，五色的彩晕，映得湖水紫一块，红一块，绿一块，就是画家，也很难捉住那霎那间变化的复杂的色调呢！

西天的落照，已现到山背后去了。他们出了颐和园，素璞说："我们赶进城去吧！"

纯士低头沈吟了一下说道："素璞，郊外的月色，比城里好看得多，何妨就在城外住一夜，让我们欣赏大自然的美丽！"

纯士无心中的一句话，但却困惑了素璞的心，昨夜书房的幻想，立刻又涌上心头，"不错，"她高兴的说："郊外的月夜，一定很美，让我们在月下好好的谈谈，也算是人生的乐事呢！不过我们住在那里去呢？"

"离这不远我有一个兄弟，他租了一所房子，在那里静养，我们去搅他吧！"

他们踏着初上的月影，慢慢向乐家村去，不久已到了。那是一座小巧的茅屋，一共三间，纯士的兄弟住在靠左那间房里，外面是两间打成一间的作为书房。纯士走到门口叫道："明士在家吗？"

明士连忙从房里跑了出来问道："那个？"素璞远远的打量明士的样子，和纯士虽然有些相像，但纯士的眼睛，是锋利如剑芒；明士呢，却含蓄如一潭春水，温和多变化。

明士走出门来，看见纯士带着一个女郎，便向纯士微笑道："这位就是素璞女士吧！"素璞走近前含笑的招呼了，他们便到书房里坐下。

纯士叫过明士悄悄的说道："我们今夜要在你这里住。"

"当然可以，"明士说："只是床没有，这样吧，我们睡在书桌上，叫素璞女士睡在我的床上。"

“其实我们今夜谁都没有睡的心情，你只管先睡，我们就在前面树林里谈一夜，实在疲倦时，再来睡。”

明士听了这话笑了笑道：“好吗？我还作我的事去，你们几时来都可以。”

素璞同纯士挽着手，来到前面的一座柏树林里，月光从树隙中透到地上，交柯的叶影，洒满地上，加着深馨的夜气，阵阵中人欲醉，使这一对热情的男女忘了一切，深深的陶醉了。

素璞紧倚在纯士的肩上，同纯士穿着树林，慢步的走着。忽然听见树梢头婉啭的鸟语，一递一和的低唱着，纯士低声说道：“素璞，你看这鸟儿多知趣！它知道我们快活，所以唱起歌来。”

素璞不响，只是仰起头来，望着纯士微笑。

纯士低声的叫道：“素璞，我爱你呢！”

素璞依然不响，不过把头更挨近纯士的胸前。纯士伸出右手，紧紧的搂着她温柔的腰肢，又轻轻的道：“素璞，你爱我吗？”素璞仰起头来，两眼充满了爱情，笑望着他，纯士大胆的吻着她的额，素璞竟把眼睛闭上了。纯士便把唇从她的额部，移到唇部，立刻一股电流穿过他俩的全身，他俩的灵魂，跟着花魂，一同飞舞。皎洁的月光，正从一枝树桠中照在他俩的身上，这寂静的森林中，霎时间漾溢着活泼的生气。

月儿慢慢的西斜了，他俩无语的走向归途，不久已到了明士的住所。纯士低声的向素璞道：“素璞！我感谢你的赐与！”

“纯士！”素璞应道：“我也一样的感谢你，在今夜的月下你给了我毕生不能忘的印象！”

第五章　苦　恋

当晚他们回到明士家里，胡乱睡了一歇，庭外的雄鸡已喔喔的唱晓了。明士起身，照例到前面树林里去散步，等到他回来时，素璞也已收拾停当，纯士还躺在藤椅上打鼾呢！

明士的房东唐老太，这时提着一壶开水进来说道："先生好早啊，要吃什么点心？叫阿三去买。"

明士连忙谢道："难为你老人家！我这里还有挂面青菜，就煮了吃些也罢，回头要买时，再通知阿三好了。"

唐老太应着去了。明士把锅子里倒了些水，放在火炉上。素璞看见，连忙走过来笑道："让我来吧！"明士对于烹调的事，本来是外行，因此也不推辞，把青菜，挂面，香菰，虾米一类的东西，都拿来放在素璞面前。素璞先把青菜洗净，把佐料放在一起烧熟，从新又拿出一个锅子，把水烧开，放进挂面去滚一滚，然后倒掉面汤，加上青菜汤，烧好了，便盛起来，叫醒纯士。大家吃饱了，纯士便到学校去，素璞也雇了车子进城。

素璞到城里已经十点了。她要赶到学校去上文学史的课，所以便不回家，走到学校时，已经打过上课铃了。她悄悄的走进课堂，只是无数的目光，都向她身上投射。她连忙低下头，找个位子坐下，心里兀自怦怦的跳，她觉得这些人的神气，似乎有点不对，难道她们在怀疑自己吗？或者竟有人已探知她的秘密了吗？她的脸不禁涌起红潮来，简直再不敢抬头向她们看了，她怕她们的眼光，更证实了她的猜想。

那讲坛上站着的先生，是个年近五十岁的瘦老头儿，他低声细气在讲文艺复兴时代的文学，但是同学们有的在看小说，有的在写情书，还有几个怔怔的望着窗外垂柳出神，这情形同平日没有分别，也没有人再回头来看自己，素璞这才慢慢放了心，想听听先生的讲演，但是先生的声音太细弱了，好像一只苍蝇在嘤嘤的叫，唉，太没劲了，这还是当今第一流的名教授呢！素璞有些不相信的向那位先生，抛了一条鄙视的目光，而先生一无所觉，仍然嘤嘤的继续着。

素璞把脸转过来，也向窗子外凝眸，一片蔚蓝的青天，微飘着两片凉云，冉冉的向西去，素璞的一颗心也跟着它飞到西郊，昨夜月下的一吻，到如今还余留着的陶醉，使她的内心发出紧张的微叹，她从屉子里，拿出一个小本子在上面写道：

“人间怎么会有这样神秘的东西；那热烈的唇，有玫瑰瓣的温柔，也有泼辣的生命力。”

“纯士——他是那样精明，但同时又那样深情，昨夜我无力拒绝他对我的表白，因为他是用圣洁的爱降伏了我。从今以后，我同他之间的藩篱，已经被热情摧毁。”

铛铛下课铃响了，素璞的灵魂从新回到现实的人间，她看见那位瘦老头子，驼着背迈出了课堂门，她也站起来伸了个懒腰。

“喂，老素，你昨天去看电影了吗？”一个女同学名叫梅生的向素璞问。

“没有。”素璞迟疑的应着。

“那么你怎样消遣呢？——喂，老素，昨天我本想约你到城外骑骡去的，后来因为家里来了亲戚，走不开。”

“哦，我昨天正闷着呢！假使你要来找我，那简直好极了！”

“是呀，”她说：“我真讨厌那个亲戚，好好的又跑来作什么？不然，我们昨天骑骡到西山去，晚上就住在那里看月，够多么有趣！”梅生有些懊恼似的说。

素璞听了她这些话，又由不得心里发毛，禁不住偷眼看她的神气，只见她若有意，若无意的微笑着，只得强压住搏动的心说道：“看月就是公园也很好，何必一定要上西山去呢？你不用懊恼，今晚我陪你到公园去吧！”

“真的吗？好姊姊，你真好。”她跑过来搂着素璞说。

素璞见她不再提到西山的话，这才放了心，陪着她一齐去吃过午饭，又上了两堂课，已经三点半钟了。素璞找着梅生告诉她说，要先回家一趟，等七点钟来找她上公园，梅生答应了。她便忙忙回家来，一问杨妈婶婶还没有从天津回来，叔叔也不在家，看朋友去了。

素璞走到自己屋里，想给纯士写信，不知纯士现在的心情怎样？谁知纯士这时候，也正坐在图书馆的一个角落里，手中握住一管自来水笔，遥望着那明亮的电灯出神，——他正想到早晨和素璞分别后，匆匆跑到学校，刚刚赶上第一堂课，他照旧安然坐在自己的位子上，但是他的心无论如何收束不来，素璞的影子，总在眼前跃动。一股温馨的情流，紧紧的拴住他的心，他深信自己已经陷入了情网；他也明白这是冒险，但是素璞已占据了他整个的灵宫，如果一天缺少了她，便要被空虚所危害，纯士默然沉思着，到底无法自释。放下笔，叹了一口气，站起来，绕着藏书柜慢慢的走着，像是在寻找什么书似的。不久看书的人，来得多了，纯士便又回到那角落里，他觉得心头梗塞，神情仿佛好像生了病。因此信也不写了，抱起书来，懒懒的离开图书馆。走过那块草坪，便到了一个小小的月洞门，月洞门的那边，是学校园，纯士信步走了进去，只见园里的花木溪流，都浴在静默的月光里，他顺着石子路，走到小池塘旁边，捡了一块平滑的石头坐下，一低头看见自己的影子，孤孤零零的从水里映了出来；他黯然的吁了一口气，自言自语道："素璞！来吧！莫要辜负了良夜美景。"正在他情思缠绵的时候，忽听见背后有轻轻的脚步声。他吓得连忙回头看，原来是同学张霖，他附着纯士的背说道："纯士，你独自在这里说什么？"

"没有说什么。"纯士忸怩的掩饰着。

"不要骗人，我听见什么良夜美景，大概是在作诗吧！"张霖微笑轻说。

"也不算什么诗，不过看见如此美景，心里快活，因而随便哼两句，不巧便被你偷听了去。"纯士故意板起面孔说。张霖听了这话，不再言语，只望着那石山脚的潺潺水流发怔，纯士抬头看见他，满脸于邑的颜色，心里觉得稀奇，因说道："老张，何事这么沉思？"

"嗄！"老张叫了一声道："纯士！我近来沉在苦闷的海里了，你看我近来的神气，有点变化吧？纯士，不瞒你说，恋爱根本就是苦恼！"

纯士陡然站了起来，目不转睛的看着张霖，嗫嚅着道："老哥！你莫非恋爱了吗？我怎么不知道呢？"

张霖冷笑了一声道："难道只许你们恋爱，我就不能恋爱吗？"

"不是这么说，因为你一向不曾对我说，我又怎么会晓得？你到底爱了那一个，告诉我吧！"

“这个人你也认得!”张霖淡然的说。

“哦，是了！前天我听见别人告诉我，你给李美雯写信，她把你的信公布出来了，莫非你所爱的就是她吗?”

“谁说不是呢?”张霖怅然的说:“偏偏是冤家路窄!”

纯士拉着张霖，同坐在河畔的石头上道:“老哥，你这又算什么，她不爱你，你再找别人，又何至苦恼！我以为两个人彼此相爱，而环境偏不许他们相爱，这才真是苦呢!”

“对了，纯士，我正想问你，你们已到了什么程度?”

纯士的手有些发颤，他低声说道:“我们已经明白的表示相爱了。”

“那你们已互相得到慰藉，还有什么苦恼?”

“老哥,”纯士说:“你只知其一，不知其二。我们越相爱，我们越想不分离；换句话说就是思亲近，但是在法律上，在道德上，我们都不应该亲近呢!”

“你也是想不透，你们既然相爱，为什么不叫素璞同她丈夫离婚呢？离了婚，道德上，法律上便都不成问题了。”

“不过我不敢开这个口，也不愿因为我而拆散他们的家庭。”纯士诚恳的说。

“那么，你只有低头受爱情的宰割了。”

“是的，我只有这样作，我愿意为圣洁的爱而牺牲个人的幸福。我仅希望培养一朵生命的花，长存于枯寂的人间，我自己倒不一定要享受它。”

张霖听了这话，不禁点头，发出赞美的叹息！纯士心里也似乎充满了光明，适才的阴霾，都化归为乌有了。他心境顿觉得洒然了，站起身来，辞了张霖，仍旧到图书馆去看书。

却说素璞提着笔，心头绞着乱麻般的思想，她不知道她今后究竟应持何种态度，可是她不能抗拒那一股热烈的情潮，像一股决了堤的猛流，向她全身冲激，最后理智的明灯，渐渐的黯淡下来，现在她只愿深深的沉在情海里。她含着甜美的微笑，在一张花笺上写道：

"敬爱的纯士！

我的心充满着快乐，在这个世界上，我认识了你——一个纯真的青年，我是多么骄傲呢！

虽然我同时是负着母亲和妻子的责任的，不知道我那一天才能打破这个镣铐。——那夜你屡次的为了这一点叹息，当时我虽默然无言，但是我的心正滴着血呢。呵，纯士！在这种纷杂的社会里，我们不幸要作过渡的牺牲者，但是纯士，请你谅解我，我虽然有着江苏［南］人的血统，柔韧的性情，而同时我也是一匹不受羁勒的天马，我有热情，我有梦想，我要作时代的先锋，纯士！这就是我的态度了。请相信我！在这个世界上只有你能充实我内心的生活！

……"

素璞写完信，自己拿起来读了一遍，似乎还不能尽意，那字里行间，都露着矛盾的痕迹，她一手捺住这信，一面悄悄的叹了一口气。正在这时候，杨妈又来叫她吃饭，她一看手表，六点半已过了，连忙去吃了饭。回到房里，把那信胡乱的揣在皮包里，匆匆去找梅生。到她家门口时，早已看见梅生在〈那〉

里等她呢，见了素璞急急的迎上前去，叫道："唳，你怎么这时候才来！我们就去吧，时候已经不早，你看月亮已出来了。"素璞应道："好，快走，快走！"她俩跳上车子奔向中央公园去。到园子的门口，只见一盏煤汽灯点得亮如白昼，倒把月光夺了，因此梅生提议到水榭那边去。她们折向右边，过了一座石桥，果然这里没有电灯，那月儿的娟娟清光，笼罩着画栋雕梁的水榭，还有那近旁的花畦和果树，也都浴着如银的月光；至于御河水呢，微波涟漪，银鳞起伏，映着河畔垂柳的影子，另有一种幽静的美丽。

素璞伴着梅生走到水榭前的假山下，找了一块石头坐了，一阵阵温和的风，吹来一股浓郁的香气，梅生不住声的叫道："好香，好香！"便站起身来东张西看，把素璞一个人丢在那里，绕着假山走了一阵，回来时，只见素璞两眉紧蹙，望着月儿，只管叹气。梅生以为素璞心里在想远别的贺士和她的女儿呢，因拊着她的肩叫道："素璞，我原是叫你出来散心，你倒像要哭的样子，唉，你们这些结了婚的人，心眼就特别窄，我知道你又在那里想贺士了。"

"瞎说，谁又想他呢？"素璞说了这话，自己又觉得不应当，心里又急又痛，脸上禁不住一红，眼泪便扑簌簌流了下来。梅生便拖她起来，说道："走吧，走吧，我们到那边看看花去，别在这里只管伤心，这都是我的不是了，好好要你看什么月，唳……"

素璞看了梅生憨头憨恼［脑］的发着牢骚，由不得噗嗤的笑了。"你真是个孩子！"素璞说着便同她向上林春色那边走。这时园里游人很多，都坐在长美轩一带吃茶，她们兜了两个圈子便回去了。

两个星期过去了，素璞同纯士的感情，也一天一天的热烈起来，每星期六星期日，他们总是厮守着，他们很快乐的消遣他们的假期。

这最近的星期日，他们早晨在先农坛里，听松涛的悲歌，将近黄昏时一同回到一家酒馆里吃饭。吃过饭，纯士要回西郊的学校去，素璞同他坐着车，走到西直门时才分手。素璞在车上，低声的问纯士说："纯士，下礼拜早点来，但是我们是永远喝着爱情的苦酒!"

"苦酒，不错，"纯士说："唯其是苦酒才越有力量呢!"

渐渐这一对年青的恋人，被一层灰尘所隔绝了，纯士的车子已去得远了，素璞才折回城里来。在路上，素璞望着天河边的牵牛织女星，轻轻的说道："让我们深切的体验着苦恋的滋味吧!"

第六章 谣 言

纯士与素璞过着苦恋的生活，每天忙煞了邮差，幸喜时光知趣，如飞的已跑到暑假了。纯士毕业考试结束后，就开始筹备到美国去求学位；素璞本来要回江南的，但为了纯士就要出国的缘故，所以决定不回去了。

那一天纯士行过毕业典礼后，他在房里，把书架上的书籍，一本本搬了放在两只大藤箱里，跟着又去收拾书桌，那上面摆着一张素璞四寸的小照，背景异常清幽，辽阔的云天，丛密的竹林，一湾流泉，素璞坐在泉旁听丛篁的高歌，意态闲逸。纯士对照片呆望半晌，脸上映着喜悦的光辉，一面哼着梦里情人的曲子，一面把照片拿起，放在唇边轻轻的吻了一下，含笑唱道："没有人在监视我们，吾爱！"于是敏捷的把照片投在那只小提箱里，轻轻掩上箱盖，往椅子上一坐，喘了一口气，点清了行李的件数；然后他跑到外面喊工人，雇了一部汽车，把东西搬出去，安置好了，他跳上车去，坐在司机的旁边，得意的说道："开进城去！"

"城里什么地方？"车夫说。

"西观音寺！"纯士说得非常爽脆，这使得那世故颇深的车夫，不禁含笑的道："学堂放暑假了呀？先生！"

"对了。"纯士高兴的说。

那车夫便开足马力，风驰电掣般的前去。经过西郊那条不平的马路时，纯士看见路旁的田地，正涌着一叠叠的麦浪，好像碧海上的轻波，麦穗沉沉下垂，一个年老的农夫，一手扶着锄犁，一手摸着那半白的胡须，微微含笑，纯士由不得生了艳羡之情，同时心里想着，假使我能同素璞，到一个无人认识的乡村去，过幽闲的田园生活，厮守一辈子，那真是太理想，太自由的生活了。他正神思飞越的时候，车子忽然停了，抬头一看，原来已到西直门了。那城楼旁边站着几个荷枪的兵士，要查看进城人们所带的东西。纯士连忙把一张学校的片子递给一个兵士道："老总，这箱子里都是书，不看了吧！"那几个兵听了这话，接过片子看了又看，又把纯士上下打量一番，沉吟一下说道："去吧！"

纯士从新跳上车子，汽车夫拨动机关，转眼间已进了城，又转了两个弯，便到观音寺。纯士在家门口下了车，开发了车钱，敲开门，叫人提进书箱行李去。纯士便连跑带跳的到了上房，见母亲正坐在一张大桌子旁作针线呢，纯士叫道："妈妈！我回来了！"母亲连忙放下针线，脱下那副老花眼的镜子来，含笑说道："学校放假了吗?"

"是的，放假了，妈妈！"纯士一面摇着芭蕉扇，一面答应。

这位精明而慈祥的老太太，连忙吩咐用人打洗脸水，她又自己跑到厨房里去弄小菜。纯士看见母亲满脸慈爱的样子，心里说不出的快乐和感激，连忙打开藤箱，把他的毕业文凭捧着，跑到厨房告道："妈妈！你看我的文凭！"老太太听见，连忙走了出来，觑着眼望那张花花绿绿的毕业文凭，并且说道："这上面都写些什么，怪好看的，我想配个玻璃框子挂起来倒不错。"

"呀，妈妈！"纯士叫道："这个收起来吧，这个文凭有什么挂头，等到我得了美国的博士文凭再挂吧！"

老太太听了这话笑了笑："也好！"说完她仍回到厨房去，纯士把文凭依然放在箱子里。

不久母亲把菜烧好，纯士陪着吃了饭，便托故去看朋友，悄悄到素璞那里去。走进书房，只见素璞正低着头写信呢，杨妈叫了一声："少奶奶！纯少爷来了。"

素璞抬头一看，果见纯士含笑的站在门口，她连忙把信塞到屉子里，笑道："请进来坐吧，你怎么今天就进城了?"

"怎么？你不欢迎吗?"

"讨厌！"素璞娇嗔般把头一扭说："你昨天的信再没有提起今天进城的话，当然我要问问你了！"

"是的，是的，"纯士用告饶般的口吻说："随便开开玩笑，小姐千万别生气，……我昨天原想写信告诉你的，后来我想还是来个出其不意，你不是更欢喜吗?”

素璞这时一言不发，只是望着纯士，含情微笑，使得纯士不知所措了。正在这时候，杨妈端茶进来，素璞连忙正色说道："杨妈！你去打个电话，叫‘宾来香’送一桶冰淇淋来吧!”杨妈答应着去了。

纯士看看杨妈已去远了，便挨近素璞身边坐下，柔声问道："你是不是给我写信，刚才?”

素璞点点头。

“那么拿出来给我看吧!”

“不，没有写好，有什么可看呢?”

“那么你告诉我你要写什么吧!”

“那怎么能告诉你呢。”

“为什么不能?”

“你这人真好笑，有许多话只能在信上写，那可以当面鼓，对面锣的说呢?”素璞说时，向纯士回眸一笑，纯士就势勾过她的颈子，接了一个深深的吻，并低声叫道："My darling!”①

素璞只是含笑不答，纯士因又说道："你叫我一声吧!”

“叫你什么?”

“随你的便。”

“纯士先生!”

“不是这样叫，你在信上怎么叫我的?”

素璞这时羞得满脸飞红的道："你专门会使促狭，我偏不那样叫你!”

---

① My darling，我亲爱的。

“好了，好了，你不叫就罢，并且我知道你不叫我，比叫我好多着呢!”

“你既是早已明白，何苦又逼人呢?”素璞娇媚的说。

这时杨妈提着一桶冰淇淋进来了。纯士和素璞吃过，天色已近黄昏了，纯士要求素璞陪他到北海去划船。

走到北海时，只见一缕如血的残阳，映在碧波涟漪的河水上，闪出五色灿烂的光芒。他们走到船坞，租定了一只小划子，素璞和纯士跳了上去，各人用一把兰桨，分开碧玉般的河水，悠然前进；那时河里正长满了荷叶，那菡萏正如五月烂桃，点缀于万顷绿玉中，真是彩色分明。他俩穿过荷田，迎面驰来两只淡绿色的小划子，上面坐着两对青年男女，他们的脸上是漾溢着幸福的色调，他们的眼睛都射出爱情的光辉。那两只船联翩东去，只听得船身摩擦荷叶，发出沙沙的声音，素璞微微的叹息了一声，低着头怔看着河里的水出神。

“喂!”纯士低声的叫道:“素璞！你又在想什么了?”

素璞被纯士问了这一句，脸上的神色更黯淡了，最后她的两颊闪烁着晶莹的泪光。

“素璞！你有什么心事，告诉我好不?”纯士很柔和的说，同时把船撑到荷叶丛中，握住素璞的手，轻轻吻了一吻道:“我们现在很幸福，风景这样美丽；我俩的感情又好，就是刚才那两对情侣，也不见得比我们快乐呀!”

素璞用力握着纯士的手道:“纯士！你不要把我当小孩子骗，你难道不知道我们的境遇吗?还妄想比人家快乐，恐怕这一辈子，也只能作这么一段美丽的梦罢了；再过几时你走你的路，我呢，当然也只能走我的路了。这一些美丽的幻梦，仅仅是使人伤心的材料，还有什么可说呢?”

纯士被素璞浇了这么一瓢冷水，心里再也鼓不起劲来，那头也不禁慢慢垂了下来。

今天没有月光，也没有星光，天幕深垂时，只有藉几盏电灯的光，认明河里的方向，况且他们又正躲在荷叶丛中，光线更觉黑暗。他俩悄悄的垂着泪，不知经过多少时候，只见河上游人渐稀，纯士才懒懒的把船划到五龙亭去。上了岸把船交还了，便去吃些点心，离开北海时，已经十点钟了。

素璞回到家里，只见桌上放着一张纸条子，是梅生留下的，那上面写道：

“今天来访，有一些要紧的消息报告你，不遇，甚怅。明早九点左右当再来，请稍候我为感，此上

素璞姊

梅生留字”

素璞看过这条子，心里由不得紧张起来，不知梅生来报告什么消息，莫非有关系于纯士吗?……她想到这里，心中更焦愁起来，恨不得立刻去找梅生问个明白，但时候实在不早，无可奈何，只得勉强脱衣睡下。她到了床上更是翻来覆去，睡不着，看看已打过三点了，她才朦胧睡去。在梦中，她看见贺士回来了，见了她便怒狠狠的骂道：“不要脸的东西，亏你还受过高等教育呢，竟瞒着我爱上别人了。”她这时又羞又愧，但是她忽然想起一句话来，便冷然说道：“你为什么在外国爱上米利安小姐了呢，并且你说你离开她，比离开我还要难受，许你这样

无情，就不许我无义吗?”只见贺士听了这话，冷笑道：“你不要强嘴吧，我不曾认得米利安小姐的时候，你早已有了情人了，你不要以为我在外国不知道，其实早有人报告我了。”她被贺士说出心病，急得无法可施，正在万难的时候，只见贺士从腰里掏出一把手枪来，对着素璞就放，素璞惊得大叫“救命”，忽然醒了，睁卄眼定了半天神，方知原来是一个梦！抬头向窗外看看，天色已大亮了，便不再睡，爬起来洗了脸，一看钟才六点三刻，知道梅生一时还不得来，只好拿一本小说，勉强捺住跳动的心，看下去。

好容易盼到九点钟，梅生才来了。她见了梅生等不得请她坐下，便急急的问道：“什么消息?”

梅生听了这话，先怔怔的望了望素璞的脸，才慢慢的道：“当然，素璞！这些话，我是不能相信的，不过她们都这么议论着，也不大好呢，所以我来告诉你，叫你要小心点，这个年头烂嚼舌根的人多，说好话的人少!”

梅生只这样绕圈子说，更使素璞的心不安，这颗心几乎要从嘴里跳出来了，她的喉发硬，急促的说道：“到底是什么事呵?”

“昨天我在学校里，看见几个人，集在一堆，像是在议论什么事似的，我不免觉得奇怪，便也挤上去听，她们见了我就说道：‘你听见素璞的新闻吗?’”

“什么新闻，我倒不知道。”

“你不知道，真有点怪，现在差不多全学校的人都知道了，而你平常同素璞很好，倒反不知道?”

“我听她们有疑猜我的意思，因连忙正色道：‘我真的不知道。’”

“她们才又含着鄙夷的神气说道：素璞！她现在和一个某学校的学生姘起来了，听说他们在外面开旅馆……哼，亏她还受过高等教育，竟作出这样伤风败俗的事情来！”

“‘呀！’我不禁惊奇的叫起来道：‘这话当真吗？’”

“怎么不真，我们中间有人亲眼看见他俩在公园里呢！”

“在公园里，就和开旅馆大不同了，现在男女社交公开，男女朋友玩玩公园，也很平常！我这样说。”

“她们听我这样说，觉得我是袒护你，因此不肯再多说下去，只冷笑着走开了，当时我心里非常为你不平，我相信你这个人绝不会作这种事的，即使要同人恋爱，也应当把贺士那方面手续弄清楚，这种偷偷摸摸的勾当，岂是你我这种人作得出的？”

梅生说这一段话，只见素璞的脸色，由红而惨白，最后她竟伏在梅生的肩上呜咽起来。梅生一面握住她的手，一面劝道：“你这人就这样想不开，她们那些当然是瞎说的，你只当做狗叫罢了，也何必伤心！不过我倒有一句诚恳的话要劝你，以后在男女交际上放小心点，不然她们这些人，专门会捕风捉影的造谣言，如果传到贺士的耳朵里，对于你们的生活，恐不免要发生障碍了。”

素璞听了这话，更哭得伤心，她想自己现在的行为，本来也有些说不过去，虽不是像她们说得那样糟，——不过她一面欺瞒着贺士，去爱纯士，就是没有实际上的关系，而在道德上她已经是背叛了贺士；再说纯士又是一个初恋的青年男子，我用了这种残缺的爱，换了他整个的心，我更是他的罪人了。唉，多纠纷的人生问题呵！素璞越想越不得主意，除了掉眼泪，更没有好方法来可以发泄心头的困恼了。

梅生又坐了些时，便辞别素璞走了。这时已到吃中饭的时候，素璞懒懒的睡在床上，杨妈见了以为她生病，便去告诉了她婶婶。婶婶过来看了，便说："你若觉得真不好，就请医生看看吧！"

"没有什么要紧！"素璞说："只有些头疼，我想睡睡就好了。"

婶婶点头去了。素璞独自睡在床上，想到适才梅生所告诉她的谣言，心里又一阵一阵紧上来，在床上她整整思索了一个下午，她不知道自己应当怎样措置，她自己也知道最好呢是立即回到家乡去，纯士不久就出国了，他们这一段情谊就此告个结束，这样大家都得安静。她一面想，一面走到书桌前，预备写封信告别给纯士。她从屉子里拿出纸来，才提起笔时，她的眼泪竟不由自主的滚落下来，她一面幽泣，一面觉得自己这样作，只是表现江南女儿的懦弱无用；她现在心里既不爱贺士，为什么要敷衍下去呢？青春是不常久的，人生是有限的，在活着的时候不能捉住生活的核心，不能毅然决然切实的生活，人生还有什么意义呢？

素璞想到这里，眉宇间有一种异样的光辉，她是胜利了，她是战胜了谣言的势力，好预备铲破一切人的成见，她要打毁一切不合真理的藩篱。于是在这一天被谣言困恼的心，又渐渐恢复了安静。她依然沈醉在纯士爱的热流里了。

第七章　去　国

纯士那夜从北海公园出来，招呼着素璞雇了车，他独自背着手，慢慢的踱过这金鳌玉蝀的石桥。那时天上的阴云已尽散尽，下弦的残月也冉冉迈上东山，繁星点点从云层里探出头来，天容越来越澄明，正像那静默的湖面，万里蔚蓝，煞是可爱；但是纯士这时心头纠缠着悲愁，他如失了知觉般的，在那条宽阔而寂寞的马路上，蝺蝺［踽踽］凉凉的走着；几辆黄包车，向他兜揽，他只摇摇头，仍然继续着前进；在他迈着那沈重的脚步时，他是在思量素璞——两个月后，他就要去国，这本是乘风破浪的壮举，也是家里的人，和他自己盼望的一件事，现在就要实现了，这还不是一生最扬眉的一件事吗？但是奇怪，今夜他只要想到这个问题，便心头一阵阵紧张起来，他走到一株正盛开着花的槐树下，被那一股浓洌的香气所袭击，不知不觉放慢了脚步。他绕着树身，兜了一会圈子，心里只是凄凄梗梗的，忽然头顶上一阵温风拂过，那槐树的密叶，便喳喳沙沙的响起来，好像一个愁人的叹息。纯士也不知不觉，对着青天，长叹了一口气，低声吟道："多情自古伤离别！"

纯士细细咀嚼这句辞儿的意味，更觉不胜凄楚的情流，穿过他的全身；他似乎要决定放弃出洋的权利，但能同素璞一天不离，便是一天得到了幸福，可是这种的计划，不但要被父母所反对，恐怕同学们，朋友们，甚而至于全社会的人，都要不谅解吧！纯士一面前进，不料一抬头已看见自己的家门口到了。他无精打彩叫开门，走到院子里，虽然是夏夜的月影，他都感到万般的寂寥和冷落。看看各房里的电灯都已熄了，院子里除了那株庞大的枣树，兀自迎着月光，轻轻摇摆外，便什么都是死静的了。纯士推开自己的房门，懒懒的和衣向床上一倒，更觉愁绪萦心，回忆到今夜北海舟中，素璞的含泪的眼，惨淡的面容，更坚决了他抛弃出国的权利，昏迷中他进了神秘的梦乡。

纯士醒来时，太阳的轮子，又已转动了，那艳丽的光芒笼罩着全宇宙，但不能消除他心里的阴翳，他还是想去找素璞，大家再从长计议吧。于是他忙忙吃了早饭，拿了帽子，才要出去，只见梨云从门外进来，看到纯士便抢上前来道："喂，你要出去吗?"

"是的，姑姑这么早来，有什么要紧事?"纯士问她。

"也没什么了不得的事，不过今天要请你代我出一趟城，有一封要紧的信给你们校长的。"

纯士听了这话，低头沈吟了半晌，才勉强应道："好吧，信在那里？我就去好了！"

梨云果然从皮包里拿出一封信来，递在纯士的手里，并且嘱咐道："你无论如何要当面交给他。"

"我知道，"纯士说："但是要回信不呢?"

"只要有收条就行了。"梨云说。

"好吧！"纯士拿着信，陪梨云到母亲房里，向母亲说道：

"妈妈，我今天要出城一趟，替梨云姑姑送封信，恐怕要下午四五点钟才能回来，不要等我吃午饭了，就是晚饭也许不回来吃！"

母亲听了，便点头道："好，去吧，只是能早还是早些回来，城外僻静，看太晚了，恐怕有危险。"纯士应诺着出去了。

这里梨云陪着他母亲谈了一回闲话，忽然想起什么，只注视地板出神，仿佛有什么疑难的问题似的。纯士的母亲觉得奇怪，因笑问道：“你怎么了？梨妹，就像有什么心事似的。”

“嫂嫂！”梨云叫了一声道：“你听见纯士和素璞近来怎么样吗？”

“我没有听见呀！”她诧异的说：“纯士由学校回来，才两三天，不断的出去看朋友，夜深方得回来，就不曾听见他提过素璞的话。”

“真是的，嫂嫂，”梨云微微一笑道，“你老人家真好笑，这些事他们就肯告诉你了？”

“哟！梨妹！”她一面说一面挨近梨云身旁问道：“你听见他们究竟干了些什么事吗？……这可是想不到的事，素璞她是有丈夫有孩子的人，不应当有什么花样呀！”

“不过天下的事情，应当不应当也说不到许多，你以为不应当有的事，他偏偏就有，那也说不定，不过你也不要焦急，我也是听见别人说的，并不曾亲眼看见什么！”

“莫非他俩竟有什么私情吗？你快些告诉我，究竟是怎么一回事吧！”纯士的母亲满面焦愁的望着梨云说。

“说起来，都是我太不小心，介绍他们认识，不过我也再想不到会发生这种意外，……昨天我听见一个朋友说，纯士最近一个多月以来，每礼拜托故进城两三次，和素璞在外面开旅馆，这些话传出来不但不好听，而且素璞是有丈夫的，恐怕弄得不好，还要被人控告，那才是糟呢，所以我今天特来关照你一声，不管是真是假，最好你警诫纯士以后少和她亲近吧！”

“这真是天外飞来的奇事，梨妹，你是晓得，纯士在我跟前长到二十三岁，他从来不曾作过一件荒唐的事，现在竟为了这样一个女人，坏了名誉!”纯士的母亲一面说一面叹气。

“其实呢!”梨云说：“在这个时代，男女恋爱本来是应有自由权的，这原算不得一件什么大事，所讨厌的就是她已有了丈夫，……”

“就是这话了，社会上的人谁听见了能不好笑！一个年青没有结过婚的男人，什么地方找不到一个女人，偏偏的去抢别人的老婆；这些娃娃们，现在不知道，都是闹些什么名堂!”老太太不胜慨叹的说着。

梨云沈默着，似乎在想解决这纠纷的办法，但是这又有什么办法，除了叫纯士提前到外国去！她想这是唯一的出路，便说道：“你叫纯士一两个礼拜以内离开这里，这样他们隔绝了，也许就淡了，不就好了吗?”

“对了,”她极端赞成的说：“今晚我就和纯士说。”

梨云看看时候已经不早，便告辞回去了。

纯士这夜十二点钟才回家，老太太一直在等着他，见他匆匆的走进房，便满面秋霜问道：“纯士，你怎么这样夜深回来，是不是又同素璞到什么地方去了?”

纯士听了母亲的责问，又看了看母亲的辞色，禁不住暗暗心惊，想她怎么问出这种话来，因连忙解释道：

“不，不是去看素璞，因为今夜有几个同学替我饯行，吃过晚饭，已经十点多了；又到中央公园散了一会儿步，所以回来晚了。”

“唉!”老太太叹了一口气说道：“你也这么大了，本来应当成家，只是前次大舅来，替你作媒，我还把人家挖苦了一顿，同时呢，我想着你就要出洋，爽性等你回国再说，免得分了你读书的心，那晓得你竟同素璞玩起这些把戏来，你想你值得吗？叫人家提起你来，牙都要笑掉了，而且素璞好好的家庭，也被你破坏了，这些事情都是你作的，我真想不到你竟胡涂到这种地步？纯士，我给你说，从今天起你要同她断绝关系，不然的话我就不要这样的儿子了！”

纯士受了这番教训，不敢回答，但是觉得母亲辞意之中，是在怀疑他同素璞有苟且的行为，这对于自己倒没有什么大关系，但怎么对得起素璞呢，因此不免含泪跪在母亲的面前说道：

“妈妈！请你先别着急生气！我同素璞虽然彼此都有感情，但我们绝不敢有什么不名誉举动，请妈妈相信我！”

“嗐，你不说名誉还罢了，提到名誉我不禁要为你寒心，这些日子，满北京城认识你们的人，谁不拿这件事情作说笑的材料呢？现在我看你还是立刻到美国去吧！”

纯士听见母亲这些话，只有低头承受。直等母亲睡了，他才慢慢踱回房去，坐在椅上，觉得这个局面，只好同素璞悄悄到外国去了，而且今午同素璞谈话的结果，也是想极力设法一笔钱，作为出国的川资，到了外国以后呢，他自己的一份官费，勉强也够两个人生活的。纯士纠纷的心事，这时算有了相当的解决，便安稳的睡了。

次日纯士一起来，便雇车到先农坛去。才到门口，远远已见素璞也坐着车子来了，他俩买好门票进去。早晨新鲜的空气，挟着一些青草香，吹拂着这一对情人，他俩心头充满了绝大的欢喜。穿过一带松林，找到一块石头坐下，素璞望着纯士微微的笑道：

"以后我们到了美国，也许天天都可以过这种美满的生活了。"

"对了，……你昨天所说的款子有办法吗?"

"现款只弄到两百块，其余加上我的手饰，我想五六百块钱总有的。"

"五六百虽然勉强坐三等也够了，不过我们都是头等票，你当然不便坐三等；并且还有一层，美国人势利极了，如果你坐的是头等船，也就不大检查让你上岸，如果是坐了三等呢，他们的留难就多了，我想至少还得设法五六百块钱。"纯士说。

"这可有点难了。"素璞含愁的说。

"不要紧，这一笔款子让我来设法吧!"纯士奋勇的说。他俩又在园子里兜了两个圈子，纯士说道："素璞，我们既然这样决定，你就赶紧预备衣服一类的东西，我呢，赶紧去弄钱，最好在下星期二就走!"

"何必那么急呢?"素璞说。

"早走了好!"纯士含糊的说。

"也好，并且我到上海后，还要回去看看母亲同那个孩子。"

"那么这就分手，各自去进行罢!"纯士说。素璞点头答应着，他俩已来到门口，各自叫好车子去了。

素璞回到家里，把所有的衣箱，都检点了一遍。她正在收拾的时候，婶母走进来了问道："你收拾箱子吗?"

"是的，我打算回南去看妈妈和孩子!"

"你怎么又想回去呢，本来不是说今年不回去了吗?"

"是的，不过昨天接到妈妈的信，说是近来身体不大好，所以我不放心，想回去看看。"

“那么你什么时候再来？”

“总差不多开学前后吧！”

她婶婶坐了坐就回自己房里去了。素璞心里忽然觉得有些难过，好像自己现在是在演戏，无论什么时候都带着假面具，不但对于婶婶不能说真话，就是将来见了妈妈同孩子，同样的要捏造一些事实来搪塞，这种不忠实的人生，使她羞惭，有时被良心压迫得几乎发了狂，但是爱情更比什么都有力量，只要想到爱情，一切的隐忧都消尽了。素璞发了一回怔，仍旧回复了她安定的心情，而且梦想着去后的美满而且神秘的生活。

日子又过去一个礼拜了，距纯士他俩去国只有两天，纯士已经设法弄了五百块钱来，所以他俩整天只忙着办去国的手续。在第三天的上午，他俩含着欣喜的情绪，上了火车。在车身蠕蠕的离开前门的城垛时，纯士吁了一口气道：“这一下可好了。”素璞也不禁跟着甜然一笑。

到上海后，纯士和素璞住在一家旅馆里。这是使纯士又快乐又怀惭的一件事，有时觉得自己太幸福了，居然能战胜一切的困难，把爱人搂在怀里；但是在这个甜美的心境中，时时发现一种可怕的暗影，这暗影像是一块重铅，有时压得他出不过气来，好像这里弥漫了危险，也许有一天一切都被它所毁灭！纯士这时的心情正在这种的困恼中，他两手捧住头坐在沙发上。素璞从外面进来，看见他苦恼的脸色，连忙跑过来，向他温柔的抚慰着，并问道：“你是不是有什么不舒服吗？”

“不，不要紧，我只有点头疼心烦！”纯士勉强的笑着说。

素璞用手摸了摸纯士的额角，不像是有病. 她又凝视了他一晌。一股烦愁塞上她的灵宫，她叹了一口气，向沙发上一倒，她似乎听见有一种冷残的声音，在嘲笑她，在责备她："你是一个妻子，一个母亲，你为什么同这个青年逃亡……"她的心如受了刀刺，陡觉心头凄紧，眼前一黑，她便昏迷过去了。纯士被她这一吓，倒把一切的思虑都打断了，连忙抱着她呼唤。好久好久，素璞才醒了过来，睁开眼看见纯士，低声的说道："我对不起你们！"就这一句话，又触动她自己的心事，那眼泪便扑漱漱滴了下来。纯士只默默无言的望着她，好久才想出一句安慰的话道："璞！你为什么伤心，难道我们的爱情，不比一切的东西可贵吗？你总是心里想不开，这个世界只要我们俩真心相爱，便被一切所抛弃，不是也值得吗？"

素璞含泪点头道："纯，你的话不错，我只要想到你对我的纯真的爱，我的心就安然了。你放心！我不过乐极生悲罢了，不要发痴吧，好好睡一夜明天就要回去呢！"

素璞回到家里，和母亲，孩子住了一个星期。她捏造了一些事实，母亲和孩子安顿了便又匆匆回到上海来。这时纯士已把一切都预备停当，他俩在上海又住了两天，便乘船到美国去了。

第八章　冲　突

一个多月的海上生活，终于在一天早晨结束了。那是一个美丽的初秋天气，素璞同纯士跟着那一批留学生，到中国公使馆登记后，他俩在一带满是树林的街道上，慢慢的散着步。于是纯士向素璞说道："我想过两天，我们到乡下去找房子住，这里的旅馆太贵，而下也太繁嚣，不适宜于读书，如果我们能找到一家好房东，即使住一间房子也可以了，你说是不是，素璞!”

“嗯。”素璞心不在焉的应了一声，便低着头，暗暗沈思，……“住一间房子，这事不大妥当，因为我们还不曾正式结婚，但是住两间呢，又怕纯士的官费不够开销……”这一个小小的问题，这时候却深深的困恼了素璞。

纯士见她无精打彩的不开口，以为她是过于疲倦了，因说道：“我们回旅馆去休息吧!”素璞点点头跟着纯士，走回旅馆来。素璞倚在一张圈椅上，两眼盯着那壁上所挂的耶稣牧羊的一张油画，纯士轻轻走到她背后，两手温柔的放在她的肩上说道：“璞！什么事情使你这样忧思呢？我们已是一双自由的鸟儿，这新世界真真海阔天空，任我们飞翔，你还顾忌什么吗?”

“唉，纯士！你只知道身体的自由，而不曾顾虑到灵魂的不自由!”

“灵魂的不自由吗?”纯士诧异的说：“你的灵魂有什么不自由?”

“当然，在贺士的面前，在我女儿的面前，甚至在我母亲的面前，我都不免是个待罪的囚犯呢!”素璞怅然说。

“哝，我觉得你这个人，这种地方整个的表现你无勇决，无开阔的思想，当初你既决心到外国来读书，所以甘冒种种不韪，现在就应当坚持下去，不问你将来要怎样呢，目前的一件事，除了用心读书，何必还想东想西呢!”

素璞被纯士的一番话，说得也无言可答，只得勉强一笑道：“我也没想什么，到招了你那么些话!”纯士搂住她的腰道：“Darling，我们出去吃饭吧!”

在次日清晨，素璞和纯士雇了一部汽车到乡下去看房子。车子从人烟稠密的旅馆门口向南驰行，不久出了闹市，渐渐看见整齐的麦田，和葡萄园，金晃晃的太阳映着那紫黑色的葡萄发光，前面矮矮的豆篱上，已满结了长条的豆荚，菜花黄澄澄的，正和早晨的阳光争富丽。车子慢慢的沿着马路走，不久停在一家小洋房的门口，那门上有一块白木牌，上面写着“To Let（招租）”字样。纯士叫车夫在路旁停了车，走到那洋房的门口，揿了一下电铃，里面出来了一位年近五十岁的肥太太，她的面孔像一只南瓜，又圆又红，但是那双碧澄澄的蓝眼，却闪着诚挚温和的光彩。纯士上前告诉她要租房子的意思，她笑了笑道：“好极了，先生，我这房子阳光大，空气也好，从前也有一个中国学生在这里住过，他是一个非常可爱着［的］青年，……你可以请进来看一看吗？”那胖太太一面说一面又望着素璞道：“那是你的女朋友吗？也请进来吧！”

纯士与素璞跟着那位胖老太太走进那所洋房。楼下是一间布置清洁的会客厅，那老太太指着房厅里的钢琴道：“那是为了我女儿买的，她在音乐专门学校，弹得非常好的钢琴。”

纯士微笑答道：“我真替你骄傲，太太，你有这样的好女儿！”胖老太听了这话，一双眼笑得没了缝。

出了客厅，便是扶梯，他们上了楼，便看见那间出租的客房了，的确布置得非常艺术化，阳光空气都很好，但仅仅只一间，租金十五元。

纯士问素璞道：“璞，你觉得怎么样？”

“好到是很好，可惜只有一间，最好比这间再小些。我们租两间才好。”

“你的意思，我们还是分开住?”

“当然要分开的，不然叫人知道，我们究竟是什么关系呢?”

“也好，那我就照你的意思告诉她!”纯士因向那胖太太说：“这房子一切都能使我们满意，不过可惜，只有一间，我同我的女朋友不够分配。”

“哦，这位果然是先生的女朋友，那自然最少也需得两间房子……”她说着停了道：“若果我的邻居家有一间房子，你的女朋友可以住到那里去吗?”

素璞听了这话，连忙插言道：“太太，这就更好了，不知你能替我们介绍不?”

“哦，那当然可以，请你们先坐一坐，我去看看再来回话。”胖老太把墙上的电铃揿了一下，一个十七八岁的小姑娘走来了，她替纯士、素璞介绍道：“这是我第二个女儿，她在纽约女子中学读书，现在还在暑假期中，她可以陪你们坐坐。”胖太太把身上的衣服理了理，披上大衣，便向门外去了。

那位小姑娘，长得很伶俐，纯士和她谈了几句乡村的天气呀，交通呀一类的话。她非常活泼的对答着，后来又说到弹钢琴的话，她说，她不很喜欢钢琴，而对于提琴却特别有兴趣。

正在这时候，胖太太回来了，她满面含笑的道：“好，我已经替你们问过，那里房间比我家里小些，所以只要十二元就可以了，你们去看好吧。”

素璞和纯士连忙答应道：“好。”便一同到邻家去。那房子离这里，只有二百步左右的远近，至于房子的构造也和这里差不多，房东是个干瘦的中年妇人，身材很高，两只灰蓝色的眼睛，露出一种清利的光芒，一望而知是个精明的人。她领着他们看了房子，彼此都觉得合式，纯士便付了定钱，预备后日搬进来住。

他俩又坐着原车子进城了。

他们自从搬到乡下住后，一切都很方便，就是吃，有点问题，因为房东不大愿意包饭，所以他俩只得自己弄饭，天天到吃饭的时候，素璞就烧好，等着纯士来了一同吃，幸喜他们所用的是煤气炉子，所以还没有什么十分麻烦。

一个星期过了，纯士已正式进了大学；素璞呢，因为英文程度太差，所以暂时不能进学校，每日由纯士替她补习。在这种表面安适的生活中，素璞整个的心却被煎熬着，她对于人生虽没有坚强的什么信念，但她却有一种熬［热］烈的梦想，这次她能毅然决然跟着纯士出国，也正是她那种梦想的作用，她不满意现在的环境，因而她不得不创造另一个环境，现在这个梦想已渐渐实现了，她每日伴着她的爱人，在这自由之邦的空气中生活着；她自己觉得骄傲，时时从她的脸上漾起胜利的微笑。

这一天素璞送纯士上了进城的电车后，她独自沿着麦田的石子路走回家去。天上浮着几朵浓云，时而像一个伏虎，向人群怒目张爪；时而像一条金龙，飞腾而前，“多奇异的云呵！”素璞一面仰头看，一面不禁自言自语的说。不觉来到那一泓秋水的池塘畔，她坐在每日和纯士并坐读书的白石上，悄悄的望着那澄碧的水出神，她的灵宫深锁的门，不期被一阵秋风冲开，“呵！这简直是梦境！”她心里想：“我怎么能从那囚牢般的家庭里逃出来，又怎能跑到这里来！我是离开了一切亲友，像是一个冒险的旅行人。”一股异国生疏的情调，这霎那间充满了她的心里，她莫明其妙的怀念着家乡，尤其使她伤心的，是那个才满四岁的小女儿，可怜她还梦想着妈妈回来，替她作新衣，买美丽的糖人吃，而那里晓得，她的妈妈现在是试着忘掉她，就是她所记忆不清的爸爸，不久恐怕也会把她整个忘掉，他有了一个美丽的继母，这小东西又算什么呢？

“唉，残忍，自私！”素璞似乎听见一个小小的声音，在这样责备她，脸上一阵火烧，心头觉得凄楚，两眼便滴下愧悔的眼泪来，“我应当怎么办呢？”她自己问自己，为了我的女儿，一个纯洁无罪恶的小孩子，我应当牺牲我个人的幸福，来完成伟大的母爱，咳，她是怎样一个可爱的孩子，红润如晨露中的苹果的脸，充满了爱娇的唇，一双比这秋水更清朗的无疵的眼，活泼而亲切的举动，……她真是太可爱了，我为什么还不知足，而想离开这个小天使，走到冷酷的人间找幸福？素璞想到这里，她决定为了女儿的缘故，不向丈夫提出离婚的话，而且为了女儿的缘故，她要试着冷淡纯士。

素璞的心情又似爽快，又似失掉一点什么东西，好像油和水般的不调谐。她无精打彩的回家去，她觉得应当写信给贺士，自从她在去国的前一天，接到北平转来贺士的一封信，现在整整三个多月，她不曾给他写信，在她最初的意思，将用不回信的方法，促成贺士同米利安小姐的恋爱，那时候贺士必先向她提出离婚的话，那么她就可以慨然的允许他，这当然是一个很巧妙的计策，不过这霎那间她感觉得这个办法不大对，所以中途又改变了。

她平心静气的写了一封信给贺士，信里面告诉她已得到朋友的帮忙到美国来读书，希望到了暑假能到欧洲去看他——除此之外，又告诉她孩子是怎样聪明可爱，并且把孩子一张最近的照片寄给他，——当然这是一封毫无裂痕的信，而且还是辞旨非常温婉的一封信，她写好不等纯士回来便寄出去了。

四点钟敲过，纯士已从城里回来了，他走到素璞门口不看见她那倚门含笑的倩影，心里有点着急，莫非她有些不适意吗?他忙忙的跑上楼梯，轻轻的敲着素璞的房门，只听得素璞低声的应道："请进来!"纯士推开门，一眼便看见素璞一双满含愁思的眼睛，向自己望着，纯士伸出手去，热烈的叫道："Darling!"

"哦，纯士！以后你还是叫我素璞吧!"

纯士不禁惊奇的张大了眼睛说道："这是什么意思呢?"

"没有什么，纯士！你坐下听我告诉你，我实在觉得惭愧，没有资格被你所爱，每次我听见你叫我'Darling'我又快乐，又刺心，唉，纯士！我的心绪，像一堆乱丝，我的脑子里，有两种互相冲突的思想，总而言之，我是非常的苦闷呢!"

"素璞!"纯士低声的说："你千万不要这样，我原想牺牲我的全生命来爱你，当然我也能因成全你的意志离开你，素璞，如果你是想着他和你的女儿，你尽可以到他们那里去，至于我呢，永远保持着那圣洁的爱，因为在我的生命史上，你是占了最要紧的一页，我以后就努力于事业……"

"哦！纯士!"素璞含着泪说："我对不起你！你的伟大使我更加惭愧，你能为我这样牺牲，而我呢，唉！纯士！纯士！应当骂我咒我，我是这世界上最自私的女人，我的心是非常贪狠，我不愿弃你，但我也不愿意弃掉他和我的女儿！纯士！你咒我!"素璞神经十分兴奋，她抽搐着哭，肩头一起一伏的发着颤，头发纷披在肩上，满脸是泪，真像是一枝带雨的梨花。纯士握紧拳头，愤恨的望着地板，“为什么地球不就毁灭呢？人生，人生，除了不调协，纠纷，矛盾，冲突，还有什么呢？”纯士头上涨着紫青色的筋如一只怒了的猫般虎吼着。素璞看了这个样子，叹了一口气，走过来，拉住纯士的手，道：“唳，纯士，你不要过于兴奋了，世界果然是缺陷太多，我们慢慢的填起来，总有一天这个缺陷是要填平的呵！而且你不要误会，我对于你并不想忘掉，不过我现在是不应当不忘掉你！”

“那么要到那一天我们才能过过幸福的日子呢？”

“那也容易，只要我们把这些纠纷理清了，便可以自由了。”素璞勉作笑脸向着纯士说。

“这些纠纷理清了，不错，”纯士说：“假使你同贺士离了婚，这些纠纷不就清了吗？”

“当然，这是很简单的一件事，只可惜心的纠纷没有事实那么容易理罢了！”素璞仍是怅然说。

“心的纠纷？唉，那可就难了，我能帮助你什么呢？”纯士为难的说。

“不要着急，纯士！我总极力解脱自己，我想暑假的时候，我到欧洲去找贺士，如果那时他已同米利安小姐结婚了，那我们就省了很多的麻烦，不然的话，我再同他住几个月，那时间你可以想方法交女朋友，我呢，也想极力的同他融洽，如果彼此都能相安呢，那我们这几个月的情谊，就永远只是个珍贵的纪念；如果我同他仍不能和融，你也找不到爱人，那时候，我决然和他离异，然后我们再结婚，这样一来，不是一切的纠纷都没有了吗？”

纯士听了这话，嘴么虽不说什么，心里却不禁有些不舒服，他想爱情原来是要这样称斤辨两的比较呵，而且又觉得自己显然是个弱者，让人家选择，唉，他想到这里有点愤恨自己的怯弱；正当他要喷那怒火时，心底又涌起一道纯洁的寒泉来把那怒火浇息了，“好吧！我始终应当相信爱情的神圣与伟大！我为了爱要牺牲一切！”

晚饭后，纯士仍旧照常陪着素璞到树林里去散步，他俩心底的纠纷，也像宇宙间的一切，被遮在深深的夜幕下，这时空气是平静的，看不到一切的冲突！

第九章　离　婚

素璞在美国匆匆已过了半年多了，他们来时，院里正开着西红莲，现在呢，是那窗边一丛玫瑰盛开的时节了。蜜蜂哼着嗡嗡的调子，在那热烘烘的阳光之下，忙着采收花汁。学校已经放了暑假，这一天早晨，纯士照例来约她到离此半里地的树林里去散步，当他俩经过那清澄的小溪时，闪耀的光波，使他们睁不开眼，同时一阵阵热风吹拂过来，纯士挽着素璞的手臂说道：

“素璞，这是一个我们值得纪念的夏天，你看风景这样优美，我们的生活多么丰满，不过去年的夏天也不错，对于我们是一样甜蜜是不是?”

素璞含笑的望着纯士，他俩的脚步是异常和谐的向前迈着。几个乡间的孩子，跑到他俩跟前，一面唱着，一面跳着，把这一对青年人围在中间。

“可爱的孩子们，快乐之神拥抱着你们呢！”纯士柔和的对孩子们说。

孩子们笑了，齐声高叫道：“上帝祝福你们！”正在这时远远听见有人叫白蒂的声音，一个十三四岁的女孩说道：“走吧，妈妈在叫我们呢！”孩子们如蜂群般向前散去，纯士高兴的望着那孩子们的背影说道：“多可爱的一群孩子，他们把我们的环境变成画的世界，诗的优美，素璞！我们多幸福呵！”

“幸福！”素璞轻轻的叹息了一声，“但我觉得幸福离我们，——唔，至少是我吧，还差些路程呢！”

“你以为……”纯士的脸色有些苍白了，“你想还有什么隔膜在我们中间吗？”

“不是你我间的隔膜，而是一些别的东西隔膜了我们。”素璞沈思的说。

“那么什么时候是晴朗的日子呢？”纯士的声音有些发抖。

“照我想来，假使我到欧洲去后，再回到你的身边来时，便是晴朗的日子了。真的，纯士！我觉得非到那个时候，我的心是永不会有平静的一天呢！”

“既然这样，你就早一点到欧洲去，爽性把这个问题解决了吧！”

“不过，纯士！”素璞睁着一双湿润的眼说：“我去了，假使我同贺士间相处得很好，那么我们这一生的情谊就算收束了……所以我希望你不要记着我们间的晴朗日子，我只求你在我走后，把我整个忘掉，同时你要另外去认识一些女人，如果我真不回来了，你便可以很快乐的同别人结婚！”

“这算是什么意思！”纯士有点愤怒的样子，“我真不懂你们女人的心!”

“哦! Darling,你不要生气,上帝生了女人,多给她们感情,所以她们变成了这样优柔,同时呢,社会的制度,又特别压迫女人,所以她们也不能不变成这么多顾忌!”

“唉,”纯士头上的汗珠,一颗颗滴了下来,说:“素璞!你莫非疯了,不然,就是我在作梦。”

“不,我也不疯,你也不在作梦,这实实在在是这世界里的真象。”

沈默包围了他俩。这丛林中只有一两只翠鸟,在一递一声的唱着,素璞听见纯士的失望的低叹,她一双眼怔怔望着树隙间蔚蓝色的云天,过了许久,她握住纯士的手说:“唹,纯士,我使你受苦,也许有一天你要变成怨我吧!”

“怨你?是的,怨你,……不过我不能为了残忍的运命而怨你呵!唉,素璞,Darling!放心吧,纵使你不回来了,我也不会怨你的!”

“你真好,纯士!你真伟大!……不过最后我多半还是要回到你身边的。”

“但愿命运之神,不太难为我们!”纯士的声音有些颤抖。

他俩默默的出了树林,含着纠纷凄楚的心情奔向归途。

……

一个月以后,素璞果然到欧洲去了,当她动身时曾拍了电报给贺士。

车子到柏林时,正下着雨,马路上水光灯影,互相激射,素璞伏在车窗向外望,人群如浪潮般的涌到车旁,一个个高低不同的头在攒动着,但是她找不到贺士在那里。人群渐渐散去,素璞的心正急迫着："莫非他没接到电报吗？也许那个米利安小姐不许他来吗？"她正在神思慌急的时候，陡觉身后有人说话，急回头一看，一个西装整齐的青年，直挺的站在那里，"呀！"素璞不禁惊叫了一声，原来那人正是别来四年的贺士，——他还是很年轻，而且态度更欧化了，头发整理得那样光洁。素璞伸出手来，和他握了一下。

"怎么样？这几年好吧，你似乎瘦了些呢！"贺士含笑说。素璞这时心里塞着极复杂的情绪，像是高兴，又像是怀惭，同时，一股凄梗的东西，塞住了喉咙，她低下头来，看着被雨泥沾污的地上。贺士替她提着箱子，出了站台，一辆汽车停在那里，贺士向那车夫招了一下手，一个年约三十岁的高鼻子的男人，走了拢来，恭敬的向贺士行礼问道："到那里去？先生！"

贺士把地名告诉了他，他连忙把箱子安放好，他俩也上了车，车子就风驰电掣般的开去。车窗的玻璃被雨打湿了，模糊看不清外面的景象，但见灯光明亮，人群依然稠密，而且车子络绎如长蛇般，蜿蜒不断；转了几个弯，车子忽然停住了，贺士说道："到了！"素璞跟着他走进那座高楼去。一个红鼻子的高大男子，站在门口，见了贺士，含笑上来招呼，贺士把箱子交给另外一个年轻的男人，便同素璞坐电梯上去，到了第五层楼才下来，又向右走了几十步，有两间小小的屋子，那便是贺士所住的地方了。素璞进了屋子，细细观察这屋子的布置。只见这间屋子只有一丈多长，八九尺宽，左面放了两张书架，上面叠着满满的西洋书籍；靠窗子斜放一张书桌，桌上满是杂志和文具；再看右边，放着一套沙发，沙发旁有两张小矮茶几；墙壁上挂着人体解剖图，还有贺士在实验室的像片；沙发旁另有一扇门，是通到卧室去的，素璞便走进去看。那是一间极简单的寝室，除了一张铺着洁白床单的床外，还有一只放衣服的架子，和两个铁箱子；但是光线很好，屋里共有两扇窗子，一扇是朝街的，伏在那里可以看见街上的种种东西；一扇呢是靠着一座小花园的，里面有许多青葱的树木，和鲜丽的花草，一阵浓烈的花香，从风里吹过来，素璞怔怔的靠着窗子出神。

吃过晚饭后，雨已停了。凉云渐渐散尽，天空拥出一轮月儿，照得那花园叶清如洗，那娇艳的玫瑰，含露欲滴。素璞只顾伏在窗栏上眺望，贺士悄悄走过来，抚着她的肩说道："我真想不到，会在这里和你相聚，我走后你过得很好么？听说你的朋友很不少呢！"

素璞听了这话，觉得贺士分明有怀疑她的意思，但是她陡然想起米利安小姐来，便冷笑道："你去国这几年当然也过得很好啰，……你那位女朋友呢？"

"那个？"贺士似乎莫明其妙的问着。

"那个！你倒问得我好，哼！一个温柔的女看护，难道你竟会忘掉吗？"

"你说的是米利安小姐吗？"贺士微笑着说："她老早不在柏林了。"

"怎么，她到那里去了？你怎么舍得让她走？"素璞讥笑似的望着贺士哼了一声，贺士脸上陡然罩了一阵阴霾，他在屋子里踱着步儿，双眉时时绉紧了，最后他站在素璞面前说道："我们现在大家都应当公开些，现在我老老实实的告诉你，米利安小姐已经同别人结婚了，我同她只不过是朋友的关系，请你剖白你自己吧！"

素璞苍白的脸色，在月光下更像一个大理石的石像了，恐怖羞愧的情绪，充满了她此刻的心，同时她觉得贺士冷森森的态度，使她憎恶，愤恨，这时她有些后悔不该离开纯士到他这里来了；再回想到同纯士分别时，他那种温柔悲哀的双眼，简直深深的印进她的灵宫里，好像一只将被抛弃的绵羊，她除了忍受命运的宰割外，没有一些反抗和怨恨的表示，于是哭泣从她心头发出声音来，她的睫毛被泪水沾湿了。她始终不曾剖白自己。

她同贺士住了两个月，他们表面的生活，还没有什么大的裂痕，不过为了各人心里都有着阴霾，因此小吵嘴差不多每天都有两三次。

不久秋天又到了，虽然都市里很难看出气节的变化，但是第一声秋的悲吼，是从那小花园里发出来的，玫瑰早已谢得只剩了空枝，夜莺再不在窗前唱歌了，葡萄已经成熟了，早晨看见几个孩子，手里提着篮儿，在那玫瑰丛前的葡萄架下，用剪刀采下那一串串又红又紫的葡萄来。素璞站在窗前，看他们工作，忽听得一阵秋风吹过，那玫瑰树的叶子，便落了几瓣在地下，“唉!”她深深的叹了一口气，把手抚着心，她觉得心海里是起了异样的波浪，忽然又听见天边一阵雁子振翼的声音，她不禁低声吟道：“看征鸿过尽，万千心事难寄”，一股怅惘的情绪，从那一字一句中涌了出来。

她呆呆的独坐在一张圈椅上，贺士到医院里去看朋友，屋里寂静得像坟墓，她忽看见窗旁的小柜子，有几张纸角露在外面，便走过去，抽开屉子打算整理整理。当她开第二个抽屉时，忽发现一个绿色的纸包，上面拴着一根妃红色的缎带，“这是什么东西呢?”素璞自言自语地沈吟着，那只手不由自主的已把缎带扯开了，打开纸包一看，原来是一束信，全是德文的，素璞看了半天，只认得几个字，但这已经很够了，就由这几个字里，她看出这是一个女人写给贺士的情书。她拿着这一束情书，心里怦怦的跳着，她决定自己是被欺骗了，一股愤怒，搅着妒忌的凄酸，那眼泪禁不住滴在衣襟上了。可是同时她又觉得有点高兴，觉得这不啻是一道赦令，对于她和纯士间的秘密，因有了这一道赦令，他们可以变得坦然了。

素璞正拿着那一束情书沈思时，贺士已推开门进来了。素璞连忙把情书放在身后，但是贺士已看见了，讪讪的说道：“你从什么地方找到的?”

“你自己放在那里的，难道还不晓得吗?”素璞冷然的说。

“其实那又算什么呢?一些很平常的通信罢了。”贺士巧辩的说。

“当然啰，我认不得德文，随便你怎么说都可以，不过假使你肯答应我，把这一束信暂且保存起来，等我把德文读好了，我看过之后，你再毁灭它，方算你对我是真心的。”

贺士听了素璞的提议，想了想答道：“好吧!那么你就先收着，等你读好了德文，细细看看，就知道我并不曾说谎。”

素璞听见贺士这样说，自己心里倒有些愧悔，不禁脸一红，含笑说道：“我倒错怪你了!”

他俩之间的爆烈，暂时的被欺骗压息了。

三个星期过去了，素璞拼命的读着德文，她几乎连寝食都忘了，她的心是倾注在那一束情书里，这个情形贺士似乎也觉查出来了。他每次看见素璞在苦苦的记忆文法的规则，他的眼里便不免漾出诡计的光波来，而他嘴里却勉励着素璞道：“再有几个月你一定能看懂那些信了，那时我也可以表白我的心迹呢!”

素璞因此毫不猜疑的把信仍旧放在那屉子里。在一天下午，素璞到街上去买一些东西，走回来的时候，看见屋里有火光，她吓了一跳，莫非失火了吗？她连忙跑进屋里一看，只见贺士坐在壁炉边，不知在烧一些什么东西呢！素璞站在门旁怔了半天，忽然心里一动，连忙抽开那放情书的屉子一看，原来那一束情书早已失踪了，素璞一切都明白了，狠狠的瞪着贺士道：“欺骗人的魔鬼!”她说了这一句便转身到寝室里，伏在床上痛哭。贺士慢慢的走了进来，推着她说：“这是一些不相干的信，留着究竟没有意思，所以我把它烧了，你何必这样伤心呢!”

“当然要伤心啰，我作了人家的傀儡妻子，自己还不觉得！……”

“哼!”贺士冷笑了一声，说：“我又何尝不是作了傀儡丈夫!”

“你怎么是傀儡丈夫？你倒得还出我个凭据来!”素璞勉强镇静着说。

“算了吧，我们都是受过教育的人，大家留点体面好了。”

素璞觉得贺士的话太刺心了，这样下去终没有好处，倒不如趁这个机会，离了婚吧！她因此毅然决然的说道：“既然大家都是傀儡，我们还是分手，各干各的去吧!”

“离婚吗？我不愿意这样作，为了我们的女儿，我希望你不要再提这话吧!”

素璞听他提到女儿，她的心又被激动了，“是的，为了那可爱的女儿，我应当忍受一切。”她心里这样想了，那一股勇气又不知躲到什么地方去了。

他俩的谈话便这样沈默而结束了。

素璞的心，一直在苦纠着，她有些支不住而病倒了。当她病后的第三天，她接到纯士一封信，说他现在认得了一位金女士，她是中国某大学三年级的学生，和他通过几个月的信，而且照片也寄来了，意思之中，希望素璞早给他一个答复，他才好决定他的前途。

素璞接了这封信，心里一股酸浪，直冲上来，她躲在被里呜咽，这时贺士从外面进来，问道：“你好些吗?”

她只摇摇头道：“我恐怕一辈子也好不了的。”

“这是什么意思?”

“唉，什么意思吗? 我觉得我现在过的不是人的生活，这病又怎么会得好?”

“照你的意思要怎样呢?”

“我想你还是放我去吧，你再找个好的……”

贺士不响的绕着屋子走来走去。

过了一个星期素璞便同贺士在一个律师那里正式的离了婚。出律师公所时，素璞是含着希望的微笑；而贺士呢，却沉在哀愁中，他低低的叹息着回到家里。

第十章　胜　利

素璞出了律师公所，仍同着贺士回到家里。贺士独自坐在书房里，两手抱着头，看着地板出神。素璞忙忙的拟了一个电报稿子，告诉纯士她在这星期五的船到美国去，一切的事都等她到了再决定。

素璞打好电报回来时，看见贺士坐在书案旁，不知在写什么东西呢！见了素璞，他黯然的苦笑道："现在我们是朋友了！……"

素璞看了他的神色，心里也由不得一软，无论贺士平日怎样欺骗了自己，但作了一场夫妇，现在撒手走开，回想旧梦，也不禁有些凄恋。想到这里，那眼里已满蓄了泪水，哽咽着道："这一切事情，都是命运，假使你当初能带我出来，你也不至于认得什么米利安小姐，我呢，自然也更没有什么问题了，现在事情已经到这地步！除了大家撒手，以后的结果更不堪设想了。"

贺士慢慢抬起头来望着素璞，深深的叹了一口气道："不错，什么事也都只好归咎于命运……不然，这些纠纷怎样解释呢？……但是我有一件事，到如今不得不请求你剖白，虽然我现在已经没有资格干涉你，不过在友谊上请你告诉我，你究竟怎样到美国去的？"

"你要知道这个吗？不错，这是人情，我当然可以告诉你：在你走后，我就到北平去读书，无意中认识了一个青年，他对我非常的好，不过我们只是友谊罢了；后来我听见人家传说你在这里同一个德国女人恋爱，我当然很伤心，不过我还不肯轻信，直到你写信亲自告诉我，米利安小姐的事情，你在字里行间流露了真情，我才灰心！唉，贺士，我那时还只有二十二岁，我还有我的青春，我不愿就这样毁灭了自己，像一切懦弱没有反抗的女人一样，所以我就不得不另创新环境了；不过我为了女儿的幸福计，我始终克制着自己，后来虽然同我的朋友到了美国，也不过是想读些书，……并且想藉此可以到欧洲来和你相聚，谁知道我们相聚几个月的结果，我的努力却完全失败了，你行动间没有一点真诚，最近你烧了那秘密的情书，便是宣告了我们共同生活的死刑……现在一切都完了，你很可以作你所愿意的事，我呢，自然也有我的办法，……”素璞说完，沈默的看着贺士，她眼里有一种要求，那是很显然的，她想知道贺士的秘密，但是贺士只叹了一口气道：“不错，在我们之间什么都完了!”说了这句，又沈默着，素璞有些忍不住了，因问道：“你同米利安小姐什么时候结婚呢?”

“呀！素璞你真错疑了米利安，她委实已经和别人结婚了，不过现在另外还有一个女人，她对我很好，也许将来我们会结婚吧，只是这时还说不到……”

“这话当真吗?”素璞怀疑的看着他问。

“我骗你作什么，正是所谓现在我们已经是朋友了，我们谁都用不着欺骗，是不是?”

“那么我们现在来讨论那个女孩子吧。”素璞说：“我觉得你将来既是要同德国人结婚，这个孩子在你们之间，是太不合适了，还是我来负责教养她，而且从她生下来，实际上都是我一个人在教养她，你如果愿意负担一些教育费更好，如不愿意呢，也没有什么关系，我总尽力量栽培她!”

“暂且就这么办吧！以后回国后我们再从长计议！总而言之，我们的破裂，这个无辜的孩子多少是要受些损失的，但是，这也是命运……”

一些薄薄的阴云，现在是包围了这两个青年人。

素璞在星期五的上午，搭船到美国去了。在旅途中素璞的心情是很平静了，数年来的心病，这时已完全好了，她觉得自己到底不是平凡的女人，从重重的压迫下，她是挣扎起来了，现在她头上戴了胜利的王冠，她伏在船栏上，看那海里起伏的波涛，像恶魔般的伸牙舞爪，她不禁含着睥睨的微笑，低声的说道："凶恶的势利呵，你纵能吞没整个的世界，你却不能损坏一个活跃坚定的心。"

时光过去了，行程也跟着时光匆匆过去，不知不觉船已驶到美国的海岸了。素璞换了漂亮的衣服，收拾得十分美丽的倚在船栏上微笑。不久船便泊了岸，许多接客的人们，像骤雨般的挤了上来。在人群中，一个身材不十分高的中国青年，已看见他的爱人了，连忙叫了一声"素璞，"便飞步走上扶梯，亲昵的叫了一声"Darling"。素璞也忙迎上来。这时在他俩的心头，充满了欢喜，急急的提了箱子，下了扶梯，叫车子开到一家旅馆，他俩在那里休息了一夜，第二天才搭火车到纽约去。纯士这时仍住在那位胖太太家里，但是素璞的房子，早已退了，只得同那位胖太太又通融了一间房子，暂且住几天，他俩预备结婚后搬到别处去住。

在一天晚上，月色正十分皎洁，素璞和纯士并肩在那树林里散步，隐隐听见有人在弹"吉他"，声音非常幽婉，纯士紧紧搂着素璞的腰，低声道："素璞！Darling！你现在完全是我的了，唉，你多么痴呀，叫我不要希望晴朗的日子，现在怎么样呢！"

"但是我要来晚一步，也许这晴朗的日子，就永远不会有了吧！"

“怎么呢!”纯士柔声的说。

“当然啰，我若不来，你那位金女士就要来了，她一来，这晴朗的日子，就属于你们了!”素璞含醋意地说。

“那里的话，你难道真以为我有什么意思吗?我不过怕你不决定，所以故意说来吓你的!”纯士脸上充满了胜利的微笑。

“你到底是学政治的，才会使这些外交手腕，假使我真不来了，你又怎么样呢?”素璞娇媚的说。

“你就不来，我也要等你一生的。”

“真的吗?纯士，如果这样，我无论如何是要来的!”素璞非常柔婉的笑着。纯士勾住她的颈子，热烈的吻着她，同时低声叫道:“Darling! Sweet Heart! 你真是我生命的源泉，这一来可好了，我守着你一辈子，我的灵魂将充满了美丽和快乐!……我想我们赶快结婚吧!”

素璞低声应道:“好!”但陡然的她想起一件事情来了，脸上立刻罩上一些忧疑的云雾，嗫嚅的问道:“你父母赞成吗?”

纯士被她这句话一问，不禁“呀”的一声道:“不错，这也是一个很重要的问题，我应当先写信去征求他们的同意。”

“那么你想没有什么意外的事情发生吗?”素璞忧疑的说。

“当然!”纯士说:“他们自有他们的意见，不过这是我两个人的事情，只要我们心志坚定，我想我的父母也不至于怎样的。”

“但能这样，我们就感谢天地了，不过我听见梨云说过，你母亲很不赞成你同我来往呢!”素璞仍然不快乐的说。

“当然我母亲的时代，和我们不同，她们对于女人的贞操呀，离婚呀，这一切的事情，一定有一种和我们不同的见解，不过她对于你的印象却是很好，从前我才认得你的时候，她也常常夸奖你会作人……所以我若极力央求，她们或不至于会反对吧!”

“既然如此，你就赶紧写封快信，征求他们的同意，这虽然是我们自己的事，不过能够大家都满意，不是更好吗?”

纯士点头道：“对了，你的意思很好！……你晓得我的父母非常爱我，而且我又是个长子，所以他们希望我的心，比希望一切兄弟都切！能不叫他们失望才好!”纯士说。

他俩走着谈着，不知经过多少时间，只觉得腿有些瘦了，再看月影已有些斜了，已经过了十二点，因慢慢踱回家里，轻轻的开了房门睡了。

这一个月以来，纯士和素璞一面计划着他们的婚礼，一面等待家里的回信；虽然他俩都有点怀惧的心情，但是终掩不住那胜利的光芒，因为纵使家里有异言，这不过是枝节问题，对于他俩根本的计划是没有影响的，而且纯士预料着他们聪明而慈祥的父母，也绝不会拒绝他们的请求，因为这样一来，会使爱子永远不想回到他们身边去。

在他们盼望悬揣的心情中，回信最后递到纯士的手里。纯士拿了这封信，他仍然镇不住手的抖颤，心的狂跳，信看完了。——这是父亲的亲笔，唉，写得多么恳切，想得多么周密，虽然说了不少的话，但是结果他们是赞成了，父亲说：“这是你们自己终身的事情，你们既以为是幸福，我们还有什么反对的?不过我总希望你们，多用理智，少用感情，好好的努力作人，总求无负于国于家……”

纯士看完信，含笑的搂住素璞道：“你看我们的父母多好。”

素璞只拿着那信发怔，最后竟滚出眼泪来了，心里充满了欢喜和伤感的情绪，在人生的路程上，悲剧结束，跟着喜剧开场，这喜剧又怎样演进开展呢？她那易感的心于是不得不流着那悲喜交集的眼泪了。纯士虽不了解她这时的心情，但看着她流出泪来，也有一种莫明其妙的怅惘，他俩沈默了些时，才慢慢恢复了平静。

他们决定在这个星期日结婚。纯士连日在忙着预备一切，素璞呢，似乎没有纯士那么起劲，本来生命在她已染上了灰色，那种不自觉的忧郁，在她灵魂里像是生了根蒂，美丽的阳光，滋润的春雨，也难在她心里，培养出一朵灿烂而纯挚的花来。何况悲剧和喜剧的衔接，是这样的急骤，正像旧渍未清，就是加上新的颜色，那旧渍仍然隐约可见呢！幸喜纯士毫无这种感觉，他的起劲热烈，无形中也影响了素璞。近来可以常看见他俩，联步并肩于早晨的树林中或黄昏的溪流旁。

婚期到了，纯士请了一位美国的文学家替他们证婚，——一个头发半白的老人，和蔼而沈着的面容，壮强的身体，显露着对于生命充溢了无限的趣味，——他这是第一次替中国人证婚。那天他俩到礼拜堂时，这位文学家，偕着夫人，含笑的迎接他们。

婚礼是很简单的，他们不是教徒，但是也按照礼拜堂的结婚仪式作了。两夫妇站在牧师的面前，牧师替他们祝福，换了结婚戒指，然后那位文学家，说了几句祝福的话，婚礼就这样闭幕了。出礼拜堂后这一对夫妇，同那两位证婚人，摄了一张照片，当晚就在一家酒店里，请了几个熟朋友吃了晚饭，他俩便回到他们的新屋子里去。这新屋子也是在纽约的乡间，比从前所住的那地方更远些，但是景致也更幽静些，也有丛林，有小溪，还有一道小桥。这夜他们坐着汽车回去时，正时［是］新月初上林梢的时候，汽车如飞的经过了小溪，短桥，和涌着碧浪的麦田，听着附近人家弹奏着《月光曲》的神秘调子，这一对青年人，仿佛腾驾着云雾，翱翔于天堂中一般。

车子到了他们的住所，他们的房东，是一个比较矮小的青年妇人，知道他们才从婚宴回来，站在院子里向他们致祝辞，并送了一束鲜艳的玫瑰花，他俩高兴的接着谢了谢，便回到房里去，——这房子布置得很雅致，台子上这时点了几枝红蜡烛，光影绰约，更显出一种神秘幽深的趣味来，他俩就把预备好的喜糕，同茶点摆上，请了房东的一家人来吃茶，直到深夜才散了。

在他们结婚的第三天，纯士便同着素璞到海边去旅行。那时候正是初夏的天气，海滩旁游泳的男男女女，结队成群，有的在唱歌，有的吹口琴，也有的拉提琴，有的拿着一本小说睡在沙滩上看；天容是蓝得像透明的蓝宝石，海水如翡翠般的碧绿，海的那岸，隐隐有青山矗立，这里的景致比图画更美，他俩也随着这一群幸福的人们，沿着沙滩慢步低语。黄昏时纯士曾下海去游泳，素璞坐在沙滩上望着他，只见他在水里一浮一沉，直游到满头是汗，才上来，换了衣服，精神活泼的向素璞道：“Darling，放了暑假我们搬到这里来住，你也学习游泳好不？”

素璞听了这话，便甜然一笑道：“好，可是我从没有练习过，你要帮忙才行。”

“当然，当然，”纯士爽脆的说：“我可以带你在水里玩，多么幸福，是不是，Darling?”

他们一面说着，一面到旅馆去，在那里住了一夜，第二天才回去。

在这个时期，他们是演着人间最平凡的剧，他们是一对新夫妇，他们快乐，他们看轻一切的人，只有他们是天之骄子。纯上大学已经读完了，下半年打算得硕士的学位，以后就预备作博士论文，这个青年人，是被幸福所包围着，他安静的生活，安静的用功，在他心里是风平浪静的；素璞呢，也进了大学，不过她不想得硕士和博士的学位，她只想读些自己欢喜的东西，以外的时间，就帮着纯士打字呀，整理家务呀。他们在不同的生活形式中，送走了再不回来的时光。这些时，他俩的世界，是比什么都平静，因此他们再不觉得风的歌唱，雨的低吟，和草木的叹息，就是那娟娟的月光，再不易激起他俩的感兴了。

纯士终于很顺利的得到博士的头衔，于是他俩没有再羁留外国的理由了，而且官费也要完结，所以在五月底，他们就预备回国。

正在他们动身的前一天，接到贺士的一封信，说他八月间要回国，希望她那时也能回去，把女儿的问题解决了；并且又说，他们这次的离婚，还不曾报告家里，因为老年人必不赞成这种举动，以后怎样说，也要大家商议才好。

素璞接到这封信，她生活的暗影，就像将雨的阴云般，一层层的厚起来，那平静的心情，又不知逃到那里去了，心想这一回去，自己也有着贺士一样的困难，母亲那里还一点不晓得自己离婚，而况又结婚呢……至于那些亲戚都是和母亲一样古旧，她们绝对不会谅解我……

素璞越想越没有主意了，但是又不能终久不回去，唉，事情已到了这里，也只好走一步算一步吧！她悄悄的想着。

这些情节素璞不愿告诉纯士，所以只有自己隐忍，每每强作笑脸掩饰着。纯士因为忙着办归国的手续，所以也没有觉察出来，他依然充满着胜利的微笑，奔他的归程。

第十一章　回　国

他们在太平洋的归舟中，已经过了两个星期。旅行的单调生活，他们都有些感着厌倦和疲乏，每天照例坐在各人租定的帆布椅上，看那起伏变化的浪涛，听那澎湃的水声激打在船身上，他们的心是充满了渴望和欢喜。

一个如削壁的浪花，在海心中涌了起来，浮空的云朵冉冉西去，太阳照在深绿色的海上，闪着金光。素璞仰头望着云影，微微的吁了一口气道："五年的旅客生涯，就这样匆匆的过去了，……也可以说我们的黄金时代的落没，这一回去，就不能安静的读书，你看吧，仅仅为了吃饭问题，便要整天的奔波着。"

"不错，吃饭是第一个问题，然后才到事业！"纯士怅然说。

"你打算作什么事情呢？"素璞两眼充满了不安定的光波。

"我想还是教书吧，……我们出国已经五年了，国内的情形都已生疏，而且现在的党派又多，究竟那一派是靠得住，简直一点把握都没有，若贸然的卷入政治漩涡，未免太危险了；在我的理想中，最好能在北平大学谋一个教授的位置，一面教书，一面细细观察国内的情形，两三年后看机会！"纯士说。

“国内的出路太少了，不问到外国学的是那一门，回去只能教教书，究竟留学也多余。”素璞叹了一口气说。

“不必灰心，慢慢的总会有一天清朗的。”纯士颇自信的说。

“你的人生观，真是信念的，但愿能像你所揣测的就好了。”素璞仍然很忧郁的说。

“这是全中国的问题，我们两人着急也没用，不过假使人人都存着这希望，便自然会好起来。最怕是人人灰心，所以我总是望好处着想……喂！Darling，现在且说说我们的计划吧。”

“好！”素璞听了纯士的话，这样淡淡的应着，她的心是纠缠着复杂的问题，第一件就是她和纯士的结婚，究竟公布与否的问题，最近她得到一个消息：贺士自从和她离婚后，他很悲观，虽然他已同那位德国女子订了婚，但他对于自己仍未全忘情，在朋友们面前，时时露出悲哀的情绪，他觉得人生太无意义，在残刻的人群中，找不到寄托，因此他开始皈依宗教……这一些阴影，如坚韧的绳索，紧紧的绞着她的心，以至于出血了。

在这一个困难以外，便是怎样对付她衰老的母亲，当初她要到北平去读书时，贺士家里的人原不赞成，经她母亲再三要求，才勉强的答应了；现在竟因为出外读书，认识了纯士，演出这一套离婚的悲剧来，母亲听了怎能不伤心，不愤怒，又叫她母亲对贺士的家人怎样说话？她想到这里，就想对纯士说：“我们暂且不要公开我们的关系。”但是这话究竟太难出口，这种不澈底的生活，又算什么呢？而且纯士还有他的父母，亲戚，朋友，对于这种秘密将怎样解释呢？

素璞沈沈的思索着。纯士对于她的沈默，终又忍不住了说：

“Darling，你怎么不说话?”

素璞转过头去，只管看着海浪发呆。纯士从帆布椅上站了起来，坐在素璞的椅子边上说道：“素璞，你究竟在织些什么奇怪的幻想，告诉我，无论什么困难，我愿替你解决!”

“唉!”素璞声音发着颤抖道：“纯士，你不晓得我心里多么苦恼，我简直是天地间最不幸的人，细想起来，我对不起父母，对不起孩子，对不起贺士，也对不起你！……”

“哝，你简直太感伤派了，人家说钻牛犄角，越钻越窄，你就是这样的。世界上就没有各方面都完全的人，并不是别的缘故，因为各有各的时代，因之也各有各的成见，你打算使每个人都满意，结果怎样呢？一定弄到谁也不满意你，而且你又不愿作平凡的人，你要保存个性，既是这样，人心不同，正如人的脸，你的个性越强，你越不能获得世俗的赞赏，这真是何苦呢?”

“够了，够了，你的哲学也发挥得差不多了，只可惜我是块顽石，不知道那一天才会点头!”素璞发出无可奈何的淡笑。

夜的翅翼，已从东方的海上，渐渐张开来，风神含着愤怒，从东南方虎吼而来，激起了浪涛的反抗，船身有些支不住的颠摆着，素璞连忙把大衣裹紧了身体，同纯士回到舱里去。已是晚饭的时候，他们换了整齐的夜礼服，到食堂里安静的坐下，那些服饰整洁的 Boy 轮流的上着菜。饭后，音乐悠悠扬扬的奏起来，那些裸肩露背的西洋女人，便如蛱蝶穿花般，在舞厅里旋转着。

素璞同纯士也舞了一回，走到船栏旁时，忽见海里捧出一轮明月来，清光万里，照得海水森寒刺心；这一对旅思缠绵的人儿，在月影下，紧紧的偎倚着。纯士望着无际的海天说："Darling！但愿我们此后的生活，像这莹洁的海；宽阔自由。"

"纯士呵！"素璞低声叫道："在这个世界，你是第一个好良心的人；可是命运对你太不客气了，它时时在玫瑰酒汁中加了些苦味。"

"素璞！Darling，"纯士有些愀然说："你近来真的变了，自从我们离开美国的海岸以来，我不曾看见你快乐的笑靥，你究竟为了什么？"

"我有一件隐藏心底的要求，直到现在我都没有勇气向你剖白，唉，纯士，你太好了，因此越显得我的要求对你太残忍了。"素璞声音和将断的音弦般，那样急迫的颤着。

"但是，素璞！你相信，我是用全生命爱你吗？"纯士真诚的说。

"哦，相信的，正是为了相信你爱我，所以不忍再使你受苦！"

"但是，素璞！你要晓得，你这样的苦着自己，我仍然是不会快乐的，所以你还是明白的说了罢！"

"纯士！你允许我，无论怎样，你要好好的安慰自己，要以你的事业为重！"

"唉，素璞！在我俩间莫非又有什么变故吗？……但是我愿意允许你的要求，我总应着不使你伤心！"

"纯士！亲爱的，你听我说，你不必问什么原因，我们到了中国，暂且分住一年，或者不到一年；若是命运不太难为我们，那末必有复合的一天。"

"是的，素璞！我尊重你的意见，我也不追问什么原因，更希望这只是梦一般的事实，在我清醒时，你仍然好好的在我的身边。”

素璞感激得流着眼泪，轻轻的吻着纯士的手，他俩沈默的回到舱里睡了。

庞大的船身，在一天早晨，安然进了黄浦江，十点左右泊了岸。许多接客的人群中，没有他俩的亲人和朋友，所以他们毫无耽搁的上了岸，把行李交给一家旅馆的接水茶房，雇了一辆汽车奔西藏路去。

他们在旅馆里吃了午饭，休息了一会儿，素璞将自己的东西整理好了，雇车到县城去投奔她的女朋友。纯士呢，去看了几个住在上海的亲戚和朋友，便匆匆搭车到北平去。

到了家里见过父亲和母亲，这两位慈和的老人，见他独自回来，很诧异的问道："素璞呢，她怎么不和你一路回来？"

"哦，她到苏州去看她的母亲，听说她母亲近来身体多病，她想陪她住些时候，并且也要去看看她的女儿。"

母亲沈吟了一下，显着迟疑样子，问道："她的女儿跟那个呢？"

"素璞的意思，要她在自己身边，因为她觉得让这孩子跟了父亲，是太残忍了！"

"可是带在你们身边，你愿意吗？"

纯士听见母亲这样问，心头禁不住有些跳，低面想了想道："我想多一个小孩子，也没有什么关系吧！"

"嗯！"母亲有些不高兴的样子说："你们年轻人，到底什么都不懂，你想，你才结婚，家里就有这样大的一个孩子，亲戚们问起来，你怎么说？……所以我从前警诫你，不要和她亲近，也就为了这些缘故，不然她也很好，我为什么不赞成呢？现在你们既然已经结了婚，我也不愿多说，不过那个孩子无论如何，带在你们身边总不方便呢！”

纯士觉得母亲的话，不是完全没有道理，不过素璞若舍弃她的女儿，她必永远不会快乐，而且我既爱她，当然也应爱她所爱的人，所谓“爱屋及乌”的意思，不过我又怎么应付母亲呢？纯士踌躇着，竟没有办法，只好说道：“等素璞回来了，再细细商量吧！

“也好。”母亲淡淡的说着，这段谈话就算收束，但是在纯士的心里，却增加了一层纠纷。

纯士初意本想在北平作事，但是沈闷的故都，简直出路更少，奔走了几天，毫无结果，只得仍到上海来设法，所以他在家只住了十天，便又匆匆南来了。

这次他到上海，知道兄弟明士和他的妻子也在上海，所以他便搬到他们的家里暂住。

明士看见纯士独自来了，不免也是诧异的问道：“听见你已和素璞结了婚，她现在到什么地方去了？”

“回她自己家里看母亲去了！”纯士这样回答，这本是很近人情的事，所以明士夫妇也毫不疑惑了。

但是经过几天的相处，纯士忧郁的神情，使得他们怀疑起来。在一天下午，大家都坐在书房吃西瓜时，纯士只懒懒的靠在沙发上叹气，明士忍不住的问道：“纯哥，你到底隐藏些什么秘密？这神情简直太可疑了！”

“没有，什么都没有，只是心里有点懒懒的罢了。”纯士仍然掩饰着。

“老兄何必掩饰呢，你的神色比你的说话更清楚的告诉我们，你心里藏着一些不高兴的事情呢！”明士的妻说。

“你们的眼睛真太厉害了！其实呢，在你们面前本来不用隐瞒，不过就是我自己也不了解，她到底为了什么这样做作？”

“你是不是指的素璞姊，”明士的妻微笑的说。“如果是的，那么你赶紧把事实告诉我，我是最了解女人的心的，也许能替你分析出个结果来！”

明士听了妻的话，也笑道：“这话倒不错，你快告诉我们，究竟是怎样一回事？”

“事实很简单，她不让我问理由，在这一年内，她暂时不和我同居，你看多奇怪呀！”

明士的妻听了这话，低头想了想道：“我想她一定有些难以告诉你的隐痛，一定是她的母亲不赞成她和贺士离婚！”

“恐怕还不只如此，”明士接着说：“一定更反对她离婚再嫁，在我们礼教森严的中国，女人是不能再嫁的，男人当然可以再娶，——尤其是在乡下，那些自命维持名教的老乡绅，要拼命的反对了，你不是说素璞的父亲，原来也是一个乡绅吗？”

纯士点头道：“我相信你的推测是对的，不过以后究竟怎样下场呢？……而且素璞是受过新文化的洗礼的，她既想打破礼教的藩篱，就应当作个澈底，为什么走两步又退一步呢？”

“唳，这就是女人的心了！”明士的妻说：“你们翻开历史看，从古到今，有几个女人不怕社会的讥弹呢？本来也难怪女人，这个社会对于女人是特别的责备的严，我想素璞姊现在的心也够苦了，她要作这个社会里的女人先锋，但是她的勇气还不够，所以她的行动，更弄得令人不可捉摸了，这是时代病，纯哥！只看你能帮她多少忙，如果她能打出这一关，你们的前途仍然是灿烂而光明的。”

“你叫我怎样帮忙？我不能掩住每个人的嘴，叫他们不讥弹，是不是？”

“不过你能使素璞不怕讥弹，不就好了吗？”明士说。

“是的，这的确是素璞的思想还不够澈底，如果能够使她的思想更进一步，这一些枝节便可剪除了。”纯士说。

纯士经过这一番的谈话，他的心似乎安静得多了，他预备立刻写信给素璞。

在他们吃过西瓜后，他便拿了信笺信套，独自躲到楼上去写信。

暑假将完时，纯士受了湖北某大学的聘，不得不离开上海。当他上船时，他的心情仍然是忧郁的，他握住明士的手说：“我好像是被充军到西伯利亚的心情！”

“我希望你再到上海时，素璞已经改变了她的思想。”明士安慰他。

“不过她最近的信，还是那样弄不清。”

“忍耐吧，纯哥！……这一切的纠纷除了忍耐，是没有办法的。”明士很有经验似的说。

船上的人挤得如市集般，明士看着纯士把行李安放好，便告辞回去了。在路上他心里竟充满了莫明其妙的怅惘，大马路上的灯光，争奇斗胜的闪烁着，人群如潮水般流动，“这种种色色的人，也有着种种色色的心，于是人生便形成了永久的纠纷。”明士感慨似的吁了一口气。

第十二章　忏　悔

素璞自从和纯士分别后，在她朋友家里住了两天，便到苏州乡下，去看母亲和孩子。

到家时，竹篱边正卧着一头黄狗，听见生人的脚步声连忙窜起来，汪汪的吠着，跟着竹篱门开了，出来了一个八九岁的女孩儿，睁着一双亮晶晶的眼向她望着；素璞也向她仔细看了半天，才认出正是自己的孩子，上前一把搂住她道："阿囡！你不认得妈妈了?"那孩子只惊奇的看着她，一面挣脱了身子，跑到里面叫道："外婆，快来!"

跟着走出一位五十多岁的老太太来，见素璞连忙叫道："啊！阿素你从外国回来了，我前几天接到你到上海的信，想你总还有两天耽搁，不想这时候就到家了。"老太太一面说一面喊娘姨，替素璞把行李搬进去，一面又指着那女孩子道："你看阿囡都长得这么高了!"

"妈妈，她现在没进学堂吗?"

"原先她在这里小学读书，这些日子因为出疹子，所以这半年就不曾让她上学，这一下好了，你回来好好的照应照应她吧！说起来这孩子也就可怜，这么一点年纪，就离开爹娘，跟着我虽然也不至受委曲，但我年纪也大了，家里事情又烦，到底不如在你身边好，听说她爹也要回来了，你们好好的过起来，我这就放心了。"

素璞听了妈妈的一番话，再偷眼看看妈妈老迈的形景，心里早禁不住一酸，同时站在妈妈身边那个孩子，一双无邪的眼睛，亲切的望着自己，似乎在恳求自己，不要再抛弃她似的，那眼泪便再也咽不下去了。孩子看见她哭，也用小手揩着眼睛，老太太更是老泪纵横，这一股难以分析是悲是喜的情绪，包围了她们。后来还是娘姨来叫素璞去洗脸，老太太才止住眼泪，叫家里雇的长工小王，带阿囡出去玩，她自己忙着张罗收拾房间，安顿素璞。

晚上母亲和孩子都睡了，素璞回到她自己房里，坐在灯前，呆望着映在窗上的孤影沈思，许多纠纷的问题，如潮水般都涌到心里来，她深深的叹息着："这是一个多么纠纷的人生呀！"

她把日记本摊开，在那上面写道：

> 某月某日　今天是我到家的第一日，也就是我被审判的一天。妈妈还在梦想着我同贺士，以后团聚美满的生活；阿囡呢，在她那纯洁的小心灵中，正响着欢喜的歌声，今天她睡的时候，她曾对母亲说："外婆，等妈妈休息过来时，我便跟妈妈去睡，以后我永远不离妈妈了，爸爸回来时，我跟着妈妈到上海去。"唉！阿囡，我对不住你呢，妈妈犯了自私的罪恶，在你这小小的生命史上，我已亲手给你划了一道亘古不能消灭的伤痕。你的妈妈和爸爸永远不能共同的爱护你，你有了妈妈便失掉了爸爸，不然就要失掉妈妈。唉！我太自私了，为什么不能为着孩子忍受一切呢？唉！忏悔呀，我不该，真不该弃掉贺士，不然这孩子在我们两人之间，不正是一个永无愁怨的小天使吗？现在，她简直被毁坏了。
>
> 其实呢，贺士也不是一个坏人，他纵然有一些对不住

我的行为，不过我又何尝对得住他，唉！我不应当和纯士结婚，当他认识那位金女士时，我就应当趁机拒绝他，为什么我那样自私？为了不愿纯士抱在另一个女人的怀里，我便不顾一切的毁灭，只顾抓住那个纯洁的青年人呢！唉！天呀，我现在要怎么办？……唉！为了女孩，我还应当回到贺士那里去，是的，只有回到他那里去，母亲衰老残年我何忍再在她心上划一道伤痕吗［呢］？……而且纯士也可以免去困难，他的妈妈不喜阿囡带在他的身边，那也是人情；我回到贺士那里去，纯士虽然也要难过，但是纯士也当原谅我——而且我相信他一定能原谅我的吧！不久他另外结了婚，慢慢的就好了，……不，不能，我除非没有知觉，不然我忍受得住吗？……”

素璞放下笔，如狂般的跑到床上，将一床夹被，蒙在头上，拼命的流泪，呜咽，直到天快发亮了，她才朦胧睡去。

素璞在家里住了两个月，表面上她是强装笑脸，而在深夜大家都睡着了时，她便让眼泪流湿了枕衣。

在一天下午，她接到贺士从上海寄来的快信，叫她立刻到上海来。素璞对母亲说了，母亲欢喜得出眼泪道：“好，你快去吧，你们已经几年不见面了，年轻轻的人正刚快乐的生活，阿囡也带去，见见爸爸，可怜她爸爸走时，她还不会认人呢！”

素璞被母亲一席话，说得几乎忍不住放声痛哭，连忙托故走开了。

第二天素璞果真带了阿囡到上海。那时贺士住在旅馆里，素璞找到了贺士，两个人见了面，态度都有些不自然。素璞坐在椅上，沈默着，阿囡只躲在素璞身边；贺士冷眼看看她，便伸手拉过来道：“阿囡！你不认得我了吧！”阿囡摇摇头，挣脱了手，仍旧站在素璞身边去。

“你前天到的吗？”素璞向贺士问。

“对了，你们是坐早车来的……”贺士说：“只怕肚子饿了，我们先出去吃饭吧，这旅馆的饭菜不能吃。”

他们一同到了附近一家大餐馆里，叫了三份大菜。在吃饭的时候，他们没有多谈什么，吃完饭他们仍旧回到旅馆去。贺士燃了一枝香烟，在屋子里绕着圈子说道：“纯士现在上海吗？”

“你问他作什么？”素璞冷冷的回答。

“没有什么，随便问问罢了！”贺士也是冷冷的回答。

“我们的问题究竟怎么解决呢？”素璞说。

“还有什么问题吗？……孩子你愿意带呢，就带着，不然交给我就是了。”贺士说完，叹了一口气；阿囡不知他们说些什么，只睁着亮晶晶的眼呆望着。

“不是那么简单的事！”素璞说：“我想我们有深谈的必要。”

“谈谈也好，不过这地方不方便，我打算一两天到杭州去一趟，你能同去吗？……你应当仔细想想，因为我们现在仅仅是朋友了！”贺士苦笑着说。

素璞转过头去，悄悄的拭干了溢出来的泪液答道：

“我想纯士一定相信我的，我便同你去，也没有什么关系吧！”

“你自己斟酌吧！”贺士说：“纯士现在那里？”

“他到湖北教书去了。”

“哦，原来如此，那么你怎么不同去呢？”

素璞的脸红了，低下头半晌不作声，那眼泪像珠子般滚到衣襟上。

“哝！你又何必伤感！你把孩子的问题解决了，就可以去的。”

素璞听了这话，抬起头，望了贺士一望，本想告诉自己最近的决定，但是这种反覆无常的举动，自己想想真难开口，并且还不知道贺士和那德国女子，究竟怎样，如果他决定结婚了，又怎么办呢，因此便忍住了。

过了一些时候，贺士才说道：

“你既然愿意同我到杭州去，那么我们就赶今晚六点钟的特别快车去吧！”

“也好，现在已经四点钟，收拾收拾，差不多该动身了。”

贺士点头答应，一面又叫茶房来算清帐目，然后叫了一辆汽车直奔火车站去。

到了杭州已经深夜了。

第二天素璞同贺士，带着孩子，雇了车，到灵隐去。他们在北高峰的一座亭子里歇了歇，又到白云洞去。

这时天气非常炎热，湖水被日光蒸晒得变成一股热气，压得人几乎窒了呼吸。素璞和贺士满身满脸都是汗，这时走进这阴凉的山洞，心神才觉爽快了。贺士说：

“这个地方很好，我们就在这里好好的谈谈吧！”

阿囡在洞口采花玩耍，贺士和素璞各拣了一块山石，对面坐下，素璞先说道：

“贺士，你近来生活怎样？我觉得你似乎瘦了些！”

贺士听了这话，叹了一口气道：“我的生活吗？就是这样，说不上好，也说不上坏。总之，世界上的事情，我只感到嚼蜡般的乏味！”

“那又何必呢？听说你已有结婚的日期了，那个德国女子，听说也是受过大学教育，将来你们一定有一个美满的家庭了！”素璞试探的说。

“美满的家庭吗？我倒也是这么希望着，不过靠得住否，谁也不知道，真的，我近来心性简直变了，你知道我已经作了天主教的教徒吗？”贺士说。

“这可是怪事，你从来不相信宗教的呀，怎么忽然变了呢？”素璞说。

“宗教这个东西，虽然没有什么真理的根据，不过对于失意人却大有用处呢！”

“唉！”素璞叹息道：“你近来为什么总是这样悲观，难道你不满意那个德国女子吗？或者还有别的缘故呢？”

“缘故很简单，许多事实是逼着我悲观，因之我的思想也不能不悲观了。”

“贺士，我也许是使你悲观的原因吧！”素璞的声音有些发抖了。

“不用提那些吧，那只是……”

“只是什么？”

“一个使人惊惧的恶梦罢了！”

素璞支持不住的呜咽道：“贺士！我想不到有今天的悔恨！我使你受苦，使孩子受苦，也使纯士受苦！”

“命运如此呵，素璞！”

“但是我们不能再造命运吗？贺士！我假使仍旧回到你这里

来，你能免掉痛苦吗？”

“哦，素璞！你倒会开玩笑，须知人生不是这样的儿戏般的东西，你回到我这里来，试问你怎样对纯士！再说我已同那个德国女子订了婚，我们未来的幸福如何，虽不敢决定，但我却没有理由，提出和她解除婚约呢！此外还有一层……”贺士说到这里忽然停住，叹了一口气沈默了。

“还有一层什么？怎么又不说了？”

“还有一层呵！素璞！你知道我对于人生是很严重的，你试想，我有一天想到我的妻子，曾和另外一个男人住了两年，我心里能无伤痕吗？……我还能快活吗？……”

这是一句真话，但是它太使素璞伤心了，她哭得晕倒在地下，阿囡连忙跑来，睁着眼莫明其妙的望着他们，看见妈妈直挺挺的睡在地下，也放声哭起来。贺士慌忙的抱起素璞来，灌了她一些泉水，才慢慢地醒过来，兀自呜咽不止道：“贺士！……我忏悔，我一生都要忏悔……”

“过去的已是过去了，你难得遇到纯士这样对于爱情又伟大又真诚的男人，你应当同他好好的过你的生活，孩子呢，你愿意你就带在身边好了，至于我也何尝没有快乐的前途。我们此后作一个永不相忘的朋友罢了！”

从杭州回来后，贺士便到香港去；阿囡仍旧跟着素璞，回到苏州。刚到家，就看见母亲递了三封信给她，素璞接过来一看，认得都是纯士的字，她的眼泪跟着又滚了下来，连忙走到屋里，把信拆开看。第一封信有几句是对于她到杭州去的话，她细细的读了又读，她觉得纯士太好了，连忙拿出日记，把那几句抄在上面：

素璞！我相信你如相信自己一样，你去会贺士很应当，你还应当感谢他；对我们的成全。我们所有的快乐，都是他给我们的！

素璞放下日记，手边拿过一张纸写给纯士道：

唉，纯士！纯士！这世界上只有你是能了解我的，你是认清我的人格的，妈妈面前所不能开口的，只有向你说；但是纯士呀，在这世界上，我也最对不住你，你知道，我曾自动的想离开你，抛弃你，并不是我不爱你，唉，纯士！我敢对天发誓，我爱你比爱自己还甚，但是我为什么忍心叫你受苦，唉，纯士！不得已呀！我是一个过渡时代的女人，我脑子里还有封建时代的余毒，我不能忍受那些冷讽热骂，我不能贯彻我自己的梦想，我是弱者，是一个没有勇气的弱女子。这么一个时代下的牺牲者，结果，竟连累了你，连累了那无罪的孩子！

纯士啊！在这种情形下，我只有忏悔，只有自罚，纯士！多谢你的好意！我现在不能到你身边来，最好你忘了我吧。

素璞把这封信寄给了纯士，她仍住在家里，每天除了教阿囡读书外，她便只有沈默。后来母亲看她的神色不对，极力的追问她，她才含着泪告诉了母亲道："贺士已同我离了婚。"

"离了婚，简直是梦话吧！"母亲颤抖的说。

“真的，因为他在德国认得了一个女人，所以我们便只好离婚了。”

“你怎么早不告诉我？……嗐！难道你就这么轻易的答应了他吗？”

“是的，妈妈！他的心既然变了，强扭住又有什么用？”

母亲听了这话，也只有伤心落泪，素璞忍住悲痛劝慰道：“妈妈也不必伤心，这都是命运！”

“唉！我早就耽心，所以逼着他结了婚再走，现在到底是这么个下场！”

“妈妈！”素璞勉强的笑道：“从此我不离开妈妈了，这还不该喜欢吗？”

“唉！”妈妈仍然垂着泪，素璞的心，流着血，她听见自己心弦的颤抖。

匆匆的岁月早又到深秋了，素璞的心情也更黯淡，忽然一天纯士寄了一封快信来，说他现在病了，客中没有一个问慰的人，况且又正是秋风秋雨的天气，他希望素璞能去看他；另外又寄了一首勃朗宁的诗是：“神未必这样想”。她看见那首诗，对于人生的忠实勇敢，已经够流泪了，再看见纯士在那“神未必这样想”的一句话上，加以密密的圈，并在下面注了几行小字道：

素璞！这诗人已指示了我们：那两个青年男女，因为顾忌世人的讥弹，因为不能勇敢决定，把生命变成补钉，而世上的人方在那里赞叹他们，但是聪明正直的神，他未必这样想。素璞：你不能更勇敢的跳出人间的牢狱吗？你不能为自己而作人吗？你为保存礼教的假面具，把自己的生活，弄成这样黯淡，你给了世人一些什么呢？素璞！这只是罪过罢了！你已经为求忠实光明的人生流过血，你也已经替世人开出一条血路，但是现在你又把这些血迹掩埋了，又把这条血路塞住了，使后来的人，看了你的努力的失败，更加胆怯，永远辗转在那虚伪补钉的生活里，素璞！无论怎样，你的这种措施，太使人悲伤了。

素璞把这封信放在枕头旁，一天看到晚，想到晚，她不知应当怎么办？只让眼泪滴在这张纸上，湿了又干，干了又湿！但“神未必这样想”的一句话，深深的打动了她，也许这就是第一道光明的闪电，跟着就有雷雨或风电的变化吧！但愿上帝祝福他们。

（本篇最初分别发表于1933年2月14日至5月5日《时事新报》，6月上海四社出版部初版单行本）

附：

关于庐隐女士

——《女人的心》代序

李唯建[①]

一　她的丰度

这确是个奇迹，我虽则也曾读过艺术史，也曾看过不少大画家大雕刻家的杰作，但我未曾感受过如庐隐女士这般内心的力；这种力是由她坚强的意志，热烈的情感和脱俗的心思所溶化成的一种绝对伟大磅礴的混合品。真的，你只须看看她那双如鹰般的眼，炯炯有光，直把你眩惑，不，直使你睁不开眼来。我相信一个人内在的智、美，与力都能由一双眼里泄露出——当然，有的全盘露出，有的露出一部份，说来也怪，当我初识这位女作家时，我的心不自知的升到一种脱俗的诗境里去了；

① 《女人的心》单行本署名“四郎”，即李唯建。

这自然是她的绝世独立的个性，使人不能不努力向上，努力朝伟大的方向走去。

大凡一个天才，如果是男性，必多少带些女性，如果是女性，必多少带些男性，而庐隐当然不能例外；她外表虽无世俗所谓的美，而内心却有阿其丽斯（Achilles）的力，这外表与内心配合起来，配合的如此匀称，你看见了她，正如读了一首又古典又浪漫的诗，她身材不算高但也不能说矮，她的发细而黑，脸儿稍微有点瘦，额角异常之大，但又不至如苏小妹的“额头先到画堂前”的那么大，如果她受了刺激，或是心里起了红艳艳的情绪，她的两眼却又不似平时那么锐利，反变为如朦胧的秋月或雾里的花朵了。

至于说到她的丰度，我便不知如何说起，回忆我们初见时，她是那么冷静，高傲，真有拒人于千里之外的神气。我心里正想着，这样一个冷静的作家，而她的作品又一点不带讽刺或批评的风格；因为只要读过她的作品的人，便会想出一个忧郁多思，善感易愁的女士，含泪坐在窗边，让全世界叹一口气，便无踪无影的溜过去了。或是像个多情的女士，对谁都温存，对谁都宽宏大量，然而读过她的小说的人，一旦有缘与她相会，便不期然的这样想——这些悲观善感的文字，恐怕不是这位又活泼又直爽又锐利的女士写的罢。但你千万别狐疑，这些作品的确是她写的，不是她写，还有谁能写呢？

一阵笑声杂着一阵橐橐的皮鞋声，从幽静的愚园路上传来，跟着又是“那我可不在乎”的清腕的国语的口音，这是庐隐从学校里回家，伴着三两朋友在马路上又说又笑的走着。她虽无飘飘欲仙的丰度，但谁要见过她一面后，那刚强脱俗的印象永映在脑子里。她的言语，她的声音，她的哭，她的笑，她的一切，都能给我们一个模范，就是说她无时无地不在朝人生的大道，生命的真谛方面走，总之，这种精神的美，决非常人所有，也非常人易于了解的。

二　她的生活

关于庐隐的生活，我也得说几句，她昔在北平时，获得浪漫女作家的衔头，记得一个法文报上曾称她为中国的浪漫女小说家，我当时看了这个评语，半信半疑，因为我们那时仅相识半年，在这半年中，虽则在月下畅谈过，在酒家大醉过，在北海风光中荡过舟，在西山涉过水攀过山，但庐隐的生活过于复杂——尤其是她的内心生活——所以要从短促的半年的交游中完全了解她的生活，完全探知她心的跳动，这比登天还难，而况我又是个多么愚鲁的人呢。

时光过去了，转眼春色又弥布了灰城，她来信说："四郎，我明日又与数友同游西山，"不久，她从西山游罢归城，我遇见她，才知道她曾在春花下酩酊大醉过，痛哭过，几至于发狂，自那时起，我才了解庐隐之被人称为浪漫者，实与一般人所谓浪漫的意思迥然不同，正因这世上太冷薄无情，所以她的情感，她的热血，无从发泄，——原来她来到人间是太孤单了。

她是孤单的，当然这浅薄的人世不能满足她那无所不包的胸臆，在这时，有的就为世界绝对牺牲（如耶稣），有的对世界怀疑（如安诺德），有的玩弄世界（如拜轮），庐隐则对世界悲观，无端狂笑，无端痛哭，都因为她正感着沙漠中的孤寂；不幸，她曾遭了一度重大的打击，恋爱方面失败了，她终于放荡起来，其实这类放荡当然不是世人所谓的“乱来”，也不是中国人所谓的“浪漫”，我无以名之，名之为伟大的表现，但是说来也可怜，她竟被人们冷讥热骂起来。

本来生活的不同，正以各人个性为转移；庐隐的生活，在我认识她时，正往因过于热烈而陡然冷静的一条路上去，这条路自然是她生活不快的主因，唯其有这点对世界的不满，所以她的作品几乎句句都笔尖上带着感情，哥德说的好“如果一个人在中夜不知孤独的坐在床上啜泣，他是不能了解人生的。”庐隐之能了解人生；正因她的生活，随时随地，都在挣扎，奋斗，失望，感伤中。

三　她的作品

庐隐的作品，自然用不着我多此一举来介绍，但因要讲几句关于她的话，所以不能不略说到她的作品。她的作品已成单行本的有：《海滨故人》《曼丽》《灵海潮汐》《归雁》，将成单行本的有：《玫瑰的刺》《象牙戒指》，此外还有许多作品散见于各报章杂志，在此我不必讲这些创作的材料，我只谈谈她的作风好了。

她的文笔是直切，健劲，倔强的；这因她个性如此，又不起稿，一方面当然有她的弱点，但亦有她的特长；所以我们读到她的作品，从不感到不清楚，不流利，不真切，不痛快，只感到一把如刀般的笔一两下便把我们心中最缠绵最理不清的心绪划分了，不过请别误会，这位女作家也颇能写悱恻缠绵的文字，（尤其是《云鸥情书集》，）我因之可以下个判断，说她创作与生活方面都有两层人格。

她的小说结构似欠精密紧张，这因她虽未出个什么诗集，但她的为人与心情，颇似一个诗人。诗人的文笔，美则美矣；情感，富则富矣；所少的只是结构，庐隐初期的小说，当然结构不甚精致，但《象牙戒指》以及她最近作的战事小说，已很能表现这位强有力的女作家，由酣态多情的作风一变而为客观的分析的写实的了。

又她的处女作《海滨故人》里，堆满了华丽的词藻，文雅的句子，到了《归雁》，她文字方面的技巧竟转为朴直，通俗的了，直到新近，我们时常在《申江日报》副刊《海潮》上读着她的文章，她的文字更不加雕琢修饰了；这并非不好的现象，这正是她在文句的技巧方面，大有进步。你看，她仅用一两个极平常极普通的字，便把人间最难捉摸的情节，与最纠纷的现象，表现出来。这不是技巧的最高峰而何？于是从前她所用的那些华丽的词句，反觉隔靴搔痒，不能达出作家的本意。

庐隐创作之快，真可谓神速，无论什么杂志报章不催她作稿便罢，假如催她，再三催她，甚至于大编辑亲到她府上来索稿，她便请编辑先生坐下，一面谈话，一面吸烟，只听见笔尖在稿纸上刷刷的响，不断的写，不久一张千多字一页的稿纸竟布满了灵秀的字迹，这样一张复一张，于是听见钢笔一扔在桌上的声音，椅子往后一推，她站立起来，精神饱满的把还未十分干的稿子交给大编辑。

“还得看一次吗？”编辑问。

“不，不必了，这就行了。”庐隐说。

“那么，你连底稿都没有一份了。”

“所以你们当编辑的人对我的文章更当小心，我作稿从不起草的。”

编辑先生欣欣然告辞而去了。

庐隐的小说当然有她的毛病；但毛病谁没有呢？只要她内容有个性，文笔有风格，能另树一帜，便已不朽了。

四 其 他

写了上面关于庐隐女士的三段文字之后，在这段里我打算写点她生活中最琐屑的事实，以飨爱读她的作品的人们。

原来庐隐虽原籍福建，但她不会说一句本省话，满口是国语，她的国语真太漂亮了，记得有一次我和她同游北平中央公园，我是对语言学颇饶兴趣的人，知道她是福建人，就要求她教我几句福建话，要求的结果只是舌头嘴头全发干了，还不曾听见她吐出半句；当初我还有些生气，以为都是朋友，又何必如此固执呢？谁知她真不会说，就会说，也不过一两个单字罢了，她既不能说本省的话，可是从她的容貌看来，人们都以为她是广东人，那知她连广东都不曾去过（虽然她的足迹从未遍天下，也遍了中国的一大半）。

每逢放假的日子，或是学校放学后，庐隐回了家，心里似乎总像盼望什么似的，初识她的人自然以为她在结构什么小说，或在思维什么问题，但与她相熟的人一望而知她心里又在翱翔于“中发白”之间了，她自幼即喜嗜手谈；她善于口谈，同时也长于手谈，说她“长”，并非说她能在庄上和六百和，或是能扣别人的大牌，或是能四圈下来，赢到一个月或半个月的薪水，或三四万字的稿费，我说她“长”于手谈，是说她能继续来念四圈，或通宵竹战而不倦，只要有牌打，什么话都好讲；如果在座有一人说因事不能奉陪，庐隐则必鼓其三寸不烂之舌，虽苏张复生，亦不能过之矣。

我们读诗话时常看见诗人的什么“斗酒”“美酒”种种的记载，庐隐虽亦好酒，但不能多饮，只能小酌耳，她很喜欢到小酒馆里泡一壶好茗，唤上几碟卤的熏的烧的酒菜，这样慢慢的小酌小食；有时不幸三缺一而无人成庐隐之美时（这种情形亦复不少），她便独自到市上去，左手拿一瓶美酒，右手携一包佳肴，准备悠然的小酌。

我们在上海住惯了的人，都知道这金迷纸醉的地方，那个小姐少奶奶不打扮如花一般的，但庐隐虽也有时同时髦女士来往，她却不像她们那么矫揉造作的修饰自己。有时她心血来潮，也去做几件异常时髦的衣服，但不久她厌弃了，仍然穿上她的旧衣，天天是这件衣服，在家里，在学校，在跳舞厅，在影戏院，在酒店，在朋友家，在宴会上。她时常说：“我决不为别人打扮，我愿穿什么就穿什么——不过，我有时也非常修饰，那得要我心情这样做的时候。”

读过科学发达史的人，谁都知道牛敦家里有老鼠，他买了两只猫，一大一小，他在壁上凿了两个大小不同的洞以便两只猫好进出的那段趣事。如牛敦这般天才，有时头脑还不过这样迟钝，简直可谓低能儿了。我们的女作家，有时也犯了与牛敦同样的毛病，实令人发噱，庐隐最怕乘公共汽车或搭电车，因为她就连每日必经过二三次的静安寺路都弄不清方向，在先施或永安，在里面兜上几个圈，她便有点儿迷途了。所以我想她的收入，大部分花在黄包车和汽车上（这不是她有贵族气，只因她没有更好的办法），而她许多宝贵时间，都费在问路和寻方向上去了。

（本篇出自1933年6月上海四社出版部《女人的心》）

前　途

清晨的阳光，射在那株老梅树上时，一些疏条的淡影，正映在白纱的窗帷上，蒨芳两眼注视着被微风掀动的花影出神。一只黑底白花的肥猫，服贴的睡在她的脚边。四境都浸在幽默的氛围中，而蒨芳的内心正澎湃着汹涌的血潮，她十分不安定的在期待一个秘密的情人，但日影已悄悄斜过墙角了，而那位风貌蕴藉的少年还没有消息。她微微的移转头来，不禁打了一个冷战，“唉，倒霉鬼!”她恨恨的向地上唾了一口，同时站起来，把那书架上所摆着的一张照片往屉子里一塞，但当她将关上屉子的时候，似乎看见照片中她丈夫的眼睛，正冒火的瞪视她。

蒨芳脸色有些泛白，悄然的长叹一声，拚命的把屉子一推，回身倒在一张长沙发上，渐渐的她沉入幻梦似的回忆中：——三年前，在一个学校的寄宿舍里——正当暮春天气，黄昏的时候，同学们都下了课，在充满了花香的草坪上，暖风悄悄的掀起人们轻绸的夹衣，漾起层层的波浪在软媚的斜阳光中。而人们的心海也一样的被春风吹皱了。同学们三五成群的，在读着一些使人沉醉的恋情绮语。

蒨芳那时也同几个知己的女友躲在盛开的海棠荫里，谈讲她美丽的幻想。当然她是一个美貌的摩登女儿，她心目中的可意郎君，至少也应有玉树临风的姿态——在许多的男同学中，她已看上了三个——一个是文科一年级的骆文，一个是法科二年级的王友松，还有一个是理科二年级的李志敏。这三个都是年轻貌美的摩登青年，都有雀屏入选的资格①。其中尤以李志敏更使蒨芳倾心，他不但有一张傅粉何郎的脸，而且还是多才多艺的宋玉。跳舞场上和一切的交际所在不断他的踪影，时常看见他同蒨芳联翩的倩影，同出同进。不过蒨芳应付的手段十分高明，她虽爱李志敏，同时也爱骆文和王友松，而且她能使他们三人间个个都只觉得自己是蒨芳唯一的心上人，但是他们三个人经济能力都非常薄弱。这是使蒨芳不能决然委身的原因。

“怎么都是一些穷光蛋呀。”蒨芳时时发出这样的叹息。

这一天，蒨芳正同李志敏由跳舞场回来，忽然看见书案上放着一封家信，正是她哥哥寄给她的。这封信专为替她介绍一位异性的朋友叫申禾的。她擎着信笺，只见那几行神秘的黑字都变了一些小鬼，在向她折腰旋舞——他是一个留学生，而且家里也很有几个钱——蒨芳将这些会跳舞的神秘字到底捉住了，而且深深的钻进心坎里去。留学生的头衔很可以在国内耀武扬

① 雀屏入选，意谓谁射中画屏上的孔雀，便有入选为婿的资格。

威，有钱——呀！有钱那就好了！我现在正需要一个有钱的朋友呢，……嫁了这样一个金龟婿，也不枉我蒨芳这一生了。她悄悄的笑着，傲耀着，桃色的前途，使她好像吃醉酒昏昏沉沉的倒在床上，织了许多美丽的幻想。

从此以后，她和申禾先生殷勤的通信，把一腔火热的情怀，织成绮丽的文字投向太平洋彼岸去。而那三个眼前的情人呢，她依然宝贝似的爱护着。同学们有些好管闲事的人，便把她的行为，作为谈论的资料。有些尽为她担着忧，而她是那样骄傲的看着她们冷笑。

“这算什么？多抓住几个男人，难道会吃亏吗？……活该倒霉，你们这一群傻瓜！”

每一次美国开到的船上，必有申禾两三封又厚又重的情书递到蒨芳的手里。最近的一封信是报告他已得了硕士的学位，五六月间就可以回国了，并希望那时能快乐的聚首。蒨芳擎了这封信，跑到草坪上，和几个同学高兴的说道：“我想他一回来就要履行婚约的。”

“一定别忘了请我们吃喜酒！”一个女朋友含笑说。

“当然，”她说，“不过不知道他究竟是怎么样的一个人？”

“多怪呀！你这个人，婚都定了，还在怀疑。”

“……管他呢，留学生，有钱，也就够了……”蒨芳说着，从草坪上跳了起来，撚着一朵海棠花，笑嘻嘻的跑了。

那一丛茂盛的海棠花，现在变成一簇簇的海棠果了。蒨芳独自站在树荫下，手攀着一根枝条，望着头顶的青天出神。“算归期就在这一两天呀！”她低声自语着。

六月十二日的清晨，蒨芳穿了一件新做好的妃红色的乔其纱的旗袍，头发卷成波浪式，满面笑容的走出学校门口，迎头正碰到王友松走来。

“早呵，蒨芳，我正想约你到公园去玩玩，多巧！……假使你也正是来找我那更妙了，怎么样，我们一同去吧？”

蒨芳倩然的媚笑了一下，道：“友松，今天可有点对不起你，我因为要去看一看刚从美国回来的朋友，所以不能奉陪了！”

“哦，……那末下次再说吧！”友松怅然的说了。

“对了，下次再说吧！”蒨芳一面挥着手说，一面已走出学校门跳上一部黄包车。那车夫也好像荣任大元帅般威风凛凛，得意扬扬如飞的奔向前去。不久便到了“福禄寿”的门口。蒨芳下车走进去，只见那广大的食堂里，冷清清的没有一个客人，只有几个穿制服的茶役在那里低声的闲谈着。蒨芳向一个茶房问道：“有一位申先生来了吗？”

“哦！是蒨芳女士吗？我就是申禾，请到这边坐吧！”一个身材矮小的男子从一个角落的茶座上迎上前来说。

蒨芳怔怔的站在那里，心想“原来这就是申禾呵！”她觉得头顶上好像压了千钧重的大石帽，心里似乎塞了一堆棉絮。“这样一个萎琐的男人，他竟会是我的未婚夫？一个留学生？很有钱？”她心里窃疑着。可是事实立刻明显的摆在她面前，她明明是同他定了婚，耀眼的金钻戒还在手上发着光，硕士的文凭也在她的面前摆着，至于说钱呢，这一年来他曾从美国寄给她三千块钱零用。唉，真见鬼，为什么他不是李志敏呢？

申禾自从见了蒨芳的面，一颗热烈的心，几乎从腔子里跃了出来，连忙走过来握住蒨芳的手，亲切的望着她。但是蒨芳用力的把手抽了回来，低头不语，神情非常冷淡。申禾连忙缩回手，红着脸，抖颤着问道：“蒨芳，你有什么不舒服吗？……也许是因为天气太热，你吃点冰汽水吧？”

“不，我什么都不想吃，对不起，我想是受了暑，还是回学校去妥当些。”

“那末，我去喊一部车子来送你去吧。”

“也好吧！”

蒨芳依然一言不发的坐着等车子，申禾搓着手不时偷眼望着她。不久车子来了，申禾战兢兢的扶着她上了车，自己便坐在蒨芳的身旁，但是蒨芳连忙把身体往车角里退缩，把眼光投向马路上去。他们互相沉默了一些时候，车子已开到学校门口。这时蒨芳跑下车子，如一只飞鸟般，围随着一阵香风去了。申禾怅然痴立，直到望不见她的背影时，才嘘了一口气回到旅馆里去。

蒨芳跑到寝室里，倒在床上便呜呜的哭起来，使得邻近房里的同学，都惊奇的围了来，几道怀疑的眼光齐向她身上投射。蒨芳哭了一阵后，愤然的逃出了众人的包围，向栉沐室去。那些同学们摸不着头脑，渐渐也就无趣的散了。蒨芳从栉沐室出来时，已收拾得满脸香艳。从新又换了一件白绸长袍，去找李志敏。但是不巧，李志敏已经出去了，只有王友松在那里。他们便漫步的走向学校外的草坪上去。

“今天天气不坏！”王友松两眼看着莹洁的云天说。

“对了，我们到曹家渡走走，吸些乡村的空气，好吧？……我似乎要气闷死了！”

友松回过头来，注视着蒨芳的脸说道："你今天的脸色太不平常了！"

"你倒是猜着了，"她说，"不过我不能向你公开！……"

友松默然的望着蒨芳，很久才说道："……我永远替你祝福！"

"呸，有什么福可祝，简直是见鬼！"蒨芳愤愤的叹着。

他们来到一架正在盛开的豆花前，一群蛱蝶，不住绕着蒨芳的头脸飞翔，蒨芳挥着手帕骂道："不知趣的东西，来缠什么呵！"

友松听了这话似乎有些刺耳，禁不住一阵血潮涌上两颊，低着头伴她一步步的前去。

日落了，郊外的树林梢头，罩了一层氤氲的薄雾，他们便掉转头回学校去。在路上蒨芳不时向天空呼气！

一个星期过去，蒨芳的哥哥从镇江来看她，并且替她择定了婚期，她默默不语的接受了。

在结婚的喜筵散后，新郎兴高彩烈的回到屋里，只见新娘坐在沙发角上，用手帕儿擦着眼泪。

"蒨芳！你为什么伤心，难道对我有什么不满意吗？在这一生我愿作你忠实的仆从，只要你快乐！……"

"唉，不用说那些吧！我只恨从前不应当接受你的爱，——更不应当受你的帮助，现在我是为了已往的一切，卖了我的身体；但是我的灵魂，却不愿卖掉。你假使能允许我以后自由交朋友，我们姑且作个傀儡夫妻，不然的话，我今天就走。……"

"交朋友……"申禾踌躇了一下，便决然毅然的答道："好吧！我答应你！”

蒨芳就在这种离奇的局面下，解决了所有心的纠纷！在结婚后的三年中，她果然很自由的交着朋友，伴着情人，——这种背了丈夫约会情人的勾当，在她已经习惯成自然了。她这时不禁傲然的笑了一笑，忽然镜子里出现一个美貌丰姿的青年男人，她转过头来，娇痴痴的说：“怎么这样迟？”

“不是，我怕你的丈夫还不曾出去。”

“那要什么紧？”

“蒨！你为什么不能同他离婚？”

“别忙，等有了三千块钱再说吧！并且暂时利用利用他也不坏！”

“哦！你为什么都要抓住，要钱要爱情，……一点都不肯牺牲！”

“我为什么要牺牲？女人除了凭借青春，抓住享乐，还有什么伟大的前途吗？”

“好奇怪的哲学！”

“你真是少见多怪，”她冷笑着说，“我们不要讲这些煞风景的话吧！你陪我出去吃午饭，昨天他领了薪水，我们今天有得开心了。”

“哦。”男人脸上陡然涌起一阵红潮，一种小小的低声从他心底响起道：“女人是一条毒蛇，柔媚阴险！”他被这种想象所困恼了，眼前所偎倚着千娇百媚的情人，现在幻成了一只庞大的蛇，口里吐出两根蜿蜒的毒丝，向他扑过来。他禁不住打了个冷战，向后退了几步，但是当她伸出手臂来抱他的时候，一切又都如常了。

他俩联翩的在马路上走着，各人憧憬着那不可知的前途。

（本篇最初发表于 1933 年 2 月 15 日《前途》杂志创刊号）

今后妇女的出路

时代的轮子不停息的在转动，易卜生早已把妇女的出路指示了我们[①]。当然娜拉的出走，是不容更有所迟疑的。不过在事实上，娜拉究竟是极少数，而大多数的妇女呢，仍然作着傀儡家庭中的主角。而且有一些懒散惯的妇女，她们拿拥护母权作挡箭牌，暗地里过着寄生的享乐生活。另有一部份人呢，因为脑子里仍存着封建时代的余毒，认定“男治外女治内”的荒谬论调，含辛茹苦作一个无个性的柔顺贤妻，操持家务的良母。同时许多男性中心的教育家，惟恐妇女有了本事，不利于男人们，便极力的反对妇女到社会上去，什么妇女的智力体力赶不上男人啰，又是贤妻良母是妇女唯一的天职啰，拿这些片面之

① 易卜生（1828—1906），挪威剧作家。娜拉是他的社会问题剧《玩偶之家》的主人公。

辞的帽子压到妇女头上，使她们不得不回到家里去。

其结果呢，一失掉了独立的人格。二失掉了社会的地位。三埋没了个性。真是为害不浅呢！不信，听我细细说来：

一、失掉了独立的人格　妇女回到家里去，她们的世界除了家庭还是家庭，她们所应付的，也仅仅是家庭里的几个人，她们的能力，也仅仅懂得一些琐碎杂务的操持，一旦叫她们离开家庭到社会上来，对于一切都感到陌生，无法应付，结果只好躲在男人背后，受尽他们的支配，任他们去宰割，爱之当宝贝，恶之弃若敝屣；而妇女呢，还得继续受下去，因为她们已失掉了独立的人格。这样结果，便造成畸形的病态的社会了。

二、失掉了社会的地位　不论男女，天经地义的应取得社会地位。人类对于社会负有义务，当然也应享有权利。而妇女们对于社会似乎不负责任，当然社会的一切权利，设施，也只以男子为对象。但是妇女为什么对社会不负责任？为什么不想享受社会上的权利？不怪别的，只怪她们错误了。她们把自己锁在家里，使男子得有垄断社会事业的机会，使男子的势力膨胀到压得妇女不能喘气，唉，这是多么悲惨的现象呢！

三、埋没了个性　妇女的天性，果然有些和男人不同，但不同和同，也要看环境的，如果男女的环境完全一样，其不同之点，与其说是心理上的，不如说是生理上的更多些；而生理上的不同，也可以加以人力，而使之能力方面，无所差别。比如说乡间的妇女，她们能锄地，挑柴。男人呢，也能作裁缝理发等细腻工作，如此看来，人类只有个性的差异，而无男女间的轩轾，所以妇女们虽有喜欢在家庭操持家务，抚育儿女的，但也有许多人是喜欢作科学家、政治家、教育家、工程师、医生种种的事业；而既往的妇女，也为了回到家里去，埋没了个性；牛马般的作着不愿意作的工作。这不但是妇女的损失，也是国家的损失，甚至还是人类的损失呢！

就以上三点看来，主张妇女回到家里去的论调，当然算不得正确。不过在家庭制度还存在的今日，我们也不能说所有的妇女都到社会上去，置家事于不顾。那么如之何而后可呢？我以为家庭是男女共同组织成的，对于家庭的经济，固然应当男女分担；对于家庭的事务，也应当男女共负。除了妇女在生育期中，大家都当就其所长服务社会，求得各人经济之独立。男女间只有互助的，共同的生活，而没有倚赖的生活。

至于对于家务的料理，子女的教养，职业妇女似乎有不能兼顾之弊，但我们不能因噎废食，并且也不是绝对没有补救的方法，如果我们能找到一个性近于家事，而妥当的保姆，替我们整理家务，保育子女，在她们也是一种职业，不害她们的人格独立，经济独立，个性发展种种方面，这所谓之两不相害而且相成。

所以我对于今后妇女的出路，就是打破家庭的藩篱到社会上去，逃出傀儡家庭，去过人类应过的生活，不仅仅作个女人，还要作人，这就是我唯一的口号了。

（本篇最初发表于 1933 年 3 月 16 日《女声》杂志第 1 卷第 12 号，后收入《东京小品》集）

玫瑰的刺

当然一个对于世界看得像剧景般的人，他最大的努力就是怎样使这剧景来得丰富与多变化，想使他安于任何一件事，或一个地方，都有些勉强。我的不安于现在，可说是从娘胎里带来的，而且无时无刻不想把这种个性表现在各种生活上，——我从小就喜欢飘萍浪迹般的生活，无论在什么地方住上半年就觉得发腻，总得想法子换个地方才好，当我中学毕业时虽然还只有十多岁的年龄，而我已开始撇开温和安适的家庭去过那流浪的生活了。记得每次辞别母亲和家人，独自提着简单的行李奔那茫茫的旅途时，她们是那样的觉得惘然惜别，而我呢，满心充塞着接受新刺激的兴奋，同时并存着一肩行李两袖清风，来去飘然的情怀。所以在一年之中我至少总想换一两个地方——除非是万不得已时才不。

但人间究竟太少如意事，我虽然这样喜欢变化而在过去的三四年中，我为了生活的压迫，曾经俯首贴耳在古城中度过。这三四年的生活，说来太惨，除了吃白粉条，改墨卷，作留声机器以外，没有更新鲜的事了。并且天天如是，月月如是，年年如是。唉！在这种极度的沈闷中，我真耐不住了。于是决心闯开藩篱，打破羁勒，还我天马行空的本色，狭小的人间世界，我不但不留意了，也再不为它的职权所屈伏了。所以在过去的一年中，我是浪迹湖海——看过太平洋的汹涛怒浪，走过繁嚣拥挤的东京，留连过西湖的绿漪清波。这些地方以西湖最合我散荡的脾味，所以毫不勉强的在那里住了七个多月，可惜我还是不能就那样安适下去，就是这七个月中我也曾搬了两次家。

第一次住在湖滨——那里的房屋是上海式的鸽子笼，而一般人或美其名叫洋房。我们初搬到洋房时，站在临湖的窗前，看着湖中的烟波，山上的云霞，曾感到神奇变化的趣味，等到三个月住下来，顿觉得湖山无色，烟波平常，一切一切都只是那样简单沈闷，这个使我立刻想到逃亡。后来花了两天工夫，跑遍沿湖的地方，最终在一条大街的弄堂里，发现了一所颇为幽静的洋房，这地方很使我满意，房前有一片苍翠如玉的桑田，桑田背后漾着一湾流水。这水环绕着几亩禾麦离离的麦畦；在热闹的城市中，竟能物色到这种类似村野的地方：早听鸡鸣，夜闻犬吠，使人不禁有世外桃源之想。况且进了那所房子的大门，就看见翠森森一片竹林，在微风里摇掩作态；五色缤纷的指甲花，美人蕉，金针菜，和牵牛，木槿都历历落落布满园中；在万花丛里有一条三合土的马路，路旁种了十余株的葡萄，路尽头便是那又宽畅又整洁的回廊。那地方有八间整齐的洋房，绿阴阴的窗纱，映了竹林的青碧，顿觉清凉爽快。这确是我几年来过烦了死板和繁嚣的生活，而想找得的一个休息灵魂的所在。尤其使我高兴的是门额上书着“吾庐”两个字；高人雅士原不敢希冀，但有了正切合我脾味的这个所在，谁管得着是你的“吾庐”，或他的“吾庐”？暂时不妨算是我的“吾庐”，我就暂且隐居在这里，何尝不算幸运呢？

在“吾庐”也仅仅住了一个多月，而在这一个多月中，曾有不少值得记忆的片段，这些片段正像是长在美丽芬芳的玫瑰树上的刺，当然有些使接触到它的人们，感到微微的痛楚呢！

（一）捉　贼

当我们初到一个地方——一个陌生的地方，容易感到兴趣，但也最容易感到一种莫明其妙的疑惧，好像对于一个初次见面的朋友，多少总有些猜不透的感想。

当天我们搬到“吾庐”来——天气正是三伏，太阳比火伞还要灼人，大地生物都蒸闷得抬不起头来。我们站在回廊下看那些劳动的朋友们，把东西搬进来，他们真够受，喉咙里想是冒了火，口张着直喘气，额角上的青筋变成红紫色一根根的隆起来。汗水淋着他们红褐色的脸，他们来往搬运了足足有二十多趟，才算完事。他们走后，我同建又帮着叶妈收拾了大半天，不知不觉已近黄昏了，——这时候天气更蒸闷，云片呆板着纹丝不动，像一个严肃无情的哲人面孔。树木也都静静的立着，便是那最容易被风吹动，发出飒飒声音的竹叶，也都是死一般的沈寂。气压非常低，正像铅块般罩在大地上。这时候真不能再工作，那些搬来的东西虽只是安排了个大体，但谁真也不想再动一下。我们坐在回廊的石栏杆上，挥动大芭蕉叶，但汗依然不干。

吃过晚饭时，天空慢慢发生了变化。不知从那里来了一股不合作的气流，这一冲才冲破了天空的沈闷。一阵风过，竹叶也开始歌唱起来，花花飒飒的声响，充满了小小的庭园。忽然一个巨大的响声，从围墙那里发出来，我们连忙跑去看，原来前几天连着下雨，土墙都霉烂了。这时经过大风，便爽性倒塌了。——墙的用处虽然不大，但总强似没有。那么这倒了半边的墙，多少让我们有点窘；墙外面是隔壁农人家里的场院，那里堆了不少的干草，柳荫下还拴着一头耕田的黄牛。“呵，这里多么空旷，今夜要提防窃贼呢!”我看到之后不由对建和自己发出这样的警告，建也有同感他皱紧眉头说：“也许不要紧，因为这墙外不是大街，只是农人的家，他们都有房产职业，必不致作贼。再说我们也是穷光蛋……不过倘使把厨房里的锅和碗都偷去，也就够麻烦的。”“是呵，我也有点怕。”我说。

“今夜我们留心些睡，明天我去找房东喊他派人来修理好了。”建在思索之后，这样对我说。这事情就这样解决了，大家都安然回到屋子里去。

“新地方总有些不着不落的，”我独自低语着。恰巧一眼又看到窗外黑黝黝的竹林，和院子中低矮而浓密的冬青树，这样幽怪的场所，——陡然使我想到一个眼露凶焰，在暗陬里窥望着我们的贼，正躲藏在那里。“哝呀!”我竟失声的叫了出来。建和同搬来的陈太太都急忙跑来问是见了什么?

我不禁脸红，本来什么都没见，只是心虚疑神疑鬼罢了，但偏像是见了什么。这简直是神经病吗?承认了究竟有点不风光。只好撒谎说是一只猫的影子从我面前闪过，不提防就吓得叫起来了。这算掩饰过了，不过这时更不敢独自个坐在屋里，只往有人的地方钻。

晚上睡觉的时候，也是抱着满肚子鬼胎的，不住把眼往黑漆的角落里望，很怕果真是见到什么。但越怕越要看，而越看也越害怕。最上的方法还是闭上眼，努力的把思想用到别方面去，这才渐渐的睡熟了。

在梦中也免不了梦到小贼和鬼怪一类可怕的东西。

恍惚中似有一只巨大的手，从脑后扑来，撼动我的头部。"糟了!"我喊着。心想这一来恐怕要活不成，我拼命的喊叫"救命!"但口里却发不出声音来，莫非声带已被那只大手掐断了吗？想到这里真想痛哭。隐隐听见有人在叫我的名字，我用力的睁开两眼一看，原来是建慌张的站在我的面前，他的手正撼动着我的头部——这就是我梦中所见到的大手。但时候已是深夜，他为什么不睡却站在这里，而且电灯也不开，我正怀疑着，只听他低声说：

"外面恐怕来了贼!"

"真的吗，你怎么晓得?"我问。

"我听见有人从瓦上走过的声音，像是到我们的厨房里去了。"

"呀！原来真有人来偷我们的碗吗?"我自心里这么想着，但我说不出话来。只怔怔的看着建，停了一会儿，他说：

"我到外面看看去。"

"捉贼去吗？这是危险的事，你一个人不行，把陈喊起来吧!"我说。——陈是我们的朋友，他和夫人也住在我们的新居里，他是有枪阶级，这年头枪是好东西，尤其捉贼更要借重他。

建很赞同我的提议，然而他有些着慌，本打算打开寝室的门，走过堂屋去找陈！而在慌忙中，门总打不开。窗外的竹林飒飒的只是响，颓墙上的碎瓦片又不住花花的往下落，深夜寂静中偏有这些恼人心曲的声响，使我更加怕起来。但为了建的缘故，我只得大着胆子走向门边帮他开门；其实那门很容易开，我微微用力一拧，便行了，不知建为什么总打不开，这使得我们都有些觉得可笑。他走到陈的住房门口敲门，陈由梦中惊醒问道："什么事呀!"

"你快点起来吧!"陈听了这话，便不再问什么，连忙开了房门，同时他把枪放在衣袋里。

"我们到院子里看看去，适才我听见些声响!"建说。

"好，什么东西，敢到这里来捣乱!"陈愤然的说。

陈的马靴走在地板上，震天价响，我听见他们打开堂屋的门走出去了。我两眼望见黑黝黝的窗外不禁怕起来，倘使贼趁他俩到外面去时，他便从前面溜进来，那怎么好？想到这里就打算先把房门关上，但两条腿简直软到举不起。于是我便作出蠢得令人发笑的事情来，我把夹被蒙住头，似乎这样便可以不怕什么了。

耽着心，焦急的等待他们回来，时间也许只有五分钟，而我却闷出了一身大汗，直到建进来，我才把头从被里伸出来。

"怎么样，看见贼了吗?"我问。

"没有!"建说。

"你不是说听见有人走路的声音吗?"我问。

"真的，我的确是听见的，也许我们出去时，他就从缺墙那里逃去了!"建说。

“不是你作梦吧?”我有些怀疑，但他更板起面孔，一股［本］正经的说道：“没有的话，我明明听见的，我足足听了两三分钟，才叫你醒来的。”

“园子里到处都看过了吗？莫非躲在竹林子里吗?”我说。

“绝对没有，我同陈到处都看过了，竹林里我们看过两次，什么都没有看到，除了一只黑猫!”建说。

“没有就是了！……不然捉住他又怎样对付呢?”我说。

“你真傻，这有什么难办，送到公安局去好了!”建说。

“来偷我们的贼，也就太可怜，我们有什么可偷？偷不到还要被捉到公安局去，不是太冤了吗?”我说。

“世界上只有小贼才是贼，至于大贼偷名偷利，甚至于把国家都偷卖了，那都是人们所崇拜的大人物，公安局的人连正眼都不敢觑他一觑呢!”建说。

“你几时又发明了这样的真理!”

建不禁笑了，我也笑了，捉贼的一幕，就这样下了台。

（二）池　旁

这所新房子里，原来还有一个小小的池塘，在竹林的前面的墙角边，今天下午我们才发现。池塘中的水似乎不深，但用竹篙子试了试以后，才晓得虽不深，也有八九尺，倘若不小心掉下去，也有淹死的可能呢!

沿着池塘的边缘，石缝中，有几只螃蟹在爬着，据叶妈说里面也有三四寸长的小鱼——当她在那里洗衣服时，看见它们在游泳着。这些花园，池塘，竹林，在我们住惯了弄堂房子的人们从来只看见三合土如豆腐干大小的天井的，自然更感到新鲜有生机了。黄昏时我同建便坐在池塘的石凳上闲谈。

正在这时候门口的电铃响了一阵，我跑去开门，进来了两位朋友，一个瘦长脸上面有几点痘瘢的是万先生，另外一位也是瘦长脸，但没有痘瘢，面色比较近褐色的是时先生。

万先生是新近从日本回国，十足的日本人的气派，见了我们便打着日语道“シバラクデシタ”（意思是久违了），我们也就像煞有介事的说了一声“イラッシセイ”（意思是欢迎他们来），但说过之后，自己觉得有点肉麻，为什么好好的中国人见了中国人，偏要说外国话？平常听见洋学士洋博士们和人谈话，动不动夹上三两句洋文，便觉得头疼，想不到自己今天也破了例，洋话到底是现代的时髦东西咧！

说到那位时先生虽不曾到过外洋，但究竟也是二十世纪的新青年，因此说话时夹上两三个英文名辞，也是当然的了。

我们请他们也坐在池塘旁的石凳上。

——这时我的思想仍旧跑到说洋话的问题上面去：据我浅薄的经验，我永不曾听见过外国人互相间谈话曾引用句把中文的，为什么我们中国人讲中国话一定要夹上洋文呢？莫非中国文字不足表达彼此间的意思吗？——尤其是洋学士大学生们——当然我也知道他们的程度是强煞一般民众，不过在从前闭关时代，就不见得有一个人懂洋文，那又怎么办呢？就是现在土货到底多过舶来品，然则这些人永远不能互相传达思想了，可是事实又不尽然——难道说，说洋话仅仅是为了学时髦吗？“时髦”这个名辞究竟太误人了，也许有那么一天，学者们竟为了“时髦”废除国语而讲洋文，……那个局面可就糟！简直是人不杀你你自杀，自己往死里钻呵！……

我只呆想着这些问题，倒忘记招呼客人，还是建提醒说：“天气真热，让叶妈剖个西瓜来吃吧?”

我到里面吩咐叶妈拿西瓜，同时又拿了烟来。客人们吸着烟，很悠闲的说东谈西，万先生很欣赏这所房子，他说这里风景清幽，大有乡村味道，很合宜于一个小说家，或一个诗人住的。时先生便插言道：

“很好，这里住的正是一位小说家，和一位诗人!”

我们对于时先生的话，没有谦谢，只是笑了一笑。

万先生却因此想到谈讲的题目，他问我：

“女士近来有什么新创作吗？我很想拜读!”

“天气太热，很难沈住心写东西，大约有一个多月，我不曾提笔写一个字。听说万先生近来很译些东西，是那一个人的作品?”我这样反问他。

“我最近在译日本女作家林芙美子的《放浪记》，这是一篇哄动日本现代文坛的新著作，”……万先生继续着谈到这一位女作家的生平……

“真的，这位女作家的生活是太丰富了，她当过下女，当过女学生，也当过戏子，并且嫁过几次男人。……我将来想写一篇关于她的生活的文章，一定很有趣味!”

叶妈捧着一大盘子的西瓜来了，万先生暂时截断他的话，大家吃着西瓜，渐渐天色便灰黯起来。建将回廊下的电灯开了，隐隐的灯光穿过竹林，竹叶的碎影，筛在我们的襟袖上，大家更舍不得离开这地方。池塘旁的青蛙也很凑趣，它们断断续续的唱起歌来。万先生又继续他的谈话：

“林芙美子的样子、神气，和不拘的态度都很像你。”他对我这样说。

“真的吗？可惜我在日本的时候没有去看看她，……我觉得一个人的样子和神气都能相像，是太不容易碰到的事情，现在居然有，……我倘使将来有机会再到日本去，一定请你介绍我见见她。……”

“她也很想见你。”万先生说。

“怎么她也想见我？……”我有些怀疑的问他。

“是的，因为我曾经和她谈过你，并且告诉她你在东京，当时她就要我替她介绍，但我在广岛，所以就没有来看你。”

谈话到了这里，似乎应当换个题目了，在大家沉默几分钟之后，我为了有些事情须料理便暂时走开。他们依然在那里谈论着，当我再回到池塘旁时，他们正在低声断续的谈着。

“喂，当心，拥护女权的健将来了！”建对我笑着说。

“你们又在排揎女子什么了[①]？”

“没有什么，我们绝不敢……”时先生含笑说。

“哼，没有什么吗？你们掩饰的神色，我很看得出，正像说‘此地无银三十［百］两’，不是辩解，只是口供罢了！”

这话惹得他们全哈哈的笑起来，万先生和时先生竟有些不大好意思，在他们脸上泛了点微笑。

“我们只是讨论女性应当怎样才可爱？”万先生说。

“那为什么不讨论男性应当怎样才可爱呢？”我不平的反驳他们。

---

① 排揎，数说责备之意。

“本来也可以这样说，”万先生说。

“不见得吧！你们果真存心这样公平也就不会发生以上的问题了！”我说。

“不过是这样，女性天生是占在被爱的地位上，这实在是女性特有的幸福，并不是我们故意侮辱女性！”时先生说。

“好了，从古到今女子只是个玩物，等于装饰品一类的东西，……这是天意，天意是无论如何要遵从的；不过你们要注意在周公制礼作乐之前，男女确是平等的呢！”

“其实这都不成问题，我们不过说说玩笑罢了！”万先生说。

他们脸上，似乎都有些不自然的表情，我也觉得不好深说下去，无论如何，今天我总是个主人，对于一个客人，多少要存些礼貌。——我们正当辞穷境窘的时候，叶妈总算凑了趣，她来喊我们去吃饭。

（三）小小的猜忌

我们的新家，不断的有客来，——最近万先生因为喜欢这里的环境好，他就搬到我们的厢房里住着，使这比较冷静的小家庭顿然热闹起来。每天在午饭后，我们多半齐集在客厅里谈谈笑笑，很有意思，并且时先生也多半要来加入的。

有一天，天色有些阴黯，但仍然闷热，我们都不想工作，万先生虽比我们吃得苦，不管汗怎么流，他还伏在桌旁译他的文章，不过也只写了三五行，便气喘着到客厅里来，人人都有些倦，谈话也不起劲。正在这时，听见铃响，门响，最后是许多细碎的高跟皮鞋走在石子路的声响。我们知道有客来，然而想不起是谁，好奇心驱逐着我，离开沙发走到门口去欢迎。纱门打开后只见时先生领着两位时髦的小姐，走了进来。——这两位小姐都是摩登式的，但一个是带有东方美人的姿态，长发掠得光光的披垂在肩上，身着水绿色镶花边的长旗袍，脚上穿着黑色的带钻花的漆皮鞋，长统肉色丝袜，态度称得起温柔婉媚，只是太富肉感，同时就不免稍嫌笨重。至于那一位呢，面容是比较清瘦，但因为瘦，所以脖颈就特别显长，再穿上中国化的西装，胸部的上端完全露在外面，更使人觉得瘦骨如柴的可怜了，她也是穿的黑皮鞋，肉色长统袜，但是衣服是鲜艳的桃色。时先生呢，还是穿的他那件已经旧了的白色夏布大衫。"究竟女子是被人爱的，"我莫明其妙的又想到这句话，神情呆板的忘却招呼这两位尊贵的来客，而客人竟来和我行握手礼。我有些窘，连忙问好，又请她们坐，仿佛在云端里似的忙乱了一阵。

这两位客人，绝不是初会，所以彼此间谈到别后的情形，竟至滔滔不绝，这一来把万先生和时先生都冷落在一旁，但我觉得他们也还感兴趣，大约这又是两位摩登小姐的魔力了。

天将近黄昏了，西北方的阴云更积得厚起来，两位小姐便站起来告辞，我当然要挽留她们再坐一坐，不过快到夜饭的时候了，家里没有留客吃饭的菜，也不敢着实的留住她们。而万先生和时先生挽留她们的态度就比我诚恳多了。两位小姐就允许明天早些来同我们玩个整天。

客人走后，我们仍旧回到客厅里来。

"你们看这两位小姐够得上几分？建！"万先生说。

"你们说说看，"建不曾具体答复。

“我说那位胖些的芝小姐还不错，可以得个七十五分，菡小姐呢，太瘦了，并且背似乎还有些驼，最多只得六十五分。”时先生这样批评。

“我觉得她们都很平常，大概也只能得这个分数吧!”建沉思后这样说了。

万先生听见他们两人的谈话，似乎有些不平，他很起劲的站起来，走到放在房中间的圆桌旁，倒了一杯茶喝过之后说：

“我的意思和你们两位正相反，我觉得菡小姐比芝小姐好，芝小姐那么胖，只能给人一些肉的刺激。菡小姐却有一种女性的美，眉梢眼角很有些动人处。”

“当然你是情人眼里出西施呀!”时先生似开玩笑似讥讽的说：“你们不晓得万先生对于菡小姐是一见倾心，他屡次在我面前夸奖她呢!”

“这真笑话，我老万何至于那么无聊!”万先生说。

“你何必说那样的撇清话呢，这个年头谁没有一两件浪漫事儿呢?”时先生打趣般的说。

“好了，老时你为什么不说说你自己的浪漫史呵!”万先生报复的说。

“万先生和时先生本来是很好的朋友，你们彼此间的浪漫史，自然谁也不必瞒谁，何妨说出来给我们听听呢?”我说。

“你们不晓得老时从前有许多爱人，就是那位玉小姐他也曾爱过。”万先生说。

“既是有过爱人怎么不爱到底呢?”建问。

“大约玉小姐又有了新欢吧？……这个年头的小姐们真不容易对付，因为恋爱不知害了多少好青年?”万先生说。

“不过恋爱到底是富于活跃的生命的，无论怎么可怕，我还是要爱，只可惜现在没有相当的对象，喂，你们也替我帮帮忙呵!”时先生说。

“你是不是想向芝小姐进攻?”万先生问。

“那也不一定……你呢?……不过你已经有了老婆，当然用不着了。”

“哦，万先生已经结过婚吗?……那真有点不对，前天晚上，你还要我替你介绍一个老婆，我幸喜还没替你进行!……”万先生本来说他需要一个老婆，我以为他还不曾结婚呢，时先生今夜无意中泄漏了他的秘密，我又责问他；自然他大不高兴，但他也不好说什么，只是无精打彩的沈默着。

一个小小猜忌的根芽就在这时候种下了。

第二天我们伴着两位小姐去游湖，划子到岳王庙时，我们上了岸，到附近的杏花村去吃饭。

杏花村是一个很有幽趣的所在，小小的园子里有几座灵巧的亭子，我们就在西南的那一个亭子里坐下。伙计在那铺着白色的台布上安放了象牙箸，银匙，酒杯，随后就端了几盆时鲜的雪藕和板栗来。

在吃栗子的时候，万先生剥了一个送到菡小姐的面前说：“请吃一个!”

“老万又要碰钉子了!”时先生插嘴说。

果然菡小姐将栗子送了回来说：“万先生请自己吃，我们虽是弱者，但剥栗的力量还有。”

“哈哈……”全桌的人都笑了。

万先生真不好意思，由不得迁怒到时先生身上：

“老时你何必专门敲边鼓!”

时先生不说什么，只是笑。万先生也沉默起来，而那两位小姐却高谈阔论得非常起劲。

今夜大家都喝了些酒。时先生格外高兴的同两位小姐攀谈着，只有万先生一声不响的望着湖水出神。

“老万！怎么不说话，莫非见景生情，想到日本的情人吗?”时先生似挑拨般的说。

“真怪事，我老万有没有情人想不想情人，与你老兄有什么关系？何必这样和我过不去!”万先生真有些气愤了。

为了他俩的猜忌，我们也没了兴致。

在回来的路上，建如有所感的对我说：

“女人究竟是祸水，为了一个女人，可以亡国，可以破家，当然也可以毁了彼此间的友谊！何况小小的猜忌!”

(四) 一阵暴风雨

吃过午饭后建出去看朋友。

万先生陈太太和我都在客厅里坐着。不久时先生也来了，今天那两位小姐还要来——我们就在这里等候她们。

始终听不见门上的电铃响，时先生和我们都在猜想她们大概不来了。忽然沉默的陈太太叫道：“客人来了！客人来了!”万先生抢先的迎了出去，一个面生的女客提着一个手提箱，气冲冲的走了进来：

“这里有没有一位张先生?”

“有，但是他出去了。”

"什么时候回来?"

"那我们不清楚!……您贵姓?"万先生问她。

"我吗?姓张。"

"是张先生的亲眷吗?从那里来?"

"是的,我从上海来!"

万先生殷勤的递了一杯茶给她,她的眼光四处的溜着神气不善,我有些怀疑她的来路,因悄悄的走了出来,并向万先生和时先生丢了一个眼色。他们很机警,在我走后他们也跟了出来。

"你们看这个女人是什么路道?"我问。

"来路有点不善,我觉得,……你同张先生很熟,大约总有点猜得出吧!"

张先生是我一个很好的朋友,他最近也搬到此地来住。他是一个好心的人,不过年轻的时候,有些浪漫,我曾听他说,当他在上海读书的时候,曾被一个咖啡店的侍女引诱过,——那时他住在学校附近的一所房子的三层楼上。有一天他到咖啡店里去吃点心,有一个女招待很注意他,——不过那个女招待样子既不漂亮,脸上还有历历落落的痘瘢,这当然不能引起他的好感。吃过点心后他仍回到家里去。

过了一天,他正在房里看书,只见走进一个女子——这突如其来的不速之客当然使他不由得吃惊,不过在他细认之后,就看出那女子正是咖啡店里注意他的侍女。

"哦,贵姓张吗?……请将今天的报借我看看。"

张先生把报递给她,她看过之后,仍旧坐着不动。

当然张先生不能叫她走,便和她谈东说西的说了一阵,直到天黑了她才辞去。

第二天黄昏时，她又来找张先生，她诉说她悲苦的身世，张先生是个热心肠的人，虽不爱她，却不能不同情她没有父母的一个孤苦女儿，——但天知道这是什么运命，这一天夜里，她便住在张先生的房里。

这样容易的便发生关系，张先生不能不怀疑是上了当，因此第三天就赶紧搬到他亲戚家里去了。

几个月之后，那个女子便来找他，在亲戚家里会晤这样一个咖啡店的侍女，究竟不风光，因此他们一同散步到徐家汇那条清静的路上去。

“你知道，我现在已经发觉生理上起了变化。”她说。

“什么生理上起了变化？我不懂你的意思！”但张先生心里也有点着慌，莫非说，就仅仅那夜的接触，便惹了祸吗？……

“怎么你不懂，老实告诉你吧，我已经怀了孕。”

“哦！”张先生怔住了。

“现在我不能回到咖啡店去，我又没有地方住，你得给我想想法子。”她说。

张先生心里不禁怦怦的跳动，可怜，这又算什么事呢？从来就没想和这种女人发生关系，更谈不到合［和］她结婚，就不论彼此的地位，我对她就没有爱，但竟因她的诱引，最后竟得替她负责！……

张先生低头沉思着，一句话也说不出。

“你怎么不响？……我预备明天就搬出咖啡店，你究竟怎么对付我？”

“你不必急，我们去找间房子吧！”

总算房子找到了，把她安置好，又从各处筹了一笔款给了她，张先生便起身到镇江去作事。

两个月以后她来信报告说已经生了一个女孩。

这使张先生有点觉得怪，怎么这么快？不到六个月便生了一个女孩，……但究竟年轻，不懂得孩子到底可否六个月生出？因脸皮薄，又不好对旁人讲。

张先生从镇江回来时曾去看她，并且告诉她将要回到北方的家里去。

“你不能回去，要走也得给我一个保障！”那女子沉思后毅然决然的说。

“什么保障？”张先生慌忙的问。

“就是我们正式结了婚你再走！”那女子很强硬的要求。

“那无论如何办不到！我已经定过婚。”张先生说。

“定过婚也没有关系，现在的人就是娶两个妻子并不是奇事，而且我已经是这个光景，怎能另嫁别人？”

“无论你的话对不对，我也得回去求得家庭的许可才是！”

“好吧，我也不忍使你为难，不过至少你得写一张婚书给我，不然你是走不得的。”

张先生本已定第二天就走，船票已经买好，想不到竟发生这些纠葛。“好吧！”张先生说：“你一定要我写，我就写一张！”

于是他在一张粗糙的信笺上写了：

“为订婚事，张某与某女士感情尚称融洽，订为婚姻，俟张某在社会上有相当地位时，再正式结婚……”

这么一张不成格式的婚书总算救了张先生的急。

张先生回到北方去后，才晓得那个孩子并不是他的；过了两个月孩子因为生病死了，张先生的责任问题，很自然的解除了。从那时起张先生便和那女子断绝了关系，不知怎么今天她又找了张先生来。……

我同万先生和时先生正谈讲着，那位女客竟毫不客气的，走了进来。

“张先生究竟什么时候回来?”

万先生道:“那说不定，这里是一个姓陈的军官的房子，我们都是客人。……”

“军官吗，军官我也不怕!”那女子神经过敏的愤怒起来。

“哦，我并没有说你怕军官，事实是如此，我只把事实告诉你……你不是找张先生吗? ……但这里也不是张先生的房子，他也只是借住的客人!”万先生有些不高兴的说。

那女客没有办法又回到客厅里去，万先生和时先生也跟了进去。

“我从早晨六点钟从上海上车到此刻还没有吃东西，叫娘姨替我买碗面吃。”她说。

“她真越来越不客气，大有家主妇的神气，”万先生自心里想，但不好拒绝她，便喊娘姨来。可是娘姨的眼光是雪亮的，这种奇怪的女客没得主人的命令，她们是不轻易受支配的。

一个新来的湖南娘姨走了进来。

“万先生喊我什么事?”她说。

“你去给买一碗面来，这位女客要吃!”

“我是新来的，不晓得那里有面卖。而且我正哄着小妹妹呢，你叫别个去吧!”她说完头也不回的走了。万先生无故的碰了一个钉子，正在没办法的时候，门口响着马靴的声音，军官陈先生回来了。

这位陈军官是现代的军人，他虽穿着满身戎装，但人却很温文客气。

“好了，陈先生回来了，您有什么事尽可同陈先生说，他是这里的主人……”万先生对那个女子说。

“陈先生您同张先生是朋友吧！”她问。

“不错，我们是朋友，”陈先生说。

“那就好办了，唉，张先生太不漂亮了，为什么躲着不见我！”女子愤然的说。

“女子同张先生也是朋友吗？几时认识的？”陈先生问。

“我们呀也可以说是朋友，但实际上我们的关系要在朋友以上哩！”

“那么究竟是那种关系呢？……怎么我从来没听张先生说过。”

“这个你自己去问张先生，自然会明白的。”

“那且不管他，只是女士找张先生有什么事？……张先生也是初搬到这里暂住，有时他也许不回来，……我看女士无论有什么事告诉我，我可以替你转达好吧！”

“不，我就在这里等他，今天不回来明天总要回来了！”女子悍然的说。

“但是女士在这里究竟不便当呵。”

“也没有什么不便当，我今夜就在这里坐一夜，再不然就在院子里站一夜也不要紧！”

“女士固然可以这么作，可是我不好这样答应，不但对不起女士，也对不起张先生的。我想女士还是把气放平些，先到旅馆里去，倘使张先生回来了，我叫他去看你，有什么问题你们尽可从长计议，这样不是两得其便吗?”陈先生委婉的说。

“但是我一个孤身女子住旅馆总不便当，而且我们上海也有许多亲戚朋友，说来不好听。”陈先生听见那女子推辞的话不禁冷笑了一声，正在这时候门外又走进两位女客，正是我们所期待的芝小姐与菡小姐了。她们走进来看了这位面生的女客，大家都怔住不响。

“我想女士还是先到旅馆去吧，一个女子住旅馆并不算希奇的事，你看这两位小姐不也是住在旅馆里吗?”陈先生指着芝小姐和菡小姐说。

“不过她们是两个人呵!”她说。

“住旅馆有什么要紧，我在上海时还不是一个人住旅馆，像我们这种离家在外求学的人，不住旅馆又住在什么地方？没有关系的……”

“是呵，难道说她们两位住得，女士就住不得？……而且我这里还有熟识的旅馆可以送女士去。”

最后女子屈伏了：“好吧，我就到旅馆去。”她说。“不过倘张先生不到旅馆来见我，我明天还是要来的。”她说。

“我想张先生再不会不见你的，放心好了!”陈先生说。

陈先生同着这位女客走了，一阵暴风雨也就消散了。

“你们猜要发生什么结果?”菡小姐说。

“不过破费几个钱，把那张婚书拿回来就完，还有什么大不了的事?”万先生说。

“对了，我看她的目的也不过要敲一笔竹杠而已。”

——这小庭园里一切都恢复了原状，正如暴风雨过后的晴天一样恬适清爽。

（五）她

这几天我正在期待着一个朋友的来临，果然在一天的黄昏时她来了。

——我们不是初见，但她今夜的丰度更使我心醉，一个脸色润泽而体态温柔的少妇，牵着一只西洋种的雄狗，款步走进来时，使我沉入美丽的梦幻里，如钩的新月，推开鱼鳞般的云，下窥人寰，在竹林的罅隙间透出一股清光，竹叶的碎影筛在白色的窗幔上，这一切正是大自然所渲染出最优美的色与光。

我站在回廊的石阶旁边迎接她，我们很亲切的行过握手礼。她说："我早就想来看你，但这几天我有些伤风，所以没有来。"

那只披着深黄色厚裘的聪明的小狗，这时正跟在他［它］主人的身傍，不住的嗅着。

Coming 这是小狗的名字，当它陡然抛开女主人跑向园角的草丛时，女主人便这样的叫唤它。真灵，它果然应声跳着窜着来了。我们就在廊下的藤椅上坐下。

成群的萤火虫，从竹林子里飞出来，像是万点星光，闪过蔚蓝色的太空，青蛙开始在池旁歌唱了。"这里景致真好!"她赞美着。

"以后你来玩，好不?"我说。

"当然很好，只是我不久便打算到北平去!"

"作什么去？……游历吗?"

"也可以算作游历……许多人都夸说北平有一种静穆的美，

而且又是中国文化的中心地点，所以我很想到北平去看看，同时我也想在那边读点书。”

“打算进什么学校？”

“我想到艺术学院学漫画。”

“漫画是二十世纪的时髦东西咧！”我说。

“不，我并不是为了时髦才学漫画，我只为了方便经济……你知道像我这样无产阶级的人，学油画无论如何是学不起，……其实我也很爱音乐，但是这些都要有些资本……所以我到如今颇后悔当初走错了路，我不应当学贵族们用来消遣的艺术。”

“你天生是一个爱好艺术，富于艺术趣味的人，为什么不当学艺术？”

“但是一切的艺术都是专为富人的，所以你不能忘记经济的势力。”

“的确这是个很重要的前提。”

我们谈话陡然停顿了，她望着那一片碧森森的翠竹沉思，我的思想也走入了别一个区域。——

真的，我对她有一种莫明其妙的同情与好感，也许是因为把她介绍给我的那一位朋友，给我的印象太好，——那时我还在北平，有一天忽然接到一封挂号信，信的字迹和署名对我都似乎是太陌生，我费很久的思索，才记起来，——是一年前所结识一位姓黎名伯谦的朋友——一个富有艺术趣味的青年，真想不到他此时会给我写信，我在下课的十分钟休息时间中，忙忙把信看了；里面有这样的一段：

“我替你介绍一个同志的好朋友，她对于艺术有十分的修养，并且其人丰度潇洒，为近今女界中不多见的人材，倘使你们会了面一定要相见恨晚了，她很景慕北平的文风之盛，也许不久会到北平去。……”

我平生就喜欢丰度潇洒的人，怎么能立刻见到她才好，在那时我脑子里便自行构造了一种模型。但是我等了好久，她到底不曾到北平来，暑假时我也离开北平了。

去年冬天，我从日本回来时，住在东亚旅馆里，在一天夜里，有三位朋友来看我，——一个男的两个女的，其中就有一个是我久已渴慕着要见的她。

——一个年轻而丰度飘逸的少女，坐在我对面的沙发上，身上穿了一件淡咖啡色西式的大衣，衣领敞开的地方，露出玫瑰红的绸衫，左边的衣襟上，斜插着一朵白玫瑰。在这些色彩调和的衣饰中，衬托着一张微圆的润泽的面孔，一双明亮的眼瞳温和的看着我，……这是怎样使人不易消灭的印象呵，但是我们不曾谈过什么深切的话，不久他们就告辞走了。

春天，我搬到西湖来，在一个温暖的黄昏里，我同建在湖滨散着步，见对面走来一对年轻的男女——细认之后原来正是她同她的爱人，我们匆匆招呼着，已被来来往往的人影把我们隔断了。

从此我们又彼此不通消息，直到一个月以前，她同爱人由南方度过蜜月再回杭州来，我们才第二次正式的会面。他们打算在杭州常住，因此我们便得到时常会面的机会。——

“你预备几时到北平去呢?”在我们彼此沉默很久之后我又这样问她。

“大约在一个星期之后吧。”

“时间不多了，此次分别后又不知什么时候再能聚会……希望你在离开杭州以前再到我这里来一次吧!”

“好，我一定来的，你下半年仍住在杭州吗？这里真是一个好地方，不过太住久了也没有什么意思，到底嫌太平静单调，你觉得怎样?”

“不错，我也就这样的感觉着了。所以我下半年大约要到上海去，同时也是解决我的经济问题!”

“唉，经济问题——这是个太可怕的问题呢，我总算尝够了它的残酷，受够了它的虐待……你大约不明白我过去的生活吧!”

“怎么？你过去的生活……当然我没有听你讲过，但是最近我却听到一些关于你的消息!”

“什么消息?”

“但是我总有些怀疑那情形是真的，……他们说你在和你的爱人结婚以前，曾经和人订过婚!”

“唉，我知道你所听见不仅仅是这一点，其实说这些话的人恐怕也不见得十分明白我的过去，老实说吧，我不但订过婚而且还结过婚呢!”

她坦白的回答，使我有些吃惊，同时还觉得有点对她抱愧，我何尝不是听说她已结过婚，但我竟拿普通女子的心理来揣度她，其实一个女子结了婚，因对方的不满意离了婚再结婚难道说不是正义吗？为什么要避讳——平日自己觉得思想颇彻底，到头来还是这样掩掩遮遮的，多可羞，我不禁红着脸，不敢对她瞧了。

“这些事情，我早想对你讲，——你知道这个世界上，有同情心的人不多呢，尤其像你这样了解我的更少；所以我含辛茹苦的生活只有向你倾吐了。”

实在的，她的态度非常诚恳，但为了我自己的内疚，听了她的话，我更觉忸怩不安起来。我只握紧她的手，含着一包不知什么情绪的眼泪看着她。——这时冷月的清辉正射着她幽静的面容，她把目光注视在一丛纯白的玉簪花上，叹了一口气说：

“在我还是童年的时代，而我已经是只有一个弱小的妹子的孤儿了。这时候我同妹妹都寄养在叔父的家里，当我在初小毕业的那一年，我弱小的妹妹，也因为孤苦的哀伤而死于肺病。从此我更是天地间第一个孤零的生命了。但是叔父待我很亲切，使我能继续在高小及中学求学，直到我升入中学三年级的那一年，叔父为了一位父执的介绍将我许婚给一个大学生，——他年轻老实，家里也还有几个钱，这在叔父和堂兄们的眼里当然是一段美满的姻缘。结婚时我仅仅十七岁。但是不幸，我生就是个性顽强的孩子，嫁了这样一个人人说好的夫婿，而偏感到刻骨的苦痛。婚后十几天，我已决心要同他离异，可是说良心话，他待我真好，爱惜我像一只驯柔的小鸟，因此他忽视了我独立的人格。我穿一件衣服，甚至走一步路都要受他的干涉和保护，——确然只是出于爱的一念，这也许是很多女人所愿意的，可是我就深憾碰到了这样一位丈夫。他给了我很大的苦头吃，所以我们蜜月时期还没有完，便实行分居了。分居以后我的叔父和堂兄们曾毫不同情的诘责我；但是那又有什么效果？最后我毅然提出离婚的要求，经过了很久的麻烦，离婚到底成了事实。叔父和堂兄宣告和我脱离关系。唉，这是多么严重的局面！不过‘个性’的威权，助我得了最后的胜利，我甘心开始过无告，但是独立的生活。

“我自幼喜欢艺术，那时更想把全生命寄托在艺术上。于是我便提着简单的行装来到杭州艺术大学读书，在这一段艰辛的生活里，我可算是饱受到经济的压迫。我曾经两天不吃饭，有时弄到几个钱也只买一些番薯充充饥。这种不容易挣扎的岁月，我足足挨了两个多月。后来幸喜遇见了那位好心的女教授，她含泪安慰我，并且允许每月津贴我十块钱的生活费，嘱我努力艺术……这总算有了活路。

“那时候我天天作日记，我写我艰辛的生活，写我伤惨的怀抱，直到我和某君结婚后才不写了。前几天我收拾书箱把那日记翻来看了两页，我还禁不住要落泪，只恨我的文字不好，不能拿给世上同病的人看。……”

“不过真的艺术品是用不着人工雕饰的，我想你还是把它发表了吧！”

“不，暂且我不想发表它，因为自始至终都是些悲苦的哀调，那些爱热闹的人们不免要讥责我呢！”

“当然各人的口味不同，一种作品出版后很难博得人人的欢心。不过我以为在这个世界上究竟是欢乐的事情太少，那一个人的生命史上没有几页暗淡的呢？……将来我希望你能给我看看！”

她没有许可，也不曾拒绝，只是无言的叹了一口气。

那只小狗从老远的草堆中窜了出来，嗅着它主人的手似乎在安慰她。

“我真欢喜这只狗！”她说。

“是的，有的狗很灵……”

“这只狗就像一个聪明的小孩般的惹人爱，它懂得清洁，从来不在房里遗屎撒尿，适才你不是看见它跑到草堆里去吗？那就是去撒尿。……”

“原来这样乖！”

她不住用手抚摸小狗的背。我从来对于这些小生物不生好感，并且我最厌恶狗，每逢看见外国女人抱着一只大狼狗坐在汽车上我便有些讨厌。但今天为了她，我竟改了平日对狗的态度，好意的摸了它的头部，它真也知趣，两眼雪亮的望着我摆尾。

这时月光已移到院子正中来，时间已经不早了，几只青蛙在墙阴跳踉。她站起身整了整衣服道：

“我回去了，一两天再会吧！”

她的车子还等在门口，我送她上了车便折回来，走到院子里见了那如水的月光，散淡的花影恍若梦境。

（六）一个沈默的人

我们正预备搬家——可是为了那新房子太大我有些胆小，正在踌躇难决的时候，忽听见扶梯旁马靴声橐橐，走上来一位年轻的武装同志。

“从营里来吗？近来忙些什么？”我问。

“也没有什么大不了的事，不过这两天特别糟，到处去找房子，都找不着！”

“找房子作什么？”

“昨天接到我太太的快信，就是这几天以内要到杭州来。”

“那好极了，省得你常常闹寂寞呵！”

“好是好，但嫌太忙了些，一时那里去找个相当的房子？”

“就是你太太一个人来吗？”

“是的，就是她一个人。

“那么我们请她住到我们新房子里去好不好？”我问建说。

“也好，”建在思索后说：“不过不知道陈先生赞成不？”

“怎么，你们也要搬家吗？”

“对了，我们打算搬家，因为这地方太闹，简直不能写东西，并且天气热……”

“那么你们房子找到了没有呢？”

“找是找好了，只是房子太多，院子太大，我们单独住，我有些怕，倘使你来那就好了……并且可以借重你的武器壮壮胆！”

陈先生听了我这话，连忙笑道：“只要你们不嫌弃的话，我们就来同住吧！……”

建和我应道：“好，你们就来吧！”

陈先生虽然很年轻，但世故很深，他看见建有些踌躇的情形，他便自动的先把他太太的为人介绍我们。他说：

“我的太太是个中学生，年纪很轻，她顶不喜欢说话，人到是极老实的。”

“那么是沉默一流的人了，我最喜欢沉默的人，我觉得一个人能够沉默，多少都有些伟大不可及的地方。”

“你太过奖了！她只是不懂得什么的一个小孩子，那里说得到伟大。”

“呃，呃，你也不必过谦吧！……我们还是谈谈房子的问题……”建插言说。

“你们打算几时搬?”

“倘使我们商议妥当了，明后天就可以搬。”

“那么你们就定规后天搬，我的太太明天下午就可以到杭州，我想先住一夜旅馆，后天就到新房子去。”

“何必住旅馆，就一直到这里来，将就住一夜，后天就可以一同搬过去了。”

“那也好，只是又麻烦你们。”

“自家人何必那么客气?”

“好吧，我们就决定这么办吧，现在我还要回到营里去料理些事情，今天晚车到上海去接她，……再会吧!”

“好，再会！明天到了就来吧。”

陈先生匆匆的走了，建忙着整理他自己的书籍，我只怔怔的坐在沙发上，揣想那一位不爱说话的陈太太。

——一个中学生，年纪很轻，并且不爱说话，一定是一个深沉而温柔的人儿。这是多么可爱，以后搬到那幽雅的新房子里一定有许多值得人留恋的生活呢！……我这样想着日色渐渐下沉了，夜里躺在凉榻上时，心里还急切的盼望陈太太的来临。

第二天我一面整理衣服箱子，一面看手上的表已经下午五点钟了，我的心更加慌了，“怎么他们还不来?”我对建说。

“总会来的，你着什么急!”

“不是，我想看看那位陈太太。”

“真奇怪，你为什么那样喜欢看她!”

“没有什么理由，我只喜欢沉默的人。”

“沉默比一切都伟大——这是你的哲学是不是?”建有些和

我开玩笑。

“真讨厌，什么哲学不哲学，你专门会讥讽人!”

建同我都不禁笑了。

“砰砰砰砰”后门打得山响。

“喂，来了，叶妈，叶妈快下去开门!”叶妈被我催得发了昏，把茶杯放在床上就忙忙跑下去开门。果然是他们来了，橐橐的马靴声和细碎的高跟皮鞋声间杂着直响到楼梯上，我放下手里的衣服迎到楼门口。陈先生笑嘻嘻的领着他的太太站在我的面前。他对他的太太说这位是“黄先生!”我对面的那位太太一声不响的向我鞠躬。我连忙还礼，请他们里面坐。陈先生在这样的炎热天气里还穿着老布的军装，背上被汗水打湿了一片，他便连忙脱衣服到浴室去洗脸了。陈太太真沉默，她静静的坐在一张藤椅上。

“陈太太才从火车上下来吧?”

“是!”她又不说话了。

“天气很热呢!”

“是!”

我刺刺不休的问东问西，她只应道“是”，别的话再不多说一句，建向我看着笑，我装作看不见，侧转头去，也开始学沉默。不久陈先生从浴室回来了，建便和他计划明天搬家的事情。

吃晚饭了，我请陈太太到下面去，她也只应了一声“哦!”这一来把欢喜说话的我，也变成哑子了。晚饭后天气还是非常热，我请陈太太出去湖滨走走，陈太太依然是沉默的，我们绕着微有波皱的湖水走了大半个圈子。建和陈先生并肩的谈笑着，我同沉默的陈太太跟在后面，还只是沉默着。

晚上的西湖，被浓雾盖住了青山，只见一片黝黑，一片苍茫，在这时候沉默似乎更有意义；我不住揣想沉默的陈太太这时脑子里织些什么剧景，也许她在听大自然的低语，或在看天末的神影……。“到底沉默是伟大的！”我最后自己向自己下了这么个断语。

由湖滨回来时，我对陈太太说：“今天你们很累了，早些休息吧！”

“是！”她还只是一个“是”字回答我。当我们回到房里时，我不禁对建赞叹道：“陈太太真沉默。”建没有说什么，只是淡然一笑，我猜不透他的心事，大概又在笑我犯神经病吧！

第二天我绝早就起来了。八点钟，搬运汽车已经开到，我们忙着搬东西。陈太太站在院子里，依然沉默着，在一切喧嚣杂乱的空气中，我似乎更体会到沉默的意义，也更看重沉默的不平凡。搬到新房子的时候，已经十点多钟了，太阳的凶焰，逼得我头疼周身发软，这时候我真懒得开口，只怔怔的靠在还没有安置好的沙发上。建还没有来，他在料理交代房屋的事情。陈先生营里有公事不能久耽搁，他走后，偌大一所房子只有沉默的陈太太和我留在那里，叶妈还没有来，四境真是同死般的寂静。只有夏蝉拖着喑哑的鸣声穿过竹林，和小麻雀在葡萄架下面啾啾的叫。

中午时，建回来了，他为那些琐碎的事情麻烦得动了肝火，不住的向我唠叨。夏天人们的气分都不大好，我为了他的唠叨也就发起牢骚来。我们高声的谈讲着，而陈太太却默默无言的在收拾她自己的房屋。

搬了新家，有许多朋友不断的来看我们。所以客厅里差不多是每天都坐着客人，大家谈东说西，热闹非常。而陈太太总是默默的坐在沙发上，听那些客人们发狂论。她不答言，也并不露着厌烦，只是沉默的微笑。有时像是在沉思。有时客人来了，她便独自躲到院子里，坐在回廊的犄角上，无言的挥动着芭蕉扇。每天黄昏时，陈先生由营里办公回来，陈太太也只默默的随着陈先生回到房里。有时偶然也听见他俩低声的谈话，但是还是陈先生不断的说，而她只简单的回答。

“这真是一个怪人，我是头一次看到！”建对我说。

“对了，我也觉得她不平常，不过我不知道她的沉默是不是有意义的？”

“你也太神经过敏，世界上那里有几个伟大的沉默，我看她只是麻木罢了！”

“真是的，你怎么总是这样看不起人？”

“什么看不起人，你只要仔细的观察就明白了！”

“什么！你难道已观察到什么了吗？”

“你看昨天我们都在忙着别的事情，门铃那样响，她站在院子里，动都不动，这不是麻木吗？”建的话果然提醒了我，她的动作有时真像是麻木的。

“不管她，总而言之她是一个沉默的人罢了，至于沉默得是否有意义，那又是另一件事。”

“无意义的沉默就是麻木。”建还是不肯让步。

“算了，我不同你多辩。”

“本来用不着辩。”

我们的话有些不投机，最后我也只有沉默了！……

（七）时先生的帽子

我们的客厅，有时很像法国的“沙龙”。常来拜访的客人有著作家，诗人，也有雄辩家，每天三四点钟的时候，总可以听见门上的电铃断续的响着。在这样的响声中，走进各式各类的客人，带着各式各类的情感同消息。——炎夏不宜于工作，有了这些破除沉闷空气的来宾总算不坏。

这一天恰巧是星期日，那么来的人就更多了。因为陈先生的缘故，也很有几个雄纠纠的武装同志光临。他们虽不谈文艺，但很有几个现代的军人，颇能欣赏文艺；这一来，谈话的趣味更浓厚了。

“我很想写一篇军人的生活，”我说。

“嗄，说到军人的生活，真是又紧张又丰富的。我也觉得很有写的价值，只可惜我们没有艺术的训练！”一位高身材的上校说。

“喂，你们军队里收不收女兵？”我问。

“怎么？你想从军吗？……不过你的体格不够……前些日子有一位女同志曾再三要求到军队里来，最初当然不能通过；后来经过多方面的商榷，才允许让她来检察体格，但结果是失败了。而且她的身体真不坏，个子比你高得多呢！可是和男子比起来还是不行！”另一位脸上微有痘瘢的中尉说。

“这样看来，我是没有希望写军队生活一类的小说了。”我很扫兴的说。

“我看也不尽然，当兵你固然没有希望，但作看护妇是可以的。”陈先生说。

“好，将来你去打仗的时候，就收我作看护队队员吧！”

“你何必一定要写军队生活……我看你就替我的帽子作一篇小传吧！”时先生忽然举起他的陈旧的草帽向我笑着说。

“怎么，你的帽子有什么样历史吗？”

“唉，你们作文学的人，难道还观察不出我这帽子有点特别吗？”我听了这话，不禁把时先生的帽子拿来仔细的看了又看——帽子是细草编就的，花纹是四棱形，没有什么出奇处，但是颜色有些近于古铜，很明显的告诉我，这帽子所经过风吹日晒的日子至少在五年以上，再翻过帽子里来看，那就更不得了，黝黑的垢腻，把白色的布质完全掩盖住。

“呵，你从那个古物陈列所里买得这顶帽子？”我说。

“啥，哈，哈，哈，”时先生大笑道：“那也不至于就成了古物吧？你们文学家真会虚张声势；老实说吧，这帽子在我头上盘旋的时候，不多不少，整整六个年头。”

“你真太经济，一顶草帽竟戴上六个年头！”建说。

“不，我并不是经济，只是这顶帽子曾经伴着我，经过最甜和最苦的日子，所以我不忍弃了它。”

“哦，原来如此，那么请你的帽子说说它的汗马功劳吧！”我说。

“好吧，我来替它说，可是有一个条件：我说完你一定要替我写一写。”

“那也要看值不值写！”

“密司黄你就答应他，我晓得那里面一定有一段有趣的浪漫史，……”陈先生含笑说。

“既然如此我就答应你。……请你开始述说吧!”

那几位武装同志，都挺直着身子坐在旁边笑迷迷的等待时先生的陈述：

“自从我被命定成了一顶帽子，我就被陈列在上海大马路的一家铺子的玻璃橱里。在我的四周有很多的同伴，它们个个都争奇斗艳的在引诱过往的游人。果然有西装少年，长衫阔少，都停住脚，有的对它们看一看，便走开了。有的摸一摸也就放下了。有的像是对它们亲切些，把它们拿下来摸着看着最后放在头上试了试，但很少能终得人们的欢心，最后依然把它们放在橱里，毫不留恋的去了。我看了这个情形心里很悲哀，不知那一天才有好主顾呢？正在这时候，只见从外面走进一个身穿夏布大褂的青年来，他站在橱旁把所有的同伴看了又看，试了又试，最后他竟看上了我，他欣然的把我戴在头上，从此我便跟着这位青年去了。

“第一次他把我带到他的家里，放在他的书桌上，他拿起一根香烟，燃了自来火吸着，他像是在沉思什么，不久他便拿出一张美丽的绿色信笺写了一封信给他的女友琼。他约她今晚在夏令配克看电影。我晓得今天晚上该我出风头了，我不禁喜欢的跳了起来，不小心几乎掉在地上，幸喜我的主人把我挡住，我才得安然无恙的伏在桌上。

“晚饭后我的主人一切都料理停当——皮鞋擦得雪亮，衣服穿得整整齐齐，又对着镜把头发梳了又梳，然后把我戴在头上，意气扬扬的出门去了。

“到电影场时他买了两张头等的入场券，看看时间还早，他便不忙到里面去，只在门口徘徊着。九点钟到了，来看电影的人接连不断往里走，但还没有看见那位琼女士的仙踪。眼看场里的电灯全熄了，那位琼女士才姗姗的来了。他们在电影场虽然没有谈说什么，可是我也知道主人很爱这位琼女士，因为主人常常侧转头向琼女士好意的注视着。从这一次后，我常常同着主人会琼女士在公园里、电影场，有时也在大菜间里。

“不久秋天到了，一阵阵的凉风吹着，主人便对我起了憎嫌，暂且把我放在帽盒里。在我们分别的一段时间中，我不能知道主人又经过些什么变化。

“第二年的夏天来时，我又恢复了和主人的亲切关系，但是主人那时候似乎遇见了什么不幸的事，他总不大出门，只在书房里呆坐着，有时还听见他低声的叹息。唉！究竟为了什么呢？我真怀疑，便镇天守着他，打算探出他的秘密。有一天夜里，全家的人都睡了。只有主人对着窗外的月儿出神。后来他从屜子里拿出一张如红色的片子来。……

某月某日某君和琼女士结婚。

“‘呵，这就是了！’我不禁独自低语着：‘怪不得主人那样不高兴呢，原来那位美丽的琼女士竟被别人占有了。’这时主人看着片子，竟至滴下泪来。多可怜那失恋的人儿。

“过了几天我看见主人收拾了书籍衣物，像是要长行的神气。‘到那里去呢？’我怀疑着：‘为什么要离开自己的家乡呢？’可怜的主人近来更忧郁更憔悴了。

“在一天东方才有些发亮的时候，主人就起来，坐在什物杂乱的书案旁，在一张白色的信笺上写道：

‘唉！我走了，走到天之涯地之角去，琼既然是不能给我幸福，我在这里只增加苦恼，反不如远去的好。幸福往往只给走运的人，我呢！正是爱情上失败的俘虏。……’

“主人写了这张不知给什么人的信，他将信压在砚石下就匆匆拿着简单的行李走了。从此我同着主人过飘流的生活，在南洋的小岛上整整住了三年，主人似乎把从前的伤心事渐渐淡忘了，今年便又回到这里……”

时先生陈述到这里便停住了，所有在坐的人们不禁望望时先生憔悴的面靥，同时也看看那顶值得留存的帽子，大家的心灵上，都微微觉得曾闪过一道黯淡的火花。

夜深了，这时来宾全兴尽告辞，时先生也怅然的拿着他的帽子，穿过那条长甬道去了。……

（本篇最初被收入1933年3月中华书局初版《玫瑰的刺》集）

破　灭

“唉！不幸的事情终竟发生了吗？悔因！”她的女友纯根靠在一张摇椅上望着那清瘦的女郎悔因说。她立时发觉在那女郎的脸上有一种深刻悲怨的表情，她几乎是失了支持的能力，眼圈红润着，嘴唇不住的颤动，似乎所有悲凉的调子，都在那颤动中传布于全宇宙刺入人心的最深处，她也不自觉的感到两颊的筋肉起了一阵的痉挛，一股凄酸，从心底透到颜面上来。

悔因在极度难过之后，她叹了一口长气，面色更加严肃了，但是她是得到最后的胜利了，她把懦弱的泪液完全深深咽到肚子里，她淡然的看了纯根一眼道：

“在这个世界上每一秒钟，都有不幸的事情发生呵！纯根！”她不自然的苦笑，现露出更深的悲哀，眼泪已经打湿睫毛，她低下头注视着灰色洋灰地，她逃避她目光的激射。

“悔因！不要太损伤你自己，你定定心，把这件事情的经过告诉我，如果你要哭你就痛快哭一场吧！暗愁是最能销磨人的精力的……悔因！我用极纯正的友谊，帮助你挣脱这个苦海，如果是你愿意的话。”

她抬起泪光莹莹的双眼望着纯根，她的嘴唇仍然不停止的颤动，但是她没有说出一个字来！

“唉！悔因！你是太悲伤了哟！你简直失了常态……安定你的心吧……来！坐到这边来，好好告诉我你的经过，”纯根把悔因拉过来坐在自己的身旁，用极温柔的眼光看着她，好像一个热情的姐姐对于她的妹妹般的抚慰着她。

“悔因！说吧！说这一件事情是怎么个始末……”

悔因的头靠在纯根温暖的怀里深深的叹了一口气道：

“纯根！这也是很平常的一件事实！……不过我现在才这样想，当这事情才发生的时候，我是惊震悲伤得几乎失了魂魄……悔因你想吧！在这个世界上，我没有父母爱慰，没有亲族的关照，我是孤独得好像沙漠里的一只孤雁……你想在这样空虚寂寞的途程上，我怎能和一个幸福的少女般对于她们的生命的忠诚呢？你知道一个人若认为自己没有前程的时候，那对于她可怜的灵魂是怎样的伤害呢！唉！纯根！……我常常认为我是被幸福世界所摒弃的人——按理我不能更继续我这太辛酸的生命，不过纯根！我为追求一个美丽的幻影，我的生命维系到现在，虽然那幻影是一朵云，时刻在变化，那幻影又是一阵风，永远在流动，然而她有一个美丽的轮廓时时在诱惑我，因之我去追寻我去探索，在极辛苦的途程上，我还能挣扎也无非是这幻影给我的勇气。

“唉！纯根！你当然知道两年以前我是追逐着，一个什么样的幻影——那是一个雄壮激昂的英雄的希冀，——同时也可以说是如耶稣降生专门为人们牺牲而来的一种伟大精神，这自然也是一个有迷醉力的幻影，我追逐它，但是天知道，不久我就看出这个幻影的破绽，在这个世纪，英雄耶稣都是傻子作的，不然就是虚伪者骗人的把戏！

“唉！纯根，太可怜，到这时候我是太空虚了，因之我变了态度，我想从苦闷的压迫下逃亡——而逃亡唯一的方法就是毫不顾忌的浪漫，不幸！人类太浅薄了，当然也许我的行为在这个世界里是值得伪君子惊奇的，不过这都不算什么，最伤心的是我无意中伤害了一个青年，这件事情大概你也知道——他是一个忠诚而自爱的青年，他为了同情我，百般的爱护我，希冀我走到人生平坦的大道去，在从前我正追逐着第一个幻影的时候，我也曾安定一时，后来我渐渐感觉得前途的阻难太多，如果我走到人生平坦大道时，我大约已经被辗碎于这荆棘的过渡上，而且我不知从那里看出人生平坦的大道只有死时候可以得到，因之我不愿受眼前不能耐的磨折，而且我也不希望在人间有悠久的逗留，在这短促的生命里，我希冀热闹些——因为只有热闹可以遗失我自己，纯根！这时候呵！我变了态度，我要疯狂，我要浪漫，我要用毒酒醉死我自己，自然同时我是蹂躏我自己！……”悔因说到这里她的头更加俯下去，一股热湿的泪液滴在纯根的手上，心是弹着凄苦哀怨的调子。纯根，用惊奇悲楚的眼波激射着她，但是她不知道用什么话来安慰她，彼此沉默着，四境也都静悄无声，只有微弱的嘘唏和抽搐声，作了这世纪唯一的音乐。

“哦，悔因！原谅我！你已经这样伤心了。我本不应该再来刺激你，不过我相信我是对你太关心了。所以我希望你镇定些，说完这一段故事……你所说的青年，自然就是冲翳了。……昨天我曾在一个朋友家里遇见他，神气十分冷淡，他对于你的奇幻的态度，自然很够伤心了，我想你应当求他的谅解，……悔因，不要哭吧！告诉我你所有的隐衷吧！”

“唳！……纯根！我为什么一定要希求人们的谅解，我为生活的苦难，我是迷离错乱，有的时候我自己都不明白我自己，为什么我一定要造作一个生命的假统一来欺骗任何人呢！

“我的生命本来是破碎的，就是偶尔放光，那也是偶然的事，绝不能因为这偶然的光，就能断定我整个的生命是在发光，同时，也不能因为我偶然的晦暗，就推定我永远不再放光的呵！亲爱的纯根，当我承受冲翳诘难时的难堪，我实在不能形容呵！他那含着愤怒而卑视的眼光，向我激射时，我竟至失了知觉，他用极理智的话，责备我的放浪——并且他认为这是我欺骗他，唉！纯根！他竟要求我用利刃刺死他，可怜，我那里有这样的念头，我怯弱得连端起毒酒放在我自己的嘴唇时我都不禁发抖，我那里有杀人的勇气。在我对他辩白我的苦衷的时候，他是用残酷的冷笑报复我，唉！纯根！这时候我是这世界万恶汇集的‘矢的’呵！我那里还有胆子说什么，我只有两手捧住我将要炸裂的头痛哭呵！

“这一天他是愤恼填膺的离开了我。”

“然则！你们，就这样完了吗？”

“唉纯根！幻影是一个破灭一个跟着又生来，不然这世界就没有一个不解脱的人了！……纯根！你相信吧！我们将追逐着这幻影直到走进我们的坟墓的时候呢！”

“唉！悔因！这话真未免叫人听着太难过了！”

“纯根！请你原谅我！你是幸福的宠儿，你只开着你头一重的心门，那里面是充满着完美与和协，今天对不住，我是敲了你第二重的心门了，但是请你相信，我并不是为了妒忌，故意去打碎你美丽的幻影，唉！纯根，请你原谅，我也是无意中的伤害呵！”

悔因说完，站了起来，向门外走去，一个悲凉瘦弱的影子，渐渐消失于丛林里了！

（本篇最初被收入1933年3月中华书局初版《玫瑰的刺》集）

壮志长埋[①]

“唉！这真是一件意外的发见！”

仰蘅手里拿着一封旧信自言自语的说。

今夜正是月望，那皎洁的月轮，晶莹圆满，清光寒利，好像新发硎的剑锋。大地的气流，十分平静，无风无声，一切都沉于岑寂。在一间幽雅的书房里，充满了淡绿色的亮光，一个青年的女郎，名叫仰蘅的正在整理旧稿——她从一个长方形的黄皮箧里，拿出一捆一束的信件，一封一封的看下去。几年前的往事，都随着那些残笺旧信，涌上心头。她渐渐浸渍于过去的波浪里——这些不论欢笑，悲戚怨愤的情绪，都似巨大的石块每经一次投射在她的灵波中，便兴起感喟与怅惘！当在看到最末的一封信，——那是一封用松鹤斋精致的信笺写的，是一

① 这是庐隐又一篇凭吊恩师李大钊的悼文。

封人亡物在的遗书，她的灵魂受了绝大的打击，她将那封信细细念诵着道：

“京中长谈，颇惬胸怀；晚间电影，亦略有艺术价值，惜此种谈叙不能多得。晚间回寓，次日即整理书籍行装就道。返津以来，心头满贮尘俗，尚未得一日暇，作感情上之发挥，艺术上之接触，更回忆十年来奋斗生涯，如电影，如戏曲，如小说，又叹人生之太暂，不及时鼓舞，争持，如醉如狂的奋发，积极乐观的处世。际此政潮澎湃，人心堕落，世说纷纭，不入轨道的国家，尚有何人生意味之足云？

处此时代，居此地位，不奋飞则已，欲大有作为，欲解决我国国家之生命问题，唯赖我等自身彼此增进学识，彼此十年来与一般良友共勉之言有二：——

其一曰：

任他狂风暴雨我总不低头！

其二曰：

与尔共誓，拼将热血精神，同上昆仑铸国魂！

今略书此寄仰蘅吾友，尚希深思而细察之，而有以教正之，则更当愉快无涯矣。此颂　近安并请

仰蘅吾友惠存。　　　　智水手上十三，六，二八日”

仰蘅将这信反覆的念诵几遍以后，她的眼泪打湿了眼脸，在那温湿的泪晕中，她忆起五年前的往事：她认识智水是在一个宴会里，当许多男女来宾，坐在灯光灿烂的客厅里，高谈阔

论的时候，她看见一个青年，对着窗外的群星长啸，似乎五内充满了如虹的壮气，只有向苍空倾吐。她这时对于这个青年感觉的得［很］奇异，暗暗向别人打听他的来历，才知道他的名字叫智水，是P大学的教接［授］。后来在席间，由主人的介绍，她和他谈论得很投机，在两个月以后他们就成为很熟识的朋友了。这一封信正是智水头一次给她写的。

“唉！智水！而今是壮志长埋了！……奋斗的结果，只是完全一出悲剧呢！”她想到这里心上似乎压了一块重铅，她叹着气将那封信仍旧收好，怔怔的嘿坐，在墙角的暗影里，似乎看见浴血的智水了。她想到他的死，她又从书箧里翻出一页日记只是上面写道：

“唉！天呵！这是什么消息呢，智水到底要被枪毙了，好残忍的刽子手呵！只是拇指一动，一颗枪弹穿过他的心窝，一切一切都完了。

“他们将智水从牢里提出来，背剪手绑着，并且在那上面插一面白纸旗子，写着，他的罪名：‘鼓吹邪说，惑乱人心。’不错，这诚然是大逆不道，在这种四海升平，人民乐业的时代政府是这样作着好梦呢；只有他神经过敏，看见个把小贼进了自己家门，以为大患跟着来了，因此奋勇敲着锣，大声的喊道：‘你们快些醒来，认识你们的生命，发出你们苦难的呻吟！’这是多么愚蠢的勾当！当然应当绑到天桥吃枪子去了。唉！这就是人间的正义呵！……什么是英雄！智水呵，可怜！除了那一块黄土，可以掩遮你苦难的尸骸哟！你将心伤与壮志深深的埋葬了吧！只有这是永久的归束！

“唳！太惨毒了，下午我们伴智水的太太去收尸，智水硬僵僵的伏在血洞里，脸色惨白，两只眼睛瞪得很大。‘唉！智水你看什么，除了惨凄还有什么?’我正在叹息呢。忽见智水的太太，不管满地污血的扑到智水的尸首上痛哭。唉！天呵，那是怎样惨厉的声音呢，尖利中带着瘖症，——哝！那是将尖刀刺入心房时，挣扎和惨痛的呼声呵！我站在那里，仿佛陷身深谷巨涧里，只觉得四面的阴风，和惨黯的光色将我包围住，我失了魂魄似的呆望着。后来智水的太太晕蹶［厥］了，那些旁观的人，才忙着将她抬到汽车上，她身上沾满了紫色凝血的污迹。

“我伴着她回到家里，她六十多岁的父亲，已经听见这个消息，赶来看她可怜的女儿。

“这时她已经清醒过来了，但是一见她衰年的老父，一阵心痛又昏过去了。唉！这时我感到深刻的凄情，我情愿有一颗弹子，穿过我的心窝，使我快些离开这惨劫重重的人间吧！

“我们将她抬到床上医生已来了，替她注射了一针，神志似乎安静些了，——下午我们都在她房里沈嘿的坐着，她睁开了眼，向屋里看了又看，徒然的从床上跳起来，伸着两手，向空中乱抓，嘴里狂叫道：‘可怜的智水！……智水！’她的神经有些错乱了。

“吁！这屋里的空气太紧张了，我想我还是暂且离开这里的好，不然恐怕我也要支持不住了。我悄悄走出来，走到后面的小院子里看见一个女仆抱着一个两岁左右的小孩，那小孩不住的哀哭，女仆用手拍着哄着；但是那小孩依然不住声的哭，而且用力挣扎，似乎要从那女仆的手里逃避，去找他心爱的母亲，……哝！我这时就想离开这里，但是我不知不觉反走近那孩子面前，孩子蓦一见以为是他妈妈来了，立刻住了哭声，向我怀里扑过来，我忙忙将他抱住，在他柔嫩的小颊上吻了一吻 ，而他这时已经看出，我不是他的妈妈了。又呱呱的哭起来。我的眼泪滴在他的头发上了。

“黄昏时她呢〈还〉是昏迷不醒，医生说她的刺激受得太深了，一时恐难望好，只有希望她能静静的睡一觉。

“我回来的时候，已经十点多了，街上已经没有什么人来往，我坐在洋车上，心里一直酸梗，但愿这只是一个梦吧！然而我实实在在的看见，铺户门口的灯光了，我清清楚楚听见车夫脚步声，天呵！这一切都证实那不是梦，绝对不是梦哟!”

她放下日记，——这时夜已深了，四境更显得凄寂，月光照得屋子里十分森寒，她隐约中似乎看见智水了：看见他不能闭拢的双目，看见他那愤慨而沈着的面容了。她忙将头埋于温软的枕衾中，希求在梦里，可以得到灵魂苏息之所呢！

（本篇最初被收入 1933 年 3 月中华书局初版《玫瑰的刺》集）

歧　　路

现在街上看不见拉着成堆尸首的大板车了。马路上所残留的殷黑色的血迹，最近也被过量的雨水冲洗净了，所有使人惊慌凄惶的往事，也只在人们的脑膜上，留些模糊的余影。一切残酷的呼声，都随时而消灭了。怵目惊心的大时代，在这个 H 埠是告了结束，虽然那些被炸毁的墙垣，还像保留着厄运后的黯淡，然也鼓不起人心的激浪来。这时候不论谁，都抱着从战壕里逃回来的心情，是多么疲倦，同时觉得他们尚生存在人间，又是多么惊喜和侥幸；而且他们觉得对于人间的一切，有从新估价的必要，所有传统的一切法则都从他们手里粉碎了。

肃真和几个同志，现在是留在 H 埠，办理一切善后，这些日子真够忙的，从清早就出去，挨家沿户的调查战事以后的妇女生活状况，疲倦得连饭都顾不得吃，回来就倒在床上睡了。

他们的公事房是在 H 埠的城内，是从前督军的衙门，宽广的厅房，虽然没有富丽的陈设，而雕梁画栋还依稀认得出当年的富豪气象。现在这个客厅里每到下午四点多钟，就有许多青年的男女在这里聚会，肃真的卧房就在这个大厅的后面。她自从一点钟回来，吃了一杯牛奶，一直睡到现在——差不多四点半了，才被隔壁的喧笑声吵醒。她揉了揉眼睛，呆呆的坐在床沿上出神，隔壁大厅里正谈着许多有趣的故事，这时忽然沈静下来，但是不久又听见一阵高阔的嗓音说道：

“喂！张同志！好一身漂亮的武装呵！”

肃真心里想着这一定是说张兰因了，她昨天曾经说过今天要穿一套极漂亮的武装的……她正在猜想，果然听见张兰因清脆的嗓音说道：

“是呵！到了这个时候，谁还愿意披着那一身肮脏的耗子皮，踏拉着破草鞋呢？同志们，咱们真该享乐呵！……你们瞧我手上的弹伤——谁能相信在前敌奋斗的我，现在还活着……这真是死里逃生，还能不相当的享乐吗？”

“好呵！我们一同拥护张同志！”跟着起了一阵热闹的拍掌声。

“今天人来得真齐全，差不多都到了，……喂，老杨，怎么，你的肃真呢？”

“肃真……恐怕还在隔壁睡觉吧？”

“怎么这个懒丫头到现在还没有睡醒吗？杨同志，这当然是你的责任了，去！快些把她拉了来。”

杨同志用手捋着他那最近留的小胡子，笑迷迷的看着张兰因道：“是！小姐！遵命！”这样一来大家都禁不住笑起来了。

肃真正洗着脸，看见杨同志走了进来，放下手巾，觑着眼看了他一下，淡淡的笑了一笑说道：“吓！今天怎么这样漂亮起来。”那神气带着些讥讽的色彩，杨同志老大不好意思。“可不是吗！……我本来不想穿这一套衣服，……但是他们一定要我穿，并且他们说今天大家都要打扮得像个样，痛痛快快玩一天呢！”

肃真眼望着窗外的绿草地，从鼻孔里“哼”了一声说道：“这些小子们，大概都忘其所以了！”回头指着衣架上挂着的一件灰布大褂，颜色已经有些旧了，大襟和袖子都补着四方块的补钉，说道：“这件大褂你该认得吧！……我们从南昌开拔的时候，就连这件破褂子，也进过长生库呢，每天一个人啃两块烧饼……那真够狼狈了，这会子，这些少爷小姐们倒又作起‘桃色的梦’来了。”

杨同志听了肃真无缘无故的发牢骚，真猜不透那是什么意思，只有低着头，讪讪的微笑。

“喂！罗同志！杨同志！你们到底怎么样？所有的人都到齐了，你们再不来我们就走了。”肃真听出是兰因的声音，就高声叫道：“兰因为什么这样焦急，你今天到底出多大的风头，你过来，让我看看你漂亮到什么程度罢！”

兰因笑道：“你也来吧！别说废话了！”

肃真和杨大可走到隔壁大厅，果见那些男女同志个个打扮得比往日不同，就是小王的领结也换了新的，张老五的胡子也是刚刮的，肃真瞧着那些兴高彩烈的同志们说道：“你们这些少爷小姐真会开心呵！”这时一阵笑声从角落里发出来，肃真一看正是兰因。她偎着小王坐着，用手指着肃真不知在谈论什么。肃真撇了众人跑到兰因面前，拉着兰因的手端详了半天，只见她身上穿着一套淡咖啡色的哔叽军装，脚上穿着黄皮的长统马靴，一顶黄呢军帽放在小王的膝盖上，神气倒十足，不禁点着头说道："好漂亮的女军人，怪不得那些小子们要拜倒女英雄的脚下呢！"她说着斜瞟了小王一眼。小王有些脸红，低下头装作看帽子上闪烁的金线。兰因隔了些时，用报复的语调向肃真道："小罗！你别发狂，正有人在算计你呢！……喂！你瞧那几根胡子，多么俏皮！"肃真瞪了兰因一眼笑道："㖞！……那又是什么东西！"惹得旁边的同志们鼓掌大笑了。

正在这个时候，门前一阵汽笛声，他们所叫的汽车已经开来了，于是他们乱纷纷的挤到门口，各人跳上车子，到第一宾馆去。这是H埠有名的饭馆，大厅里陈设着新式的各种沙发椅，满壁上都是东洋名家的油画片子，在那白得像雪一般的桌布上，放着一个碧玉花瓶，里面插着一束血点似的红玫瑰，甜香直钻进鼻孔，使人觉到一种轻妙和醉软的快感，雪茄烟的白雾，团团的聚成稀薄如轻绡的幔子，使人走到这里，仿如置身白云深处一般。

杨大可依然捋着他那几根黑须，沈沈的如入梦境，他陡然觉得眼前有一个黑影，黑影后面露着可怕的阴黯的山路，他窜伏在一群尚在蠕动的尸首下面，躲避敌军的炮弹，……他全身的血液都似乎已凝结成了冰，恐惧的心简直没有地方安放了。呵！肩膀上忽然有一种最温最柔的东西在接触，全身立刻都感到温暖，恰才失去的知觉又渐渐回复了。他真像是作了一个梦，现在这梦是醒了，睁大了眼睛，回头看见他爱慕的女神——肃真抚着他的肩，含着笑站在他的身后，他连忙镇定住乱跳的心站起来说："这里坐坐吧！肃真。"……他将自己方才的坐位让给肃真坐了，他自己就坐在沙发的椅靠上，一股兰花皂和檀香粉的温腻的香味，从风里送过来，他好像架着云，翱翔于空明的天宇，所有潜伏的恐惧，不但不敢现形，并且更潜伏得深了。

穿白色制服的伙计们，穿梭似的来去，他们将各色的酒，如威司忌，啤酒，玫瑰酒，葡萄酒，一瓶一瓶搬来，当他们将木塞打去的时候，一股浓烈的香气，喷散了出来，使人人的食欲陡然强烈起来。现在他们脑子里只有“享乐”两个字了，于是男人女人，互举着玉杯叫“干”，这样一杯一杯不断的狂饮着。女人们的面颊上平添了两朵红云，男人们也是满脸春色，兰因简直睡在小王的怀里，小王的左臂，将她的腰紧紧的搂住，他和她的唇几次在似乎无意中碰在一处。呵！这真是奇迹，从来历史上所没有的放浪和无忌，现在都实现了，很冠冕堂皇的实现了。

肃真一直抱着玫瑰酒的瓶子狂吞着，现在瓶里头连一滴酒也没有了。她放下瓶子，脸色是那样红得形容不出，两眼发射着醉人的奇光，身子摇摇晃晃几乎要跌倒了。杨大可将她轻轻的扶住，使她安卧在一张长沙发上，他自己就坐在她的身傍，含着得意的微笑，替她剥着橘子。

他们想尽了方法开心，小张举着一杯红色的葡萄酒，高声的叫道：“同志们，我们是革命的青年，应当打破一切不自然的人间道德，我们需要爱，需要酒来充实我们的生活，请你们满饮一杯，祝我们前途的灿烂。”

“好呵！张同志……我们都拥护你，来！来！大家喝干这一杯。”小王说着，把一杯酒喝干了，其余的人们也都狂笑着将杯里的酒吞下去。

一点钟以后，饭馆里的人都散去了，深沈的夜幕将这繁华富丽的大厅团团的罩住，恰才热闹活跃的形象，现在也都消归乌有，地上的瓜子壳烟灰和残肴都打扫尽了，只有那瓶里的玫瑰，依然静立着，度这寂寞的夜景。

但是在这旅馆的第二层楼上东南角五号房间里还有灯光。一个瘦削的男子身影，和一个袅娜的女人身影，正映在白色的窗幔上，那个女人起先是离那男子约有一尺远近，低着头站着；后来两个身影渐渐近了，男人的手箍住那女人的腰了，女人的头仰起来了，男人的头俯下去，两个身影变成一个，他们是在热烈的接着深吻呢！后来两个人的身影渐渐移动，他们坐在床上了，跟着灯光也就熄灭了，只听见男人的声音说道："兰因，我的亲爱的！你知道我是怎么样热烈的爱着你！……"

底下并不听见女的回答，但过了几分钟以后，又听见长衣拖着床沿的声音，和女子由迷醉而发出的叹息声，接着又听见男人说："现在的时代已经不是从前了，女人尝点恋爱的滋味，是很正当的事！……哦！兰因你为什么流泪！亲爱的，不要伤心！不要怀疑吧！我们彼此都是新青年，不应当再把那不自然的束缚来隔开我们，减低我们恋爱的热度！"

还是听不见女的回答，过了一会那男的又说道：

"兰因，我的乖乖！你不要再回顾以前吧！我们是受过新洗礼的青年，为什么要受那不自然的礼教束缚，婚姻制度早晚是要打破的，我们为什么那么愿意去作那法制下的傀儡呢？不要再想那些使人扫兴的陈事吧！时间是像一个窃贼，悄悄的溜走了，我们好好的爱惜我们的青春，努力装饰我们的生命，什么是人间的不朽？除了我们的生命，得到充实！"

“可是子青！无论如何，人总是社会的份子，我们的举动至少也要顾虑到社会的习惯呵！……”

“自然，我们不能脱离社会而生活，但是你要清楚，社会的习惯不一定都是好的，而且社会往往是在我们思想的后面慢慢拖着呢……我们岂能因为他的拖延而停止我们思想的前进……而且社会终归也要往这条路上走的，我们走得快，到底不是错事。”

这一篇澈底而大胆的议论，竟使那对方的女人信服，她不再往下怀疑了，很安然的睡在他的怀里，作甜蜜的梦去了。

太阳正射在亭子间的角落里，那地方放着一张西洋式的木床，床上睡着一个女郎，她身上盖着一条淡紫色的绒毯，两只手臂交叉着枕着头，似乎才从惊惧的梦中惊醒，失神的眼睛，定视着头顶的天花板，衙堂口卖烧饼油条的阿二，拉着瘖哑的嗓音在叫卖，这使得她很不耐烦，不觉骂道：“该死的东西，天天早晨在这里鬼号！”跟着她翻了个身，从枕头底下抽出一个信封来，那信封上满了水点的绉痕，她将信翻来覆去看了又看，然后又将信封里的一张信笺抽了出来，念道：

“兰因：

我有要事立刻须离开这里，至于将到什么地方去，因为有特别的情形，请你让我保守这个秘密，暂且不能告诉你吧！

我走后，你仍旧努力你的工作，我们是新青年，当然不论男女都应有独立生活的精神和能力，你离了我自然还是一样生活，所以我倒很安心，大约一个月以内，我仍就回到你的身边，请你不要念我，再会吧！我的兰因！

子青”

她每天未起床以前总将这信念一遍，光阴一天一天的过去，一个月的期限早已满了，但是仍不见子青回来，也再不接到他第二封信，她心里充满了疑云，她想莫非他有了意外吗？……要不然就是他骗了她，永远不再回来了吗？……

她想到这可怕的阴影，禁不住流泪，那泪滴湿透了信笺不知有多少次，真是新泪痕间旧泪痕。如今已经三个月多了，天天仍是痴心呆望，但是除了每天早晨阿二瘖哑的叫卖声，绝没有得到另外的消息。今天早晨又是被阿二的叫卖声惊醒，她又把那封信拿出来看一遍，眼泪沿着面颊流下来，她泪眼模糊看着窗外，隔壁楼上的窗口，站着一个美丽而娴静的女孩，正拿着一本书在看。她不禁勾起已往的一切影像。

她忽觉得自己是睡在家乡的绣房里，每天早晨奶妈端着早点到她床前，服侍她吃了，她才慢慢的起床，对着镜梳好头，装饰齐整，就到书房去。那位带喘的老先生，将《女四书》摊在书桌上叫她来讲解，以后就是写小楷，这一早晨的时间就这样过去了，到了下午，随同母亲到外婆家去玩耍，有时也学作些针线。

这种生活，虽然很平淡，但是现在回想起来，倒觉得有些留恋。再看看自己现在孤苦伶仃住在这地方，没有一个亲友过问，而且子青一去没有消息，自己简直成了一个弃妇，如果被家乡的父母知道了，不知将怎样的伤心呢！

她想到她的父母，那眼泪更流得急了。她想起第一次见了她的表姊，那正是一个夏天的下午，她正同着母亲坐在葡萄架下说家常，忽见门外走进一个二十多岁的女人来，剪着头发，身上穿着白印度绸的旗袍，脚上是白色丝袜，淡黄色的高跟皮鞋，态度大方。她和母亲起先没认出是谁来，连忙站了起来，正想说话，忽听那位女郎叫道："姑妈和表妹都好吗？我们竟有五六年没有见了呢！"她这才晓得是她的表姐琴芬。当夜她母亲就留表姐住在家里，夜里琴芬就和她同屋歇息。琴芬在谈话之间就问起她曾否进学堂，她说："父亲不愿我进学校。"琴芬说："现在的女子不进学校是不行的，将来生活怎样能够独立呢！……表妹！你若真心要进学校，等我明天向姑丈请求。"她听了这话高兴极了，一夜差不多都没有睡，最使她醉心是琴芬那种的装束和态度，她想如果要是进了学校，自然头发也剪了，省得天天早晨梳头，并且她也很爱琴芬的那高跟皮鞋，短短的旗袍。

第二天在吃完午饭的时候，琴芬到她姑丈的书房闲谈，把许多新时代的事迹，铺张扬厉，说给那老人家听。后来就谈到她表妹进学校的事情，结果很坏，那老人只是说道："像我们这种人家的女儿，还怕吃不到一碗现成饭吗？何必进什么学校呢？而且现在的女学校的学生，本事没有学到而伤风败俗的事情却都学会了。"

琴芬碰了这个钉子，也不好再往下说；但是她很爱惜表妹，虽然失望，可是还没有绝望，她想姑母比较姑丈圆通得多，还是和姑母说说也许就成了。这个计划果然很有效果，当琴芬第二次到姑妈家去的时候，她的表妹第一句话就是报告："父亲已经答应让我进女子中学了。”

这一年的秋季她就进了女子中学的一年级，这正是革命军打到她故乡的时候。学校里的同学都疯了似的活动起来，今天开会明天演讲，她也很踊跃的跟着活动，并且她人长得漂亮，口才又好，所以虽然是新学生，而同学们已经很推重她，举她作妇女运动的代表，她用全部的精神吸纳新思潮，不知不觉间她竟改变了一个新的人格。

在她进学校的下半年，妇女协会建议派人到武汉训练部去工作，兰因恰又是被派的一个，但是这一次她的父母都不肯让她去，几番请求都被拒绝，并且连学校都不许她进了。

有一天她的父亲到离城十五里地的庄子上去收租，母亲到外祖母家去看外祖母的病，本来也叫她同去，但是她说她有些肚子疼，请求独自留在家里休息，这却是一个很好的机会。她打开母亲放钱的箱子，悄悄拿了一百块钱和随身的衣服，然后她跑到她同学李梅生家里，她们预先早已计划过逃亡的事情，所以现在是很顺利的成功了。她们雇了两辆车子跑到轮船码头，买好船票，很凑巧当夜十二点钟就开船了。

自从那一次离开了父母，现在已经三年了。关于父母对她逃亡后伤心的消息，曾经听见她一个同乡王君说起，她的父亲愤恨得几乎发狂，人们问到他的女儿呢？他总是冷然的答道：“死了。”母亲常常独自流泪……

呵！这一切的情景，渐渐都涌上心头……她想到父亲若知道她已经和人同居，也许已经变成某人的弃妇时，不知道要愤恨到什么地步！唉！悔恨渐渐占据她的心灵，一颗一颗晶莹的泪珠，不断的沿颊滚了下来。

“砰！砰！”有人在敲亭子间的门了，她连忙翻身坐起来问道：

“谁呵！”

“是我，张小姐！……”

好像是房东的声音……大约是来讨房钱的，她的心不禁更跳得厉害了，打开抽屉，寻来寻去只寻出两块钱和三角小银币……而房租是每月十块，已经欠了两个月，这个饥荒怎么打发呢？

“张小姐！辰光不早了，还没有起来吗？……”

房东的声音有些不耐烦，她忙忙开了门，让房东进来。那是一个四十多岁的江北妇人，上身穿着长仅及腰的一件月白洋布衫，下身穿着一条阔裤脚的黑花丝葛裤子，剪发梳着很光的背头，走进来含着不自然的微笑，将兰因的屋子打量了一番，又望兰因的脸说道：“张小姐！王先生有信来没有？真的，他已经走了三个多月了，……”

“可不是吗？……前些日子倒有一封信，可是最近他没有信来。”

房东太太似乎很有经验的点了点头说道：“张小姐！我怕王先生不会再到这里来了吧！现在的男人有几个靠得住的，他们见一个爱一个，况且你们又不是正经的夫妻……他要是老不来，张小姐还应当另打主意，不然怎么活得下去呢！……这些辰光，我们的生意也不好，你这里的房钱，实在也垫不起，我看看张小姐年轻轻的，脸子又漂亮，如果肯稍微活动活动，还少得了这几个房钱吗？只怕大堆的洋钱使都使不尽呢！……”

兰因已明白房东太太的来意了，本想抢白她几句，但是自己又实在欠下她的钱，硬话也说不成，况且自己当初和王子青结婚，本来太草率了。既没有法律的保障，又没有亲友的见证，慢说王子青是不来了，奈何他不得；纵使他来了，不承认也没有办法……想回到故乡去吧，父亲已经义断恩绝，而自己也觉得没有脸面见他们……

房东太太见她低头垂泪，知道这块肥羊肉是跑不了的，她凑近张小姐，握住她的手，低声说道："张小姐！你是明白人，我所说的都是好话，你想作人一生，不过几十年，还不趁这年青的时候快活几年，不是太痴了吗？况且你又长得漂亮，还怕没有阔大少来爱你吗？将来遭逢到如意的姑爷，只怕要比王先生强得多呢……呵！张小姐！我不瞒你说，这个时代像你这样的姑娘，我已见过好多，前年我们楼下住着一个姓袁的，也是夫妻两个，起初两口子非常的要好，后来那个男人又另外爱上别的女人，也就是把那位袁太太丢下就走了。袁太太起先也想不开，天天写信给他，又托朋友出来说合，但是袁先生只是不理，他说：我们本来不过是朋友，从前感情好，我们就住在一块；现在我们的感情破裂了，当然是各走各的路。袁太太听了这话气了个死，病了十几天，后来我瞧着她可怜，就替她想了一个法子，……现在她很快乐了，况且她的样子，比你差得多呢！……"

房东太太引经据典的说了一大套，一面观察兰因的脸色，见她虽是哭着，但是她的眼神，是表示着在想一些问题呢！房东太太知道自己的计划是有九分九的把握了，于是她站起身来说："张小姐！还不曾用早饭吧？等我叫娘姨替你买些点心来吃。"房东太太说着出了亭子间，走到扶梯就大声喊："娘姨！"

在她那愉快的腔调中，可以知道她是得到某一件事情的胜利了。

一年以后，肃真是由 H 市调到上海来，她依然是办着妇协的事情，但是她们每谈到兰因，大家都抱着满肚皮的狐疑，一年以来竟听不见她的消息。前一个月肃真到昆山去，曾在火车上遇见王子青，向他打听兰因的消息，他也说弄不清，究竟这个人到什么地方去了。这个形迹奇怪的女子，便成了她们谈话的资料了。

在一个初秋的晚上，肃真去赴一个朋友的宴会，在吃饭的时候，他们谈到废娼问题。有许多人痛骂娼妓对于青年的陷害，比一只野兽还要可怕，所以政府当局应当将这堕落的娼妓逐出塞外。有的就说："这不是娼妓本身的罪恶，是社会的制度将她们逼成到堕落的深渊里去的，考察她们堕落的原因，多半是因为衣食所逼，有的是被人诱惑而失足的，总之，这些人与其说她们可恶，不如说她们可怜，……"

关于这两个议论，肃真是赞成后面的一个。她对于娼妓永远是抱着伟大的同情的，但是她究竟不清楚她们的生活，平日在娱乐场中看见的妖形媚态的女人，虽然很有时惹起她的恶感，但同时也觉得她们可怜。她每次常幻想着一个妙年的女郎，拥着满身铜锈的大腹贾，装出种种媚态，希求一些金钱的报酬，真是包含着无限的悲惨……因此，她很想去深究她们的生活，无论是外形的或内心的。不过从前社会习惯，一个清白少女，绝不许走到这种可羞耻的地方去，可是现在一切都变动了，这些无聊的习惯，没有保存的必要，于是肃真提议叫条子，大家自然没有不赞成的。但是肃真说："可是有一个条件，叫了来只许坐在我的身边，因为我叫条子的意味，和你们完全不同!”那些男人听了这话，心里虽不大高兴，但嘴里也说不出什么来，只得答道：“好吧!”

“茶房!”肃真高声地叫着，一个二十多岁的穿白色制服的茶房来到面前，“先生要什么?”

“你们这个地方有出色的名妓吗?”

茶房望了肃真一眼，露出殷勤的笑脸说道：“吓！这地方有的是好姑娘……像雪里红、小香水、白玉兰都是呱呱叫的一等姑娘，您是叫哪一位?”肃真对于这生疏的把戏，真不知道怎么玩法。她出了一回神说：“就叫雪里红吧!”茶房道：“只叫一个吗? ……先生们若喜欢私门子，新近来了一个秦秋雯，那更是数一数二的出色人物，又识字，又体面，只要五块钱就可以叫来。”

“哦！那么你也把她叫来吧!”肃真含着好奇的意味说。

茶房去了不久，就听见外面叫道：“雪里红姑娘到!”跟着白布门帘掀动，进来一位二十左右的姑娘，蛋形的脸庞，玲珑的身材，剪发，但梳得极光亮，上身穿着一件妃红色的短衫，下身玄色裤子，宝蓝色缎子绣花鞋，妃红色丝袜，走路的时候，露着她们特有的一种袅娜轻盈的姿式，而且一股刺鼻的香味，随着她身子的摆动，分散在空气中，在她的身后跟着一个琴师，大约三十左右年纪的男人，脸上长满了疙疸，手里拿着三弦琴。那雪里红走进来，向在座的人微微点头一笑，就坐在肃真的身后，肃真转过脸来，留神地观察她。那姑娘看见座上有女客，她似乎有些忸怩，很规矩地唱了一只小曲，肃真觉出她的不自然的窘状来，连忙给了钱打发她走。

雪里红走后，那些男人们又发起议论来了。

他们讨论到娼妓的心理，据那位富有经验的高大个子孔先生说："娼妓的眼睛永远是注视在白亮的洋钱上，因此她们的思想就是怎样可以多骗到几个钱，她们的媚态，她们的装束，以及她们的一举一动，都只向着弄钱的目标而进行，所以游客们只要有了钱，便可以获得她们的青眼，不然就立刻被摈斥了……"

肃真很反对这种论说，她说："人总是一个人，有时人性虽然被货利的诱惑而遮掩了，但是一旦遇到机会，依然可以发现出来的，……我觉得娼妓的要钱和一般的商贾趋利是一样可原谅的行为，不过在获利以外，他们或她们总还有更高的人生目的，……娼妓的要钱，是为了她们的生活，她们比一般人都奢侈，也不过为了她们的生活，社会上的男人，要不是为了她们入时妖艳的装束和能应合男人们心理的媚态，谁还肯把大捧的银子送给她们呢？……所以娼妓的堕落，是社会酿成的，我们不应当责备娼妓，应当责备社会呵！"

肃真的语调十分热烈，在座的男人们，都惊奇地望着她，孔先生虽然不大心服，但是也想不出什么有力量的话来反驳她，不知不觉大家都沉嘿起来。

正在这个时候，忽听门外有人走路的声音，那声音很轻盈，是一个女人穿着皮鞋慢步的声音，而且是越走越近。大家都不觉把视线移到门外，不久果然门帘一动，走进一个十八九岁的少女来，身上穿着蛋白色的短旗袍，脚上肉色丝袜和肉色皮鞋，额上覆着水波纹的头发，态度很娴静，似乎是一个时髦的中学校的学生。那女郎走了进来，一双秀丽的眼睛向满屋里一扫，忽见她打了一个冷战，怔怔地向肃真坐的角落里定视着，那脸色立刻变成苍白。她一声不响地回转身就跑了。大家莫明其妙地向这奇怪的女郎的背影望着，只是她如同梦游病似的，一直冲到门外渐渐地不见了。

他们回到屋里，看见肃真失神地怔坐在一张沙发上，脸上泛溢着似惊似悲的复杂表情，大家抱着满心的狐疑沉默着。

茶房从外面走了进来说道："先生们，恰才秦秋雯姑娘来了，怎么没坐就走了，……想是先生们看不上吧，您不要叫别位吗？……"

孔大可说道："不要了，你给我们泡壶好茶来吧！"茶房答应着走了出去，忽听肃真叹了一口气道："你们知道秦秋雯是谁？……就是张兰因呵！我们分别以后听说她和小王同居，谁知她怎么跑到上海作了暗娼，这真叫人想不到……可是小王也奇怪，上次我问他兰因在什么地方？他神色仓慌［皇］的说是弄不清。当时我没注意，现在想起来，才明白了，你们信不信，一定是小王悄悄的走了，她不能自谋生活，……况且年纪又轻，自然很容易被人引诱……唉！诸位同志！这也是革命的一种牺牲呢！……张兰因她本来是名门闺秀，因为醉心革命，一个人背了父母逃出来，现在是弄到这种悲惨的结局，能说不是革命误了她吗？……而且小王那东西专门会勾引人，他一天到晚喊打破旧道德，自由恋爱，他再也不顾到别人的死活，只图自己开心，把一个好好的女青年，挤到陷坑里去。而我们还作梦似的，不清楚自己的罪恶，提起来真叫人愤恨……同志们！我不怕你们怪，我觉得中国要想有光明的前途，大家的生活应当更忠实些，不然前途只有荆棘了！"

这确是一出使人气闷的悲剧，人人的心灵上都有着繁重的压迫，人间是展露着善的，恶的，正的，迷的，各种不同的道途，怎样才能使人们离开迷途而走正路呢？呵！这实在是重要的问题呢！

这问题萦绕着大家的心灵，于是他们欢乐的梦醒了，渐渐走到严肃紧张的世界里去了。

（本篇最初发表于1933年3月中华书局初版《玫瑰的刺》集）

水　灾

萨县有好几天，不听见火车经过时的汽笛声，和车轮辗过轨道时的隆隆声了。这是怎样沉闷的天气呵！丝丝的细雨，从早飘到夜，从夜飘到明，天空黑黝黝的，如同泼上了一层淡墨，人们几乎忘记了太阳的形色。那雨点虽不是非常急骤的倾泻着，而檐前继续的雨漏声，仿佛奏着不调协的噪乐，使人感到天地间这时是充塞了非常沉重的气流。头顶上的天，看着往下坠，几乎要压在人们的眉梢上了，便连呼吸也像是不容易呢。有时且听见浪涛的澎湃声，就是那些比较心胸旷达的人，用一种希冀那仅仅是松涛的幻想，来自慰藉，也仍然不能使他们的眉峰完全舒展，一个大的隐忧正搅乱着这一县民众的心。

一天一天过去了，雨也跟着时间加增它的积量，愁苦也更深的剥蚀着村民的心。

忠信村的农夫王大每日每日，闷坐在家门口的草棚下，看着那被雨打得偃伏在地上的麦梗，和那渐渐萎黄的嫩麦穗，无论如何，他不能不被忧苦所熬煎。

“唉，老天爷!”他讷讷的叫着。忽然有一张绛红色的小圆面孔，从草屋的门口现了出来，在那鲜红的唇里包满着山药，两辅上下的扯动着，同时一双亮晶晶的深而大的眼睛，不住的看着那正在叹气的王大叫道：“爹爹!”

这是一种沁心的甜美的声调，王大的心弦不禁颤动了，嘴角上挂了不能毁灭的笑容，伸手拉过这个可爱的孩子，温和的抚弄他额前的短发。但是雨滴又一阵急狂的敲在草棚上，王大只觉眼前一黑，陡然现出一个非常可怕的境地，他看见那一片低垂着头，而大半萎黄了的麦穗，现在更憔悴得不像〈样〉了，仿佛一个被死神拖住的人，什么希冀都已完结。同时看见麦田里涌起一股一股的白浪来，像一个伸牙舞爪的恶魔，正大张着嘴，吞噬着稼禾、屋舍、人畜。渐渐的，水涌到他的草房里来，似乎看见自己的黑儿，正被一个大浪头卷了去，他发狂的叫了起来。

正在编草帘的妻子，听见这惊恐的吼叫，连忙从屋里抢了出来，一把拖住王大，只见他两眼大睁着，不住的喘气。

“唷！黑儿的爹！这是怎么啦?”妻惊慌的问他，这时黑儿也从草棚的木桌底下钻了过来，用小手不住的推王大，叫道：“爹爹！爹爹!”王大失去的魂灵，才又渐渐的归了原壳，抬眼看看妻和黑儿，眼里不禁滴下大颗大颗的眼泪，一面牵着黑儿，长叹道：“这雨还只是下，后河里的水已经和堤一般高了，要是雨还不止，这地方就不用想再有活人了!”

“唉，黑儿的爹，这是天老爷的责罚，白发愁也不济事，我想还是到村东关帝庙，烧烧香，求求大慈大悲的关帝爷吧！也许天可怜见，雨不下了，岂不是好?”王大的妻，在绝望中，想出这唯一的办法来。王大觉得妻子的主意是对的，于是在第二天，东方才有些发亮时，他便连忙起来，洗净了手脸，叫起黑儿，拿了香烛纸锭往村东的关帝庙去。

到了那里，只见那庙的矮墙，已被水冲倒了一半，来到大殿上，礼参了关公的法像。王大一面烧化纸锭，一面叫黑儿跪下叩头，他自己并且跪在神前，祷祝了许久，才站起来，恭恭敬敬的又作了三个揖，这才心安意得的，同着黑儿回去了。

这一天下午，雨像是有住的意思，泼墨似的黑云已渐渐退去，王大心里虔信关帝爷的百灵百验，便自心里许愿，如能免了这次的水灾，他一定许买个三牲供祭。同时美丽的幻梦，也在脑子里织起来。他在麦地里绕着圈子，虽是有些麦穗已经涝了，但若立刻天晴，至少还有六七成的收获，于是一捆一捆的粮食，在那金色的太阳下面闪光了；一担担的米谷，挑到打麦场去，跟着一叠叠的银元握在手里了。王大抱着希望而快乐的心情奔回草屋里去。走进房，正迎着黑儿在抱着一个饼子啃呢，王大含笑的，把黑儿抱在膝上，用着充满快乐的语调向黑儿说道：“小黑，你想到村学里去读书吗?”

黑儿笑嘻嘻的扳着王大的颈子道：“爹爹，我要念书，你得给我买一顶好看的帽子，也要作一件长衫，像邻家阿英一样的。”

“好吧，只要我们今年有收成，爹爹全给你买。”

黑儿真觉爹爹太好了，用嘴亲着爹爹的手，渐渐的眼睛闭起来，他已走进甜美的梦境去了。王大轻轻的把他放平在大木床上，自己吃了一袋烟，和妻子吃过饭，也恬然的睡去。

半夜里一个辟雷，把这一家正在作着幸福之梦的人，惊醒了。王大尤其心焦的不能睡，草房上正飞击着急骤的雨点，窗眼里闪着火龙似的电光。王大跳下地来，双手合十的念道："救苦救难的关帝爷。……"

轰隆，轰隆，一阵巨响，王大的妻发抖的叫道："你听，你听，黑儿的爹，这是什么声音呵?"

王大开了门，借着一道光亮的闪电，看见山那边，一团，一团的山水向下奔，王大失声叫道："老天，这可罢了，快些收拾东西逃命吧!"

王大帮着妻，打开床旁的木箱，抓了一堆衣服，用一个大包袱包了；又郑重的把那历年来存积的五十元光洋钱抢出来，塞在怀里；一面背了黑儿，冒着急雨，一脚高一脚低的奔那高坡去。

轰隆，轰隆，又是一阵惊天动地的巨响，他们回头一看自己的草屋和草棚都已被山水冲去了。许多的黑影，都向高处狂奔着，凄厉的叫着哭着。黑儿躲在王大的背上，叫道："我怕，我怕，爹爹呀!"王大喘着气，拉着妻子已来到高坡上了。他放下黑儿，这时天色已渐亮了，回头一看，这村子已成了茫茫的大海了，而水势依然狂涨，看看离这高坡只有二三尺了。王大的妻把黑儿紧搂在怀里，一面喊着："菩萨救命呵!"但是一切的神明都像聋了耳朵，再听不见这绝望的呼声。正在这个时候，一个高掀的大浪头，向这土坡卷过来，于是这三个人影便不见了，土坡也被淹没，只露出那土面上面的一株树梢。

这样恐怖的三天过去了，忠信村的水也渐渐退了，天色也已开晴，便是阳光，也仍然灿烂的照着。但在这灿烂光影下的一切的东西，却是令人可怕。被水泡肿了庞大的黄色尸体，人和牲畜凌乱的摆着。在那一株松树根下，正睡着王大的妻和黑儿可怕的尸体，而王大却失了踪迹。不久来了灰衣灰裤的工兵，拿着铁锹土［工］具，正在从事掩埋的工作，还有几个新闻记者，带了照相机，在这里拍照。

忠信村已被这次的大水所毁灭了，现在虽然水已退净，而房屋倒塌，田具失落，村民就是不死，也无法生存，但是有些怀恋着故土的村人们，仍然回来，草草搭个草棚，苦挨着度日。在一天早晨，邻村的张泉从这忠信村经过，看见一个老农人，坐在一个小土坡前，低头垂泪，走近细认，原来正是失踪的王大，他站住叫道："王大叔。"

"是你啊！泉哥儿!"王大愁着眉说。

"王大叔！婶子和黑儿兄弟呢?"张泉问。

王大听见阿泉提起他妻和黑儿，抖颤着声音道："完了，什么都完了！这一次的水灾真够人受啊！你们那里倒还好?"

"哦，"阿泉说："比这里好些，不过也淹了不少的庄稼，冲倒三五十间草房呢！……王大叔，你这些日子在什么地方躲着的?"

王大叹了一口气道："你这里坐下吧。"

阿泉坐在他身旁，于是王大开始述说他被水［救］的经过：

"那夜大水来的时候，我们一家人都躲到屋后的高土坡上去，忽然一个浪头盖了下来，我连忙攀住一块木板，任着它飘了下去。几阵浪头，从我身上跳过去时，我呛了两口水，就昏迷过去了，后来不知怎么我竟被冲到一块沙滩上。醒来时，看见一个打鱼的老人正蹲在我身边。看见我睁开眼，他叫道：'大嫂，这个人活了。'于是一个老婆婆从一只鱼船里走来，给我喝了些水，我渐渐清楚起来，又蒙那好心的渔翁，给我换了衣裳，熬了热粥调养我，一连住了三天，便辞别了他们回到村里来。唉，阿泉你看这地方还像是一个村落吗？我今早绕着村子走了一遍，也不曾看到黑儿和他的娘，后来碰见李大叔，他才告诉我他们已经被水淹死了，那边的大塚埋着几十个尸首呢，他们也在那里边。唉，泉哥儿，什么都完了啊！”

“王大叔，你现在打算怎么过活？”

“我已经答应李大叔同去修河堤。”王大说。

“是的，昨天我已经看见县里招募民夫修河堤的告示了！”张泉停了停，接着说道：“我们村里大半的人都要去，这倒是一件好事，修好了河堤，以后的村民就不会再遭殃了。”

“我也正是这样想，”王大说：“我自己受了苦，我不忍心以后的人再受苦。”

阿泉站起来点点头道：“那么明天我们河堤上见吧！”阿泉说完便走了。王大又向着那大塚滴了些泪，便去应募了。

几个月以后，河堤完工了。王大仍然回到忠信村来，他仍在他本来的草屋那里，盖了一间草屋，种了一些青菜和麦子，寂寞的生活着。

第二年的夏天到了，虽然仍接连着下了几天雨，但因河堤的坚固高峻，村子里是平安的，只有王大他是无福享受自己创造的命运，在那一年的秋初，他已被沉重的忧伤，销毁了他的生命。

（本篇最初发表于 1933 年 3 月中华平民教育促进会《平民读物》初版，9 月转载于《女声》杂志第 1 卷第 23 号，后收入《东京小品》集）

上海工部局女子中学年刊发刊词

这是一片荒凉的园地，经我们垦植以来，忽忽两年了。两年的时间不算长，这被垦植的园地，当然不会有很多的收获。生命的幼稚，也是理所应尔。但是幼稚的前途是壮健成熟，我们正可因其幼稚，而充满了未来的希望。

而且这幼稚的生命，也正有着它的泼辣与活跃，那仅有的一些纯真的表现，也有贡献于世人的价值。它所给人们的印象，如同一个聪明的孩子所给母亲的印象一样。不错，它是不成熟的。但是从那不成熟的表现中，可以看到它无穷的将来。

我们本了这种精神，所以就在我们的学校作两周岁时，把我们这幼稚的孩儿，赤裸裸的抱出来给世人看一看，正如一般人，作汤饼会时，试试孩儿的啼声，是否其音宏亮，前途远大的英物？而且我们对于这幼稚孩儿的养育上，或还不能作到尽善尽美的地步，希望关心我们的人们予以教正和帮助，务使这个新生命的各方面——如德、智、体、美各育——都能平衡的发展，成一个健全的人物。

同时也正如我们开放了这新垦植的园地，诚恳的请世人来看看我们园里所栽种的花草果树，虽然现在还只是个嫩芽，——不过就仅仅这个嫩芽，已能推测出，它们的生命力了。我们更希望许多有经验的园丁花匠，能帮助我们这个新辟的园地，一天一天茂盛灿烂起来，使这一片荒凉的园地，变成世界上最美丽的花果园。

一九三三年五月二日黄庐隐

（本篇最初发表于 1933 年 5 月出版的《上海工部局女中年刊》创刊号）

著作家应有的修养

所谓著作家，当然不仅是文学的著作家而已，其他如社会科学，哲学等著作者亦统称之为著作家。但本文所说的著作家，是专指文学的著作家而言，而且还是指文学创作的著作家而言，当然我不是学者，我仅仅是个努力创作的人而已，我所要说的话，也不过是我的本行了。

但是文学创作者与学者，究竟有什么不同之点呢？简略说起来，文学创作者是重感情，富主观，凭借于刹那间的直觉，而描写事物，创造境地，不模仿，不造作，情之所至，意之所极，然后，发为文章，其效用则在安慰人生，刺激人生，鞭策人生。

至于学者呢，正处于相反的地位，是重理智，要客观，凭藉于系统的研究考证诸家之言，博览群书，然后整理之，增补之，另成一家之言，其效果使人不费若干心力，而能知古往今来一切事实，增加人类知识。

二者的异同如此而已，但亦有例外，即文学创作家亦有略带学者气味，而学者亦有略带文学创作家之精神者，如莎士比亚的历史戏剧，不得不以历史为背景，故必须研究历史事实，又如易卜生的问题剧，乃以社会问题为背景，既不能不研究当时挪威的社会情形，尤其带学者气味而创作者，即儿童文学家，第一须知儿童的心理，及当时教育的情形，同时亦须有诗的灵魂，美的辞藻，而后才告厥成。

又如英国罗素的《数理哲学》，即给我们人类正确数上的观念；胡适之《中国哲学史大纲》，是用历史的方法，推绎整理中国古哲学之学说，予吾人一个清楚的观念。

但是一个大学者能成一家之言者，亦略有创作之成份，如梁漱溟之《东西文化及其哲学》，其中有一章说到未来的世界与文明，这是根据以前的事实而推测想像未来的世界。唯此与艺术家的创作略有不同。又如王〈国〉维的《红楼梦评论》即以其个人的人生观来解释《红楼梦》的内容，及其真正的价值。

文学创作家和学者的界限，既已说明，其次就要说到创作家在文化上所占的地位了。

人类的文化的内在的活动，是在思想方面，其他如政治军事等都不过是这思想的表现，所以欲改革时代，第一须改革思想。创作家譬如是在人类心灵上建筑一些东西，这些东西的活动比什么都猛烈，如卢骚写的《民约论》，《爱米尔》，《新爱路意司》，于是促成法国的大革命；又如哥德的《少年维特之烦恼》，其影响于当时青年的思想极大；又如美国的 Stowe 夫人[①]，著《黑奴吁天录》，是在林肯时代出版的，因此引起林肯及各国人士的同情，而有“南北”战争，黑奴竟得以释放。又如俄国的屠格涅夫的散文诗中，对无产阶级表示同情，杜斯朵也夫斯基[②]，他的小说中，有描写资本家压迫平民的，因此而激起共产革命。

照上面的话看来，我们知道人类的历史上种种的进展，变化，走到山穷水尽时，都由几个有力的作家，引导群众，另辟一条新路，因之由几个创作家的作品中，也可以看出时代的转变来，——这当然为了创作家的感觉特别灵敏，同情特别深，所以有此功效。

英国诗人雪莱的《西风歌》中，有一句话道：“愿你当我是一只喇叭，将新思想吹向人类。”这很可以证明创作家在文化上所占的地位，如何重要了。

文学的特质，既已说清楚了，现在该说到著作家应有的修养了。我以为创作家的修养，可分两方面来说：

一、内质方面的修养。

二、外形方面的修养。

内质方面的修养，可分为思想，想像，感情三种。

思想方面，创作家的思想，不但直接影响其作品的本身，同时也能影响到社会上的群众，所以一个创作家应当怎样磨砻

---

① Stowe，即斯托夫人，系美国南北战争时期废奴作家中最杰出的一位。

② 杜斯朵也夫斯基，即陀思妥耶夫斯基，俄国19世纪批判现实主义作家。

其思想，应如何尽量吸收社会种种的现象，作为对社会批评的准则，及引导人类而开辟一条新路径，都是很重要的问题。例如有许多作家，他们很能忠实的观察人生，也能很技巧的表现人生，但能给我们以一条新路的，究竟还是太少，所以创作家尤应在这一点上努力修养。

想像方面，根据既往的经验，而成功一个新的意像，这就是所谓想像，——而想像力是组织一篇文章必要的元素，如果有了很好的思想，也有了象征这思想的人物，而作者缺少想像这些人物的个性的能力，那么这作品必有不真切的描写，和矫揉造作的弊病了；同时也必失掉文学感人之力，想像力之重要可想而知。所以创作家必努力修养其丰富的想像力，——这当然一部份还是要靠天才，不过果能忠实的生活，细密的生活，也未尝无助于想像力。

感情方面，这一点要比以上的两点，与文学发生更密切的关系，也可以说这就是文学的特征，譬如思想，想像，就是哲学家，科学家，也缺少不得的，只有感情，是文学所特别需要的，而是哲学，科学所抛弃的。

感情对于文学既有如是密切的关系，然则创作家对于感情应如何修养呢?

在过去的文学上，我们可以找出作家永远不朽的感情，那不是小我自私自利的情，而是大我的同情，如郑板桥，苏东坡，杜甫这一类的人，那一个不是富于同情心的呢?杜甫的《茅屋为秋风所破歌》:“安得广厦千万间，大庇天下寒士俱欢颜，——吾庐独破受冻死亦足。”及郑板桥《于淮安舟中寄弟墨书》说:“以人为可爱，而我亦可爱矣；以人为可恶，而我亦可恶矣”；东坡一生觉得世人没有不好的人，最是他的好处。……

这些无猜忌，无偏私的博爱的同情心，正是文学家所需要的。如果文学家缺少了同情心，他的作品也就缺少了灵魂，永也不能引起人间的共鸣，慰藉人生，鼓励人生的功效也要抹煞了。

所以，我们在这里可以得一个结论：就是文学创作家，内质方面的修养：一应对于人类的生活，有透彻的观察，能找出人间的症结，把浮光下的丑恶，不客气的、忠实的披露出来，使人们感觉有找寻新路的必要。二应把他所想像的未来世界，指示给那些正在歧路上彷徨的人们，引导他们向前去，同时更应以你的热情，去温慰人间的悲苦者，鼓励世上的怯懦者。

这本不是很容易成功的事。一个作家，能作到这一步，恐怕要尽他毕生的岁月在修养，在努力，最后才能有与日月争光的作品，贡献于人间，著作家勉力吧！

其次当然要讨论到外形的方面来了。外形虽然仅仅是技巧问题，但也不是可以忽略的问题，一个作家内在的精神，能够表现到几分，那就要看他的技巧有几分了。你如有十分的技巧，当然可以表现你十分的内在精神；否则你纵有好思想，好材料，而没有剪裁的能力，结构的方法，调协音律的功夫，便不能引人入胜。好像一个乡下的土财主，他纵有几千几万的财产，但他不会运用，只是挖个土窖，把财产埋在里面，谁又知道他是个大财主呢！创作家只有内在的精神，而无表现的能力，也正如土财主不会运用他的财产一样的可惜。

技巧既然如是重要，那么我们的创作家，又应怎样修养呢？我以为除去多写多看之外，还应当多改。修改，对于文字技巧的进步，是极有效的，所以我们的作家托尔斯泰，他每次作稿，总要多次的修加〈改〉，把一章原稿，改得几乎都看不清了。然后经他的夫人替他誊清，放在他的书桌上，预备他第二天寄出去，那晓得他第二天从楼上走下来，把那誊清的稿子，看了一遍，又不知不觉的要改削起来，直改到连自己都觉得对不起替他誊清的夫人了，于是他对夫人说："吾爱！我一定不再改了。"但这又有什么用呢，不久他仍然还是要改的。有时甚至这稿子已经寄出去了，他忽觉得某两字不妥当，便立刻打电报去更正。由此可见他对于文学的技巧，是如何的苦修，又是如何的忠实了。

有了好的技巧，又有好的思想，丰富的想像，热烈的感情，便可以作一个成功的创作家了。有志于文学的人，你们读了这篇文章，当知所努力了吧！

（本篇最初发表于1933年5月《上海工部局女中年刊》创刊号，后收入《东京小品》集）

致陆锡祯信[①]（一）

锡祯先生：

承惠顾失迎，甚歉！兹由邮寄上拙著《火焰》十章，请查照妥为保存为感，盖敝处无副稿也。其余六章稍迟当续寄。专此，敬请

著安！

黄庐隐谨上

（印鉴）

六月廿一夜

（本信件写于1933年6月21日，发表于1934年6月10日《华安》杂志第2卷第8期）

---

① 陆锡祯，系《华安》杂志主编。

丁玲之死[①]

前五六年，我在北平常同胡也频来往[②]，以此因缘，我曾见过丁玲两次。那时她还不曾发表过文章，也不曾用丁玲这个笔名，我只晓得她叫蒋冰之，她是一个圆脸，大眼睛，身材不高，而有些胖的女性，她不大说话，我们见了她只点头微笑。

在那时候，我就觉得她有点不平凡，但我可猜不透她是负着重大的革命工作。

不久也频和她离开北平到上海来。两个月后，我就在《小说月报》上读到她的处女作《莎菲日记》，署名是丁玲，有人告诉我，这就是蒋冰之的笔名，当时我心里很高兴，我知道我对

---

① 1933 年 5 月，国民党反动派秘密逮捕了左翼女作家丁玲，后又传闻她已遇难，故庐隐冒险在上海《时事新报》上发表此文，以示不平。

② 胡也频，福州人，丁玲的丈夫，“左联”五烈士之一。

于丁玲的猜想到底不错。

前几年我正在日本吧，忽然接到朋友的信说："胡也频以共产故被捕"，我得了这消息，想起也频那样一个温和的人，原来有这样的魄力，又是伤感，又是钦佩。后来我也到上海作事，有时很想看看丁玲，但听说她的行踪秘密，不愿意有人去看她，所以也就算了，不过无论如何，她的印象直到如今，依然很明显的在我心头。

最近忽听到丁玲被捕失踪，今又在《时事新报》上看到丁玲有已被枪决之说，如果属实，我不禁为中国文艺界的前途叹息了。不问丁玲的罪该不该死，只就她的天才而论，却是中国文艺界一个大损失。

唉，时代是到了恐怖，向左转向右转，都不安全，站中间吧，也不妙，万一左右夹攻起来，更是走投无路。唉，究竟那里是我们的出路？想到这里，我不但为丁玲吊，更为恐怖时代下的民众吊了。

（本篇最初发表于1933年7月2日《时事新报》副刊《青光》，后收入《东京小品》集）

灾还不够

每天拿起报纸来，最使我刺心的，就是这里堤决，那里河涨，似乎满报纸上，都漾出了洪水的恐怖，满耳朵里都响着恶涛凶浪，和灾民的悲呼惨号的怪声。

“怎么好？一天到晚，不是天灾，便是人祸，何时是了？”我愤恨的叫着。

一个同事，向我一声冷笑道：“我觉得灾还不够！”

我不由得睁起一双惊奇的眼望着她说：“怎么？灾还不够？你纵不曾亲到过灾区，但你总应当有点想像力呵，你难道没有看见报上的记载吗？田产牛马都被无情的大水冲得干干净净，那些百姓流离颠沛，不死于水，也死于饥寒，这种灾害还小了吗？……”

我刺刺不休的诘责她，而她的态度，仍是那样冷漠，似乎笑我，像个孩子，全不懂世故。我被她那态度所征服，竟没有勇气再说下去，只低头敬待她的下文。

果然她态度沈着慢慢的说道："你看民众，直到现在，仍然是一只绵羊，在那种种的恶势力下求苟安，再不想反抗，也再不想找出路，这难道不是因为灾还不够吗？我以为还应当有更厉害的鞭策，置民众于死地，然后才有从苟安懒惰中觉醒的人群！"

她的话当然不能说毫无理由，可是，我仍不能拜服。我说："不然，这并不是灾还不够，只是大人物没有受到灾罢了。如果能使大人物一样的受苦，你看河淤了有人开掘没有？堤溃了有人修理没有？何至于让洪水一次两次的泛滥于中国，……现在却不然，灾害只有使大人物多些升官发财的机会，所以他们乐得多制造些灾来，鱼肉民众了！"

"但是请问，中国是民众占大半数，还是大人物占大多数？"那位同事态度强硬的说："……为什么以大多数的民众而为几个大人物作奴隶供宰割，这不是自找苦吃？但凡民众能觉悟，国家是民众的，改善国家是自己的责任；大家团结起来，这些魑魅魍魉将不打而自倒了，而民众到现在，还不觉悟，难道不是灾还不够吗？"

唉！我现在只有嘿然了！

（本篇最初发表于1933年7月7日《时事新报》副刊《青光》，后收入《东京小品》集）

屈伸自如

昼长无聊，偶翻十三经至孔老先生："天下有道则见，无道则隐"及"邦有道如矢，邦无道如矢。"不禁掩卷而长叹道："傻子哉，孔老先生也!"怪不得有陈蔡之厄，周游列国，卒不见用！苟能学今之大人先生，又何往而不利?

然则今之大人先生处世之道如何?无他，能"屈伸自如"耳。何谓屈伸自如?即见人之势与财强于我者，则恭敬如儿孙对父祖，卑颜屈膝舔痔拍马，尽其能事而为之，如是则可狗仗人势，狐假虎威，昂首扬眉，摆摆摇摇，像煞有介事，渐渐而求之，不难为人上之人矣!

至于见无势无财之人，则傲之，骄之，虎吓之，吹法螺，装腔而作势，威风凛凛，气派十足，使其人不敢仰目而视，足恭听令，因之其气焰蒸蒸焉，灼灼焉，不可一世矣。

"屈伸自如"既有如是之宏功伟业，吾人宁可不鞠躬受教，以自取于灭亡耶?

然操此术者，亦有所谓秘诀者在，即忘记自己是个人，既非人则何恤乎人格?故不要人格是第一秘诀，试看古往今来，愚忠愚孝的傻子，修德立品的呆子，都是太看重自我和人格了，所以弄得“杀身成仁”徒贻笑于今日之大人先生，真真何苦来哉!

时至今日，世变非常，立身之道岂可不变?苟不知应付之术，包管索尔于枯鱼之肆，反之则可以大作其官，大发其财了![1]

穷小子们觉悟罢，不要被孔老先生所误，什么立功、立德、立言，这都是隔壁账，还是练习其“屈伸自如”之本事，与今之大人先生抗衡于二十世纪之世界，岂不妙哉!

(本篇最初发表于1933年7月14日《时事新报》副刊《青光》，后收入《东京小品》集)

---

① 借《庄子》典故，说明不知敷衍之术者，包管你将像缺水之鱼，早干成市铺上的死鱼，反之则如鱼得水。

监守自盗

听说中国也有法律，法律也是保障民权，制裁人们行为的那一套原理。可是吾辈愚民，所见不广，只觉那法律作怪只会向小百姓瞪眼发威，那些衮衮诸公[①]，何尝把法律这小子放在眼里呢？哦，是了，我想起来了，墨子曾经有这么一句话："窃国者侯，窃钩者诛"，使我恍然明白从古及今，中国一切的法律，都只限于约束小百姓；而衮衮诸公呢，那是特殊阶级，是孟轲所说的治人阶级，所以法在小民，刑在小民而皆不上衮衮诸公。因此失地万里的将军，涂炭人民的元帅，尽可以挟带金宝美姬，逍遥于法外，当政诸公，连正眼都不敢向他望一望了！

中国法律的效用，既是如此这般，而今甚嚣尘上之"监守

---

① 衮衮（gǔn gǔn）诸公，衮，古代上公之礼服。衮衮，众多貌。意为众多的高官们。语出杜甫诗"诸公衮衮登台省"。

自盗”的案件，能不能伸之以法，以昭公允，我们也就可想而知了。崔振华女士究竟太相信正义了，谓予不信，且大睁着眼看吧！虽然某夫人，在挑选皮货时，被崔女士亲眼看见，但这又有什么关系呢？这原是因为皮货不能久藏，所以衮衮诸公议决出卖，这一个监守自盗的嫌疑，就这样轻描淡写的有了交代。此外如古字画书籍等，也不是永远不坏的东西，当然也可以那一天随他们的高兴出卖了，但这些有时间性的皮货与字画书籍等，既不能保存于公共场所，却偏能保存于私人箱箧中，岂不令人费解？又岂是买皮货和字画的人，算盘不精吗？而且既是公决出卖，尽可大大方方，为什么要那么门禁森严，玩得那么神秘呢？

哈哈！神秘的中国法律，神秘的中国政治，更神秘的是衮衮诸公的心肠，吾辈愚民只有向此神秘之神，神秘的膜拜了，尚何言哉！尚何言哉！

（本篇最初发表于1933年7月21日《时事新报》副刊《青光》，后收入《东京小品》集）

愧

在整理旧稿时，发现了一个孩子给我的信，那是一颗如水晶般透明的心，热诚的贡献给我；而且这个孩子，正走到满是荆棘的园地里，家庭使他受苦，社会又使他惶惑，他那颗稚嫩的心，便开始受伤，隐隐的滴血。正在这时候，他抓住了我，叫道："老师，你领导我呀，你给我些止血的圣药呀!"唉，伟大这霎时间，在我心灵中闪光，我觉得我的确充实着力量，而且我很愿意，摧毁一切的虚伪，一样的把我赤裸裸的心，贡献于他。于是两颗无疵无瑕的心，携着手，互相的抚摸安慰。

但恶魔从暗陬里闪了进来，把我灵宫中昙花一现的神光遮蔽了，在渐积的世故人情的威权下，我忽略了那孩子所贡献给我的心，他是那样饥饿的盼望我的救助，而我只是淡淡的对他一瞥便躲开了。

残酷的流年，变迁了一切，这颗孩子的心，恐也不免被渐积的世故人情所污染。这自然未必都是我的错，可是在事隔五年的今天，翻出那孩子所给我心的供状，我的脸不禁火般的灼热，我的心难免战抖，呵，我怎能避免良心的鞭策？

而且就是如今，我仍继续着，干这残忍的勾当，我不能如我想像般应付那些透明孩子的心，当她们将纯洁的心泪，流向我面前时，只有我受恩惠，因为在那一霎时，我真烛见无掩无饰的人生，而我又给他们些什么呢？

惭愧，我对于一切的孩子的心抱愧，在这谲诡奸诈的社会里，孩子们从所谓教育家那里所能得到，仅是一些龌龊的人世经验。唉，这个世界上只有孩子才配称得起人们之师吧！

（本篇最初发表于1933年7月28日《时事新报》副刊《青光》，后收入《东京小品》集）

忙里偷闲的创作生活

我永远是一匹骆驼，在荒凉的沙漠的人生旅途上，一步一拖的前进着。

每日晨光透进了碧沙窗，我便自然而然的从梦里惊醒，有时便连回味梦境的时间都不会容许有，便一翻身跳下床。于是穿衣服，洗脸漱口吃点心。然后拿起小皮包，像煞有介事的往马路上去。晨曦绮丽的罩着万物，晓风温和的穿过树丛，许许多多为名为利的众生，熙攘来往于此大自然之下，而不才也正是其中的一个！

学校到了，走进办公室：放下皮包，不久铃声响了，便拿起点名簿和教科书，摇摇摆摆来到教室里。跟着留声机开始响了。时而“诗云子曰”，时而柏拉图怎么说，易卜生怎么讲，一点钟过去，接着又是一点钟，依样葫芦再来一次，好了，下一点钟是学生作文的时间，在黑板上写上个“自由创作”，于是学生创作了，我也偷着这个闲暇，来个短篇吧！

课堂里静悄悄，每个人的心灵都在创造自己的宫殿，有眼睛茫茫的望着天的，也有低着头看地板的，管她们怎么样，只要不来麻烦我就好。于是忙煞了一支破自来水笔，一直不停的在一张纸上写。

当的一声，把我从想象的园地里面拖了回来，呀，原来下课了。我的短篇还只写了一半，——那也没法，只好下课，把这创作未完的短篇塞在屉子里，且去用了留声机赚几块大洋吃饭再说吧，至于那未完的续稿，只好等到有了以上的机会再续下去，至于那时有没有创作的灵感，那可管不了许多，在经济压迫下的作家，本谈不到那些！

幸而好，这种忙里偷闲的创作生活我已整整过了十年，而今差不多已成了习惯，不但不觉得苦，而且越忙我也越有创作的冲动，反是闲下来，我便倒在床上，什么也不想作，只愿常睡不愿醒了。

（本篇最初发表于1933年8月1日《文艺座谈》第1卷第3期“作家生活专号”）

夏的歌颂

出汗不见得是很坏的生活吧，全身感到一种特别的轻松。尤其是出了汗去洗澡，更有无穷的舒畅，仅仅为了这一点，我也要歌颂夏天。

其久被压迫，而要挣扎过——而且要很坦然的过去，这也不是毫无意义的生活吧，——春天是使人柔困，四肢瘫软，好像受了酒精的毒，再无法振作；秋天呢，又太高爽，轻松使人忘记了世界上有骆驼——说到骆驼，谁也不忘［忘不］了它那高峰凹谷之间的重载，和那慢腾腾，不尤不怨的往前走的姿势吧！冬天虽然是风雪严厉，但头脑尚不受压扎。只有夏天，它是无隙不入的压迫你，你每一个毛孔，每一根神经，都受着重大的压扎；同时还有臭虫蚊子苍蝇助虐的四面夹攻，这种极度紧张的夏日生活，正是训练人类变成更坚强而有力量的生物。因此我又不得不歌颂夏天！

二十世纪的人类，正度着夏天的生活——纵然有少数阶级，他们是超越天然，而过着四季如春享乐的生活，但这太暂时了，时代的轮子，不久就要把这特殊的阶级碎为齑粉！——夏天的生活是极度紧张而严重，人类必要努力的挣扎过，尤其是我们中国不论士农工商军，那一个不是喘着气，出着汗，与紧张压迫的生活拚命呢？脆弱的人群中，也许有诅咒，但我却以为只有虔敬的承受，我们尽量的出汗，我们尽量的发泄我们生命之力，最后我们的汗液，便是甘霖的源泉，这炎威逼人的夏天，将被这无尽的甘霖所毁灭，世界变成清明爽朗。

夏天是人类生活中，最雄伟壮烈的一个阶段，因此，我永远的歌颂它。

（本篇最初发表于 1933 年 8 月 2 日《时事新报》副刊《青光》，后收入《东京小品》集）

恋爱不是游戏

没有在浮沉的人海中，翻过筋斗的和尚，不能算善知识；

没有受过恋爱洗礼的人生，不能算真人生。

和尚最大的努力，是否认现世而求未来的涅槃，但他若不曾了解现世，他又怎能勘破现世，而跳出三界外呢？

而恋爱是人类生活的中心，孟子说："食色性也。"所谓恋爱正是天赋之本能，如一生不了解恋爱的人，他又何能了解整个的人生？

所以凡事都从学习而知而能，只有恋爱用不着学习，只要到了相当的年龄，碰到合式的机会，他和她便会莫明其妙的恋爱起来。

恋爱人人都会，可是不见得人人都懂，世俗大半以性欲伪充恋爱，以游戏的态度处置恋爱，于是我们时刻可看到因恋爱而不幸的记载。

实在的恋爱绝不是游戏，也绝不是堕落的人生所能体验出其价值的，它具有引人向上的鞭策力，它也具有伟大无私的至上情操，它更是美丽的象征。

在一双男女正纯洁热爱着的时候，他和她内心充实着惊人的力量；他们的灵魂是从万有的束缚中，得到了自由，不怕威胁，不为利诱，他们是超越了现实，而创造他们理想的乐园。

不幸物欲充塞的现世界，这种恋爱的光辉，有如萤火之微弱，而且“恋爱”有时适成为无知男女堕落之阶，使维那司不禁深深的叹息：

“自从世界人群趋向灭亡之途，恋爱变成了游戏，哀哉！”

（本篇最初发表于1933年8月4日《时事新报》副刊《青光》，后收入《东京小品》集）

花瓶时代

这不能不感谢上苍，它竟大发慈悲，感动了这个世界上傲岸自尊的男人，高抬贵手，把妇女释放了，从奴隶阶级中解放了出来。现代的妇女，大可扬眉吐气的走着她们花瓶时代的红运，虽然花瓶，还只是一件玩艺儿，不过比起从前被锁在大门以内作执箕帚，和泄欲制造孩子的机器，似乎多少差强人意吧！

至少花瓶是一种比较精致的器具，可以装饰在堂皇富丽的大厅里，银行的柜台畔，办公室的桌子上，可以引起男人们超凡入圣的美感，把男人们堕落的灵魂，从十八层地狱中，提上人世界。有时男人们工作疲倦了，正要咒诅生活的干燥，乃一举眼视线不偏不倚的，投射到花瓶上，全身紧张着的神经松了，趣味油然而生。这不是花瓶的价值和对人类的贡献吗？唉，花瓶究竟不是等闲物呀！

但是花瓶们，且慢趾高气扬，你就是一只被诗人济慈所歌颂过的古希腊名贵的花瓶，说不定有一天，要被这些欣赏而鼓舞着你们的男人们，嫌你们中看不中吃，砰的一声把你们摔得粉碎呢！

所以这个花瓶的命运，究竟太悲惨；你们要想自救，只有自己决心把这花瓶的时代毁灭，苦苦修行，再入轮回，得个人身，才有办法。而这种苦修全靠自我的觉醒。不能再妄想从男人们那里求乞恩惠，如果男人们的心胸，能如你们所想像的伟大无私，那么，这世界上的一切幻梦，都将成为事实了！而且男人们的故示宽大，正足使你们毁灭，不要再装腔作势，搔首弄姿的在男人面前自命不凡吧！花瓶的时代，正是暴露人类的羞辱与愚蠢呵！

（本篇最初发表于1933年8月11日《时事新报》副刊《青光》，后收入《东京小品》集）

我愿秋常驻人间

提到秋，谁都不免有一种凄迷哀凉的色调，浮上心头；更试翻古往今来的骚人、墨客，在他们的歌咏中，也都把秋染上凄迷哀凉的色调，如李白的《秋思》：“……天秋木叶下，月冷莎鸡悲[①]，坐愁群芳歇，白露凋华滋。”柳永的《雪梅香辞》：“景萧索，危楼独立面晴空，动悲秋情绪，当时宋玉应同。”周密的《声声慢》：“对西风休赋登楼，怎去得，怕凄凉时节，团扇悲秋。”

这种凄迷哀凉的色调，便是美的元素，这种美的元素只有“秋”才有。也只有在“秋”的季节中，人们才体验得去，因为一个人在感官被极度的刺激和压扎的时候，常会使心头麻木。故在盛夏闷热时，或在严冬苦寒中，心灵永久如虫类的蜇［蛰］

① 莎鸡，虫名，似蝗而色斑。

伏。等到一声秋风吹到人间，也正等于一声春雷，震动大地，把一些僵木的灵魂如虫类般的唤醒了。

灵魂既经苏醒，灵的感官便与世界万汇相接触了。于是见到阶前落叶萧萧下，而联想到不尽长江滚滚来，更因其特别自由敏感的神经，而感到不尽的长江是千古常存，而倏忽的生命，譬诸昙花一现。于是悲来填膺，愁绪横生。

这就是提到秋，谁都不免有一种凄迷哀凉的色调，浮上心头的原因了。

其实秋是具有极丰富的色彩，极活泼的精神的，它的一切现象，并不像敏感的诗人墨客，所体验的那种凄迷哀凉。

当霜薄风清的秋晨，漫步郊野。你便可以看见如火般的颜色染在枫林、柿丛，和浓紫的颜色泼满了山巅天际，简直是一个气魄伟大的画家的大手笔，任意趣之所之，勾抹涂染，自有其雄伟的丰姿，又岂是纤细的春景所能望其项背?

至于秋的犀利，可以洗尽积垢；秋月的明澈，可以照烛幽微；秋是又犀利又潇洒，不拘不束的一位艺术家的象征。这种色调，实可以苏息现代困闷人群的灵魂，因此我愿秋常驻人间!

（本篇最初发表于1933年8月18日《时事新报》副刊《青光》，后收入《东京小品》集）

男人和女人

一个男人，正阴谋着要去会他的情人。于是满脸柔情的走到太太的面前，坐在太太所坐的沙发椅背上，开始他的忏悔："琼，在这个世界上只有你能谅解我——第一你知道我是一个天才，琼多幸福呀，作了天才者的妻！这不是你时常对我的赞扬吗？"

太太受催眠了，在她那感情多于意志的情怀中，漾起爱情至高的浪涛，男人早已抓住这个机会，接着说道："天才的丈夫，虽然可爱，但有时也很讨厌，因为他不平凡，所以平凡的家庭生活，绝不能充实他深奥的心灵，因此必须另有几个情人，但是琼你要放心，我是一天都离不得你的，我也永不会同你离婚，总之你是我的永远的太太，你明白吗？我只为要完成伟大的作品，我不能不恋爱，这一点你一定能谅解我，放心我的，将来我有所成就，都是你的赐予，琼，你够多伟大呀！尤其是在我的生命中。”

太太简直为这技巧的情感所屈服了，含笑的送他出门——送他去同情人幽会。她站在门口，看着那天才的丈夫，神光奕奕的走向前去，她觉得伟大，骄傲，幸福，真是那世修来这样一个天才的丈夫！

太太回到房里，独自坐着，渐渐感觉得自己的周围，空虚冷寂，再一想到天才的丈夫，现在正抱在另一个女人的怀里：“这简直是侮辱，不对，这样子妥协下去，总是不对的。”太太陡然如是觉悟了，于是“娜拉”那个新典型的女人，逼真的出现在她心头：“娜拉的见解不错，抛弃这傀儡家庭，另找出路是真理！”太太急步跑上楼，从床底下拖出一只小提箱来，把一些换洗的衣服装进去。正在这个时候，门砰的一声响，那个天才的丈夫回来了，看见太太的气色不大对，连忙跑过来搂着太太认罪道：“琼！恕我，为了我们两个天真的孩子您恕我吧！”

太太看了这天才的丈夫，柔驯得像一只绵羊，什么心肠都软了，于是自解道：“娜拉究竟只是易卜生的理想人物呀！”跟着箱子恢复了它原有的地位，一切又都安然了！

男人就这样永远获得成功，女人也就这样万劫不复的沉沦了！

（本篇最初发表于1933年8月25日《时事新报》副刊《青光》，后收入《东京小品》集）

代三百万灾民请命

连日翻开报，都看到黄河水涨，势将成灾的消息，心头不禁为之惴栗，但愿能幸免于万一。那知前日报上竟载着黄河决口灾情惨重，沿河村落，竟成泽国，灾民不下三百万，于是各慈善团体，开紧急会议，筹思所以赈济之策。这本是大慰人心的消息，不但是那些嗷嗷待哺的饥民，要额手称庆，念一声“南无阿弥陀佛，善哉，善哉”了，就是我们小民，满心头也充塞着见死不救何以人为的气概，不能不多少减衣省食，蓄积三五元去救助他们。

但是再一看过去的种种事实，我们又不能为了这个赈济的消息，就放心得下。这是什么缘故呢？唉！说起来只是装我们贵国人的幌子。即拿“九一八”以来，民众对于前方抗敌的健儿，所捐助的款项来说吧，据传说共收到民众捐款在两千万元以上，而前方实际上只收到一百余万元，日来正闹着什么对经手人的检举，及清查账目这一类的事，同时又听见说有一部分人，本是住在人家后楼或亭子间的穷光蛋，只因为充了什么会的一员后，不到两三个月，居然租起洋房坐起汽车，讨起小老婆来了。呜呼，这是什么钱，竟忍心往腰包里放，真所谓此可为，天下事孰不可为了！

如果这次对灾民的捐助，不能有一妥善的办法，仍只是为一部份人充实腰包，不但灾民无从得救，就是我们这些捐钱的小百姓，也不愿永远作冤大头，把那辛苦的血汗钱，不明不白的供给他们作讨小老婆，吃黑饭的开销，结果必致因噎废食，没有人肯捐钱了，那些灾民的前途，还堪设想吗？因此我们又不能不代三百万灾民请命，请办赈济的大人先生们，破格的克己点吧！

（本篇最初发表于 1933 年 9 月 1 日《时事新报》副刊《青光》，后收入《东京小品》集）

中学时代生活的回忆

只要一回忆到学生时代的生活，心头便不禁有一种顽皮的跳动，过去的童年，也似乎复活了。

我正是十三岁的那一年秋天，考进了女子师范的一年级，在全级同学的年龄中，我是倒数第一，身材呢，偏偏也是又矮又小，当我拖着两条小辫发，跑进课堂时，同学们都惊奇地望着我，在她们的揣测中，这仅仅是个小学四五年级的孩子，怎么会参加她们的集团呢，而我就在她们的猜疑中，安然地坐在第一排的位子上了。

一个中年妇女，据说是学监曹先生，迈着那小脚放大的特有的八字步，神乎其神的走进教室，登上讲坛，我们恭敬的起立，鞠躬，坐下，学监发给我们一份油印的学校规则，上面罗列着森严可怖的校规，最使我刺心的，是学生必须全体住堂，除星期六例假外，不许外出，即使例假外出时，也必有家长盖章的证明书才行，星期日下午五点以前一定要回学校，如果迟误，下星期就不准回家，其次就是不许穿制服以外的任何衣服，——而制服偏偏又是那样难看，夏季的是灰色布衫，灰色山东绸的裙子，新的时候还好，洗过几次之后，颜色灰黯，活像一窝老鼠精。至于冬季的呢，那又不如夏季的了，青蛙色的爱国布裙衫，洗得黄不黄绿不绿，谁说不能象征癞蛤蟆的色彩呢？同时头上再梳个日本式高搭凉棚式的头，真是呜呼嘻噫，不像鼠精，也像蛙怪了。这虽然似乎是一件小事，而对于我这个还拖着两条辫发的孩子，简直等于是一种滑稽的刑罚呢！

自从学监曹先生颁布校规以后，一些天真活泼的女孩，霎时间都变成了日本婆娘，——那时间日本的教育及其他，都正在中国走着及时的红运，所有的教育当局，也大半是日本留学生，所以为了贯澈他们的取法乎日本的主张，便连装饰也必使其逼似。试想那样庞大笨重的凉棚头，顶在一些尚未全成人形的孩子们身上，究竟类乎不类呢？尤其在全级比较最小的我更是个要命的勾当，每逢走过整容镜前，由不得掩面急趋，这一副头大身小，畸形发展的尊容，便连自己，也无勇气看。所以仅仅是一个大棚头，和一身蛙色或鼠色的布裙衫，简直像一副全份的刑具，压迫得我无精打彩，先天所有的爱美情感，都被摧毁了，因此我每个星期六回家时，必作一次欺骗的行为，那就是从学监处领得回家的通知书后，走到门房，放下包裹，先把那大棚头摧毁，仍旧拖两条发辫，这才雇车回家。第二天回学校时，也是偷偷摸摸趁监学不看见的时候，逃到栉沐室，恢复了大棚头，再去交通知书。

在这个中学时期中，本来是我的黄金时代，谁知我的活泼快乐的童年，竟销灭于这如牢狱似的学校生活中，至今想来，对于当时那种专门以压迫为手段的学校教育，犹觉不寒而悚了。

对于学校训育法，给我的印象太坏了，至于功课呢，也是不能使人满意，一味的注入，不管你能吸收消化与否，他们只管照着老调唱，因此我对于读书，竟视为畏途，在讲堂里总是想法消遣，不是作打油诗，俏皮先生，便是和同学传递纸条，以为玩笑，只要听见下课铃一响，便没命的逃了。

在这枯燥阴暗的学校生活中，我有时仍然要自寻光明，那就是偷看小说——那时候的学生，除了教科书以外，什么都不许看，小说尤其在严禁之列，如被发觉，轻则学监叫去当面训斥一顿，把小说没收，重则挂牌记大过一次，可是这也禁不断我们，仍然不断的偷看着，有时我竟躲在讲堂最后一排的椅子上，把小说藏在国文讲义下面，趁先生讲的唾沫乱溅的时候，我已一页一页的偷看下去，有时看到小说中情节太滑稽的部份，我竟忘其所以的噗哧一声，这就惹下了大祸，先生瞪起铜铃般的眼睛，恶狠狠的叫我到前排来，我连忙把小说往屉子里一塞，垂头丧气的坐到前排位子上，但是心里更急切要想晓得那故事的下文，于是我的精神贯注于那小说的想像中，虽是木然静坐，心早不知飞越到第几世界去了。

有一次，我从一个同学那里，借到林译小说的全部[①]，这使我发狂的想看，于是就想了个绝妙的方法，跑到学监处，皱紧

---

① 林译小说，林纾（1852－1924）翻译的小说总称。林纾与庐隐同乡。林译小说对现代作家小说创作产生巨大影响。由“可怜一卷茶花女，断尽支那荡子肠”可见一斑。

眉头假称肚子疼，学监叫我到寝室去睡，——平时寝室的门是锁了的，除非生病不到打睡觉铃时，不准到寝室去的，——我这时暗暗的高兴，拿着锁打开寝室的门，放下帐子，拿上两三本小说，睡在床上，大看而特看，到吃饭的时候，学监只派校役，送一些稀饭和咸菜给我，这使我有苦说不出，无可奈何，只好把这稀饭咸菜姑且疗饥吧。我这样装病过三四次，最后一次这个秘密被学监发觉了，以欺骗和违法的罪名，记了我一大过。

但无论如何，学校的生活，实难使我满足，于是不能不另想方法，发淹［泄］发淹［泄］心头的积闷。有一天读历史，读到十三太保和六君子这两个名词，忽然心血来潮，便向同级的同学提议组织党派，有十三个同学她们特别要好，就要她们作十三太保，而我同另外五个年纪比较小的，叫自号六君子，而十三太保都是比较守校规而用死功的学生，和我们正相反，——我们是全校最顽皮而不用功的学生，因此两方面常起冲突，不过她们为了顾忌校规功课，常常打不过我们。最使她们受窘的是每当考书的时候，我们常常设法阻碍她们的用功，闹得她们流眼泪，可是我们自己也不能对付这个考试，看看考期近了，于是我们便决定开一夜的夜车，但是学校里的电灯，十点以后就关了，我们商议的结果，是找来三只大饼干筒，把它们放在床上，在饼干筒里点一根洋腊，我们放下帐子，并以棉被遮住外淹［泄］的光亮，埋头读书，这样整整忙了一夜，第二天居然考得不错，发榜的时候，都名列中上，十三太保反有几个不及我们，这简直给她们一个惊吓——以平常从不见摸书本的六君子，怎么能考得出呢，最后，她们只有赞叹我们聪明，我们也以聪明自骄，看见十三太保拼死的啃书本，而加以讥笑，渐渐的我们变成有毒刺的马蜂了，谁见了我们又头疼，但又不敢惹，而我们只要遇到机会，总想法捉弄人，我们的拿手就是围着一个人大笑而特笑，总要把那个被笑的人笑出眼泪才罢！

除了以上所说的那些以外，还有一件事，使我至今不能忘怀的，就是闹朋友，只要某人说某人一声好，旁边的同学，就大起其哄，把这两个人拖在一堆，算她们是好朋友，有许多人因为被别人起哄以后，竟不知不觉发生了同性爱，于是一对一对的假夫妻，便充满于学校园与寝室里了，我记得，我也曾被人拖过一次，不过我竟以满不在乎的精神战胜她们，我很无拘束的和那位朋友谈话——不过我们所谈的，却不是人们所想像的那些私情密意，我们两个都是小说迷，所以我们谈论小说的故事，这竟使她们莫明其妙，只好扫兴而去了。

一年复一年的我们这样生活着，混过四年，毕证书骗到手，我的中学生活也就告了结束。

（本篇最初发表于1933年9月16日《女声》杂志第1卷第24号）

火　　焰

一

晴朗不染片云，而满缀了闪烁繁星的夜幕，正笼罩着黄浦江边的上海市。这市里包容三百万的民众，和全世界各国的侨民，会萃人类各式的生活。它是一匹神秘的怪兽，从它所喷吐出来的，有玫瑰般的甜蜜气息；有地狱里鬼魔的咆哮；有快乐的呼喊，也有惨凄的呻吟。你只要站在那热闹的十字街头，你便可以看见种种不同的面孔和灵魂了。

但假如你只肯站在西藏路一带的旅馆的最高层楼上，你所看见的都是充满活力和繁华的上海了。当你很闲暇的倚着露台向前望去，你要惊讶得叫起来，除了歌颂夜景下的繁华和富丽外还能另有话说吗？含有水仙和腊梅花香的夜气，回荡于冷静的夜里，五色的电灯如彩虹般环绕在大马路的公司旅馆；跳舞场上，那灼灼逼人的光彩使天上的群星都羞避于天幕后；电车的轨道交叉环绕；那飞龙猛虎般的电车汽车，迎着冬夜的寒风向前飞驰；许多青年的男女，阔绰的绅士，穿过熙攘的人群，去追寻夜的狂欢。

在跑马厅对面有一所巍然的跳舞厅，从窗楼射出醉人的玫瑰色的光华，回荡灵魂的音乐正交响着，香槟的香气和舞侣们轻盈的身影，使路过的人们停止了前进。

九点一刻左右，门前停住一部小小的汽车，从里面走出一位西装青年，披着黑呢狐皮大氅，头上戴着水獭皮帽匆匆的推开跳舞厅的门进去了。舞场里音乐协和声中，一对对的男女正从容的舞着。他悄悄越过人丛中，坐在茶桌旁的一张椅子上。茶房拿过香槟酒来，照例的满斟了一杯。他喝着香槟微笑的看着那些熟习的舞女与朋友们。不久乐声停止了，人群中走出一个年约廿四五岁的舞女，她身上穿着薄绸的单旗袍，身材很丰满，走起路来，显出曲线的颤动与袅娜。

“哦，晚安，林先生！”她说：“今夜你来得特别迟，我们已经舞过两场了。”

“真的迟了，不过我们可以晚些散。”他说：“你也来一杯香槟还是来一杯柠檬茶?”

“就是香槟吧，你知道在舞场里，不喝香槟，跳舞就要失色的呀！”

“是的，香槟可以帮助舞姿的活跃与迷醉。来，我们干一杯，祝彼此健康吧！”

“喂，老林，让我们来祝中华民国的胜利，”一个身材魁伟的青年，从对面桌上，奔了过来，手里端着满满一杯的香槟。

“胜利，那只是刺人痛的一声符咒，中国那一天会有胜利？就是今天日方提出的四条件，不也是忍辱屈伏了吗？这就是外交失败！……我们只好说祝我中国有雪耻的一天……好，朋友！能这样就不错，干杯吧！”他们果然端起满杯的香槟酒，在兴奋的心情中咽下去了。

“听说在六点钟的时候，形势很严重，如果市长不在那时候把使对方满意的复文送到，日本海军陆战队就要开火呢！”那个身材魁伟名叫王琪的青年说。

“这到底是怎么一回事呢？王先生！”舞女怀疑的问。

“最先的起因，是为了日本的几个僧人同中国人冲突，听说有一个僧人受了重伤，日本政府一面提出抗议，而日本浪人却同时谋报复；在一天下午结队成群的跑到纯粹国货的三友实业社暴动起来，而日方认为这次暴动是他们民众的公意，是非常合理的，因此提出四条非理的条件：最重要的是不许中国民众自动爱国，取销一切的反日团体，……”

“中国答应了他们吗？”舞女问。

“怎能不答应呢，唉，弱国讲不起公理啊！”林先生似乎愤慨的说。

“好了，现在总算平安无事了，第三场的音乐开始了，我们去跳吧！”舞女很娇媚的站了起来，林先生也忘了适才的愤慨，搂着她的腰随着音乐向场中舞去，王琪也寻到了舞伴。他们快活的舞着，低声的亲切的谈着，全场中充满了女人肌肉的温香，与陶醉的情流。在这里面的男男女女，都是另自创造了一个超人间的世界！

窗外鼓动着凄清的气流，枝落秃的树干，如山魈般狞立在路旁，这些都与正在酣舞中的男女不发生关系。

忽然门外走进一个青年，神色仓皇的叫道：

“王琪先生!”

王琪忙丢下舞女奔到门口问道：“老张，什么事?”

“形势严重，快些回去吧。你们老太太急得要命，打电话，四处找你，……我家里也都逃到法租界亲戚家去了。”

“不是没有事了吗? 怎么忽然又严重起来!”

“日本人得寸进尺，现在又提出条件叫我们驻在闸北的中国军队立刻退出上海，这不太岂有此理吗?”

“我们的军队退不退?”

“政府当然是仍旧不想抵抗，可是驻扎这里的军队听说不肯退呢!”

这的是一个惊人的消息，自这两个青年匆匆走后，其他的舞客也都不敢留恋的回去了，那时正是十一点三十分。

青年林文生和他的朋友握别，各自跳上汽车走了。林文生家住在天通庵路，当他的车子开到北四川路的时候，果然看见零零落落的日本水兵，在那里张望。街上行人几乎绝迹。当他到了家门口时，只见电灯已经全熄，静悄悄的一点没有声音，他用力的揿动门铃。不久一个娘姨出来开门，见了他道：

“少爷，你到楼上去吧，老太太同少奶奶小姐等你不回来，他们先到租界上去了，给你留了一张字条叫你回来看了地址，立刻就去，……”

“轰”的一声，不知从什么地方来的大炮，震动得窗棂擞擞发抖。

“呀，打起来了！”娘姨胆小的哭丧着脸说。

林文生急急的走上楼去，只见屋子里的橱柜的屉子都已锁了，一切零星的东西，也都收拾一空。他向着写字台，果然见上面放着一张纸条写道：

“消息不好，这地方恐要变成战区，久等你不回，我们先走了，你回来立刻到法租界金姨家找我们。

妹芬”

林文生将字条揣在怀里，又把到处看了遍走下楼来。忽听见门口有沉重的脚步声，他悄悄开了大门，只见门前已堆满了沙袋，几个身材短小，而精神活泼的兵士，在掘战壕。林文生向前才迈步，忽听一个广东口音的兵士说道：

“喂，你到那里去？前面已经开火了！”

林文生一听是同乡的口音，于是便和他打起乡谈来道：

“我想到法租界去！现在前面走不过去，也没法，让我来帮助你们掘地壕吧！”

他们正在谈着，远远已听见铁甲车在深夜寂静的马路上，向这边驰来。他们的战壕已经掘好；兵士们也已把沙袋堆好，里面共藏着四个兵士和林文生。铁甲车的声音越来越近，其中有一个姓梁的小排长，他叫他们都伏在壕里不要作声，而他自己一面吸着香烟，一面静静的听。林文生悄悄的问道：“敌人来了，怎么还不开枪？”

“不忙！离这里还远呢，等他们走近再给他几枪，子弹就不至白费了。”林文生听了这话，看了这些沉着不忙的兵士态度，他竟忘了战争的恐怖，而感着新奇的兴趣。

不久梁排长轻轻说道：“弟兄们预备！”黑影中已看见庞大的铁甲车，如一只恶兽般的奔来。上面的机关枪无目的的扫射了一阵。梁排长放下烟卷，一面将手一挥。四个人一齐扳动枪机，对准铁甲车放去。一阵浓烟过去，前面那辆铁甲车上的一个兵士已中弹了，其余的一个失了帮手，机关枪也失了效用。于是他们从战壕里窜了出来，拚命的向前一涌。那铁甲车中的兵士，莫明其妙的伸出头来观察敌人的踪迹，而梁排长已拔出身上的大刀，向那人头上一挥，一道红光迸射，一颗圆滚滚的人头已落了地。而后面另一辆铁甲车里的兵士，知道前面失了事，拚命的开机关枪，但是那四个人一声不响的伏在地下，等他们的枪弹开尽了，于是跳上车去，把那车上的两个敌兵也用大刀结果了性命。他们轻轻易易夺了两辆铁甲车，同时又把那四个死尸身上的军衣和枪弹都拿了下来，一面派两个兵将铁甲车开回后方。梁排长同一个兵士，仍回到战壕来，林文生迎着欢呼道：

“真打得痛快！我以为日本兵有多凶呢，原来也很容易对付！”

“他们都是些少爷兵，打扮得多整齐，但是你要知道二十多年来他们并不曾有过战争，打仗专靠书本上的知识是差点事。”梁排长说。

他们正在谈着，暗影中又来了几个中国的哨兵，他们帮同守住这里的战壕。但很久不再有敌人到这边来，只听见密繁的枪声和炮声从闸北那面传来。

不久东方露出鱼肚白的颜色来，天渐渐的亮了，梁排长对林文生说道："林先生，你先到你家里躲一躲吧，等有救护车来时，你便同他们一齐出去。"

这如暴风雨般的战争，在这个论调下向前进展着。

二

黄昏的时候，天色更加阴沉了，天上凝聚着极厚的彤云，气压很低，西北风如虎啸般吼着，多坏的天气呀！可是当我们听见第一、二营都要从大场调到这里来的消息，我们什么都不愁了，坏天气对我们又有什么关系呢？因为第一营第四连小排长张权和第二营第十七连列兵谢英当然也是随营而来的，那末我们又得快聚一场了。于是我立刻回到帐棚里约了排长黄仁，铁道炮队队兵刘斌去看他们。

谢英是个小身材，凸起的额头下面藏着一对深陷而敏锐的眼睛，他面部的轮廓和蓬勃的精神都表现着广东人的特色，今年只十九岁。他是我们这里第三营第五连排长黄仁的同乡，并且也是幼年的同学。但是黄仁却像是江浙人，他面部的表情，非常温柔静雅，假使他不说话，不动作，谁也不相信他不是江浙人，自然这也因为他曾受过两年的大学教育，当他脱离文人生涯而投身军队的时候，也只有二十岁，今年是廿三岁。

那个长着侥［绕］腮胡子根的张权呢，他本是一个铁匠生意人，后来因为买卖蚀本，铁匠店倒闭，他便投身军队；他是我的同乡，而且他的铁匠铺就在我家的隔壁，同时也是邻居。

刘斌是一个头脑清楚，而举动很诙谐的人。他的家乡在湖北，我们曾在兵工讲习所同过两年学，今年廿一岁；他是对什么事都没有严重性的人，就是在和敌人肉搏的时候，他也似乎是在开着玩笑。他的确很可亲近，我们若缺少了他一定要减少许多的生趣呢。

最后该介绍到我自己了。我是陈宣，第十九军第十二营第五连的上等兵；我的家乡在湖南，当我十八岁的时候，在家乡的初中毕业后因为闹土匪，家里情形很坏，有田不能种，所以就决意出来找出路。那时在一个朋友家里碰到刘斌，我们谈得很投机，后来便一同进了兵工讲习所，在那里住了两年，就到军队里服务……我离开家乡整整五年了，父亲前年死了，只剩下一个孤零的母亲；前天接到母亲托人带来的家信，说是我的年龄不算小了，而我的婚姻还不曾解决，她很不安心，嘱我得机会请假回去一趟。这当然是很合理的提议，而且我的未婚妻，也很能使我满意，结婚自然是美满的生活。未婚妻是我的表妹——我姑母的女儿，她也曾进过乡村小学，可是她从来不给我写信。她是一个乡间纯朴的女孩，生成一张椭圆形的面庞，两颊泛溢着健康的血晕，好像西天晚霞似的绯红；一双伶俐而没有机诈的黑色眼睛，和浮着天真笑意的花瓣似的唇，多么可爱呢！要不是这几天消息太坏，我决定请假回去了，而现在这些事只好暂且搁置起来了。我将来也许叫她们到上海来。

我们到了张权、谢英部队驻扎的地方，正好他们也刚从帐棚里出来，今夜我们正好都轮到休息的日子，所以我们很自由了。晚饭后我们请了假，一同奔江湾一座酒楼里来，拣了一间雅座坐下。我们先泡了一壶茶，又要了五斤白干，和几色小菜，今夜我们打算大大的乐一场；因为以后的命运谁都料不定，军人的生活，真是多么渺茫呀！上峰一个命令下来，我们便要忘掉一切，开始和敌人拚命。那末跟着来的结果，就是总有一方面要卧在血泊里了账的。

今夜我们乐得像是发了狂，吸着美丽牌的香烟，烟缕丝丝的在寒气中回荡；后来，伙计拿上白干来；我们每人干了一杯，浑身渐渐的暖和起来，再喝上几杯，面孔都像是猪肝般又紫又红，尤其是张权简直红得变成紫葡萄的颜色了。

“宣哥，听说你的姑妈催你回去，和你表妹结婚，你到底几时回去？也让我们喝杯喜酒呀！”刘斌笑嘻嘻向我说。

“别提了，这个局面，还有什么工夫结婚？”我说。

“听说我们的陈大嫂——就是你的令表妹，样子是刮刮叫，你把像片拿出来，让我们兄弟们瞻仰瞻仰不好吗？”刘斌又向我挑衅了。

我说：“老刘，你别挖苦我，我们乡下女孩子有甚刮刮叫，……倒是你的情人喜姐现在怎么不来了？”

老刘的脸红起来。可是他还是笑嘻嘻的说道：“喜姐吗？等老子那天发了财，作了大官，你看她来不来！”

“喂！老刘用不着什么大官，你只要有钱也开一座绸缎店，喜姐敢保还是回到你怀里来！”黄仁打趣他，因为他的情人喜姐现在的新相知，正是一个开绸缎店的小老板呢！

“算了，这种女人有什么提头，我们还是喝我们的酒吧！”刘斌有些感慨似的，只顾端着白干往嘴里送；后来他简直灌醉了，放起喉咙唱起朱买臣的《马前泼水》来。他一面唱，一面比手势，我们看了他那疯癫的样子，简直笑得肚皮疼。十点钟了，远远听见更夫敲更鼓的声音，我们回到营里，天上正在下雪，细小的水点，和着冷风扑在我们灼热的脸上。

现在我们五个人都调到闸北的防地来。今天一早，东方才有些淡白色，我们已经奉命，到虬江路宝山路一带去装置铁丝网。我们先到军需处拿了木架铁荆棘，然后分成二小队，每队七个人，把铁荆棘缠在木架上，安放各重要的路口。谢英不小心被铁荆棘刺伤了手，血防［随］着大拇指直滴下来。

十二点钟我们才换防回去吃午饭，我们都有些疲乏了，爬到营棚里倒头便睡；并且今夜该轮到我们这一连作夜工，我和黄仁更觉得不能不趁这时休息休息。刘斌今天轮到守炮位，六点钟才换防，张权、谢英到青云路一带去布防了。

今天还是阴沉的坏天气，夜里的冷风细雨侵着我们的肌肤，但我们在九点钟左右，依然出发了。我们每人都拿着器械，挖掘战壕，我们拚命的，手不停的把平地掘了一个宽约一丈左右、深一丈上下的战壕。然后上面用铁板盖好，用浮土掩埋，使和平地没有差别，如此敌人便窥察不出。同时另掘了交通地道，周转灵便；这种的工程，从前剿匪的时候也曾用过，这次我们作得更坚固。天亮时，来了一辆大卡车，把我们换回后方，我们吃喝了一顿，又是倒头便睡着了。

下午谢英和张权换防回来，我们几个人又聚在一堆了。

“喂，这次战事怕免不了！”谢英说。

“你听到什么消息?”刘斌慌忙的问。

“今天我见到五六一旅的秘书袁先生，他告诉我一个坏消息，他说日人自从夺了我们的东北以后，他的野心还不够，要想乘我天灾正盛，政府没有办法的时候，侵占我国腹地上海，然后控制长江流域，把我们最富丽的地方得到手；一面再从东北进兵占据华北，这样一来，我们中国的版图就完全属于日本之手了……所以才有日本浪人焚烧我们的三友实业厂的事情发生，这原是一根引火线，等到那一天，引火线燃到火药库的时候，自然免不了有爆烈的事实。这样看起来，上海是免不了卷入战争的。他如果来侵占上海，那我们当然是首当其冲。……”

谢英这一段的报告，不知为什么使我们都兴奋起来了。说到战争，的确是可怕的，它所造成的结果，是悲惨、死亡、破灭。尤其是打内战，自己人对着自己人瞄准开枪；我们到底有什么深仇，要这样咬牙切齿的杀戮？我们的长官训诫我们，临阵要努力杀敌，不要回头，才是真正的卫国军人。可是我们杀了我们自己人，与卫国又发生什么关系呢？因此我们每次打内战，谁都软瘫瘫的提不起精神，并且总要先发两个月的饷，然后动动枪杆；有时看见对方，不但不是敌人，而且还是熟人，这枪机怎么扳得动？大家向空放一枪，比比架式就算了。所以我们有时真不明白，我们为了什么要当兵？我们为了什么要打仗？

“假使日本人真来时，我们就和他拚一拚，看看他到底有多厉害！”黄仁兴奋的说。

“厉害不厉害，我们不敢说，可是他们头上戴着灼灼亮的钢盔；身上穿着厚黄呢的军装；脚上黑亮的皮靴，在马路上横冲直闯，神气却是十足呢！”刘斌说。

“管他多神气，他总也是个血肉作成的人，枪子穿过他身上时，一样的要挂彩；而且战争要是为了正义，自然理直气壮，我们虽然样子太狼狈，可是我们的心，却是光明的，怕他们什么?”黄仁说。

在我们谈话的时候，第五营第六连连附秦国雄进来了，他是一个聪明而有谋略的人，他今年才廿岁已经作了连附，并且他还很喜欢文学，有时也学作一两首小诗。

他坐下来，一面吸烟一面说道：“日本人真荒唐，他说中国人的军队不值得一击的，他同英美人说，只要四小时内便可以解决驻扎在上海的十九路军，把上海占领了；这样的夸大狂，怎不令人可笑可气?!”

“当然若果拿沈阳的事情作前例，他也不算很梦想，不过他看错了全部的中国人了，中国的民族虽然是太爱和平，不想侵略别人，可是人家欺负到头上来，依然是会自卫的！……不知道我们的长官对于这事，有整个的计划没有?”我这样说。

“当然有计划，不过时机没到，我们无从知道罢了!”秦国雄说。

“那末让我们喝一杯，庆祝我中华民族最后的胜利!”刘斌不知从什么地方弄来一瓶白干；我们大家也都兴奋的举起杯子来，高叫着庆祝的口号。

这几天以来，我们大家都仿佛有所期待般的紧张着，我们忘了战争的可怕，我们的热血使全部的血管膨胀了，每人的心头都压着一盆盛旺的烈火，只要有机会，便要燃烧起来。

当我们每回换防回到后方的时候，总不免把我们所有的来福枪搬出来，擦拭得发亮。刘斌说：“有时我情不自禁的要和可爱的枪杆接吻，不久便可以把日本人所加在我国的压迫与耻辱，完全毁灭消除!”在他那缺乏严重性的面孔上，罩着一层诙谐的面网说出这话来时，我们自然要好笑；可是我相信这实在是真理，不被人侵略侮辱的人，他必要有自卫的实力，不然公理也只等于一块空招牌呢！……

今天又平安无事的过去了，我们除了堆沙包掘战壕以外没有什么新鲜的工作。

但是明天呢，太阳纵使还是像今天一样的明艳；而在明艳的波光下究竟有些什么现象，谁又能预先知道?!

三

今天听说市政府接到日方的哀的美敦书了，我们知道弄得不好，战争就在眼前。我们都极度紧张的期待着。晚饭吃过，但不见有什么动静，莫非已经和平解决了吗？刚才听谢英说日方所提的四条的道歉、惩凶、抚慰、下令封闭抗日团体的条件，市政府已经完全承认了，唉，我们禁不住要叹气！中国政府除了不抵抗以外，没有别的办法。他们只顾着作一天官，刮一天的地皮；全不管民众是怎样的愤怒。谢英把来福枪拚命擦得发亮，仿佛这样一来，多少淹了些悲愤。我们都无精打彩睡着，天色渐渐变成深黑了。淡淡的几棵［颗］星点，少光失色的睐睐大地；一切都埋葬在冷寂的沈闷中。

忽然传令兵传出集队的号令，我们就地跳了起来，背上枪弹在营前立定，只见我们的长官，命令道："即刻开拔到最前线去，日方海军陆战队已向我们攻击了。"

"好！开到前线去！"我们禁不住低低的欢呼了，好像我们这几天以来，满心所期待的事情，就是上前线杀敌。

我们上了卡车，不到十分钟，已开到了目的地。那时日军分三路向我们攻来，一路由天通庵车站，向西北猛进；一路由哈桂路向横滨路谋取联络；一路由虬江路向广东街进犯。我们的一队就在虬江路口的阵线和日军厮杀。那时正是夜半，西北风虎虎的狂吼，一阵尖利的寒气，浸透我们的肌肤，但是我们的热血由心头直喷到全身；我们躲在沙包后面，静静的期待着。前面隆隆的声音，越发来得近了，庞大如怪兽的铁甲车，作了先锋队向我们的阵线冲来。

“手溜弹掷过去!”黄排长命令着。我们敏捷地把捏在手里的手溜弹上的保险栓抽了出来，对准那蠕蠕而前的铁甲车，用力地掷了过去。一阵浓烟起处，响声如雷的轰着，而前锋队的铁甲车翻倒了；我们就势如潮涌地冲了过去，那些本来躲在铁甲车旁的敌兵，有几个跑得慢，都被我们那锋利的尖刀刺死了。

当我们回到原来的阵线时，隐约听见路旁茅草屋里，小孩惨哭和男女谈话的声音：

“已经打到我们门口了，怎么还不逃?”一个女人呜咽着说。

“唉，那也没办法！我怎么不想逃，可是你看妈这么大年纪了，并且又正病着，怎么逃得动!”一个男人叹息着说。

“我个人到不要紧，这些孩子怎么办？并且我肚子里还有一个，不然你先把孩子们送走，回头再来接妈？……”女人又说了。

“我们都走，只剩下妈，就不让炮火打死，吓也吓死了，你要逃你带着孩子走吧，我无论如何，总得守着妈!”这是那男子的声音。

“你叫我一个女人又怀着孕，带着四个孩子怎么走，昨天听人说日本兵把我们邻居张大的儿媳用刺刀刺了几个大窟窿，我怎样敢一个人走?”女人更哭的伤心了。

“那也是命运，你想我们本来是穷苦的人家，平常没事，都有点扎挣不起，现在兵荒马乱，只有等着死吧！……”男子也有些呜咽了。

孩子哭得更凄厉了，使我不能不伸进头去看一看。只见那个男人正把两个六七岁的孩子，捆在两张竹椅子上，孩子拚命的想爬下椅子来，哭着叫着，而那个男人和女人，也是泪流满面。男人一面拭泪，一面说道：“孩子！我们对不住你们，养你们不活，你们只好碰运气去吧!”男子说着将一张写着字的纸，放在孩子的胸前，那上面写着：

“落难人无力养活儿女，如有仁人君子抱去养大，实在功德无量!”

孩子仍然拚命的哭着，睡在板床上的老病妇，浑身抖抖的抖着；那中年妇人，呜咽的哭着。呀，这真太惨了！我没办法，也就不愿进去惊扰他们。连忙掉转头赶上前面的队伍，回到战壕去。

谢英回头对我道：“你听见那些逃难人的哭声吗?”

“怎么不听见？我还看见那些欲逃不能，坐着等死的人们的惨象呢!”我叹息的说。

“你怎么看见的?”谢英问。

当我把适才那一段事实描述之后，每个人脸上都满布了悲愤的色彩，眼睛红得像是冒了火。

“我们怎能不拚命和这惨无人道的东洋鬼子干一干?”黄排长愤慨的说：“他不顾世界公理，也不尊重人类的和平，来侵略我们中国；我们为了公理，为了民族的生存，为了拥护人类的和平，也得同这残暴的人群干一干，……我们官长的话是不错的。”

悲愤的火，燃烧了我们的全身心；这时虽然都睡在战壕里，然而谁也合不拢眼，也忘了什么叫疲倦，只紧张的期待着。

远远听到卡车的声音。我连忙把头露出墅［堑］壕察看，原来是援军到了。铁道炮队也参加作战，刘斌也来了，这使我们太高兴了。

“好的，你们已经打了一个胜仗！”刘斌跳进来说。

“不瞒你说，他们只是一群中看不中吃的家伙！”谢英说。

刘斌送给我们一包香烟，我们每人吸了一枝，烟缕在空中纠结着。这时四周依然没有什么声息，夜光表正指在三点半；突然间，嗒嗒嗒的机关枪声又在发作了。同时天空发现轧轧的飞机声，我们都站了起来，各据一个壕眼，准备着。远远的大队敌人又跟着庞大的铁甲车向我们的阵线攻来。我们放了几枪后，谢英如疯魔般的一窜，两个手溜弹同时掷了出去，轰的一声铁甲车的轮子碎了。不知什么魔力推动我们，“杀！冲上前去！”两方的距离更近，我们用不着放枪，只用枪上的刺刀，向前冲去。一声“杀呀！”敌人手足失措的向后转，而我们早已赶上。谢英的刺刀，早戳穿一个敌人的胸膛，我却活捉了一个。我们一直追到敌人的阵线，后面补充的一队，也已赶上来。于是一群敌人如被狂风拔起的朽树般，晃了两晃，便都躺在地下了，其中有一个，如受伤的狮子般，咆哮的喘着、叫着，这使我性起。当心头又给了他一刀，这才算安静了。

这一次我们得了不少的子弹和步枪。一个年轻身材玲珑的兵士，他抢了几顶铜盔，他一面走一面笑嘻嘻的道："这东西倒好带回家去当锅子用，管保结实耐久!"惹得我们也都哈哈笑了。

这一战真战得起劲，我们的阵线右面，进展到横滨路，左面向天通庵路，其侧面的右翼却向河南路方面进攻。前线进到海宁路以南老靶子路以北。敌人这时候只好厚着脸皮，仓遑失色的逃到租界里去，忙得头上亮铮铮的铜盔也丢了，肩章也掉了，枪也没有了，早把那中看不中吃的"帝国军人"的威仪丧失尽了。我们却越杀越有精神，我们并不是活得不耐烦，自己想送死，但是我们是被侵略的弱小民族呀！我们除了用我们的铁血赤诚来拯救这民族的危难外，我们更知道些什么呢?

可是我们的官长下令了，"我们为了人类的信义，和维持世界的和平，我们只可敌来抵抗，不要攻到租界里去!"这时我们虽然满心怀疑，日本人为什么可以拿租界作根据地攻击我们，而我们就要受信义的束缚，不能打进租界，把敌人全体赶到军舰上去呢！呵，这个不公平的道理，只有上帝能裁判吧！

我们在中午时候，被调到后方去休息，几辆卡车装着我们同志，在高低不平的马路上驰着。太阳依然放着美丽的光辉，照耀着大地，但是那些僵硬的肢体，和凝冻着的赤血，使我们发见了人类的丑恶，这种丑恶就是大自然的美丽也掩饰不住呢！路旁小河的细流，潺溅的唱着，但和着呜呜的风声，使我回忆到在茅屋里悲泣的男人女人，和垂危的老病妇，无知的将要被父母抛弃的儿女。唉，人类为什么一定要有战争！一个人的生命已经太短促了，而我们还只是廿多岁的青年呢，我们爱好生命，我们要尝人生的趣味，但是昨夜僵仆在战场上的弟兄们，甚而就是敌人，他们都是爱好生命，也都想尝味人生的呀；但是我想起敌人无缘无故的侵占了我们的东三省，杀害了我们无辜的人民，焚烧我们工人血汗造成的建筑物；这还不够，扰乱青岛，利用便衣队，扰害天津，最后又跑到上海来作怪，他们逼着我们走进战争的漩涡；我们纵使极点的忍耐，但我们的命脉还是抓在他们手里，任他们宰割，我们又怎能爱好生命；又怎能尝味人生呢?！现在我们是预备牺牲了，我们个人纵不能爱好生命，尝味人生，但我们的民族，我们的子孙，为了我们的奋斗，他们才有生路。唉！这又是多大的力量，推着我们上前线！战争之神，虽是露着可怕的狞笑，然而我们却不能不在那可怕的狞笑里找出路！……

在卡车上我只是想着这许多问题，不知不觉已到了后方。刘斌、张权也都来了。我们的身心，暂时都解放。昨夜一夜的厮杀，直到这时，才感觉到疲倦。大家放下了子弹袋、来福枪一类的东西，伸直了腿，舒舒服服的睡下。

张权从外面走来道，“快些出去，许多热血的市民，拿着食品来慰劳我们了。”我们果然都出去，按次序站着。有几个绅士模样的男人，还有女学生式的小姐。那几个绅士，对我们的长官询问前线战争的经过。后来又对我们说：

“诸位同志都辛苦了，我们市民们虽不能直接上前线杀敌，但愿作诸同志的后盾。希望诸同志抵抗到底，现在我们带来了各民众团体赠送诸同志的一些物品，略表我们的感谢与致敬的意思。”

官长令我们立正向他们致谢。跟着那几位女士，便把东西一份一份的递给我们。我们接了东西，仍旧散队，回到我们营棚里。我把我的一份东西打开一看：原来有面包，有饼干，有牛肉干，有糖，我们铺在地上，一面吃一面说笑。不一时把所有的东西，都装到胃袋里去了。刘斌站起来道：“了不得，适才因为饿得很，把裤带收得紧紧的，这一下子吃得太饱了，竟把肚子的四围摞了一道印!”他一面说，一面松裤带，并且抚摸着肚子只管挣，使人不禁哈哈大笑。

我的上下眼皮，只管往一齐合来。不久我就不听见他们在说什么了。——这一觉睡得真痛快，醒来时已经六点了。一翻身看见枕头旁边放着一封信，正是母亲从家里寄来的。我连忙拆开看，她说：

“宣儿：

前一个星期，接到你要请假回来结婚的信，我很快乐。一切的东西，我都同你姑母替你们备办得差不多了。至于款子呢，我几年来织布得来的已存了二百块钱。其余还卖了一口猪，拼拼凑凑，想来也差不多了。好在你的姑母也很体谅我们，聘礼不必多，送去四五十元也就行了。此外你自然应当制一套装新的衣服，房里也应买一些用具。再加着办喜事那天酒宴和其他费用，我想二百五十元总差不多了。你的表妹人很勤俭，样子也出落得很好，想来你一定很高兴的，望你能在年底回来，办完这件事，我也就安心了。

母氏白”

结婚、杀敌这两个念头，现在把我的心分占了。我未婚妻无暇的影子，明显在我的心幕上映射着。母亲五十一岁了；她希望我结婚，安慰她老年的寂寞；而我呢，有时也感到生活的孤寂，结婚当然对我也不坏。……

远远的炮声又在轰击了，敌人残忍的脸子，使我什么都忘了；我把母亲的信，放在贴肉的小衣袋里，集队的号令已经下来了。今夜我们仍要到前线去守阵地。我们到了前线，但并不曾有剧烈的战事，只偶尔听见一两声散碎步枪射击，但是吴淞方面的炮声很繁密，这使我们担心，敌兵虽然中看不中吃，但他们的军火又多又锋利。我们只靠着步枪和一些小钢炮，和他们拚，真太容易送命了。幸而敌兵的炮，是闭着眼睛放的，他们躲在炮后身，无目的的放了一炮又一炮，只是白费值钱的炮弹，结果使他们国内多添几千失业的人民罢了。

吴淞方面有战报来了，据说今天到一两点钟的时候，停在吴淞口的日舰，都驰到口外，把炮口直向吴淞炮台猛烈的轰击。……同时在吴淞附近的浦口岸边，张华浜方面，有大批的日军登陆，打算在炮火的掩蔽下，夺取炮台。于是我们方面也还敬了几炮，敌人不能支持，只管往后退。那时敌人见陆上没办法，便架起飞机飞旋至炮台方面，拚命的向下面掷炸弹，但弹落在浦边的沙泥里，失了爆炸的作用。同时我们方面的炮台的炮口，转向了天空，那凶残的铁鸟不敢再下蛋了！忙忙的飞跑了。

自开战到现在，整整廿小时了，盐泽那小子曾说，四小时内便把我们的军队解决了；现在呢？谢英道：“盐泽平日高昂着骄蹇的头，应藏到裤裆里去。”我们不禁露出愤慨的苦笑。

四

今天前线太沉寂了，我们躲在战壕里听留声机，刘斌找了一张梅兰芳《天女散花》的唱片，开了唱机他也跟着装起女人的小喉咙来。他本来很胖的身体，罩在灰军衣下面，太臃肿得可观；可是他还要左一扭右一歪的学着天女的散花舞。这真使我们笑得在战壕里打滚。张权笑嘻嘻拿了一大包吃的东西进来；我们一拥而前把他围住，像一群猴子般，手敏脚快的各人抢了一份。不知那里来这许多好东西，牛肉红烧鸡，冠生园的饼干，白金龙的香烟，还有什锦糖；我们一面吃着，一面听大戏，简直忘了我们还在战壕里；东西不久都吃光了，就是烟也一枝都不剩。刘斌这时不装天女散花舞了。他抓住张权道：

“喂，你那里拿的那些东西？再来一听牛肉，够多好！”他这话使我们也想到追问这些东西的来历了。张权说：“这是冠生园老板送给我们吃的，仅罐头已堆成一座小山了；还有其他民众团体，送来了许多草鞋、衬衣、热水瓶一类的东西，我们每人都可分得一份呢！”

“民众对我们太好了！”谢英叹息着说。

“所以我们这次打的仗，是为民众而战，真是军长所说，这是我们军人表现我们的卫国精神的好机会了！”我说。

一阵刷刷的雨声，打断了我们的谈话，雨水沿着壕边流下来，颜色是水红的。同时有一股血腥气味，冲到我们鼻子里来。

我们不知不觉都沉默着，自然这血腥的气味和这血水，都使我们意识到在战场上许多被炮火毁伤的同伴。

刘斌和张权冒着雨出去了。谢英躲在角落里打瞌睡。凄冷的西北风，夹着雨丝，一阵阵的打进来，我们的鼻子都冻得像一颗红枣。我把军用毡向身上裹住，前线一切都十分沉寂。

黄排长同刘斌、张权拿着一大包东西回来了。

“好，今天我们可以痛快的醉一醉。”黄排长说。

刘斌把捧着的一大堆酒瓶放下，这些酒瓶具有绝大的魔力，使我们都兴奋起来。我们每人都有一瓶，顾不得好好把瓶塞去掉，只把枪干敲碎了瓶口，对着嘴如鲸鱼吞海浪般的团团的咽下去。

“今天英美领事出来调停议和，……看来是白费唇舌，东洋鬼子，要是就这样撒手，……那算他聪明！……”黄排长说。

“据说他们是为了救兵没到，军事上还不曾布置好，所以来这么一个缓兵之计。”张权说。

“东洋鬼出名的狡狯，这次的议和，当然只是个鬼计。”我说。

“不管他葫芦里卖的是什么药，总之我们是为了自卫而战，他们能一旦觉悟侵略别人的罪恶而停止战争，那是人类的福气。不然的话，他来一个，我们杀一个，只要我们中国人没有死完，我们总不能让正义与人道被强权所蹂躏。”黄排长说。

“我们要拥护正义，抵抗到底！”我们大家不约而同的高叫着这口号——这是我们的长官所深刻于我们每个人脑子里的思想。

黄色制服的战地服务团，在下午的时候，送来了一大包绒线织成的围巾与小背心。我们每人分得一件。最使我兴奋的是每件毛织物上面都系着一首小诗；我得的一条的围巾上题着这样几句：——

“风雪入新春，干戈起沪滨，心长嫌线短，聊慰出征人。”

谢英的一件小背心上题的是：——

“织此织物，聊表寸衷，慰我将士，暖我兵戎，守土尽责，为国效忠，歼厥丑类，克奏奇功。”

刘斌分得一条围巾，他也正拿着题诗在念道：——

“一针一线密加工，送至军前慰有功，勿忘御寒并御侮，闺闱救国与人同。”

黄排长和张权的围巾上也各有一诗：——

“秦大触天河，伤心奈若何，欢腾男壮士，累唱凯旋歌。”

“士庶庆弹冠，倭奴胆尽寒。只因雪国耻，真个斩楼阑［兰］。”

我们把围巾围在冷风正侵袭的颈子上，谢英笑道：“让我把背心也穿上，不知道织这个背心，和作这首诗的是那一位女士，假使我能见到她，我就发誓为她拚了命吧！”

“那你又算什么呢?”刘斌突然的接上这一句，把我们都惹笑了。

集合的信号响了，我们都聚集听令。我和谢英被派到宝山路，刘斌仍回到炮队上去，张权、黄仁到虬江路口，八点钟时我们便动身了。

晚上雨虽停了，但风还很大，我同谢英在冷寂荒凉的宝山路的沙叠［垒］后面静静的守着。敌人没有影踪，只远远的听到一两声步枪的声音，不知道又是那个老百姓遭了殃。

天快亮的时候，另外一队人来接防，我们便回到后方休息。中午我仍同谢英到宝山路的一所高楼上面的沙叠［垒］背后守着，今天前线仍然不曾开火。在西横浜桥那面有几个敌兵，正在桥上坐着晒太阳。远远的一群，约有七八个逃难的人走过桥来，他们仓仓遑遑的只顾向前奔；不提防砰的一枪，一个五十多岁的老人倒下去了；眼看又是砰砰的两声，一个女人同一个十四五岁的男孩子也倒下去。这一群人只有一个中年妇人和手里抱着的小孩子，还有一个十七八岁的女孩子，不曾倒下；那敌兵不知转到什么念头，不开枪了，如一群猛兽般的冲上去；女人和孩子们吓得伏在尸上，而敌兵中的一个先把那女子从死尸上拖了起来，满脸露出丑恶的笑，伸手向女孩身上乱摸；女孩嘶声的哭叫着，同时那妇人也被另一个敌兵搂在怀里。我低声叫谢英来看，我们的脸色变成铁青，心头的怒火郁塞着。于是我们没地方去找出道，除了借重我们手里的枪弹。我们先对准两个，砰的一声，果然倒了，其余的两个，知道有人在暗算，连忙放下那女孩子和女人，四望探寻。我们跟着又给了他们两枪，这两个家伙也到地狱里寻快乐去了。

那妇人见敌兵都倒着不动，连忙抱起孩子，同那个女孩子一同逃过了桥，脸色白得如同坟墓里掘出来的死尸。

“可怜这些老百姓，他们并不曾惹到谁，结果一样的吃枪子。”谢英悲叹的说。

“吃枪子还算是幸运呢！”我说，“昨天听说有三个女学生，经过六三花园。被一群日本兵围住，把她们横拖直拉的，拉进六三花园的草坪上。几个发了色情狂的东洋鬼子，把她们身上的衣服，用刺刀都戳破，一片片的撕了下来。赤裸裸的捺倒草坪上，三个一队的轮流着，把那三个女学生强奸了。最后当场奸死了两个，其余的一个，也只剩了奄奄一息。后来这消息被第一营的弟兄们知道，悄悄的把这一群兽兵包围住，用刺刀全部解决了，才救出那一个已经昏厥了的女学生……你想这不死的更惨吗?”

谢英两眼充满了愤怒的火，紧握着枪杆狂叫道：“混蛋！那一天等我们打到东京时，也一样的报复他才能淹这心头的恶气呢!”

冤冤相报，这世界将没有一天安静了！……但是所谓文明的人类，文明的程度只到这地步呀！我想到这里也不能责难谢英了。

闸北这三天以来，没有战事。我们的工作，是掘散兵壕，装铁丝网。今天接到吴淞方面的战报说：“在十点钟左右日方开来了四艘战舰，泊在吴淞口外，三夹水海面，敌兵先乱烘烘的吹了一阵警笛。跟着拚命挥动他们那面太阳旗，同时就用大炮向我们吴淞要塞轰击，并且有十多架的飞机，如饿老鹰般，在天空张牙舞爪的盘旋。接连不断的抛下自四十磅到一百一十磅重量的炸弹。一个黑点接近地面时，轰的一声，黑烟滚起，地上的土块都跳了起来。我方守炮台的司令官，虽然知道这时还在停战期内，不应当有什么战争的事情；但是敌兵既然破坏约束，我们就不能不抵抗了。司令官奋勇的跑到前线指挥，兵士们也都抱了死的决心，一面开枪射击敌人停在吴淞口的敌舰；一面用高射炮射击那高飞天空的敌机。这样混战了两点多钟，把敌军第二十二号驱逐兵舰击沈了，又击伤敌兵的洋舰两艘，敌人才不敢急战，忙忙的逃出阵地。……”

这个消息使我们都不禁欢呼中华民国万岁。

明天停战的时期就满了，日方所希望的救兵，听说已大队的在汇山码头登岸。这使我们都气愤得狂叫起来，假使汇山码头不是租界的话，我们为什么让他们这群恶兽从从容容的上岸来杀戳我们的民众，来搅乱了我们的和平呢？

刘斌的话真不错，“我们只要有一连人，埋伏在海岸边等他们上岸时，用机关枪一阵扫射，便把他们都请到龙王宫去吃大菜了！”可是现在只为了维持片面的国际公法的尊严，使我们的繁华市场，变成邱墟，正富有生机的青年，都死于炮火枪弹中。……这也正如人生的谜，叫人猜不透的公理呵！

“明天”——他们的脑子只要转念到明天，无论什么东西都失了宁静。谁都晓得，明天必有一番猛烈的战争，假使这时地球能和月亮碰上一下，我也不反对的。呀！因为这样一来，大家都去受最后的裁判，还可以免掉那些死了丈夫的妻子，失却爱子的母亲，望着广茫的人间，流那无穷的伤心之泪。

战事突然又起来了。下午三点钟的时候，我们又奉命到了前线。在青云路，虬江路方面，和敌人接触了。大炮和机关枪声，错杂的响着，觉得天地都在震撼了。炮火把太阳都吓得躲到云层后面去了。我们伏在散兵壕的沙叠［垒］后面，在那炮火焰中，我们紧紧闭住嘴，脸色发白；但是我们还不曾忘记瞄准放枪。炮火继续的响着，最后敌人如溃了限的潮水般冲过来。但是他们冲锋的姿势很特别，整整齐齐的排成一长列，按着拍子举枪迈步。谢英说：“你看他们不是在打仗，是在练习体操呢！”

“杀！冲上前去!”连长的号令下来了。我们如疯了的野兽般蹿出战壕，捉住按好刺刀的长枪直冲过去。就在半路厮杀起来。敌兵渐渐招架不住，由邢家木桥退入北四川路。我们奋勇的杀上前去，敌人再向狄司威路退却，“好！又到了租界地了!”我们只好罢手，沿道只见穿着煌煌陆战队的制服的死尸，满布了广阔的马路。

这一战，我们的损失少得使人惊奇。同时我们又得了许多的子弹枪枝。听张权说，今天我们的飞机也到了两队，在沪西和日机打了一仗，被我们击落了一架在真茹车站南首的空地上，落下来的时候，已经焚烧得只剩了架子了。里面的三个日本机师，都变成污黑的焦炭了。机头上标着“三积航空机，株式会社修理，昭和六年七月十八日”一行字。

附近的乡民都围拢来看热闹。他们并抢了些钢条和飞机上不曾焚毁的零件，拿回去作纪念品。我们都高兴得忘了疲倦，在战壕唱起国歌来。

五

日本的新司令野村来了，并带来大队的援兵。这一着早在我们意料之中。在停战的几天里，我们能想像到敌方是怎样的忙于派兵遣将。现在既已经布置就绪，跟着来的当然是一场猛烈的战争。我的心不能说不紧张，可是我同时也希望他们就来，张权、谢英、刘斌、黄仁也都奋起了精神，严阵相待。

敌人发动了，果然这一次的来势特别凶猛，小钢炮不断的狂吼。简直每一分钟就来一下。

我们分散在散兵壕的沙叠［垒］后面，背上都拴着树木枝叶的隐蔽物，我们一排伏在那里，远处看来只是一列随风摇曳的松柏树。

敌兵由天通庵车站，用铁甲车、坦克车掩护步兵向我们阵地进攻了。同时野炮，臼炮，平射炮，也都向我们的阵地瞄准；用开花弹施行破坏。在一阵烟焰弥漫的当中，敌人前进的部队，已蠕蠕向我们扑来。而且他们的铁甲车上的机关枪的繁密紧凑，使我们几乎抬不起头来。但是我们老早将手溜弹五六个，拴在一块，把保险拴抽去，并用一条长长的铁丝系住，一条铁丝系上许多炸弹，两旁安置上哨兵。敌人渐渐来得近了，我们把铁丝一松；一阵拍拍轰轰的声音，早见敌人的铁甲车四分五裂的倒在地上。那些敌人不敢向我们正眼看一看，没命的向后转，溜之大吉。有两个被打伤的敌兵，伏在地上；如受伤的狐狸般凄切的嚎哭。……说不定他们也正有着满腔说不出的伤心事呢！我转念到这里忽然想起前天刘斌所告诉我的一段消息了。那就是日本和我们开战以后，便竭力的在国内宣传打了大胜仗，并且已经得了上海。因此骗了不少骄气塞胸的青年兵士，到上海来送死！……并且有几个兵士上岸时，听见轰轰隆隆的炮声，看见一卡车一卡车日本兵士的死尸。他们的腿软了，骄气都从七窍里淹尽了；暗暗的懊悔“上了当”。安知这两个在地上嚎哭的敌兵，不也是后悔“上了当”吗？唉，为军阀作走狗的战士，的确是“上了当”呢！

前线的炮火暂时平息了。大约是敌兵经了这次败仗，又等着生力军的增援。好在我们完全是被动的，他们不来，我们就乐得在战壕里听听留声机，吸吸香烟；他们要是来呢，我们也不客气的仍请他们回去。

“呀！好大的火哟！……唉，商务书馆遭了殃！”一个瘦个子的广东兵，跑进来说。我们果然都跑到战壕外面去看。只见北面的天空映照得血般的红，隐隐听得见轰隆，毕剥的燃烧和毁灭的呻吟，一阵浓重的烟雾，顺着风势向上直冒。一条条如魔鬼吞噬后，尚带着血汁的巨舌般的火苗，冲上烟雾，一闪一闪的盘旋着。无量数文人呕血绞脑所写成的作品，现在都像被秋风所摧残的蝴蝶般，漫无目标在空中作最后的挣扎。有几页残稿，被风卷到战壕近边来。我们跑出检［捡］起来，只见一张烧残的纸页上，还标着最新生物学教科书的字样。

“唉，打仗就是一个大毁灭，为什么一些哑吧的书籍，也会遭这样的大劫！”我们的连长愤慨的说。

“书籍固然是哑吧，可是他维系着我们全民族的生命呢。当初日本人灭了朝鲜，第一禁止朝鲜人读他本国的文字。这正是日本人斩草除根的辣毒手段，现在想依样的加在我们身上。他的野心我们很可以明白了。”黄排长说。

“那么他们不是违犯了战时公法吗？”我说。

“日本人现在是天之骄子，他早看透了世界的大势，欧美各国都因了经济的压迫，处在不景气中。谁有充分的力量来对付他？同时我们中国，又是内有天灾、土匪之乱，当然他可以什么都不顾忌的干一下了。”黄排长说。

北望东方图书馆也燃烧起来了。同时看见敌方的飞机向上一起飞向西方去了。不用说它是向着东方图书馆抛下燃烧弹；不然火怎么起得那么猛烈呢？这时我们的心里也响应着那猛烈的火焰而郁结着。天上虽然不住吹着寒冷的西北风，而我们的热血在每根血管里沸腾着。

下午我们奉令调到八字桥去。听说敌兵乘我们那里兵力薄弱，他们要用全力攻击。当我们到了那边阵线上时，天色已在九点钟左右，我们的长官在一座高坡上，架起望远镜视察敌方的阵线后，便下令叫我们准备。

大炮来警告我们了，我们都聚精会神的等候着。一列坦克车，由大炮掩护着，向我们的阵地猛冲过来，这一路的敌人大约有二千多人。只见他们尾随着坦克车，如蜂群般接连而来。我们静悄悄都躲在壕眼的沙叠［垒］后面，用手机关向他们射击。同时手榴弹也是接连不断的向敌阵勇猛掷去。这样拍拍轰轰的交战着，忽然敌方的坦克车两辆，被我们的手榴弹炸毁了，不能再向前进。这时我们的长官一声号令叫道："杀，杀，冲上前去!"我们都忘却人世间的一切，只有单纯的一念"杀!""冲上前去!"而这次的敌兵，好像是受了严重的号令，前一排倒下了，后面又接上一排。这一来我们也更加兴奋了；简直忘了我们还是一群高出万物的人类！我们回到原始的时代了，什么都不使我们生怜悯和同情的心。我们和敌人越逼越近，于是双方的机关枪、迫击炮，都失了效用。敌兵向前扑一阵，又向后退一阵。我们冲进敌兵的阵中，左一刀右一刀，杀得敌人东倒一个，西横一个。血花四面飞溅起来，好像春风过处，下了一阵杏花雨般。肢体、肉片、血液，渲染了漫漫黄沙的大地。敌人不敢再顽强了，掉转头去情愿用背脊挨枪弹，直向虹口公园方面败退。我们当然只有追上去，在靶子场又和敌兵肉搏了一阵。但他们脸上都没了人色；眼光只向后张望，得些机会便向后退。

这时我们的前锋队，已到狄司威路，后方的部队也能呼应而进。因此我们的最前线，不久就进展到岳州路，向虹镇一带进趋。敌兵只有拚命的逃窜。虹口一带的居民，老的少的男的女的，都结队成群向租界上的铁门冲，但铁门是悍然冷然的看着这些找不到归宿的人们狞笑。而铁门这一面呢，车马如游龙般的飞驰着，除了一些好奇的人群排列在马路两旁，有些乱烘烘的样子，其余似乎很平静。不过在那些民众的脸上，有时也看得出一股从心底冒出来的愤慨情流，在眉梢眼角议论着。唉，他们是才从梦里醒来。——被敌人炮火轰醒的吧！

今晚我们很平静的睡了一夜，天亮时调来了一批大刀队。他们的服装很奇异，每人手里拿着亮晃晃的大刀，挺着高隆的胸脯，身上只穿一件护心褂，有的手臂上及前后胸，都刺了大朵的花。那种纠纠的样子，使人不期然回忆到古时的侠客英雄一类的人物来。这一群人，不但样子奇异，他们还有着大无畏不怕死的精神。他们都是要以铁血赤心，换取民族的自由的。

敌军在上午十点多钟时，又向八字桥我们的阵地进攻了。他们有的是锋利的军器，多量的子弹，所以每逢进攻之前，总要随随便便的放上一大堆炮弹，那轰隆的声音，自然有些震耳朵。不过这几天简直听惯了，偶尔不听见时，反觉得前线太沉闷了。所遭殃的是那些无辜的老百姓，八字桥附近的民屋，被炮弹打穿成为黄蜂巢穴般的洞孔。一群没有家的难民，有的露宿在坟堆后面，有的逃到乡村去。他们不明白究竟犯了什么罪过？竟被命运之神这样残忍的摆布着。

敌兵的机关枪繁密的射着。我们只用极稀疏的枪声回答他们。一面遣那一批大刀队由小路抄出敌阵的背后，他们静悄悄的蛇行而前。敌人却只顾放枪，放得忘了一切。正在这时，忽然如霹雳一声“杀！杀！杀！”跟着一颗颗的人头，骨碌碌的滚到地上去。敌兵目瞪口呆，各人只顾摸着脖颈，仿佛作了一个恶梦般，失神落魄的逃走了。而我们的大刀队，完全没有损失，回到战壕时，他们从容的把刀细细的擦亮。他们的队长，是一个满脸长着绕腮胡须的人，个子高得像个门神，两臂的筋肉，一股一股的高隆着。前胸用刀刺了一条姿势矫健的飞龙。我看了他，不禁联想到《太平广记》里面所写的虬髯客来。并且他是那样能吃，十个馒头，一大碗青菜煮豆腐；还有两听红烧牛肉，他一顿都吃净光。

今夜我们都有些疲倦了。敌人受了这次的大创伤，也没有再来进攻。我们都困乏的睡下，连吃东西的劲都暂时失却了。过了几个钟头以后，我们才把民众所送来的罐头牛肉、什锦菜等来吃。因为我们连日都没有吃过一顿饭，这使我们生长在南方的人，都觉得有要吃一顿白米饭的愿望。我们把伙夫找了来，让他替我们烧了一大锅的白米饭。下着牛肉咸菜饱吃了一顿。现在我们舒服了。把我们被炮火轰得忘却的一切，又慢慢的回到脑子里来，我不知为什么，我忽然极强烈的想到我的家乡！我的老母，还有我的未婚妻。我独自躲在战壕的一个角落里，向那漫漫长夜的天空觑视着，我看见了一幅我家乡的图画。

可爱的碧绿的田野。稻子已插了秧，温和而夹有野花香的春风，轻轻吹拂着齐斩的稻秧。田旁有一架水车，一个十八九岁的女郎正踏着水车辘辘的转动。小河里的清流，沿着水车的轮子，花花的流到稻田里去。那女孩是怎样的强健快乐的工作着？一双聪明无邪的眼波，不时向遥远的云天望着；一缕温柔的美意浮上她天真的嘴唇。她正梦想着那英勇的未婚夫吧！唉，我的心颤动了，我要想放下枪杆，在这深夜人静的时候，我逃出火线，回到甜蜜的家乡，我正年轻呢！……

轰的一声巨响，把我从幻想中惊醒了。我抬眼一看，炮火的闪光在遥远的敌方闪烁着。我提起我的来福枪预备着，但是声息又归寂静了。

将近清晨的时候，天色依然很是昏黑，天上云朵如厚絮般堆积着。雨和雪夹杂的落了下来。阴惨雨雪霏霏的天气。前线又是这样沉寂。只有零星的步枪声，在这沉寂的空气中震荡。我满心希望家里有信来，——尤其希望我的未婚妻，破格给我写封信。但这仅仅是梦想，一个纯朴的乡间女孩，怎么会给未婚夫写信呢？我不知不觉把袋里母亲写来的信再拿出来从新的看了又看。——你的表妹人很勤俭，样子也出落得很好，……呀，这真是可怕的诱惑哟，我不相信如我这样性情的人，竟有时能如猛兽般，见了敌人的血从他胸膛里冒出来，我会不动心，甚而还觉得痛快！人类真太复杂太神秘了，有时在他们的血管里，是充满着纯洁的鲜艳的血流。他们可以与神灵接近，但有时他们的血管里，的确是流着残暴的丑恶的血流。只有恶魔是朋友，无穷的人类，便在这极端的矛盾中受磨折。任凭你诗人怎样讴歌和平，假使不把根本的自私残暴的兽性消灭了，这世界将永成罪恶之渊——屠杀将没有完结的一天。——想到这里，我禁不住悲哀的侵袭，我抚摸着我的枪杆，眼里充塞着悲愤的眼泪，人类呀！为什么不能舍弃了侵略别人的自私的战争生活，而另找出路呢！全世界的弱小民族现在都是在巨大的压迫中呻吟着，使世界充满了悲惨的罪恶的叫喊，我们要使那些恶魔般的人们觉悟，我们除了给他一个迎头痛击，使他深深了解侵略别人的罪恶，这世界将永久沈沦在地狱的生活里呀。唉，为民族而战，是使世界走向和平的一条必经之路，不然那些被压迫着的呻吟，将使太阳失了颜色，大地变为愁惨的坟墓。——我的热血又在心头沸腾了，我要尽我的力量使侵略我的敌人受创，使敌人觉悟到他所造成的罪恶，我个人是多么渺小呀！

后方送来许多新鲜的面包和水果。我分了两个桔子，两个面包，还有几支香烟。我依然沉默的吃着，其余的人似乎很高兴，因为他们已从疲劳中恢复了。

沉闷的过了两天。敌兵的炮火重线，又转到八字桥来。这个消息传到我们耳朵里，人人又都兴奋起来；我呢，也似乎已冲破了沈默的悲哀，预备厮杀。但是我们只听见大炮轰隆的响个不休，而不见敌人来冲锋。到了下午炮火更猛烈了。每分钟约放二十炮，我们替他们算算，那一天至少发了一千多炮，隆隆的大〈炮〉声，把整个的上海都震动了。后来我们的炮队，也在活动了，炮弹在空中穿梭似的织着。有几炮从我们的头顶上飞过，一块炮弹碎摔破了我的头皮，谢英连忙用纱布替我绑好了。这时敌兵想在炮火的烟幕下，向我们袭击。但我们，不放松，炮火越加得猛烈，同时我们用机关枪射住了阵脚，使他们一步都难前进。而且预备冲锋的大刀队，闪闪的刀光，也使他们没有胆子再和我们肉搏。

但是他们的炮火，使得地穴都动摇了。我们的战壕，也被他们打毁了一个。幸好我们这时都躲在散兵壕里，没有受到什么损伤。只是炮火的烟焰，充塞着我们的鼻孔，嘴里又苦又涩的滋味。有几个兵禁不住吐了。

天亮时敌方的炮火稍微停止了一些时候。但到十点多钟时，敌方的炮弹更密集得像暴雨般，不过他们的目标不准，我们的堑壕都安全，炮火虽利害，而我们还是很镇静。

谢英说："我们静静听他们唱大鼓调（指大炮说），等他们的步队出发，向我们冲来时，才和他们弹琵琶耍子（指机关枪）。"

果然他们的"大鼓调"，唱了一天也不曾歇，我们的"琵琶"就没机会弹了。

敌兵又调来了一批生力军；今早天才有些放亮，他们的大炮又大响而特响起来。跟着他们的步队就在炮火的浓烟下冲了过来。我们有了"弹琵琶"的好机会了，拚命的向敌兵的最前步队放射；他们冲不过来，又被我们赶了回去。我们又回到我们的战壕里来。过了半点钟，敌人的炮弹又不断的飞过来，跟着又来了一大队生力军向前冲杀。但是我们这次懒得等他慢慢的来，我们抛了几个手榴弹以后，便奋勇的追上前去。大刀队也跟着追来，把敌人如切瓜般的切了一大堆。这一来他们只有拚命的跑，我们也紧跟着追。但是又为了租界地到了，我们只好仍回到原防。

敌人一共攻了四次，都不曾攻过来，大概是没有别的办法，只好又请出他们专一的法宝军器来了——钢炮、迫击炮、过山炮，一共总有一百门左右，全力向我阵地方面轰击，每一点钟放到三百四五十响，把地面轰成了许多深坑。那些残余的民屋，更来一度的轰毁，坟地上的白杨树，连根都被拔起了。同时在我们的头顶，又发现了轧轧的声音。吓！一大队的铁鸟在我们头顶盘旋；但我们都躲在隐蔽物的后面。他们尽管抛掷炸弹，但是只见民屋在炸弹的爆烈中，毕毕剥剥的烧了起来。我们只是静静的伏在壕里，不动声色。过了好久敌兵想是耐不住了，便用六辆铁甲车作先锋，向我们阵地攻过来；我们还是不客气的请他们吃手榴弹，炸毁了两辆铁甲车；趁势我们冲上前去。敌人还是怕死，又纷纷的退回去了。

这一仗打得我们都筋疲力尽了，但后方已调来一批生力军，于是我们便到后方休息去了。

六

现在我们这一队被调到吴淞，加入战斗了。我们开拔的时候，正是夜晚十二点钟，我们的大队在凄冷的北风里向前进行着，整齐而轻健的脚步声冲破了田野里夜的沉寂。天上的星点在深黑色的空际向我们闪眼。它也许正在赞美我们吧！这些勇敢不屈的年轻人，拚了他们的一切，来完成他们比个人生命更悠久的生存。可是同时我觉得它也在冷笑呢！愚钝的人群呵，除了屠杀毁灭以外，竟想不出更高明的办法！使群星所照临的宇宙，永久是缺陷的，罪恶的。

我们是平安的达到了，今夜此地没有战事。据黄仁说，敌人是最喜利用“拂晓战”。现在仅仅三点钟，至少要等一个多钟头才是动手的时候吧！

“老陈！日本人要在三小时内占据吴淞炮台呢！”谢英对我说。

“哦，他们到这样算定了，——可是他们除了尽量的唱大鼓以外，还有什么了不得的拿手?”我说。

“唱大鼓当然不出奇，只可惜我们的大鼓太少了。不然和他对唱到也不坏。……同时我们也缺乏铁鸟的助威，不然这些怕死的家伙，早就请他们回三岛去睡长觉了。”谢英说。

“没关系，仅靠兵器，是靠不住的。……他们的兵士，只要有一天想起他们为什么不好好在国内过着平安的生活，要劳师动众，跋涉海洋，跟到别人家里自找苦吃，……他们将要忘记拨动大炮的机纽了。因为他们也正年轻；他们应当享受人类应有的生活呵。……”我说。

“这话不错，师出无名——最后是必败的。”谢英说。

“所以打内战，谁都提不起精神来。这次我们仅仅三四万人，竟能和日本人十万雄师，拚了这么久。而且我们军器陈旧，而且缺乏。……这只是一股可贯天日的忠正之气的作用。……我们就是败了，我们所留给人类的，也是一朵芬芳的花，而不是罪恶。……这一点就是我们无往不利的军器。唱大鼓，弹琵琶，那只是枝节问题呢!”

我的这一段话，显然发生了效用。在战壕里的每个人，眼里都闪出一种无畏的坚强的正气的光波。

天色有些发亮了。我们都准备着，天空发现了铁鸟的飞翔。我们的高射炮队出动了。吴淞口外敌方的战舰上的大炮响了。炮弹真不少，如同夏天的暴雨般飞洒着。我们都伏在战壕里等。一阵炮火之后，果然不出我们的意料，敌人的铁甲车，坦克车，如巨蟒般的向我们阵线张牙舞爪的冲过来。可是他们的本领，是闭着眼睛放炮。说到冲锋，却不是那样服装整齐的少爷兵不

［所］能担任的了。

“杀呀！杀呀！冲锋！”一队的敌兵，在这耀武扬威的喊声中冲过来。可是他们的炮火，为了投鼠忌器，只得暂停。我们就在这时候，窜出了战壕。手榴弹先敬了他们的铁甲车和坦克车。前面两辆铁甲车吃得太饱，睡下了，不能动转。其余的自然也不能前进，那些尾随着车后的敌兵，看见自己挡箭牌失掉了，立刻手忙脚乱起来。而我们的刺刀不容他们喘息的刺了过去。大刀队的健儿，也补充上来，一个敌兵正落荒而走。只见刀光一闪，跑的敌兵已平均的分成了两半个。头的大半连着左边的肢体，倒在一个炮弹打穿的深坑里；其余的一半被踏成模糊的肉饼了。

还有一个敌兵的头，直滚到我的面前，眼睛还睁着，短短的仁丹胡子，似乎还在动呀！这简直比一场恶梦还可怕。我一跳跳开了；但一件软懦懦的东西，又绊着我的脚，低头一看，原来又是一个被戳死的敌兵的尸体。这时敌人已去远了。我们仍回到原防，在那一堆黄色厚呢制服的尸体中，有一件灰色的东西，还在转动，那是我们的兵士受了伤了。远远看见谢英从敌阵回来了。我便招手叫他把这个伤兵抬了回去。我们都不知道他的姓名，而他已经昏过去了。当我们抬近战壕时，他忽凄然的哼一声，便两眼神光散乱的死去了。我们在战壕旁边，挖了一个坑，把他掩埋了。这次我们的人伤了二十多个，都由红十字会送到后方医院去了。

我们都杀得又饿又倦。伙夫送来了饭菜。我们正吃着，轰轰的炮声，和塔塔塔的机关枪又作起怪来。我们只得放下饭碗，躲在散兵壕里，谢英嘴里还在嚼着一根香肠，一面搬动手机关枪。远远的敌人又如潮水般的冲了上来。我们的机关枪连，不动声色的准备着，看看敌人来的近了，立刻搬动机关枪，塔塔塔的声音，一阵紧似一阵。敌人像枯苇般，来一个倒一个。但是后面还是接连的冲上来。我们也就一涌而前的近上去。“杀！杀！杀！”的声音又响成一片。这次可来得凶猛。我们两边纠在一块，刺刀枪柄都失了效用。有一个敌兵扭住我滚来滚去，结果滚到一个坑里去。这家伙真够顽强，他竟想掐住我的咽喉，我用力一挣，就把他摔在下面。我就势骑在他的身上，咬紧牙根，用拳头在他心口头用力的捶。突然他喷出血来。我的手莫明其妙的软了，我看见他眼角有两颗晶莹的泪滴。唉，我不能再眼看着他咽气，连忙从坑里爬出来，我的神经错乱了。我踉踉跄跄的向前跑着，后来我跌到了。昏沉中，一个巨响把我震醒了，离我十步的前面，又显出一个大坑，硫磺气味使我仍然吐不出气来。头顶上轧轧的声音，越来越近了，我连忙躲在一堆黄色制服的死尸后面，砰的一声，一颗枯柳被炸弹打倒，燃烧起来了。这时天色慢慢的黑下来。但是我太疲倦了，而且口渴得几乎冒出烟来。远远的有一道白光，在惨淡的月影下闪着，这使我记起那边有一条小河来。我想到那边取点水喝，但是我的四肢像是失了韧性。我全身的骨节都松散了。我只得爬上前去，唉，满地躺着死尸，血腥一阵阵冲到鼻子里来。费了很久的时间，我才爬到河边。我用那满了血污和泥垢的手，掬了一些水，喝了下去。我的嘴唇舌头才恢复了知觉。我足足的又喝了有一大盆的水，我神志才清楚了。我抬起身子看看，这里离我们的战壕，大约有一里路。我连爬带走的到了那里，“哝哟”一声，我又倒下了。这声音惊动了一个哨兵，他叫道：

“你是陈宣同志吗？……你受伤了吧？脸色怎么这样惨白得可怕，而且满身都是血迹？”

我只点了点头，他把我抱到战壕里，谢英连忙跳过来，把我的衣服解开，检查我身上的伤痕。除了手臂擦破了一块皮外，并没有发现其他的损伤。他又替我把脸上头上洗了一阵，一切都很安好。他才放了心说：“这到底是什么一回事？……”

这时黄排长给了我一些酒，我喝过之后，血脉渐渐活动起来了。我把杀敌的经过告诉了他们。

黄排长说：“你辛苦了，暂且到后方去休息些时罢！”

我应命回到后方。

我倒在营棚里睡去了。在梦中我看见那个眼角含泪的敌兵，他满脸都是血迹，一双睁得圆而且大的怪眼，向前面遥远的方向看着。他似乎告诉我他家里有年轻的妻，有幼稚的子女，而他自己也还年轻。……是的，是我亲手打死了他，我心头一阵酸梗便醒了。……这时刘斌、谢英也正换防回来。他们望着我叹了一口气道：

“我们的滕参谋长完了！”

“什么，你说的是那位贵州人的滕参谋长吗？”我问。

“正是他呀！”谢英慨然的说。

“昨天呀还看到他的。他同司令站在小山坡上察看阵地，怎么今天就完了！”

“炮火中的生命，是不能预算的呀！”刘斌愤恨的叫着。

“到底什么时候失的事呢？”我问。

“今天下午，敌人集全力向我们吴淞炮台猛攻。炮弹像夏天的冰雹般，打了下来。我们的炮台的三合土，都被他们打得粉碎，炮口也打毁了几尊。情势太紧张了。我们的滕参谋长，从战壕里跑了出来，上了炮台，指挥向敌人的军舰开炮。正在这时，敌人的炮弹飞了过来，打中他右臂，而滕参谋长仍然奋勇上前；跟着左胁又中了弹，就这样的殉了难!”谢英说。

“炮台究竟被敌人夺去不曾?”我问。

“炮台的东北角曾被敌人击开陷口，……幸好这时援兵已在第二道防线暗暗增防。这时敌兵有一千多名由北沙上陆，要想趁势夺取炮台。我们等敌人来切近时，一声号炮，战壕里的伏兵如深山猛虎般的窜了出来，使敌人出其不意的受了惊吓，勉强招架。被我们的大刀队和刺刀杀死了八百余人。今天大刀队杀得更起劲，他们连护心褂都脱了。身上只穿了一条短裤，脚上穿一双跑鞋，有的还赤着脚，手里拿着寒光灼灼的大刀，在凄冷的寒风中，和那些头戴钢盔，身穿铁甲的敌兵大战。他们奋勇无畏的精神，只吓得敌人堕入了神秘的深渊。虽然到处都不曾掩护的身体，是很容易中伤，而他们都不敢打；……这也真怪!”刘斌描述完，我们都高叫中华民国万岁！一片欢笑的声音，把营棚都震动了。

几个乡间的民众，抬了两头杀好的羊和两头猪，还有四坛绍兴酒，来找我们的长官。黄排长出去了，一个年纪最大的老农民，满脸诚恳的说：

“官长，我们镇上，全体民众感佩贵军队的卫国杀敌，使我们不至作亡国奴。连日多辛苦了！今天特送上一点礼物，慰劳贵军队，并表示我们的一点敬意!”

黄排长握住那老农人的手，慨然的说：“卫国是军人的天职，蒙父老兄弟们这样爱抚，更使我们惭愧了！但愿全体民众一致作我们的后盾，抵抗到底，最后的胜利必属于我们了。”

乡民去后，我们便把伙夫找来，先烧了两块羊肉，开了一坛绍兴酒，这样一来，我们似乎什么都忘了。我们尽量的吃喝，因为我们是一个兵。我们所最需要的就是吃得饱，休息得够。等到明天，我们又要到前线去。我们要从炮火底下找活命，那又是怎样的不可靠呢。像刘斌、谢英、黄仁、张权我们五个人，到现在还都活着，但是战事何时才能终了，最后究竟谁死谁活那个知道？唉，我们的生命真太短了！

今夜我得到很好的休息了。

天才黎明，我们又奉令到前线去。雨不住的落着，我们把背上的竹笠戴上，这种帽子可以挡雨，也可遮太阳，又比敌人的铜盆帽来得轻便，可是子弹来时，是太容易穿透的。

前线的炮火依然的猛烈，但是我们的战壕筑得很坚固。而且我们在战壕上面，除盖上很厚的铁板，同时又用浮土掩埋。土上又种了许多白菜，这样一来，敌人再也看不见我们所躲藏的地方。当他们的飞机来侦察的时候，只见吴淞几十里的地方，空空洞洞，一个中国兵也看不见。但是只要他们冲过来时，不知从什么地方立刻涌出二三千的人来。这真够敌人惊吓的。因此他们轻易不敢冲上来，只是没有焦点的把大炮乱放一阵罢了。现在他们仍然继续不断的放着炮，同时日舰二十艘总攻吴淞，烟焰迷漫天空，炮弹如飞蝗似的打来。我们只躲在战壕里，忽来一声巨响，落在我们的战壕左近，震得壕里的沙土纷纷的掉下来。我们只有吸着烟，忍耐的听着。炮台上面，我们的守兵也放了几十炮回敬他们。这样轰轰砰砰的，震得我们的耳朵嗡嗡的响起来。好容易炮声稀了，我们贴在地上的耳朵，已听见骨隆隆的铁甲车的声音了。我们连忙把机关枪的子弹装好，来福枪瞄准了，手溜弹也预备好。恶兽般的铁甲车近了。连长一声号令，我们就一齐动手，砰砰拍拍手溜弹又奏了奇功。铁甲车一部倒了。敌人和我们正在恶斗，但是被我们活捉了十五个，打死了二三十个，他们不能再顽抗了，便纷纷的败退。这时天空中又来了三队飞机，每队七只，如雁阵般，由白龙港飞来，在天空用炸弹向我们阵地袭击。我们的炮队立刻出动，向天空还击。飞机高高地飞起，忽然一阵暴风雨来了，天上的云层如墨，飞机在上面辨不出方向，不久就飞回去。

战争之神暂时安静了。

七

今天闸北没有战事，就连散碎的步枪声，也听不见了。原因是为了法国神父，同英国总领事，可怜那些困在火线里的无辜百姓，向两方军事当局，请求停战四小时，好让红十字会救他们出险。这一件事竟成了我们在后方谈论的中心了。

第一是刘斌对于日本人的残忍异常愤慨，他告诉我们以下许多的事实：

他的同乡左琳，家住在虹口喜兴桥附近。当战争发生后的第五天，他出来街上看看动静。忽然遇到几个日本兵，不问青红皂白，逮捕了他，送到东洋御是馆——就是日兵的司令部去。先把他的双手反缚，用皮鞭痛打了一顿；强迫他承认是便衣队，并且要供出我们的军情。左琳说："我只是一个商人，怎么晓得军队里的情形?”日本人问不出口供，于是又把他送到北四川路横浜桥东洋影戏馆去。唉！那地方简直是一座人间的活地狱。里面押着五百多个中国人。每天只给两顿饭吃，每一顿只给冷硬的小饭团一个，温茶一杯，在上午九点钟时吃一顿，下午三点又吃一顿。就是这样还算不错，至少还不至饿死吧！可是日本人残忍的兴致特别高。这些半饥饿着的人们，还怕他们的两个小饭团消化得太慢。于是把这一群人，排成一大队，叫他们学习东洋操、跳舞、比武等运动。比武的时候，先叫中国人和中国人角力，——换句话解释它，就是叫中国人自己互相捶打。这是多么使人含泪的滑稽戏呀！自己人打自己人，当然是手下容情。于是再换个花样，日本人和中国人角力，那就是日本人捶打中国人了。

至于跳舞呢，那更是魔鬼的胜利。把许多老的少的妇女，连在一起，叫她们绕着院子跑三圈，然后停下来。把年轻的，略有动人姿色的，全选了出来，叫她们把衣服都脱光，然后穿上绿色的、红色的运动衣，迫令她们在地上作狮子打滚。在打滚的时候，周围站了四个日本兵，那滚得面色发红的年轻的妇女们，时常被他们领到草棚后面去，在那里发出一阵阵羞耻的愤怒的压迫的惨呼。

其中有两个十八九岁的少女，日本兵命令她们脱了衣服，少女愤怒的瞪视着，不肯服从。一个日本兵走过来，狞笑的提住她，用刺刀将衣服刺破，雪白的乳峰现露了。不知是什么诱惑力，使得那日本兵的眼发红了。而少女用双手遮住胸口，这更把他潜藏着的兽的残忍激动了。刺刀亮铮铮的在少女胸前一闪，流血的手无力的垂了下来。跟着雪白的胸前的一对乳峰，也蠕蠕然的掉在尘土上。血涌了出来。少女昏蹶［厥］在地上了。其余的一个，不肯脱裤子，于是那长而锋利的刺刀，便从那女子的下体，刺了进去，一声尖利的号哭，震动所有的人心。——便是那蔚蓝的天色，也渐渐阴沉起来！

左琳呢，只有把悲愤的眼泪，向肚里咽下。在这种压迫之中，他能作什么呢？就连自己的生命，还不知怎样结果?！……

他后来被工部局方面营救出来了。当他到战地来看我的时候，他说愿意加入战争，他誓为世界上的一切弱小民族吐一口冤气！……

“他现在到前线来了吗?”谢英问。

“我介绍他加入学生军；现在正在后方受训练，将来当然也要上前线的。”刘斌说。

“唉，什么是战争？换句话说，就是一群恶魔替大自然作毁灭的工作罢了。生老病死这种的转变，在人类还嫌太慢；因此加上战争；不该死的青年，都很快的死去；不该毁灭的建筑，也都于瞬息之间变成灰烬。于是人类的海里，起了不平的浪涛，使和平的人类都被浪涛所惊扰。……”这是我解释战争的意义。

“那末我们这次为什么要打仗?”张权对我的解释，显然不赞同。他这样的问了。

“当然我们这次的打仗，是另有意义的。第一我们不是为政府打仗，这与平常的战争，自然有不同的意义。……我们是为我们自己的生存问题，而与敌人一个迎头痛击！”我说。

“那么敌人为什么要攻击我们?”谢英插进一句。

“敌人吗？除那几个军阀，执政者，要想由战争里巩固自己的地盘和权利外，其余的人那全是一群被骗的傻子。……这话也许你们不相信，但是我可举个例来证实！这次日本海军陆战队，为什么要同我们开仗，最大的原因是争他们的面子。你们当然记得，九一八，东三省被日本陆军不费力的得去了。这一来陆军省在国内出了大风头，——海军省未免比较减色。于是便下了侵略上海的决心，同时骗了无数的傻子来拼命。……唉，这简直是可怜的是滑稽的呵！”

“唉，民众对我们太热烈了！”黄排长从外面叫着进来。我们都把目光转向他的身上。只见他面色绯红，两眼充满着兴奋的光波。正在这时候，我们看见伙夫又搬来了一大堆的罐头，还有一卡车新鲜的面包，在日光下透出甜香的味儿来。

两个穿洋装的新闻记者，手里握着一个小小的记事本，他〈们〉对黄排长说：“现在我们带来了一个爱国舞女赵秀贞所捐募的五百元大洋——她是每夜过着失眠的生活，含着疲倦的笑容，向舞客们求得的一些舞资，然而她是全数的贡献给爱国爱民的英雄们。民族自卫自救的意识，已经惊醒了每一个睡着的人心。此外还有三位姓陈的小学生，他们把各人四个月以来的点心钱，储蓄了二十元寄给了他们所敬爱的十九路军。就是那些苦力工人，他们也不能反对良心的激动，把他们吃白米，穿粗布衣的钱，节省了三十块，送到后方办事处去了。……足见贵军队，这次的奋斗，实在是为了民众，为了正义呵！”

黄排长含着感动的笑容说道：“这次的战争，真苦了百姓，而他们还这样的爱护我们，使我们有卫国护民责任的军人，只有感激惭愧！同时我们也极痛心，……但愿人类能走向光明的途程，使正义公道之神，能在战神之下抬起头来。我们愿与全人类共同努力!”

黄排长的这一番话，显然的打动了新闻记者的心弦，他们把这些话都写在本子上告辞走了。

太阳的光线，忽然被一层浮云所遮蔽，北风阵阵的吹着。虽然正是午时，而我们依然有些感到寒冷。刘斌提议去弄几瓶酒来，我们当然赞同。我并且举荐了谢英去办。因为他是有名的会掉枪花，伙夫是最不敢得罪他的。

谢英走后，发现我的干粮袋里，还有半包烟，我分给刘斌、张权每人一枝。黄排长也得了一枝。我们吸完烟，而谢英还不曾来。这使我们都有望等得不耐烦。张权忽然在那放衣服的墙角里，摸出一把胡琴来。他咿呀的拉起《梅花三弄》来。这声音冥然转变了我们的心情。我们不相信，我们是过着战壕中的拚命的生活。似乎悠闲的岁月又光顾了我们。脑子里所有的恐怖，怨恨，暂时都被遗忘了。但是一响一愁，就在这情形下袭击了我的心。同时我真确的意识到，我还是一个人。一个有理智有情感，和禽兽完全两样的人。并且我清楚地回忆到我的童年：

在一天正是初春的时序，我同邻家的小白，在一条小河边上钓鱼；我们一面看着钩竿，一面谈讲龙女的神话。后来我的钓竿有些震动了，我连忙拖起来一看，那钩子上正钩着一匹三寸多长的活鲤鱼。我们非常快乐，把那鱼装在一只竹篮里。我们继续着一直钓到月儿上了东山，我们才慢慢走回家去。那时我们的母亲便把鱼烧好给我们下饭。……

这一个不相干的回忆，想不到竟在这时重映于我的心幕上，我内心绞着恋慕母亲的情绪。然而现在，我没有权利为母亲着想。有时我疯狂的追杀着敌兵，母亲就离我更远了。假如我这时要想到母亲，我便不能伤害敌人分毫。因为敌人也有着他们的母亲，为了这个，我将失却所有的战斗的勇气。……可是现在母亲，明明的又跑进我的心里来了。写封信吧，安慰母亲吧！再过些时，母亲又将从我心里失掉了。只要轰的一声大炮响，我们便要从人的世界跑到兽的世界去了。

门外短小精悍的谢英闪了进来。他果然有本事，他不但弄了很多的酒，他也弄来了一锅子烧肉。我们所有的人，都欢呼起来。刘斌竟把谢英举到肩头上，可是谢英很快的就跳了下来，他得意的笑道：

“那个矮胖子伙夫，正把烧肉送到长官那里去。我藏在他背后，等到他转弯时，我便从他两胁下出现了。他出其不意的一吓，两手一松，而我却端个正着……真可笑，他急得胖脸上蒸出一层隐油来，……其实这老家伙是故意装腔，……他至少还藏着两倍这样的烧肉呢！……不然他就吃得那样肥了？”

我们大家恣意的吃喝笑乐，张权头上的青筋都涨红了，那久已不刮的绕腮胡子，也格外的耸了起来。

我们似乎都非常的快乐。四个钟头停战的时光，转瞬就过去了。

这时吴淞方面日本兵在黄浦江西岸，张华浜阵地派遣了八百敌兵用野战炮，和天空的飞机掩护，向蕴藻浜和曹家桥方面进攻！战争非常猛烈，我们又由后方回到火线去了。

八

我们回到前线时，机关枪声，和步枪仍在不断的响着。但敌人已停止反攻了。那瘦个子的广东兵李元度也死了。其余还有许多不知姓名的熟面孔，现在都不大看见了；而陌生的补充队伍今早已经到了一部分。

一点钟的时候，我们的翁旅长来检阅所有的部队。我们整队时，雄壮的军乐在奏着。远远来了三匹马，上面端坐着我们的军长和旅长、师长。先是军长向我们训话。

在一个小土坡上面，我们久经战阵的军长，巍然的站着，——他的身材很高，尤其是较长的脖颈上，所托着一颗充满热诚的坚毅的头颅，使我们直觉出他是一个近代典型的军人。他的一双锐利的眼神遍视了我们之后，他说：

"全体官兵同志：自从一·二八敌人犯境以来，我们全体官兵同志，都为了民族争生存，为国家争国格，人人抱必死的决心和敌人周旋。所以激战到现在，颇占优势。……但敌人的援兵，仍不断的来；我们要得到最后的胜利，更要奋发士气，努力奋斗，总要使敌人知道侵略弱小民族的罪恶，同时使世界各国知道，我中华民国不是可欺侮的国家；中华民族非不抵抗的民族……"

军长的训话使我们的心弦都震动了。我们所负的责任太重大了。除了使我们最后的一滴血洒在战场上，我们是无以对国家和民众的呀！

我们的旅长，从容的也上了土坡。他和军长所给我们的印象完全不同；他是那样的和霭、亲切，但他眉峰眼角所表现的英毅果敢的精神，也是一样的感动了我们。他说：

“诸位官兵同志……现在是我们军人唯一报国的机会到了，我们不要把这机会错过，大家发挥素日沉着的精神，不慌不忙，把枪瞄准，务要一弹一敌；至低限度，也要使子弹从敌人的耳边飞过，吓得他不敢抬头，——子弹用完了，上起刺刀来杀敌；刺刀杀断了，用枪杆来杀敌；枪杆击坏了，挥拳去打敌；两拳打痛了，还有你们的牙齿，可以咬敌。……”

我们的心跳起来了。我们的旅长把怎样对付敌人的具体方法，明白的显示出来了。我们晓得怎样使敌人不敢轻视我们了。

散队后，我们依然回到各营队去。

谢英、张权、黄排长和我仍在一处，刘斌到炮队的防地去了。

下午我们渡过吴淞河，和其他部队联络，在这里——沿杨家宅的前后左右，我们都筑了强固的阵地。在各阵线架设了百连发的机关枪，并且由右侧阵地到对岸东家宅吴淞河滨的炮台，修成长蛇般的阵线，我们就在那里面驻守。

夜里雪霏霏的下着，敌人大约是怕冷吧，暂时安静了。

东方才有一些朦胧的晓色，火线上已经很热闹了。

炮火的浓烟和早雾绞成一片，轰轰隆隆的炮声，越来越紧。我们都散开伏在战壕的沙垒后面，不动不忙；我们只在等机会。忽然一个炮弹掉在我们左边的一道壕沟里，跟着扬起了一股浓厚的烟尘，细看壕沟的一角，已被打得粉碎！在半天空里一团灰色的东西，还在旋转，等到那东西落在尘土上时，唉！可怕！半个血肉糊涂的头，连着残缺的尸体，狼藉的堆在那里。

不知道究竟毁灭了多少同志?！但见救护员如穿梭般在战地里忙乱着，接连不断的用帆布床，抬出那些受伤的人们。

炮火依然猛烈的轰着，连长叫我们大家散开，每人中间都隔到十八步远，无论敌人的大炮怎样的猛烈轰击，我们不后退也不还击，只静静的等到敌人的炮放了一阵后，据他们的想像，总以为我们早都被炮火打成焦炭和肉酱时，于是他们才一队队站好，作好了姿式，扯开喉咙大叫几声，冲了过来。我们等他去喊叫，还是静悄悄的不作声；直到他们的炮火完全停止了，冲锋的队伍已走得步枪可以打到的距离时，一声号令，我们便一齐开枪，同时乘势冲出战壕。敌人本来只靠大炮、飞机，现在所有的护身符都没有了，只有连忙的往回跑。……师长的话不错：“我们用精神胜过他们的物质!”

我们的一个排长，这时忽被敌人的枪弹击伤右腮，血如泉水般的涌了出来，但是他马上把带在身边的绷带裹好，仍旧奋勇的指挥我们；那不停止的血液，已透湿绷带了。谢英劝他到后方去，他只摇摇头叫着：“杀！冲上前去!”不久左臂又着了一弹，身体有些站不稳了，才被救护队救到后方去。

敌人的冲锋失败了，前线陡然沉寂起来，我们趁这个机会饱吃了一顿。

我们才放下饭碗，前线的枪炮声又起了。日军从张家浜发动了。几声长而尖利的嘘嘘怪响，从阴沉的空气中穿过。跟着榴散炮从日军阵地像飞沙一般的掷出。飞机上的炸弹和机关枪如骤雨飞蝗般的落下来。可是我们永远是不慌不忙的，那边炮队的高射炮在对付飞机了。我们呢，握紧手溜弹，装好机关枪，对付那一群如野狼般的冲锋的敌人陆军。

他们败退了。天色将近薄暮，漫漫荒野的战场上，睡满了黄色制服的敌人死尸。而幂幂的烟雾中，萦绕着无数的大和民族傻瓜的阴魂。吴淞河潺溅呜咽的流水声中，含有无数冤鬼的幽泣。

战争又开始了。炮火狂吼着。天空中云雾迷漫着。但奇怪，烟雾越来越浓厚，简直仿佛整个的天就要压在我们头上了，什么都望不见。我们正在不得主意的时候，忽听见后面声音叫道："留心！敌人用烟幕弹掩护！在曹家桥的浜南搭浮桥木几大队的冲过来了。"于是我们照样的喊起来，顷刻全阵线都准备了。

烟幕弹这名辞，我们还是第一次听见。究竟是什么样的一种东西呢？这使我们都不禁惊奇的注视着对面。不久果然有了新奇的发现了。这烟缕的确很像一重幕帐，从地面上一直弥漫到半空里，这简直使我们感到神秘的恐怖，幕帐的背后究竟藏着些什么呢？恶魔猛兽吗？我们都提心吊胆的期待着。

这烟幕很快的向我们的阵线移来。但是我们依然不动，敌军就在烟幕的掩护下，占据了曹家桥。这一来他们个个都增加了勇气，挺胸凸肚的向我们的防线里施行猛烈的射击。那时我们的援军又到了一部分，悄没无声的给敌人一个三面包围。敌人的枪炮失了效用。于是把步枪横过来，他们要想冲出去。可是我们和他们搅在一齐，玩起跌横的把戏来。敌人如同被猎人关在笼子里的困兽，东吼一声西冲一下。我们只是不放松。大家愤怒的睁视着，撞打着，同时外面的我们的援军，越来越多，把他们围得像铁桶似的，使他们就连从原路退却都来不及了。于是敌人的飞机只管在我们头顶上轧轧的叫着，而他们的炸弹，虽然很猛烈得多，但抛下来时，弹子是没有眼睛的，反倒把他们自己的人炸死了许多。焦臭的气味羼和着血腥，简直是从地狱中冲出来的怪味。我们都杀得眼睛里充满了血丝，头脑都失了知觉。但是我们的手，却能伶利的动作，脚也能敏捷的跳动，直到把活的敌人都变成僵冷的死尸时，我们才喘出一口气来。当我们整队回到原防时，敌人都安静的睡着不动了。

到战沟里时，一看手表已经五点了。呀，我们整整的血战了十二小时，这简直使我们自己都不能相信。可是我们真是杀得筋疲力尽了。幸喜和我们换防的步队，已经开到。于是我们这一群疲困的，和满身都染着血迹的战斗者，便被载在几辆卡车上，运到后方去。我们暂时可以喘气了。敌人的大炮，虽然还不时的震动着我们的耳膜，但那声音只像闷雷的隆隆的响着，一点伤害不到我们了。

当我们把身上的衣服脱下来的时候，在我的衬衫上发现了几个硕大饱满的虱子，它们就在这几天里跑进了生的世界；但是不久便被我们用指甲掐死了，这样看来它们的生命，比我们还短促呢！

谢英脸上染了不少的血迹，据说他用刺刀刺了敌人的右胁一下，敌人却在一声凄厉的狂吼中，播［扑］了过来，同谢英滚作一团。谢英是出名的小个子，因此他的脸几次贴着他的胸部，最后那种强壮的敌人到底躺下去。谢英又当心给了他一刀，可是谢英自己也弄了满脸的血污。他洗过脸之后，他叫我看看干净了没有。在我向他注视的时候，我忽见他的面孔完全变了，又黑又瘦，颧骨如小山峰般的耸着，目眶深深的陷下去了，而且眼睛的四围，露着裹扎的圈子，……唉，我的心有一阵莫明的凄梗。我感觉到刻骨的疲软了。我怔怔出着神。谢英摸不着头脑，他似乎也有些发慌了。

“怎么，莫非我脑袋上有个大窟窿吗?”他不住用手前后左右的摸着。

“不是，你一点伤都没有。你是完全好的。不过你黑了瘦了。你的眼睛有着红的血丝，……当然这算不得什么的。”我回答他。

他不说什么了，只把每个人的脸都看了看。他沉默的穿上干净的衬衣，他无力的倒在一堆稻草上了。

我呢，当然也是疲倦得抬不起头来。可是我想在一个美好的梦里休息一下的事实，终也只等于泡幻。我的身体越疲倦，而我的精神活动越厉害，脑膜上所曾刻镂过的印象，都一幕一幕的重映出来。

我才闭上眼睛，我们旅长英毅果敢的影子，又逼真的出现了。“……务要一弹一敌，至低限度，也要使子弹从敌人的耳边飞过……”不错，我们什么都缺乏，无论是枪炮、子弹，我们都不够和敌人打个痛快。假使我们要有飞机，只要把吴淞口外的军舰炸毁了，敌人就不敢把许多无辜的傻瓜运来和我们作对了。现在呢，我们只好眼睁睁看着他们，把许多使我们毁灭的锐利的军器和猛烈的军火，一船一船的搬到我们的地方上来打我们。唉，我们有点什么呢? ……是的，我们只有用精神来胜过他们的物质。这二十天来，我们都只是用着可贯天日的，不屈不挠的精神，在和敌人对抗。可是他们天天有增援的军队开到，而且又来了一个恶魔化身的植田司令。他曾经杀戮过我们济南的民众，他这次又戴着强权胜利的王冠，再度的来伤害我们了。……

无数的爱国民众，都在向我们膜拜了。许多菜场的摊贩，把菜肴和捐款都送到伤兵医院，慰劳伤兵。唉，我们这次是抗日的民族战呵，我们不是傻瓜呢！就这样疲劳到死去，我们还有什么不甘心的呢！……

哟！敌人的尸首堆积成了一座小山。今天一下子，就解决了一千多人。他们为什么要来送死？莫非是他们的民众的意思吗？……我想起来了，昨天，我们在后方看见报上有一段新闻，日本的妇人组织了向政府索夫的团体。她们很聪明，可是她们觉悟得太迟了。她们为什么不阻挡她们活着的丈夫不作傻瓜，到头来只向政府要她们的死丈夫呢？这真够滑稽得可悲了！

还有一件事实浮上我的观念界来：

前天敌人又来了三千多名的援军，但当他们接得向我们总攻击令的时候，其中竟有六百人，不愿参加作战，顿时哗变起来。当经［时］其他的敌兵，把那六百个包围缴械，并立刻急电植田司令请示处置办法。植田命令把这一部分哗变的军队，立刻押解回国，免得煽惑军心。过了一天，这些人便被装在一艘军舰上驶出吴淞口外的洋面上停泊了。不久就听见有步枪和机关枪的声音，被海风送来。约过半点钟，才寂静了。据说这六百人，因为不愿当傻瓜，所以都被枪决了。唉，魔鬼化身的执政者与军阀，他们诚然都具有魔鬼伟大的权威，但是所有的民众，都不愿作傻瓜，他们的权威就立刻粉碎了。……唉，我们的敌人，何尝不是我们的朋友呢！只要毁灭了我们中间的障碍，原可以握着手，亲切的互弹出心弦中无私的交响曲。造物主创造了人类，何尝希望人类互相屠杀呢？……但这仅仅是我所憬憧的光明世界哟，而在我所睡着的地方，依然只有咬牙切齿的互相屠杀，互相毁灭罢了。

我被这些不一致的思想、回忆困恼着。同志们的鼾吁声一阵响似一阵，天色渐渐的黑下来了。明早又要上前线，想到这里，我不能不安静自己设法睡去。我只有闭紧眼，数着我自己的叹息，使睡眠之神快快的光临。

九

现在我们被调到庙行的火线来。

昨天这里有着很猛烈的战事，敌人连日到了增援的许多部队。有第九师团，及久留米混合部队，一共有两万多人。而我们全阵线的战士，不过三万多人，在这里作战的仅仅几千人。至于军器呢？他们有重炮、野炮、小钢炮、榴弹炮、追击炮、山炮，还又坦克车、铁甲炮车、飞机等，我们所有的仅仅少数的机关枪，炮虽然也有几门，但可怜每一师才有一个比较像样的炮兵团。我们拿什么和敌人比？不过我们从官长到每一个兵士，都怀着为民族牺牲的精神，我们不愿被压迫而死，我们的头颅热血和忠诚的心，就是我们唯一的利器了。就这样和敌人对抗，直到公理之神抬得起头来的时候。

敌人仍然是用坦克车和铁甲炮车，掩护冲锋。他们由江湾跑马厅，西北角推进，越过铁路，取道孟家宅，向我们的阵线猛烈的扑过来。在他们的坦克车、铁甲炮车前进的时候，天空的飞机，好像秋天南去的雁阵，弥漫了蔚蓝的云天。炸弹如雹子般落下来。于是天空和大地充满了惨厉的号叫，和使人心碎的恐怖。一阵霹雳的爆炸声里，所有村庄的房屋毁灭了。大火吐着可怕的火舌，在吞卷一切；火势蔓延到茂密的竹林里，空心的竹杆，霹雳拍拍的爆烈了。耸云高层［高耸云层］的竹竿倒在地上；一切生物的扎挣，都成了失败。它们都被炮火所征服，变成随风飞扬的灰烬。

我们被毁灭的恐怖包围，静静的躲在战壕的隐蔽物后面。果然一个大炮弹落在离我十码左右的壕沟里了。如闷雷似的爆炸声，从地底发了出来，把壕沟连底翻了出来。几个灰色的东西，裹着烟尘在半空中跳掷。残缺的肢影，血淋淋的散了落下来。谢英的脸变成灰白，他咬住牙，凄厉的叫道：

“好厉害的炮火！”

但是还有什么用？现在只有奋力的把人打死，不然就是我被打死。我们愤怒地狂吼着，手里的枪不住的放射着，每个人都变成狰狞的恶魔了。我们在困苦中和敌人拚了一天一夜。敌方的兵力越来越厚，我们的阵线被突破了五百余米，而敌人的大炮更猛烈的轰击；我们只好退出庙行镇，于是敌人占据了我们自庙行镇南端无名河流以东的阵地了。

下午我们的援军开到了，于是我们便向敌人反攻。罗营长率领着我们向敌人冲锋。敌人把坦克车作了护符，使我们不易攻进去。因此派遣了三十个敢死队，全身束了手溜弹，滚进敌人的阵线，把坦克车炸毁了。自然他们是永不回来了。可是我们就在这时候，大队的冲了过去，给敌人一个不及防备。痛痛快快杀了一阵，几百个死尸杂乱的堆在地上。敌人胆寒了，不敢再和我们肉搏，忙忙的后退。于是我们又把失去的阵线夺回来了。而罗营长左臂受了弹伤，仍不肯休息，在前线部署一切，防备敌人的反攻。

果然不久，正面的敌兵千余人，向我们的阵地放射一阵炮火，便如怒潮般的冲上来。罗营长如猛虎狡兔般在火线上奋勇指挥，使敌人们不能前进一步。而我们的同志们，如鸷老鹰般，越杀越起劲，足足杀了三个钟头。敌人有一半送了命，其余的一半疲乏的退回去了。我们的同志，这次也损失了不少。熊连长同李连附都受了重伤。当我们整顿部队的时候，发见刘斌失踪了。这使我们很焦急。我同谢英到各处去打听，都没有他的消息，难道说他也完了吗？战争是连同死亡毁灭一齐来，死是当然的，我们只能这样想，不然我们简直要发狂了。

前线暂时安静了，我和谢英到底不能就这样把刘斌放下，我们在昏黄的天色下，跑到前面去寻找刘斌。也许他躲在炮火打陷的坑里；不然我们也该看看他的遗体，也许还不曾掩埋，那么我们把他埋了，也算对得起他了。

唉，这里是多么可怕的地方呀?！尸体零零落落的躺着，赤红的血，把黄土染成黑紫色。我们正在向前走的时候，忽听见嘘的一声，我们连忙伏在地上，好险，一个子弹从我的耳朵旁边飞过去。我们知道前面一定有敌人的步哨，因此我们不敢站起来走了。我们如蛇般慢慢向前爬。当我们经过一个陷坑时，我听见有人在呻吟，谢英连忙叫道：“你听，不是有人在呻吟吗？也许就是他！”我们连忙伏在坑边喊道：“刘斌！刘斌你受了伤吗?”但坑里的人像是不了解般，依然呻吟着。谢英把身边藏着的电筒拿出来，向坑里一照，这使我们两个人都失了常态：那里是刘斌哟，只是一个穿着整齐的黄色制服的敌人，然而他是快要死了，他的黄色制服上染了一片血，他的肚子被刺刀划了一道很阔的伤痕，大肠的一部分流了出来。当他睁眼看见我们时，陡然的把身影向下缩去，一双悲伤绝望的眼睛，向我们注视着，同时有一点亮晶晶的东西，挂在他的眼角上。唉，他是将要离开这个世界了。而我们是看他临终的两个人。我们应当让他从这个世界里带些什么东西走？我们同他站在国家的立场上，是敌人，是互相杀屠者。然而我们全是人，让我们把人类独有的同情给与这个将死的人吧！我把他的手放在穴里，同时替他解开紧拴脖子的军装衣领，使他透气容易些。同时我又给他喝了一些热水瓶中存着的酒。他向我点了点头，他是在感谢我们吗？唉，那只是羞耻呀，人杀人杀到这地步！

他咽气了，我同谢英不由自己的把陷坑四面的黄土堆在他的身上。他就在我们圣洁的同情中被埋葬了。刘斌没有下落，也许是在后方医院，但现在我们没有时间去看他。

天色发白的清晨，我们的旅长同团长都骑着马到庙行火线来视察。满地都躺着黄色灰色的死尸，死亡之神，无论向我们怎样压迫，而激烈的战争，依然继续着。我们这里来了一部份生力军，因为罗营长负了伤，所以将罗营调回从新整理。在换防时，前线仍有小接触。林排长、熊班长，同着三个列兵正在和敌人死拚。他们身上受了重伤，但仍不肯退，直到敌人失却战斗力时，他们才被用伤床抬到后方医院去。

敌人经过这一场失败后，于是变更战略；又利用他们猛烈的大炮，向我方阵地猛烈的轰击，打算破坏我们后方的阵地，因此炮声如连珠般接连轰来；同时陆用飞机三十多架也都一齐上了阵线。在那飞机上放下白色的汽盆来。这一着真凶狠，他们的大炮就跟着汽盆所指示的目标轰击。炮火震失了我们的感觉和理智，我们简直变成了麻木凶残的了。

那些飞机始终在我们的顶上打旋，在他们出现的霎那间以后，炮弹就如骤雨般，在我们附近掉下来。我们的战壕虽很坚固，但仍不断的把我们毁灭着。

突然间一个在我旁边的列兵倒下了。我连忙伏下身去看他，而他正昏迷着，直到猛烈的大炮把他震醒时，他只是痛苦的呻吟。我细心地察看他的伤，最后在右腋下，看见他一根排骨露出来了，血液兀自不住的淌流。我找了一卷绷带，轻轻的把伤处裹好，他翻起无神的眼睛向我望着。“安心点，不久救护车就来了。”

他绝望的摇着头，凄苦的说道：“恐怕来不及了！”

当然这话是真的，他的脸色已由灰白变成紫的了。死神的黑翼已来包围着他，……我这时应当对他说什么呢?!

他的气急速喘着，我握了他的手说：“朋友！你死得光荣！”这句话果然安慰了他，他就在凄楚的微笑中死去了。我们挖了一个坑，把他草草埋了。

敌人的十余辆的坦克车和铁甲炮车，排成一字形，在炮火掩护中，向我们孟家宅西面的阵地进攻。这一着早在我们预料之中，所以当这一列的坦克车，来到相近我们阵地二百米的地方，轰隆一声巨响，有三辆铁甲车陷进了陷阱，其余的立刻停住了，不敢前进。这时我们就冲出战壕，手溜弹，步枪，及手提机关枪，一齐在空中飞射。我们猛扑坦克车后随的敌人大队，于是黄色的，灰色的阵线混合起来了。每一秒钟里都有死亡的受伤的。喊杀的声音，使四野的土地都似乎震动了。渐渐的敌人的数目减少了。我们的同志也横七竖八的倒下了。但黄色的尸体，多得使敌人吃惊，于是只有向后溃退。

敌人起先进了我们的铁丝网，此刻急忙退去，竟忘了铁丝网的障碍，等到他们退到铁丝网时，我们追了上去。因此被铁荆棘刺伤的，被刺刀戳死的，竟又有一百多人。敌人都掩护救去，尚有一部分伤亡的，仍放弃于我们阵地前。

我们看见几个受伤的敌人，凄厉的号叫着。我们走到他们的面前，他们的面色变成青白，全体战栗着，把他们的枪刺刀，盒子炮都柔顺的高举过头，等我们收缴。只要让他们还活着就够了。这情形使我们除了怜悯，还有什么？他们的死，只是侵略弱小民族的残暴者的结果呵！

谢英忽然看见敌人的小队长，脸向地面僵卧着，身旁有一只图囊。谢英拾起来，打开看时，里面装有上海市详图、上海巷战要图、上海附近详图、山东省详图、还有我们兵力的配备略图、上海日军联队编制官长姓名一览表，……这许多东西，使我们都看得忙［惊］住了，不知在多久以前，他们就预备着侵略我们哟！

我们现在回到战壕来，当然是十分疲倦地都睡倒了。不一会的工夫，只听见鼾呼的大声，如同打雷般的充塞了战壕里。忽然集合的信号，把我们都从梦中惊醒，急忙的跳起来，背上枪弹在沙垒后面，向敌人的阵线瞄准，我们的连长，命我们一队由敌军后路包抄；一队由庙行镇正面攻入麦家宅。我们才到达目的地时，忽接到团冲锋的信号，于是只听胡哨一声，一千余人集合一处，全向敌人阵线猛冲过去。我们队伍密集如铜墙铁壁，冲过去时，数千敌人都好像海上孤舟遇到掀腾的怒潮般，不敢抵抗的弃了一切，拖着武器拼命的逃窜。于是我们的前队，与左翼的队伍有了联络。敌人被这一冲前后都被攻击，简直没有方法退走，只好竭力的在我们的包围中闯来闯去。几个钟头以来，双方如疯狂般的杀着拚着，狂吼着；吴淞江的流水呜咽着，蔚蓝的云天沈嘿地凝视着。天空的飞鸟不敢在附近的树上停留，敌人始终没有法子冲破这层层的包围，于是只得躲进所筑临时散兵壕里面，用猛烈的机关枪，密集射击。我们的指挥官，就下命令暂时停止攻击。俟部署定后，再来解决那些残余的敌兵。而敌人在这时也停止了抵抗，前线陡然变成寂静。这时我们和敌人相隔仅四五十米，彼此伏在战壕里瞄准，期待射击。谁都不敢露出头顶来，因为这是太容易被毁灭了。

四境异常的寂静，使我们感到神秘的恐怖，仿佛对面的壕沟里有着猛鸷的毒蛇，暴怒的饿虎，贪狠的狼群……我们就挣扎于这不能形容的恐怖中。

忽然一阵歌声冲破了这恐怖的寂静。我们细听，原来是敌人在唱国歌。这阵歌声，把我们叫回人类的世界。于是我们也不约而同的唱着党歌与射击军纪歌。这虽然是出于两个绝对不同的心弦颤动，然而当这音波从这漫漫的荒郊撩过时，从那无数浴血的尸体上飞过时，那里面含有悲哀、兴奋、挣扎、反抗种种复杂的情绪。

不久前线出击的命令下来了。“趁敌人的援军没到的时候，我们决定转移攻势压迫敌人庙行、江湾全线，把残敌歼灭。”我们接到这一项命令时，人人精神抖擞，个个发誓都要把敌人灭尽，使他们不敢轻易的侵略我们。这是我们死战的唯一信念。无论死亡、破灭的恐怖怎样的压迫我们，而只要一想到为民族牺牲个人的信念，便什么都不是怕了。

我们分三路进攻，一部份集中李家库，经唐东宅向赵家宅、孟家宅、白漾宅的敌兵攻击；一部份就渡河经北沈宅、南沈宅向周家宅攻击；还有一部份从庙行一面以金穆宅为攻击目标，我们这样配置好了。我们一队是加入庙行正面的火线。今夜月色很娟洁，我们在明媚的月光下，向敌人的阵线猛攻。我们没有坦克车，铁甲炮车的掩护，我们只在少数的炮火的掩护下冲过去。敌人的机关枪，虽然猛烈，但是我们奋勇的，一排一排冲上去。除了一部分牺牲外，其余的到底冲过他们的阵线了。我们跳进他们的战壕，谢英先一刀刺死了那机关枪的队兵，他是个较胖的，有着两撇胡须的人。他倒下了，于是谢英把机关枪的机件毁坏了。一阵猛烈的肉搏之后，被我们占领了。黄排长和我们的第一连李连长打死了敌人的小队长西尾少尉，得了他的钢盔及呢军服。

第二连冲过敌人的步哨线，夺来了敌人的三八式步枪五枝，张权抢来一面太阳旗。

我们足足杀了一天一夜；虽然我们疲倦得连话都不想说了，不过我们是打了个大胜仗。我们是在猛烈的炮火下，多量的飞机下得了胜利，这使我兴奋得几乎忘了疲倦，在我们被调回后方从事整理和补充时，我们依然挣扎得很好。

但是我们挤在卡车上在那被炸弹轰陷不平的马路上颠顿着时，虽然早晨的空气那样锐利的刮着我们的脸，但是我们的头部仍然昏沈着。当然我们是太疲倦了。在这几天里，我们忘记了饭和睡眠的味道。

到后方时，第一件事情是先填饱我们饥饿的肚皮。其次呢……抽根香烟，睡眠——倘使能睡个一整天，我们不再希望什么了。

伙夫今天送来了很好的烧猪，还有大坛的陈绍，他笑嘻嘻的说：

“这是军长的好意！”

我说：“你替我们烧得这样好，也是你的好意！”

他哈哈的笑了。我们团团围坐着，他把一份一份的烧肉分给了我们。——香味浓烈的冲进我们的鼻子，饥饿从喉咙里伸出手来。于是大块的烧肉，被塞进我们的嘴里，贪心的嚼着咽着。陈绍一碗一碗的吞下去。不久我们的肚皮，感到适意了。于是似乎又有了精神，仿佛再杀上两三天也不算什么。这样一来，我们又有说有笑的闹成一片。

一个从江湾阵地回来的列兵，他咂着嘴，兴高彩烈的向我们述说战场的趣闻。他说：“今早敌人忽用马队向我们阵线冲锋，——我们的李连长，早已想到有这么一着。老早预备了几百只无用的炭篓，挖了许多的窟窿，散放在阵线的各要道上。当一阵猛烈的炮火轰击过后，那一队骁勇善战的战马，伸头扬蹄的冲过来了。不提防马脚踏进炭篓，把马蹄套住，因此跑不动了。这群蠢东西就使起性子来，人从马上跌落。马和马又互相咆哮踏践，人的阵角已经动摇；于是我们指挥官发出号炮，我们一齐从壕沟里奔了出来，奋勇冲击，敌人不敢应战，向后败退了。这一仗我们得了不少的枪枝钢盔，还有日本皇后所绣的旅团旗一面。”

我们都高举酒杯，狂呼中华民国万岁！公理胜利！

一群兴奋的人们，都敌不住疲倦的侵袭，纷纷的倒在床上鼾呼的睡去，但我忽然想起刘斌来，明天无论如何要到后方医院去探听个明白，谢英赞同我的计划。

不久我们也睡着了。

十

我们在后方医院的伤兵名簿上，发见了刘斌的名字，这真使我们放了心。

但是谢英说："不知道他究竟伤了那里？"

我的心又紧张起来了。

"也许是轻伤，但重伤也可能，谁知道呢？"我说时全身的毛孔里似乎侵进一股冷气，有些寒战了。

我们被揣想的恐怖所包围了，当然我们沉默无言的走过医院里那条深而狭的甬道时，浓重的阿末尼亚的气味，刺激得我要打喷嚏。同时病人无力的呻吟和痛苦的呼叫的声音，充塞了我们的耳壳，困扰了我们的心灵。

医院里挤满了人，一个个的伤兵，睡在铺着白布单的铁丝床上和帆布床上，有些面孔是很熟识的，我们走过他们面前时，他们脸上都有一种兴奋的表情。

"战事怎么样了？"一个头上裹着绷带的伤兵，向我们问讯。

"很得手，放心吧！同志！"

他点点头，从嘴角边浮上一丝安慰的微笑。

一间病房的门开了。我看见那房里有两张床。那上面睡着的正是我们的林排长和熊班长，我同谢英连忙向他立正，并且低声问道：

"觉得怎样？排长，班长！"

林排长声音微弱的说：“我的左腿断了！……可惜敌人还不曾杀完！”

“排长放心，我们还有许多不曾断腿的人呢！我们一定要把倨傲的敌人杀尽，替国家雪耻；为排长和一切的同志报仇！”

排长点了点头，他的脸色青白，缺乏血液，我们恐怕他也许要挣扎不得。

“班长觉得怎样？”我们背转身来看着熊班长说。

“不要担忧！我只是左肩上伤了一块！……假使日军再向我们进攻时，我还得上火线和他们拼一拼呢！”

班长在兴奋的情绪下，左手也跟着动起来，但立刻他嗅哟了一声，头上的汗点，如珠子般滚了下来。我们晓得他的伤势也不轻，我们不敢多坐，使他们劳神，连忙站起来向他们告辞道：

“再见吧，排长班长，我们下次再来看您。……希望那时候伤口全好了！”

林排长和熊班长对我们诚挚的注视着。我们黯然的走出了这间房间。

对面来了一个年轻的女看护，她手里托着一个盘子，上面放着一杯牛乳，热气还在一缕缕的冒着。我向她问明刘斌的住房，原来在二层楼上。我们连忙的跑上楼，奔刘斌所住的房间去。谢英轻轻的推开门，只见这是一间长方形的大房间，里面排列着十二张帆布床，床上一律铺着洁白的被单，每架床前放着一张小茶几，上面放了各种各式的药瓶茶杯一类的东西。刘斌睡在靠窗子边的一张床上，他这时正从梦里醒来，他睁开惺松的睡眼看着我们，他头部好好的没有一点伤痕，不晓得他究竟伤了什么地方？

谢英如飞的窜到他的床前。

“老斌，什么地方受了伤？……昨天我们简直耽了一夜的心呢！”

“这简直是开玩笑，一块碎弹片把我的臀部划掉一块肉！”刘斌说。

“没有伤到筋骨吗？”我问。

“没有……大概两三天后就可以回到前线去了。今天有战事吗？”

“敌人第九师团到后，还是吃败仗，现在又在等救兵，大约这一两天里不会有什么猛烈的战事吧！”

“好的，等到我的伤好些，再开火吧！”

刘斌的面色精神还照旧，这使我和谢英都放了心。这间屋子里睡的都是轻伤；所以护士也不来干涉我们高声谈笑。刘斌告诉我们许多医院里的故事。他说：“医院里天天有许多民众到来慰劳伤兵，今天早晨来了一批女学生，温和的从我们床前走过，并送给我们一只热水瓶，一块手巾。”

正在这时候，有一个受伤的同志，向她们叫道：“渴死了，我要喝水！”一个女学生连忙把他茶几上的茶杯举起，到了一杯温开水，扶着他的头慢慢的喂下去。那位受伤同志喝下了，她又扶他轻轻睡好，才含笑问道：“够了吗？”

“够了！谢谢你！”他说。

“哦！你们是为民族辛劳的英雄，我们应当谢谢你们！”那女子说。

那时我的心里充满了感激和羞愧的情绪。热诚的民众呵！

我们负着卫国护民责任的军人，是不是个个都对得起你们呢？我们的良心在这样的问着。

这一批女学生刚走，又来了一队小学生，每人手里拿着一袋食物，苹果般的面孔上，嵌着一对纯洁的明亮的眼睛，嘴唇边浮现着热烈的亲切的微笑。他们把食物轻轻的放在我们的茶几上，向我们发出音乐般的声音说道："可敬的先生，愿你们早些痊愈！"我的心跳起来了。当一个年约九岁的小男孩走到我的面前时，我不禁把他的小手握住，我说：

"小朋友！你几岁了？"

"九岁！"他温和的回答。

"谁叫你们到这里来看我们？"我问。

"我们自己要来的，……在学校时先生告诉我们，日本人不讲公理，趁着我们国里闹水灾的时候，把东三省夺去了。现在又打算来抢我们的上海，幸亏你们这些可敬的先生！不顾自己的性命替我们全体民众和日本人打仗，……现在你们都受了伤，所以我们应当来看看你们；把我们母亲给我们的点心钱，积起来买了些东西送给你们这些可敬的先生！……因为我们都还小，我们没有法子去打仗。……"

"呵，聪明的小朋友！"我只能说了这么一句，因为我的眼泪已经梗住了喉咙！……

刘斌和我们正在谈讲的时候，忽见一个年纪老迈的乡下老人走了进来。他身上穿着打了补钉的蓝布棉袄和棉裤，白得像银丝般的稀疏的头发，约略的遮掩着后脑，前额秃得发出橙黄色的亮光来。在那满了辛苦的皱纹的脸上，漾溢着仁慈的色泽；

他手里还提着一篮红艳的蜜橘，在他身后有一个身材高大的护士，随了进来。只听那护士向我们说：“诸位！这位老人是一个水果小贩，名字叫作小江，他因为这次诸位为国牺牲的精神，所以特地把他历年来所积储的大洋四十元，买了一箱蜜橘，慰劳诸位受伤的同志！”

老人让护士说完时，他满面含着诚挚的笑容，走到我们床前，每人分送两只大而且红的蜜橘，我同谢英也得了两枚。我们向他道谢！他只谦逊的含笑向我们点头。

后来他走到我们连长的床前，连长收了他的橘子说道：

“你的盛情我们十分感激，但是你偌大年纪，又是小本经纪，我们怎样好白受你的，……这里二十块钱你先拿去吧！”

“哦，官长！那可不能收，我虽然是小本经纪，但我每天一块钱的水果，可以赚四角钱，很可以过得去了！”

连长露着感动的眼波，望着那老人的背影，一直到转弯看不见了。他拿起一个油红的橘子，剥了皮，一瓣一瓣的在沈思中咽了下去。

这时门外一阵脚步声，几个穿着白衣服的医生和护士，来检验病人了。一个伤了右眼的兵士，他的绷带上浸透了血液，医生对站在旁边的看护，低声说了一些话后，只听他痛苦的叫道：

“不行，医生，不能挖掉我的眼珠呀！……”

“安静点，那是没办法，左眼不挖掉，恐怕连你的右眼也要保不住了！”医生淡然的说着。那左眼受伤的兵士，依然不理解的喊着叫着。

“不！不！我不愿让你们施手术！”但两个护士已把他抬在

一张有轮子的小床上，推着走了。医生依序的检视其他的受伤者，最后他走到刘斌的床前，先由一个女看护替他检视了体温，医生看了看他的脸色说道：

“你的伤处觉得怎样……痛得利害吗？”

“还好，只是不能自由转动！”刘斌说。

医生点了点头，忙忙的走出来了。不久又来了两个看护妇，她们是非常和蔼，亲切，她拿了装药的白镍的盒子，另外一个白磁的盆子，还有绷带、药棉一类的东西，走到刘斌的床前，轻轻的把刘斌的臀部的旧绷带解开；解开后三寸长两分多阔的弹口伤露出来了，那个比较年纪大些的女看护，用药水轻轻的敷过之后又挑了一点黄色的药膏涂在一块纱布上，轻轻的包扎好了。她微笑道：

“你没有发烧很好，……再有两三天就可好了！”

“多谢女士！”刘斌含笑说。

她们的雪白的身影在门外消失了。

“她们真好，简直不拿我们当军人待……温柔和气的为我们服务。我在战场上受过三次伤了。而这一次是好极了！……”刘斌慨叹的说。

“不错！……这次战争，我们同志们都得到意外的安慰和舒适。我们什么都不缺乏，物质上我们有得吃有得喝，而且这些吃喝的东西，是我们无论那一次战争时，都不曾有过。精神上呢？我们有纯洁的安慰，有光明的鼓励，的确我们同民众是站在一条战线上呢！”谢英接下去说。……刘斌似乎要睡了，我们便约定假如可能的话，明天再来看他。我们别了刘斌走过林排长的屋门口时，看见林排长的身体挺直的睡在有轮子的床上，三个看护妇，静静的往手术室那边推去。他的脸色变成灰白。两只眼眶深陷下去，嘴唇露着灰紫色。谢英悄悄的掐了我的手轻轻说道：

“我们恐怕不会再看见他回来了！”

“你这话是什么意思？”我问。

“我怕他经不起施手术就要完了！”谢英说。

“但是他们为什么一定要这样作呢？”我问。

“当然医生是有医生的道理吧。”谢英回答。

我们俩不能就这样离开医院。我们站在回廊上等了大约三刻钟，手术房的门开了，而我们的林排长呢，被一块白色的被单，连头带脸一齐盖住了。而推轮床的不是护士和女看护，而是送院里的夫役。

“完了，你看他把林排长推进冰房里去了！”谢英恐急的说。

“什么冰房？”我不大明白他的意思！

“你不晓得医院里的冰房吗？那就是停放尸首的地方呀！”谢英凄然的说。

“我们再去看看熊班长吧！”我提议说。谢英点头赞成。于是我们又找进熊班长的房里。

熊班长见了我们问道：“你们知道林排长施过手术怎么样了？”

谢英向我递眼色，我明白他的意思。熊班长和林排长是很好的朋友，同时熊班长也受着伤，这个可怕的消息，怎好向他报告？只得支吾道：“大约很好吧！可是他因为才受了手术，另外住了单间房，恐怕一时不再回到这里来的。”

“但是我总不放心，他伤得太重了！……昨夜他把支饷簿子交给了我！……”熊班长的声音有些发颤了。我们连忙安慰他道：

“不要紧的，这里的医生手术很高明，一定有法子想……班长还是自己保重吧！”

“是的，谢谢你们！”

我们告辞出来时，看见又抬了一个受伤的人，补充了林排长的铺位。

医院门外正刮着凄冷的北风，天上没有星没有月，我们在这昏暗的夜中，回到了军营。

今午前线很沉寂，不过我们接到命令，明天早晨要回到前线去。

十一

敌人又调到大批的生力军了。会合残部总有一万多人，向江湾西南面，庙行东南的小场庙我们的阵线进攻。这里只驻有我们一营人，所以我们唯一的对付方法，就是沉住气。等到那一群像毒蛇般的敌人，在猛烈的炮火烟焰中，渐来渐近时，我们便似潜伏的猛虎一跃而去，同时百连发的机关枪，不停的扫射。只见第一排冲锋的敌人倒下去，第二排跟上来，但也一样的倒下去。这真使敌人没有勇气轻进。第三排倒下以后，他们暂时停止了前进。也许他们正怀疑我们这里不只一营兵，于是轧轧的飞机声，开始在我们头顶上盘旋了。在他们侦察之后，便用左盘右旋的方法指示敌人炮击的目标。一颗颗的炮弹，打在我们的阵地来，一股股的烟尘，把蔚蓝的天色，变成暗惨，我们的同志眼看着接二连三，被炮弹所毁了，因此我们只好暂时退却。

我们到了第二道防线时，我们的同志少了三分之一。我四面的看了一阵，看到谢英和张权、黄仁都安全无事，这使我多少有些高兴。

敌人暂时不来进攻，我们也没力量反攻，火线上这时平静了，营长已经打电话到军部去了。我们预计下午必可反攻。这时我们吃了些干粮，装好子弹只等反攻的信号。

不久我们的援军分三路来了，一路从谈家宅袭击敌军的左翼。一路从塘东宅水车头向敌军的右翼包抄。一路协同我们从正面进攻。这一来人人兴奋，把敌人三面包围。敌人呢，这一次也来得非常猛烈。这地方是他们重要出路，所以不肯轻易放弃。于是两面的炮火，都猛烈的交击着。子弹嘘嘘的在空气中狂吼，大地都撼动起来。火光如闪电般在烟尘中时现时隐。我们人人忘记了死，只顾向敌人开机关枪，掷手溜弹不停的进攻。可是敌人的炮火也够厉害了。阵线前，沟壕旁，一个一个深陷的弹坑，使人联想到魔穴的恐怖。空中充满了砰砰的弹声，劈拍的枪声！迷漫的烟雾，羼和着硫磺味道，使人差不多要窒息昏去。一阵混乱的攻击过去后，两方的距离更近了。于是我们冲进敌人的黄色队伍中去，枪杆横打过去，刺刀向胸前腹部各地方戳下去，于是地狱中的惨号悲吼的声音，冲出了人间。地上的血泊成了一条小小的河流，蜿蜒的流开去。尸体堆积在地面，成了一座多色彩的小土阜。

正在混杀的时候，忽见我们的左翼方面一声呐喊，敌人阵地冒起浓烟，手溜弹纷纷的暴裂了。敌人如山崩般的溃退了。

同时我们正面跟着逼上去。使得敌人先头部队与左翼失却联络。于是敌人惨败了。我们唱着雄壮的凯旋歌，在腥风血雨中回归原来的阵地。

我们掳了不少的俘虏，与一千多杆的枪枝。还有机关枪九架。那些俘虏是要送到后方去的，于是我同谢英、张权便得了这一个轻便的差事。

我们把他们装进一辆大卡车里，不许他们动。我们时时把枪对着他们，假作瞄准，这当然是开玩笑，可是他们都惶悚的如被宰割的小羊。

那是一所广大的如监牢形的空屋子，我们就在那里下车，把这群俘虏押进里面。当我们开开那重铁门时，里面已经有着不少的俘虏了。我们把这一群新的，另外赶进一间空屋里。于是实行检查了。谢英把枪向他们指着，那些人连忙把双手高高举起。我们一共六个人，把俘虏分成六队，每人检查一队；他们很驯服，都像好学生般的，一排排站着不动。我们先搜他们的衣袋，然后再摸摸他〈们〉的腰部，结果很好，都没有武器，可是在一个二十五六岁年轻俘虏的身上，我们搜出了一封信。

我们六个人中间谁都不懂日文，这真扫兴，我们把他的信翻来覆去的看了又看。只有几个汉字如上海北四川路，我们是认得的。其余那些一钩一撇的字形，对我们真是太陌生了。

我们把俘虏安置好，……他们向来是惯于席地而坐的，这时当然也都一排排盘腿坐在砖头地上。他们看来很怕冷，人人都向有阳光的地方挤。我告诉谢英，我要去找李连长，——他是日本士官学校的毕业生，他一定懂得这封日本信。

“好，你请李连长，把它译出来让大家看看吧！”谢英说。

我独自到离这里约有一里路光景的官长办事处，找到了李连长。这时他正坐在一张圆桌旁，和许多长官在研究战地地图。我把信交给了他，李连长随看随在原信的空白上，译成中文；后来李连长把这封信读给在座的长官听道：

“母亲大人膝下：

儿身临疆场，才知道战事是这样失利悲惨！…岂是人类互相杀屠，也是竞争历程所不能免吗？除了弱肉强食就没有别的出路吗？唉，儿的心绪太坏了呵！

这一次第一个感想：就是人生第一件重要的事情，实是个人的修养。

三日动员令下后，十三日到上海，受在沪同胞百般恩待；到二十夜，乃到北四川路任警备之责，翌日移防上海北区，二十二日调到江湾加入火线，和敌人苦战一天一夜，结果是惨败了。等到明天的援兵到来，仍要反攻，和儿同学的西尾太郎已经战死了。……战事何时结束尚不可知，总而言之，敌人这次的勇敢善战，和他们民众的觉悟热烈，都在吾人意料之外。儿记起从前和俄国开战时，国人是那样的奋激，就是柔情的妇女们，也都鼓舞欢送以“祈战死”的绣旗相勉励，……而这次呢，大家的战争情绪是那样灰色凄凉，儿不解是什么缘故，大概是师出无名吧！

万一不幸，儿因战争而死，那也是没办法的事情，务请母亲宽心勿以儿为念！并恕儿赦儿，不能报恩于养儿成人的白发老母。并请告文谅儿罪勿徒悬念，生命有限但愿神佛保佑，儿切望大家亲友不要为儿着急，各自保重身体，儿前诸承照拂，无以为报，非所愿，天也！

别话多未及，惟感谢吾亲二十余年教养之恩罔极。

昭和七年二月廿三日子甚叩。”

这封哀怨悱恻的信，经李连长读完后，围着圆桌的长官们，眉目之间都有一种异样的表情。我呢，也觉得心头惘惘然。当我回到俘虏看守所时，我把这信的始末告诉了谢英他们，大家都不知不觉同情那个写信的俘虏，我们特别跑到他坐着的地方，从铁栅缝中向他细细的观察。他是一个阔腮，高鼻的青年，他不理会我们围在他旁边窃窃的私议。只是两眼凝望着天空，沉思着。

“他们中间也有好人？”这是张权的新发见，在霎那以前他的确认为日本人，只有欺诈、专横、险奸和野心一类的劣根性。他曾经这样提议过：“假使我下次和敌人肉搏时，一定要划开敌人的胸膛，看看他们的心肝五脏，是不是黑的？”

“当然世界上不都是坏人，……孩子们都是纯洁无私的，只是一些自命为聪明的人，有权势的人，为了个人的私利，在那些纯洁的小心灵中，播上罪恶的种子，最后自然有了这悲惨的结果！……”我对于张权的话，发生了这种的感想。

“那么一切罪恶的结果，是不可免了，比如侵略的战争一类的事。”谢英说。

“在这时代自然是免不了。因为那些聪明的人，和有权势的人，他们的运气还没有衰竭，……换句话说，他们正在走着红运，同时平民们还没有发见自己是傻子！”我说。

“假使平民有一天觉悟了呢？”张权说。

“那我们就有好日子过了！”我说。

“那恐怕不是我们的时代了！”谢英插进一句。

“不见得吧！”我说“你看这次我们民众给我们的援助，就是他们觉悟的一个证据！”

“可是日本人也可以说他们的侵略我们，是为了他们的民众！……”谢英很机敏的反驳我的话。

“不过事实已经反驳他们这种骗人的话。”我说。昨天黄仁曾告诉我这样一段新闻：

“有一个日本在乡军人，这次也被征调加入前线作战，足部受了弹伤，他住在红十字会医院——他是一个商人，在中国很久，说得一口流利的中国话，有一天一个中国朋友见了他，他说起这次战事的感想：‘我们商人在贵国营业，一向安居无事，自从战事发生后，什么买卖都停顿了；损失了不知多少？而且最痛苦的，我们还须放下算盘去拿枪杆。这一来又不知牺牲了多少性命？……政府出兵的理由是保侨，而结果呢，我们侨民就牺牲于保护之下了。这冤枉有什么可说，又向谁去说？’”

“我们看了这一件事，我们就明白这不是日本民众要和我们打仗。只是军阀政客要卖弄他们的军火多，军器利，而无数的民众便作了莫明其妙的牺牲品。”

“这种没意思的战争，总有一天要被拆台的。”张权说。

“我们只希望早点拆台，枉死城里也可少去几个！”谢英说。

我们背后的大铁门又开了，铁锁花拉的一声，打断我们的谈话。跟着进来了一群新俘虏；他们面色很阴沉，当然作了俘虏还有什么耀武扬威的力量呢？照样的一个个坐在地上，有几个身上的军装都被撕破了，肩章斜在一边，头上的钢盔帽也失掉了，有几个脸上还渲染着血迹。

中午时我们发给他们一些干粮和水，有几个又伸出手来问我们再讨一些；照张权的意思是不去理会他们。我呢，觉得他们已经是赤手空拳的俘虏了。同时他们里面也有不少好人，……于是我又给了他们一些，他们非常感谢的向我鞠着躬。

屋外走进几个和我们换班的弟兄们。

“你们走罢！让我们来看这些矮东瓜吧！”一个高个子的兵豪爽的说。

“喂，他们这些东洋鬼子真迷信，”另一个广东口音的兵说。

“怎么？又有什么新鲜把戏吗？”谢英打着乡谈问。

那个广东兵从袋里掏出一张符箓似的东西，如一块椭圆形的铜牌，那张符箓上写着“南无阿弥陀佛”几个汉字。铜牌上呢，一面铸了一尊趺坐的佛像，一面刻着三行汉字，左一行是：“别当常乐寺”，中间一行是：“厄除北白大悲尊”，右一行是：“信浓国别所”。

“这是什么意思呀？”张权问。

“什么意思吗？……就是文明的日本国民，上战场的时候，还希望神佛保佑！”

“佛！……假使有也不能让他保佑这些杀人不眨眼的魔鬼！”那高个子的兵接着说。

我们都哈哈笑了。那些俘虏们莫明其妙的望着我们，那个广东兵向他们作了一个鄙视的鬼脸；俘虏们有几个，筋涨眉耸的似乎要发作起来；正在这时，谢英把他身边的枪举起来，这一下那些野性的俘虏，便又都驯服了。

“假使我们手里没有这杆枪，我们这几个人准要被他们打成肉酱了。”谢英说。

“当然他们如果没有那些猛烈的炮弹刀枪，他们也不敢上我们的海岸了！”我说。

“武力真可怕！”张权说。

“公理更可怕！德国的失败就是证据！”我说。

“那么日本为什么要作第二德意志！”谢英说。

“日本是初生的犊儿不怕虎。”我说。

我们谈讲着已到后方的营帐里。前线断续的炮火声从寒风里送来！

十二

清晨，我们又被一辆卡车载到火线了。雨不住的飞洒着，我们的车上没有油布，于是把箬帽从背上拉到头顶来，雨滴从箬帽的四围流下来，整个的卡车里都是水。北风吹得起劲，我们只好挤在一堆，似乎可以暖和些。

到火线时，双方的攻击已经暂时停止了。我们很从容的换防。昨天敌人又用极猛烈的炮攻，所以壕沟有几处被击陷落。我们拿了铲子，从事修理的工作。救护车也开到了，受伤的人都被装到车里，开回上海伤兵医院去。

黄仁也在我们的战壕里，他似乎已很疲倦，脸上满是灰土，眼框［眶］有些发紫。

“昨天这里的战事怎样？排长！”谢英向他探讯。

“昨天整整炮战了一天，敌人至少总发了一千多响吧！”黄仁说。

“我们损失了多少?”我问。

“伤了二十几个，死了十个左右吧！…可是敌人的飞机到处抛掷炸弹，万安桥一带的房屋，因中硫磺弹都焚烧了。火焰有几丈高，……江湾车站附近的庙宇民房，也烧了许多。……总之这次打仗，民间的损失实比军队大得多呢!”

“而且他们专门和平民过不去。”一个湖南兵插言说：“昨天我见到同乡郑统一君从日本便衣队总部逃回来。他说日军司令部里拘捕了许多安善的良民，诬赖他们是便衣队，把他们一个个的衣服脱光，实行检查。遇到有银钱一类的东西，那检查的人便悄悄的放在自己的私囊里。然后使这些人一起跪在地下，用枪柄或马鞭不问原由，挨着次序捶击一顿。……算是他们的下马威。打过之后，一个书记一类的人，拿着一个小本子和自来水笔，一个个的问口供。稍有含糊的立刻押出去，只听远远砰的一声，这个人的生命便结束了。老郑他幸喜认得一个日本医生，求到他的保释才算放了出来。

当他出来之前，他看见一个穿西装的青年学生，不肯承认是便衣队，被那一个日本兵当胸一刀，一直划到小腹，鲜红的热血和肠子都流了出来，伏在地上惨凄的哀号了许久才死去。这些死尸，都被装在麻袋里，运到黄浦江抛弃完事!”

“这种残忍无人道的东洋鬼子，真是魔鬼的化身!”一个正在擦着来福枪的广东兵说。

“所以我们为了人道，也要把他们歼灭!”谢英说。

这的确是坚决我们这次抗敌意志的原因。日本人在我们脑子中所刻镂的印象，只有小气、奸险、恶毒、残暴种种的劣点呵！

轧轧的飞机声，又在我们头顶盘旋了。但不久便飞向大场那面去。下午时前线哨兵忽带来了一个乡民，手里拿着一只白纸糊成的盆形东西，据说早晨有一架敌人的飞机，在大场附近放下了一百多个这种的汽盆。里面藏有一种药物，到了地上时，立刻就炸发起来，变成一股浓烟，……

自从这个消息传出来以后，我们都有些耽心。前几天就有一种谣传说：敌人打算要用化学攻击，说不定毒瓦斯也要试用。这种毒气，如果吸到肺里，肺便立刻要烂的，而且死起来是非常痛苦的。

这真是一种可怕的暗示，我们时时想用鼻子试验，但又不敢深呼吸；假使真有毒气，那就完了。我们的营长也顾虑到这一点，晚上我们每人都得了一个面罩，谢英把那只露着眼睛的面罩套在脸上，没有经过多久他便拿下来了。

“真闷气！…只有少量的空气吸完以后，便得将那吐出来的热气再吸进去了！”他说。

我们对于这件事都有些忧愁，但希望这仅是一种谣传吧！

敌人又开始对我们的阵地开炮了。

“他们的步骤永远是定了的，总要把炮口轰到发热的程度，那末再慢慢的冲锋。”谢英愤恨的说。

那三个守机关枪的兵，正在掷骰子，第一个对谢英笑道：

“尽他去唱大鼓吧！”

他一面又抓起骰子掷下去，一面伸出头去看看道：

“卑咧！”

于是第二个兵接过骰子去掷了："喂，一付不同!"他叫着。轮到第三个兵了，他一面掷一面叫道："来个分相!"第一个兵又拿起骰子正要掷时，他忽抬头一看道："喂，来了!"于是放下骰子，猛烈的摇着机关枪，不久那来冲锋的六十几个敌人死了一半，逃回去一半。在机关枪声停止时，他们三个喝彩道："吓！好一副分相!"这使得我们也不禁哈哈大笑起来。

正午时我们奉命，绕道到持志大学后面去包抄敌人，这时我们的炮队正猛烈的轰击持志大学正面的敌军部队，我们的大队跟着炮火的掩护猛勇的冲过去，双方正在扭作一团，厮杀时我们由后面一拥而上，把敌人困在垓心，敌人失色张皇的左冲右突，始终打不出去。我们的刺刀不停歇的染着残暴敌人的鲜血，一阵阵的血腥的气味，使我们的喉咙发痒，喊杀和嗥吼的惨厉声浪，撼动了大地。这样继续了五小时，所有的敌兵都变成尸体了。我们呢，头脑像要爆裂了。眼里冒出血来，心脏急速的跳着，直到我们睡到战壕里的稻草堆中时，我们的神志才渐渐恢复。

伙夫送来了饭菜，我们正饥饿到扎紧裤带都没有用的程度；所以疲倦早都忘了。我们狼吞虎咽，把那大锅的粉条烧白菜，和饭满满的装进胃囊。这使我们稍稍的高兴，同时谢英又送了我两枝香烟，我慢慢的吸着，看那缭绕于空中的烟缕，似乎什么都满意了。可是今晚轮到我巡哨，我肩着枪在江湾路上来回的走着。忽见倒塌的房屋后面，接近敌人阵线的地方，有一间小小的茅草房，时而闪着一阵亮光，这当然使我怀疑。难道这里面还有什么人住着吗？也许是敌人的间谍，躲在那里侦察我们的行动吧!？这是无论如何，我必须去看个明白，于是我顺着那时亮时暗的房屋方向走去。一路上看见许多被烧死的残尸，一个个深陷的坑沟，空中充满着焦臭的气味。——当然这地方一直烧了两天两夜，便是那些高大的白杨树，也都烧剩了一些光木干，偃卧在血水流过的地上。至于那些坟地呢，高如小丘的坟头，也都被铲平了。有些棺材也都被炮弹劈碎了。死了很久的枯骨，也再受一次炮火的苦刑。我经过了一条坑陷不平的马路，前面有一个小小的石桥，——这桥还完整，我走过桥，便找到那间房屋了。我不敢就进去，悄悄的蛇行到那小屋的门旁，只听见一个人在喘息的声音。我放胆进去，吓，在一盏豆油灯的光影下，我看见有几个死尸倒在血泊里。细看时正是三个全体赤裸的女人，血肉模糊的被压在三个穿黄色制服的敌人身下。这是一副活秘剧，然而是那样令人可怕。一个敌人的头，只剩了一半，其余的两个肢体也都被炸毁了。在离那堆死尸约一丈的墙角里，倒着一个尚在呻吟的妇人。她满身都染着血，一只右手用白布包扎着，血液浸透了所包扎的白布，身体不住的颤抖。

“这到底是怎么一件事呀?”我向那脸色苍白的妇人说，那妇人一双无神的眼，睁得很大的盯视着我。

“你是十九路军吗?”她用着微弱的声音问我。

“是的……这个时候你们怎么还不逃开!”

“唉，我们何尝没有逃开，但是在路上被这几个禽兽兵截住了，他把男的都杀了，而把我们掳到这里来!”

“那末是谁把他们炸死的?”我说。

“唉，天叫他们着了迷，把手榴弹放在身旁；我便捡起一把切菜刀丢了过去——当他们正在寻开心的时候，偏巧，打在手榴弹上，轰的一声我也就吓昏了，当我醒转来时，他们便成了这副模样，而我的手指也被炸去了四个。”那妇人兴奋的说。

“你对付得很好，只是可怜了那几个女人！”我说。

“归根是一样的，他们不会好好的放她们活着回去！”妇人悲愤的说。

“但是这里仍然很危险，你快想法子逃吧！”我说。

“可是在这深更半夜我往那里逃呢？”她流泪了。

“不然，你就先到我们的防线里去躲一夜，明天救护车来时你便可出险了。”我说。

那妇人的身影在黑暗中渐渐的消逝了。

当我回到防线时，夜是那样凄凉。风从黄浦江撩过，冲击得海波发出一阵刷刷的声音。大地上伏着一团一堆的黑东西，还有一两个垂死的敌人，在远处送来断续的呻吟声。嘶哑的痛楚的哀号，使我好像到了荒凉的刑场旁，——正期待着执行吏的绞杀。

我用力握住枪杆，好像有了这种武器，我茫漠的生命便有凭藉。但同时我也就联想到不知那一天，我的生命也正因了这种武器而毁灭。

走近战壕时，微微听见同志们鼾呼的声音，这些可怜的疲劳人，他们这时都走进梦境了。在不断攻击的战场上，很难得有这样平静的夜。更难得有什么平静的梦。平静诚然是我们所渴望的，但在这靠不住的霎那间的平静，却只有使我们的心更沈入困苦。在前线炮火的扎挣下，我们可以忘了一切。而平静时呢，我们的心便被一种可怕的小虫紧咬着。——这时我们渴望和平的生活着。我们急切的追逐那各式各样的幻想。这是造物主特予我们人类的权利。只要我们从猛兽的漩涡中扎挣出来时，便不知不觉有了这种企求。但是为了人与人互相残杀的事实继续着；这种企求只是增加苦痛而已。因为我们所追逐的幻想，只要敌人一声炮轰，便立刻消灭了。这时候我们只有运用我们的四肢，极力的活动着，从毁灭中找出路。也许就是从毁灭中找归宿。唉，生的希望，有时似完整，有时似破碎的，在不断的向我这时的心灵攻击，使我对于多罪恶的世界发生咒诅声。我这时有一种愿望，假使这世界终有光明的一天，那末我们应当不再继续演那人杀人的惨剧。不然我们应当把整个的世界毁灭。一些空洞的希望，骗人的幸福，都应当宣告死刑，使一代一代的人们，都在战争中扎挣，这是可耻的呀！

可是刘斌曾经说过这样一段话："战争是起于人类自私心的扩大，而自私心又是维持人类生趣的唯一条件。假使人类没有自私心，没有占有欲，结果就要变成以今生为糟粕的和尚了。……因此战争是无论那一天，都免不掉的。……"这话如果是真理，那么我们只有绝望的等待最后的大毁灭了！

然而我以为刘斌的话尽管对，可仍然是片面的真理。至少这真理只能适用于蛮性还存在的人类，而不是我们理想中的文明人的举动。……

这种思想使我困搅。我的枪从肩上滑下来时，我的思想完全从虚幻中惊醒了，我连忙肩起枪来往的巡行着。

时光在不知不觉中过去了。敌人所最高兴的拂晓战，在第一声鸡叫时，就将开始了。因为我已经听见敌人阵线上，有隆隆的车声，不知他们正在集中些什么东西。

接防的兵，已向我这里来了！我便回到地穴里，寻了一杯热开水喝下去。谢英给了我两块干面包，还有半罐什锦酱菜。这对于我很够了。我坐在角落里吃着。凌晨的冷风，吹进一股沙土来，打在谢英的脸上，这好像是不祥的预兆，谢英用衣袖擦那飞进眼里的沙子。我们互相的沉默的看着。

十三

敌人从拂晓时开始用大炮向我们的阵线猛烈的轰击。但始终不见他们来冲锋。从清晨到现在，只见无数的炮弹从冷风中送来。嘘嘘砰隆的巨响，把地面炸成如蜂窝般的坑陷。有时也落在我们的壕沟旁。四飞的弹片，打伤了一个机关枪兵的左臂，和打死了两个抬伤床的工兵。但我们个个的脑子，都被大炮的巨响，震得发昏。我们蜷伏在战壕的隐蔽物下，沉闷的吸着香烟。过了大约两个钟头，敌人的攻击停止了。前线徒然寂静起来。

“大约他们的救兵还不曾调来吧！”我揣测着说。

“救兵，救兵，每天不断的开来，但是有什么用处？他们只要一想到政府利用他们作侵略的工具时，便连忙往后转了。”一个班长愤慨的说。

“这些问题谈他作什么？……无论如何，战争还是要继续下去，死神时时跟着我们后面追来。”谢英悲愁的说。他今天真是特别不高兴，脸色是那样青白，眼皮发黑，这使我们每个人的心中都感到不安的情绪。我们不再出声的呆坐着，而前线又是死一般的沉寂，远远听得见失了家的黄犬在狂吠。

将近黄昏时，前线又有了响动了。敌人的炮火又连珠般轰起来，跟着炮火烟焰的掩护下，一小队的敌人出现于战场上了。我们在沙垒的隐蔽处，向前进的敌人准瞄击射。敌人如风摧残苇般倒下去。跟着我们的机关枪开始扫射，嗒嗒嗒的繁密声里，又打倒了不少的敌人。这小队始终没有冲过来，便被我们解决了。但第二批又跟着来了，这一次约莫有五六百人，他们用手提机关枪队和手溜弹队作先锋，我们依然躲在战壕里，不住的把手溜弹掷出去。同时左右壕沟的机关枪队，也辅助我们猛烈扫射。但敌人渐渐的来近了，我们的大刀队，第一组的三十个人，都赤着膊，挺着胸，如飞的从战壕里冲了出来，就往敌人的阵线猛击。但因为他们身上毫无遮蔽，很容易被手提机关枪弹所伤。霎那间这三十个人却倒了二十九个，只有一个退了回来。于是第二队的五十人补充上来。……他们这次因为避免枪弹的射击，便每人手持大刀卧在地上。如飞的滚进敌人的阵地，陡然的跳了起来，挥着光闪闪的大刀，左砍右切。红光飞动中，只见一颗颗的人头落地。两方杀得正厉害的时候，敌人又来了一队生力军，围着五辆坦克车，从我们的左翼冲过来。忽然轰隆砰拍一声，好似火山崩裂，使得大地都撼震了。敌人的坦克车不知如何都倒了、破碎了。敌人正在仓遑想退，我们趁机追杀上去。抢了不少的枪枝子弹回到原防。沿路倒着许多断头缺颈的敌人死尸，我们的人也有不少，都设法抬了回来。当我们坐在壕沟里休息时，一个正在擦铲子上血迹的工兵说："今天亏了那些香烟罐子，折了敌人的锐气！"

"那里有什么香烟罐子？"谢英问。

"就是那些炸毁敌人铁甲车的地雷呀！"

“怎么我们的地雷全是香烟罐子呢?”张权插进去问。

“咳!你想我们这里一切的东西都缺乏，一时那里去备办这些地雷?所以我们的参谋长，便叫我们找了一千多只香烟罐，装上火药，埋在那重要的地方，……这便是我们的地雷了。”他说。

“这件事，我先也约略听见刘斌说过，但我们不相信这种地雷会真发生效力!现在居然奏了奇功，真是幸运!”我说。

这件事使我们都稍稍的高兴。

夜晚时，天上已挂出一轮圆盆似的明月，但天上的云朵很厚，不时把皎洁的光华遮掩住，一阵亮一阵暗。我们这时在竹园墩阵地的战壕里正分吃冠生园的什锦糖，听着那不断的枪炮声。

张权说;“你们听敌人的炮声枪声，继续着一两点钟的放下去。可是他们是那样的怕死，埋头埋脑无‘标的’的射着。真替他们可惜子弹!……怕他们的子弹会有不告缺乏的危险?!可是他们的危险就是我们的安全……老谢，我们的炮弹不是已经快放完了吗?须在六小时以后，才有得补充，那末我们趁这个时候到敌人那里借几杆六五枪，及一两挺轻机关枪来，做纪念也好。只要有四五个人就行了，……老谢，我们去同连长说声好不?”

“好，这是个好办法，要不然敌人若趁机会冲过来，我们子弹已完，那可真危险……连长来了，我们就和他说吧!”老谢说。

这时秦连长果然从外面进来，于是谢英把我们的计划告诉他。他想了想道："可以赞成，但是除了你们俩之外还有那个去？"

谢英回头向我道："老陈，你怎么样？"

"当然可以去。"我说。

于是我们决定了，就是秦连长带着谢英、张权、我四个人一同去，我们每人一枝驳壳枪，备一百粒子弹，六个手榴弹，一把大刀，装束停当；便在九点钟的时候，在左翼的出击线口集合。秦连长对我们说："我探知左翼出击口右前方，有敌人一小队，防守他们的阵地。同时配了两挺轻机关枪，兵力很单薄。又因地形处于我们的交叉射击线下，为减少我们牺牲计，为阵地支撑点的安全计，我们选择敌人的弱点——就是他们的胆小怕死，和他们失却飞机助战的可能，……我们今夜去袭击他们。至于前进的姿式，用散开的匍匐形，以免打草惊蛇，而求一网打尽的大效果。还有武器使用法，驳壳枪上子弹一排，兼上筒，关保险机，挂在腰的右边稍前倾些，口里衔驳壳弹一排，等枪筒扫射完时，便继续用口里的那一排。手溜弹除了左右手各拿一枚外，脖子上挂四枚，背上负大刀。……"

一切都安置好了，我们又把这些计划向大家宣布，使哨兵将这消息一处一处的传达；并请邻近的指挥官等到我们的手溜弹掷到第二个时，便指挥所属的士兵，用猛烈的炮火向敌人阵地射击，又规定几个代名辞的记号，必要时就变更匍匐形为跃进式。

攻击的时间到了，秦连长率领了我们鱼贯的出了掩蔽部。再出了击线口，散开匍匐前进着。秦连长为热血所鼓荡，忘了生死的问题，只以扑灭敌人为志。所以不耐烦慢慢的匍匐前进了，把规定跃进的符号表示于我们。我们也都领会了，个个争先恐后的冲到敌人的战壕前。敌人发觉了，立刻放枪射击。我们也不怠慢，就把右手里紧握着北门式的手溜弹还敬了敌人。

轰轰的响了几声，谢英左右手的手溜弹都一齐掷了出去。跟着又轰轰的响了几声，张权的手溜弹也扔出去了。秦连长和我的手溜弹，也都预备好，觑准那守机关枪的敌人掷了过去。打个正着，两个守机关枪的敌人倒下去了。其余的敌人，也都在扎挣着。我们这时先伸右手，把悬挂在腰间的驳壳枪拿起，开了保险机，瞄准的射击。一排子弹放完了，把口里衔着的那一排子弹，顺势又装上了。我们用跳栏的姿式，一踭就越过敌人的铁丝网了。谢英他把第二排驳壳弹，最先瞄准的又放了。他不再装子弹了，把驳壳枪挂在右脚边，一反右手，就抽出他那光闪闪的大刀来，飞舞着向敌人的头脸砍去。一个正在要跑的敌人，被他一刀从脑壳一直劈到肚脐，血花四溅，肠肚齐流。这使我们都像是发了狂。一齐抡转大板刀，把敌人砍成七零八落的。最后只剩了谢英，还同一个敌人在互相格斗。谢英个子太小了，而他所碰到的敌人，又是一个凶悍的家伙。因此他几乎吃了亏，幸好张权从斜刺里给了那凶家伙一刀，才解了谢英的围。我们回头看秦连长，正同一个敌人扭作一团在搏击。我便窜了过去，对准敌人的腰眼给他一刀，他轧手轧脚的倒下了。这一队的人被我们收拾尽了。可是他们援兵还没来，这自然要佩服秦连长的安派，他在没有出发之前，已经通知我们在主要阵地的部队，一听到掷了第二〈颗〉手溜弹，就以猛烈的炮火向敌人压迫；敌人以为我们全线出击，所以不敢出来援救。

我们得了不少的子弹，还有六五步枪八杆，轻机关枪一挺，我们砍毁敌人的钢丝网，托着轻机关枪和六五步枪，从从容容的回来了。那时天上的月光，更觉清碧，堆积的云朵，也被北风吹散了。

谢英昨夜左手负了伤，他说大约是和那个凶悍的敌人的刺刀接了吻呢，但他不愿被人知道，所以悄悄的用橡皮膏贴了。敌人拂晓的时候，又向我们开始攻击；将近我们的突出部时，秦连长和张权还有三四个列兵，正一齐跃出战壕，一心想生擒那几个敌人。忽然一个炮弹掉在他们的面前爆炸了；一股黑烟冲起，而他们五个人都被打成粉碎了。张权的一只手臂飞到我们的壕沟边，赤红的血滴还在淌着。谢英想把这残肢用土掩埋了，他刚露出头部，一个子弹飞过来从左边的面颊进去，而从右耳根穿出来，便昏倒了。我们把他抬到战壕里，用药棉和绷带替他裹好，但他一直昏迷着。直到救护车来时，才把他运往后方去医治。

前线的炮火依然在猛烈的攻击。我们都紧张的期待着。黄仁听见张权阵亡和谢英受重伤，更愤慨得几乎发狂，他咬紧牙关，拚命的向敌人放枪。敌人的大队冲过来，我们也急速的窜出壕沟，杀上前去。我们年轻的营附，在前面奋勇的指挥着。急然一个敌兵的刺刀，戳伤他的肚腹。大肠流露了出来，血水如喷泉般的涌着。而他不顾一切，仍奋勇的挥刀冲杀，这使敌人不知不觉想往后退。而我们的营附，一面杀敌，一面把大肠收进肚腔里，用九龙带束住伤口，大声喊杀，一跳跳到敌人的壕沟前，敌人更吓得手脚失措，而我们见了营附这种勇敢精神，个个都愿和敌人相拼，因此敌人只好退到第二道防线去了。

我们的营附被军医强拽进救护车，运送后方医院去。我们围在病车前看他，他大睁着一双含愤火的眼，要想从车上挣脱；军医们拼命的抱住他，连忙开车走了，我们还隐约听见他喊“杀！”的声音。

今天我们的情形很坏。伤了营附和小班长。……虽然打了胜仗，而毁灭和死亡仍不断的袭来。尤其使我伤心的，谢英和张权、刘斌都不在这里，张权就连死尸都找不到了，谢英呢，伤势看来不轻，刘斌还不曾回前线来，唉，我现在是多么孤零呀！

今午这里没有战事，听说敌人又集中全力攻打闸北，轰隆轰隆的炮声，从早晨响到现在，差不多没有停止过。

我沉闷的蜷伏在战壕里，忽然看见地上有一张报纸，是今早救护队带来的，这使我稍稍安慰些，我差不多上火线以来这还是第一次看报。

忽然看到一个标题写着《爱国车夫胡阿毛》下文记载着：

“胡阿毛年四十一岁，是上海本地人，在南市救火会开车，某天到虹口看朋友，被日兵截住；搜察他的身上，有一张开车执照，知道他会开车，就把他押到司令部。后来有子弹军火一卡车，迫令阿毛开到公大纱厂，日兵驻扎的地方。有四个日兵押车，阿毛假意答应，登车拨动机关，如飞的驶去。将要到目的地时，忽然转换方向，直冲进黄浦江去。但见浪花四溅，胡阿毛和四个日本兵、一卡车军火便都沉溺江心了！”

这一段消息不一时便传遍了前线，无形之中，使人人增加了爱国的热忱，战壕里充满了活跃的空气。

我惦记着谢英和营附的伤，便和连长请了假，到后方医院去看看他们。正巧有一辆车要开往后方去，我便随着去了。他们俩都在第一伤兵医院里。

我到了那里，向看护妇问明了谢英和陆营附的所在，那看护妇，向我看了一眼道："陆营附今早已经完了！"

"到底是死了呀！"我黯然的说："那末去看谢英吧。"

她点了点头把我带到谢英所住的地方。他睡在一张行军床上，脸上裹着绷带，我走近握住他的手道：

"老谢，觉得怎么样？"

他摇了摇头没有说什么。

"哦！他的伤很重，不但面颊上受了子弹伤，而他的腰部也受了很重的弹片伤。……所以你不要多同他说话，使他劳神！"那领我进来的看护妇向我说。

"是的。"我恭敬的应了声，她含笑的走了。谢英一双无力的眼直向我望着。他的脸色非常可怕，枯黄灰黯，手不住的发抖颤，看那样他是不能再和死神强挣扎了。

我沉嘿的坐在他床前，紧握着他抖颤的手。不久他的手渐渐的冷起来了，我连忙捺电铃，看护妇走来了。

我焦急的说："女士，他怕不行了！"

看护妇从容的伸手把了他的脉搏，她摇了摇头，后来又用听筒听了他的心房，向我叹口气道：

"已经完了！"

我慢慢站起来，我的眼泪不禁的滴了下来。当看护妇把盖在他身上的被单，拉上来遮住他的面孔。我愤怒悲伤的跑出医院；回到前线时，我全身在发冷："天呵！你所赐予人类的一切都请收回吧！"我这样的咒诅着，便倒在地上了。

当我醒来时，敌人的炮火又在轰隆轰隆的攻击着。

十四

我被调到后方来了，这里很热闹，新来了一批学生军，他们都很年轻、精明，同时也是热烈兴奋。他们之中有一些穿着短裙，态度洒脱的女学生，被编为后方救护队。这时正要整队出发了。我同一个十三连的列兵，站在办公室门口值班，不久她们从办公室里，拿着药布绷带一类的东西出来了；一个一个从我们面前安详的走过。在她们优美的面孔上，漾溢着果敢与诚挚的表情。她们的身影已去得很远了，而我的心灵里忽发生一种强烈的欣喜与渴望。“唉!”我不由得叹了一口气，在战地里被恐怖毁灭而压迫成为麻木的灵魂，这时又从新跃动了。这些无邪的女孩，她们正像漫漫深井里，独有的几朵白玫瑰，使人多么兴奋呵，当然我会联想到我的未婚妻。

我背着枪在办公室门口，怔怔的站着。我的一双眼看着前面的茅屋时，忽有一种印象冲上我的心来：

正是落着雪，恰像今天的天气。我骑了一匹白马到张村我的姑母家里去。正走到一座木桥上时，那雪片越下越紧，前面小山上的红梅，都被雪遮住。只偶尔露出一星星红色的花蕊来。四境十分静寂，只有马蹄踏在雪上，发出沙沙的细响。而冷风吹过一阵阵寒梅的幽香，使我竟忘记前进了。在桥上不知停了多久，才被一阵狗吠声惊醒了沉醉的心灵。这才放开马蹄，慢慢的穿过一带梅井，便到了姑母的家门口。我叩了两下门上的铁环，一个十四五岁的女孩儿出来开门了。但那女孩，见了我时，面颊上立刻涌起一朵红云来，连忙掉头跑了。跟着我的姑母，便出来迎接我，留我在她家吃过晚饭，才叫种田的长工送我回去。当我到家时，我便问妈妈，为什么姑母家的表妹，看见我便躲了起来。妈妈只是微笑着不响。

“怎么的呀？妈妈！”我问。

“傻小子，她和你定了婚，自然不好意思见你了！”母亲说。

“哦！”我好像明白似的哦了一声，可是我觉得未婚妻躲得很有趣，羞答答的样子更可爱，因此我故意常常出其不意的到姑母家里去。

这是多么甜美的回忆呀，我发痴的回味着。远远轰隆的炮声，陡然由一股北风里带来了。我不禁睁大了眼，四面看了看，我便又成为这里所独有的我了。所有的回忆，也都破碎了。肩着枪在门口来回的走着。

代替我的人来了，我便回到帐棚里去。刚才有几个民众代表，运了一大卡车食品来慰劳我们。有牛肉有新鲜面包有糖还有烟，这使我们都很高兴，每人领了一份，尽量的吃饱，这是前线所没有的好运气。

下午我有了一些自由的时间。当然我也很需要睡觉，可是我躺下去，打了好几个转身，还是睡不着。后来我便爬起来，找了一张包面包的白纸，和一支铅笔，开始写信给我的母亲：

“亲爱的妈妈：前二十多天收到来信，我正想照您的意思请假回去，看看我几年没有见面的妈妈。谁知道不巧，日本人竟在那时候要占据我们的闸北，因此便开火了。我们的军队就在江湾闸北吴淞一带的防地和敌人打，现在已经二十多天了。可是敌人还在大队的增兵，将来打到什么地步谁也不知道。

我们打了不少的胜仗，可是我们也死了不少的人。从前住在我们隔壁的铁匠张权阵亡了。还有我的好朋友谢英也因重伤死在伤兵医院里。但这都不算什么。我们还是很高兴，人人都愿意把最后的一滴血洒在战场上。

其实敌人并不经打，他们非常怕死，每次冲锋时他们都喝得醉醺醺的，凭着酒胆端着枪没有准的乱放一阵。然后摇摇恍恍的冲了过来，有些被我们生擒回来。因此我们这里有‘捉醉鬼’的口号。

还有一件可怜又可笑的事情，他们这次到上海来打仗，有许多人都是被骗来逛苏州的寒山寺的，那里晓得他们的军舰开进吴淞时，就听见轰隆隆隆的炮弹声。同时许多用盐腌过的日兵死尸，又一麻袋一麻袋往停泊在江边的军舰上搬。于是把这些人吓得黄了脸。里面有一个裁缝和一个剃头匠，不愿上陆，后来被两个穿黄色制服的陆军用藤条鞭打，他们才含泪上陆。

日本军阀跟我们的军阀一样，只顾了自己的利益把民众来牺牲。这些东西真是世界和平的障碍呀！敌人中间很有不少觉悟的人，只可惜数目太少了！

还有一件好消息：就是我们在这里吃的、用的、穿的都很富足。而且昨天又发了双饷，这都是我们热心爱国的民众送来给我们的。所以我们这次人少军械缺乏，反倒能打胜仗。而且这次我们和敌人开火，是出于我们自己情愿，并不单是长官的命令。所以我们每次都打得很起劲，我们用种种方法，使敌人丧胆。有一次我们反攻，要占领日军的司令部。当时我们先锋队有一百人，把身上的衣服都浸了火油火酒，拚死冲进日军司令部去。打算我们假使占领不来的时候，就把身上点着火把司令部烧掉。当时日兵看了这些不怕死的中国人，都吓呆了。连忙退出司令部，向靶子路方面逃去。这时我们的补充队也已赶到，把司令部占领了，所有被俘虏的日兵，连忙把枪械放下，向我们脱帽行敬礼。

我们停止攻击的时候，多半在战壕里掷骰子，听留声机片消遣。有时我们也同日兵开玩笑，当他们用枪射击我们的防线时，我们都躲在战壕里，把几顶军帽放在壕上，时时在壕边的枪孔里偶尔放几枪，然后仍回身掷我们的骰子。可是敌人一听见枪声，又看见壕上的军帽，以为我们的兵正伏在壕里作战，就连忙开机关枪、步枪、迫击炮，乱烘烘的吵成一片，军帽有时被敌人枪弹打得掉在战壕里，我们就又慢慢拣起来，再放到壕上去。隔些时候，等他们不攻了，我们再放上一两枪，这一来他们又手慌脚乱的忙起来了。而我们却乐得一面听大炮，一面谈谈笑笑。

这些情形妈妈听了觉得怎样？想来妈妈也会高兴的吧！我现在很平安，也许运气好，这仗打了我还能回到妈妈跟前，那时再把军队里有趣味的事情告诉妈妈。

我的姑母和表妹也请她们放心。

就使我不幸战死了，那也是保土卫民光荣的死，妈妈应当骄傲：有了这样的一个儿子！

你的儿子宣谨禀”

我有点惊讶我自己，居然能写一封这样充满兴趣的信，心里觉得坦然了。倒在草垫上，不一时已经入了梦乡。

朦胧中我觉得有一件东西压在我的身上，使我惊醒了。睁开眼，正看见刘斌坐在旁边，用手在摇动我的身体。

“呀！你回来了。伤处全好了吗？”我问他。

“全好了！……这几天前线的情形怎么样？我们的人都安全？谢英、黄仁、张权他们怎么不见？”他像是有些耽心的说着。

“前线依然是不断的攻击反攻……。可是张权、谢英被死神捉了去，……其余还死了陆营附，至于那些不知姓名的同志那就数不清了！”

“唉！”刘斌叹气道：“杀不尽的强贼，今天听说又开到两三千人。”

“这是他们的劫，而也是我们的劫，……造物主创造了人类，他自己不忍来毁灭，只叫人类互相毁灭呀！”我说。

“不错，人类最大的努力，仅仅就是想方法怎样把世界毁灭了完事。真是笨蛋！”刘斌握紧拳头悲愤的叫着。

我们互相沈默着。我递了一支香烟给他。……烟缕在我们面前织成了白色的网，慢慢又在冷风中散去。

“你打算几时回前线？”我问刘斌。

“我恨不得立刻去，把那些不讲公理的强盗杀个干净。只是现在时候已晚了，只好等到明天！你呢？”

“我也是明天回去，我们一同走好了。后方医院里情形怎么样？有什么新闻吗？”

“唳，提到新闻，说起来真叫人忍不住要发狂，……前天医院里抬来两个受伤的乡民，一个子弹从背后打进去，打伤了肺叶，到医院不久就死了。另外一个打伤腿部，幸喜不曾伤到骨头，包扎以后，经过很好，昨天我从他床前走过，他很客气的招呼我。因此我们便谈起话来，我问他受伤的经过，他叹了一口气述说道：‘我住在江湾跑马厅附近，家里有几亩薄田，已交给我的儿子去种。我在一家姓赵的地主那里充长工。昨天正在田地里采白菜，忽被敌人飞机上的炸弹打伤。……唉，日本人真够残忍的，当我们从跑马场经过的时候，看见堆了许多平民的尸首。最惨的是一些年轻的女人，全身剥得赤裸裸，有的背上有一个子弹洞，有的肚子划开了。紫红色的血凝积在地上。还有一个七八岁的小男孩，满身都是子弹洞。一件薄棉袄都被血水浸透，……这些老百姓碍着他们什么？而竟死得这样惨！”

“惨的事情还多呢！”睡在老乡民左边床上的一个中年男人接着说。

“怎么还有惨的？”我向他问。

“自然啰！真他妈的，恶魔！”那中年男子愤怒的说道：‘他们把许多妇女青年学生，都掳到三元宫日军司令部去。叫那些妇女把衣服脱得精光，让他们开心。有的妇女怕羞耻不肯脱时，那凶恶的日本兵，用刺刀强划开她们身上的衣服，把两乳割下来，或者眼睛挖出来。他们听着妇人鬼号似的惨叫！反倒向其他的妇女狂笑，好像看什么有趣味的把戏般。”

“还有一个我们同乡的女人，她被掳去时，怀里还抱着一个一岁多的小女孩。日本兵先把孩子从她手里强夺过来。那妇人自然拼命的来抢，——孩子也是挣扎着哭着要娘。这一下惹起他们的气来了。一个日本兵把尖锐的刺刀从小孩子的肛门戳进去，把孩子举得高高的，孩子昏过去。那日本人又把孩子向地下一摔，可怜小小的生命，便被结束了。那妇人看见自己的女儿这样惨死，她愤恨得向那个日本兵身上用力的冲过去。日本兵向旁一躲，那女人的头正好闯［撞］在墙上。立时脑浆流溢倒地死了。……”

“唉，世界上都认日本是文明国。可是他们所作的事情，比野蛮人还可怕！”

“那个中年男子述说这些事实的时候，全屋子里所睡着的病人，没有一个不怒容满面。尤其是我们的同志们，他们急望着快些好，好到前线去杀敌，替老百姓报仇。”

刘斌告诉了我这些事情，我们的脸上现着愤怒。

前线又运来一批疲乏的人。他们倦得脸上火烧般的红。眼睛也网着红丝。他们爬进帐棚，话都懒说，就倒在草垫上了。

我同刘斌去拿来了许多的食品，分给他们。差不多过了半点钟，他们才喘过气来。于是大家吃着喝着，渐渐又恢复了常态。刘斌提议打牌玩，但是谁都不赞成。他们丢下香烟头，已经打起鼾呼来。

我把寄母亲的信，给刘斌看，他笑了笑说：

“你写得很好，在这里，我们自然还有些烦闷，但和她们女人说是不漂亮的！”

我也是这样想，而且事实是不容我们躲避的，这是现代人的悲哀呵！

十五

早晨我们被载在一辆卡车里回到前线去。在那坑陷不平的道路上，还遗留着些我们自己人的残缺的死尸。几个掩埋队正在路旁挖了一个大穴。把这一些满了血污的尸体，拖进那又深又阔的穴里去。

在一棵老树干下面，有一个庞大的东西，远看正像卧在泥里的一只大灰猪。

“呵！那是一匹瘟猪吧！”刘斌叫着。

“唉！一个死尸正和瘟猪没有什么分别！”站在我身后的那个湖南兵说。

“可是瘟猪到底比死尸有些用处！”我说。

“不错，在那卫生局注意不到的乡下地方，瘟猪肉却是勤俭农民的好食品。……但这是被人认为不道德的行为。……至于那些以武力侵害人，而使无数活跃的青年人，都变成瘟猪一般的尸体，蜷伏在一棵秃了枝叶的光树干下面，可从来没有人说是不道德的。人生的事情多么不可解呵！”一个蓄着短须的小班长说。

我们的卡车走近了，那庞然的大东西，才被我们看清楚，原来是一个大胖子的兵士的尸体。他灰色的军衣上满涂了泥土，脸上如枯蜡般发出黄色的油光，腹部隆起像一面战鼓；不知道他是怎么死的。刘斌的意思说：“这样的大胖子，最容易中风，也许他是被炮火震死的。”

“这个人不是我们的胡伙夫吗？”那个湖南兵说。

“呀！……是他，一定是他！——一个伙夫，不然怎么会这样胖呢！”刘斌的决定使我们都相信了。可是他究竟怎么死的，除了他自己却没有人知道了。

卡车走过一座桥，便到了我们的防地，我们都下车找我们自己的壕沟去。刘斌送了我一包美丽牌香烟。他说：

“回头见吧！”

“好，祝你平安！”我说。

我回到我的战壕里，发觉又少了几个人，我不愿问也不敢问。因为昨天这里曾激战了一整天，损失是想得到的事。我找到一个草垫子，坐下，沉默的吸着烟。今天这里没有战事，所以那些筋疲力尽的人们，都打着鼾呼睡着了。

刘斌的防地，离我们的只有半里地远。我便去找他。他们那里真热闹，正在开留声机片。我也围在那里听。我们正在听得出神的时候，忽然飞来一个六五枪的子弹，静悄悄的落在机边，不曾爆炸。刘斌突然的携着手提机关枪，跳出战壕，正有五六个敌人的哨兵，悄悄的走来。刘斌搅动机关枪机，那五六个敌人便都安安静静的睡下了。他依然回到战壕里来，一面放下手提机关枪，一面和着机片上的丁甲山的调子唱着：

“你东洋做事真正莽撞，是我们同心协力打东洋，盐少将，野少将，俺十九路军闻得怒满在心腔，惹着俺性起把战场上。掷过了手溜弹，我再开机关枪，矮东洋，小东洋，矮小的东洋难免一概要遭殃。送进了枉死城，你把望乡台来上，这也是你自作自受自遭殃！”

“好呀！”我们都喝起彩来。大家拚命的寻开心，不让这短促的生命更染上悲伤的色彩！

后来，我同刘斌到前方随营病房去看黄仁。这里今天新来了几个年轻的女看护。据说是她们自愿来投效的。有些是在战事开始后，一星期内受过训练的；有些是本来在医科大学里读书的。这些年轻的女孩子，都一律穿了白色的罩衫，臂上缠着红十字的标识，满面忠恳的在穿梭价忙着。

“请问女士，第三营第五连排长黄仁住在那一间屋里？”刘斌向一个圆形面孔的年轻女看护问。

“是上礼拜五来的吗？”她问。

“是的。”刘斌说。

“请你们随我来！”她说完便领我们到靠右手的一排房子里去。那是一间大房间，里面排排列列睡着许多受伤的同志。他见了我们，无力的对我们望着，但表示一种愉快。

“觉得怎么样，仁哥？”刘斌问。

黄仁悲凉的俯下头去：“……恐怕没有什么希望了！一只腿要锯了去，而医生说我的肺部也受了伤呢！”

我向他看看，真的，他的脸色非常的苍白，而且嘴唇有些发紫。这使我感觉到他生命的活跃，已经停滞了。死神的黑影也渐渐的笼近他。但是我不能让他就这样在失望中死去。我应当怎样的安慰他呢？我向刘斌使了一个眼色，而他只摇摇头表示对于睡在这里的朋友是没有办法了。

“我拜托你们一件事情。”黄仁喘气说。

“呀！仁哥，无论什么事情你只管告诉我们吧！”

“假使我的病好不了，请你们给我的母亲写封信，告诉她，我这一生不曾孝养她一天，就……这样死去。我是非常对她不住的。不过从来忠孝不能两全，我为了国家只得抛开母亲。……请你们设法安慰她！……还有我的妻和两岁的孩儿，…叫他们好好的靠着父亲留下来的一些田产过吧！……”两颗亮晶晶的眼泪挂在这垂死人的面颊上。

“仁哥，那里就会怎么样呢？你不要焦心，静静的养几天就慢慢的好了。……至于你所托我们的事，那不过是你的过虑，也许将来你好了，我们会把这件事当一种笑话说呢！”刘斌很机警的开导他。但有什么用呢？在黄仁的脸上，如昙花般的一现笑纹后，那死的痛苦，依然紧紧的抓住他，使他全身都痉挛起来。

一个女学生看护，端着牛奶进来了。

“喝些牛奶吧！”她和蔼的说着，同时用小匙舀了一匙牛乳，扶起黄仁的头，慢慢的喂下去，但是喂到第三小匙时，黄仁摇着头呻吟起来；那年轻而富同情心的女看护，连忙放下牛奶，问道：

“你觉得怎么样？”

“肺部痛……得很，”黄仁声音微弱的说。

“我去请医生来看看吧！”她说着匆匆去了。

黄仁的神气太不对了。

“一定完了！”刘斌低声向我说。我浑身觉得发冷，禁不住的打着抖。

“你最好应当喝点酒。”刘斌望着我的脸色说。

“我的颜色很难看吗？”

“自然。”他说。

可是我们不能不等医生来过，就抛开那和死神挣命的朋友。

我只好握紧拳头，努力的支撑着自己。

一个神气活现的医生来了，他向我同刘斌打量了一眼。那是多么冷淡漠然的视线哟！我们不明白他心里怎么想！

他掀开病人的被单，解开睡衣的纽扣，病人瘦得像干柴般的胸部，豁露了出来。那医生长着黑毛的胖手，在胸部敲了一阵，又用听筒听了听，他直起身体来。从看护的手里接过那张温度升降表来，约略的望了一望出去了。

“怎么样呀？医生！”刘斌追着医生问。

“没有多大希望吧。”医生冷然的说着，已走到别的病房去了。女看护拿来了一个小玻璃瓶。里面装着淡黄色的药水，她替黄仁在手臂上打了一针。

“女士！这是什么药针？”我向那年轻的女看护打听。

“这是强心针，他的心脏很弱呢！”她和蔼的说。

“医生说他没有多大希望了，真的吗？”刘斌问。

“现在还没有十分坏现象，……不过他的热度太高了，肺部恐怕要发炎！那就太危险了！”

黄仁似乎睡着了，我们不敢惊搅他，轻轻的走出房门，和那位女看护告辞。并托她多照顾黄仁些，她和蔼的点着头又忙别的事去了。

我们走出了医院的大门，天气是那样晴明，蔚蓝的青天，竟一片云都找不到。而且太阳的金黄色，照着那座古庙的屋顶上，发出闪烁的光华来，使我们被紧束的心灵，于霎那间解放了。

远远的立着一队学生军，手里提着铅桶和刷子一类的东西，他们正是工作回来。在他们的队伍前面，站着几个绅士和绅士太太，正在训话。——我同刘斌也站在旁边听。那训话的老妇人，据说是柯夫人，她很有学问，而且热心于慈善事业，她和几个朋友带来了一大卡车的药品、食物、慰劳前方的战士。

看上去她大约有五十岁的光景。两鬓已经花白了，面貌很慈祥，她对那些学生军诚恳的演说。我和刘斌因站得远，所以听不清她的辞句。但由她那颤抖悲惨的声音里，我们受到了感动。那些团团围着的人，都静寂的听着。有时她的声音竟像是呜咽，大家的头也慢慢低下来。

不久她们走了。学生军也散队到后方去。我和刘斌仍然在那光明的日影下徘徊着，我们揣想黄仁现在也许睡着了。不过刘斌的意思，觉得“死的可能性太多!”这不能不使我们想到替他写信的嘱托，唉！这是多么棘手的事呢，我真不知道怎样写法？我想像到读这封信的人，——一个年纪已经六十岁的老寡妇，听说自己抚养成人的儿子，连最后的诀别都没有便死去了，这是怎样的打击呢？而且旁边还站着那年轻娇好的儿妇，和天真纯洁的孙儿，这简直是可使人疯狂的打击哟！……

“老刘！这封信怎么写呢?”我说。

“你的学问比我好，你当然晓得怎么委婉措辞了!”他说。

“唉，委婉！再委婉些，他的儿子还是再不回来了呵!”

“那谁知道这些呢！这个世界的命运是排定了的呀!”

“我不管那些，还是你写了吧！……我简直为了这件事要发疯呢!”

“也许他还活着呢!”老刘沉默了一刻这样的说。于是我们约着再到医院去看黄仁。这时他正醒着，可是见了我们他只是叹气。

“你睡过后精神觉得好些吗?”我低下头问他。他只点点头，那发红的高起的颧骨，和松弛的筋肉，深陷的眼睛，都已经告诉我们：情形更坏了。

他伸出枯蜡的手，在枕头边摸出一个金戒指来，这个东西的来历是很有趣的。正是前几天他和敌人肉搏时，从强仆的敌人的手上取下来的，据一个俘虏对我们说，这是他们出来打仗的时候，妻子们所送给他们的纪念品。

“你把这个东西寄给我的妻。……”

我接过那戒指来，我的眼泪几乎要忍不住了。我不能说出他把这戒指寄给妻的心情是怎样的可怜，而我却能知道被战争所牺牲了丈夫的妻，是有着一样的可怜心情。

“仁哥！你现在不要睡吗?”刘斌握着他枯瘦的手说。

他并不回答，把头藏在枕头下，他哭了。

半点钟过去了，我和刘斌沉默的对坐着，我们要想问问他还有什么话说不?但是我怕使他难受，始终忍住不敢说。而他也只沉默的流着泪。忽然黄仁喉头沈重的咯了一声，头向枕旁一歪，便死了。我连忙的跑出去，抓住一个医院里的勤务兵，我发抖的叫道：“黄排长死了!”

“死了吗?放在尸床里，搬出去埋了完事！……今天这里已经死了十二个了。”他若无其事般的述说着。

我们把那金戒指收好，饷银簿和他衣服上的符号牌子也解下来，带着回去。也许能领到一些抚恤费寄给他的妻子。……

“我们五个人已经死了三个，……不知明天又轮到那一个了?”刘斌叹息着去。

“那要看命运了……”

我们默然的在黄昏的斜照中往战壕去。

十六

断续的枪声又在开始了。据说敌军的新司令植田谦吉又在改变战略，他把战线极力拖长。这当然对我们是致命伤。因为我们连在前线和补充的兵士，总算起来不到四万人。而敌人至少有八万呢。小排长王一飞正靠着胸在墙边，向敌人的哨兵瞄准。拍的一声，一个敌方的子弹，正从他耳边飞过，打在战壕后面的空地上，但不曾爆炸。这使他恨得咬牙，拚命的扳动枪机，两个敌人的哨兵应声睡倒了。

“真他妈的!”他怒叫着：“这些怕死的矮脚鬼，却总死不完!”

“不管他来多少，我们除非牺牲到最后的一卒、一弹，还是要和他拚。准不能睁着眼睛，看他们占据我们的尺土寸地!”那个守机关枪的张大雄接着说。

“是的，拚了命才是我们的出路!”我黯然的想着。

驻扎在张华浜的敌人大队，这时不知又在集中些什么，隆隆的车声，不时从北风中断续的送来。猛烈的大攻击就要开始了。而我们呢？只有镇静的等候他们的发作，绝不能多浪费炮火和子弹。

夜深了，敌人疏落的枪声，也已停止。我们都蜷伏于壕沟中鼾睡。忽然我的脚趾，被一件锐利的东西刺了一下。我从梦中跳了起来，细看我所穿的草鞋的带子，已经被咬断了。大脚趾上有细小的牙印和血迹。

“倒霉的畜生，竟和我开起玩笑来!”我愤怒的咒骂着。而那个有着小小尖锐眼睛的田鼠，又在地穴里伸出头来。我举起枪柄给它一下，可是它早缩进身子逃了。

我摸着袋里所余下唯一的一支香烟，燃了慢慢的吸着。战壕外，已射进一些白光来。我的夜光表正指在五点三刻。

“是时候了!”我正自猜想着。“砰隆”声大炮已从敌营那边打过来了。这一下，把所有梦中的人都唤醒了。个个背起枪弹，伏在胸墙边的沙叠［垒］后面等候着。

寂静的前线，陡然热闹起来了。大炮、机关枪、迫击炮，各种声音错杂成一种令人恐怖，以至于窒息的巨响。我们分两队迎敌，第一队在蕴藻浜的正面，第二队在沿浦江南草庵地方的小桥旁，我被调在第二队。天色才破晓，我们侦知有一大队的敌兵要想从草庵地方偷渡过来。我们的炮队开始猛烈的攻击，跟着我们的手提机关连作第一步的冲锋。以后大刀队和步兵跟着逼上来。我们激烈的杀着，拚命的绞作一团。我们都忘记了人类所独有的怜悯与同情，现在唯一的事情，就是手脚不停的在努力毁灭。只要看见黄色制服的敌人，便咬紧牙关，刺刀凶猛的刺进去拔出来，看着那鲜红直冒的血流，更加兴奋。在这个时候，虽然蓝色的天，仍然朗洁的盖在每个人的头上。而人心却沉入红色的暴怒中。我们不知继续了多少时候，才把敌人的阵线冲破。我们的右翼，又包抄了敌人的后路。因此敌人没有顽抗的力量了。他们如斗困的老虎般，无力的倒下。这一路的战事便暂时有了结束。

当我们疲乏的回到战壕时，天色已成了淡灰，西方挂着一抹残霞，绯红夹杂浅紫，这种太鲜明的色彩，更衬出人世界的黯淡了。

今早战地服务团送来了许多信件，其中有一封是谢英的，一封是我的。当那位身体强硕的战地邮差，把这两封信递给我时，我禁不住全身发颤。“唉，谢英他已经没有法子看这封信了。你退回去吧！”我向那邮差说。

邮差向我看了一眼，正要伸手接时，我又连忙缩了回来道：“好吧！等我设法退回去吧！”

“这是什么意思！”邮差冷笑的看着我说。

“见鬼！去你的吧！”我愤怒的叫着。不管他再说什么，掉转身跑到我自己的战壕里去。我把谢英的信，放在我的包裹里，并设法使我自己镇静。我喝了一杯开水，然后将我家里寄来的信拆开，只见上面写道：

“宣儿：一切的东西都准备好了，只盼你即回！听得上海发生了战事，你平安吗？我天天站在门前望你，有时我想像你就要回来了，我非常高兴，但是又怕你开到前线去，唉，愿神天保佑吧！如能早回，千万早回。

母字！”

我拿了这封信，心头真不知压扎成什么样子，倚闾的白发老母，盼佳期的表妹，在这不可捉摸的命运中，谁知道是什么结果呢！

隆隆的大炮又在响了。集合令已经下来，我把信藏好，跳出了战壕，开到前线去。

一阵阵的琉璜［硫磺］气冲过来，跟着一个炮弹，落在我们队伍前约两丈远的地方爆炸了，我头脑觉得一晕，便倒在地上了。

不知什么时候，我已睡到医院里来。当我睁开眼，向左右看时，忽然看见一个很熟识的面孔，向我眼前一晃，我细细的辨认着，原来正是刘斌。

“喂！老刘，现在轮到我们了！”我低声向他说。

这虽然是一句意义不很清楚的话，但刘斌他很能了解，他叹了口气，点点头道：“很好，只要国家的命运，能因此延长，民族的精神，不至毁灭；轮到我们又有什么关系呢！”

“这几天前线战事怎样了！”我问。

“不清楚！”刘斌摇摇头，脸上显出焦虑的样子来。

忽然一阵愤恨和浩叹的声息，从隔壁房间里传了过来，跟着受伤的弟兄们，有的放声痛哭，有的咬紧口唇，捏了拳头，不住的击着床沿。在杂乱声中，隐约听得出：“退了！唉，退了！我们弟兄们牺牲了一阵，结果仍然退了！”

病室里充满了愤慨，悲痛的喊哭声。有几个轻伤的弟兄，从床上挣扎起来，护士们慌忙走来拦阻，但是那一颗被热血燃烧的心，现在正燃着烘烘的火焰，这正是民族自觉的表现，有什么力量可以将它扑灭呢？

我正从一个缺了右臂的弟兄那里，接过报纸来看：——“敌人从浏河登陆，我军后援不继，因此全线动摇，为保全实力计，只得退至第二道防线……”

忽然听见一声怪叫，跟着扑冬一声，我连忙抬头一看，原来是刘斌从床上摔下来了，他含糊不清的叫着：“唉，杀杀……”这时护士已从外面跑进来，将刘斌抱上床去，另一个护士去找了医生来。我远远看着刘斌苍白的脸色，我的心不禁跳得很厉害。

那个面目庄严的医生，同着护士来了。诊过刘斌的脉搏后，冷然的摇着头说：“完了！”他一面将手插进裤袋，就踱出了房门。我闪眼看见护士，用一块白布，向刘斌的脸上一盖，跟着几个医院的夫役进来，把那僵硬的尸体挪出房去。唉，这时，我心头感着一阵绞痛，满眼前冒着金星，不知经过多少时候，我才清醒过来。

当我睁开眼时，我已另外移到一间新房子里了。这屋子只睡着两个人，那一个缺了一只右臂的，我不知道他的姓名，他这时样子很昏迷，据说才施手术不久。而我呢，一只左腿已经被锯掉两天了。唉，我们都成了残废，以后我们不能再到前线去，我们可以回家了；我这时心里是一半苦恼，一半庆幸，我终于掉下两颗亮晶晶的泪珠来了。

一个月过去了，我已能勉强支着木拐，站起来了，医生允许我再有两个星期，便可以回家了。但是提到回家，我的心便又一阵阵紧起来，——一个残废的人，能作些什么呢？我那妙龄的表妹，她情愿同一个残废的男人过一世吗？这几天以来，我的心情简直坏透了，我除了诅咒残暴的战争外，我更想不出淹［泄］愤的方法呀！

两个星期的日子，居然过去了，我今天就要离开这六个多星期住熟的医院。医生慷慨的把那双木拐送给我，临走时，他并且对我说：“勇敢的朋友，在你这一生里，你曾经有过光荣的历史，我祝福你前途快乐。好，回去吧！现在正是最美丽的春天呢!”

“是的，人类是可爱的，”——今天这个医生我觉得他太可爱了。我临出门时，心里不知不觉起了一阵凄恋之感。当医院的影子隐在我视线之外时，我才像是从一个幻境里醒来。

我背着背囊，坐在一辆黄包车上。车夫是一个三十多岁的壮年人，他一面拖着车子，一面说道：“你看这都是日本人大炮轰坏的。这次要不是十九路军和他们拚命，这闸北早已变成日本地了!”

我听了车夫的话，一股热烈的血潮，不知不觉又从颓唐的心底涌起。我忘了一切的苦痛，我也不惋惜我变成残废；至少我在这世界上，是作了一件值得歌颂的牺牲。这种的牺牲，是有着伟大的光芒，永远在我心头闪着亮的呵!

车子已到了火车站，我下了车，就奔站台去。在那里，我又遇见几个弟兄，他们是来送朋友的，不久仍要回到他们所属的部队去。他们见了我很亲切的望着我，——尤其对于我的残废使他们失掉镇静；但我匆匆的上了车，不敢对他们细看，我怕我深藏心底的怅惘，又将被他们怜悯的眼光所激动了。

车子蜿蜒的走过广大的原野，柳树已经吐着嫩绿色的新芽，桃花也已经开了一两枝，远处的山崖上，正开着二月兰，鲜艳的紫色花朵，在春天的阳光里闪烁，大地都笼罩于春的怀抱中。

再有一站就到了我的家乡了。这里已离战事区域比较远了，所以景色更美丽，青青的早稻，已布满了田畴，农夫们正抱着满腔希望，努力的耕种着。我的心里也不禁开了一朵美丽的生命花，想像母亲见了我，一定像发狂似的跑过来迎接我——但是不，她不将为了我的一只腿不见了，而悲伤吗？呵，母亲！……

陡然听见停车的汽笛响了，把我从想像的世界抓回来，我连忙把背囊拴紧，拿好了拐棍，预备下车去。我才走下车子时，我看见车站那边，有一队步兵，向这边来。他们个个是强健的，英勇的，当他们走过我身边时，我那只被锯去半截的腿，不禁在发抖了。但同时我又转了一个念头：就这样也值得感谢神明的，从此我可以安然的住在家里了。

这时我心头的火焰，渐渐的消灭了！回头遥望闸北江湾的天，是青得可爱，杀戮的恶梦，暂时从人心里觉醒，炮火的烟焰正被这冶荡的春风所吹熄，一切暂时都变为平静了。

在一所茅草房里，这时走进一个为民族争生存的英雄，他那头发花白的老母正抚弄着爱子的残废的腿，在她的笑靥上挂着两道泪痕，然而她是骄傲的呵！

（本篇最初连载于1933年11月10日至1934年6月10日《华安》杂志第2卷第1期至第2卷第8期，1935年9月由上海北新书局初版单行本，1937年3月再版）